A Fonte Âmbar

Ana Lúcia Merege

1ª edição

Editora Draco

São Paulo
2016

ANA LÚCIA MEREGE
é autora dos romances *Anna e a Trilha Secreta*, *O Castelo das Águias*, *A Ilha dos Ossos* e *O Tesouro do Mares Gelados*, além de vários contos publicados pela Editora Draco, onde também organiza coletâneas, como *Excalibur* e *Meu Amor é um Sobrevivente*. Escreveu ainda *O Caçador*, *Pão e Arte* e o ensaio *Os Contos de Fadas*. A autora mora em Niterói – RJ com seu marido e filha e trabalha com manuscritos na Biblioteca Nacional. Além de escrever, tem paixão por viagens, gosta de pesquisar sobre mitologia e de contar histórias.
BLOG www.estantemagica.blogspot.com e www.castelodasaguias.blogspot.com

Edição: Erick Santos Cardoso
Produção editorial: Janaina Chervezan
Leitura crítica e revisão: Allana Dilene
Ilustração de capa: Carolina Mylius

Dados Internacionais de Catalogação na Publicação (CIP)

Ana Lúcia Merege 4667/CRB7

M 558

Merege, Ana Lúcia, 1969 -

A fonte âmbar / Ana Lúcia Merege. – São Paulo : Draco, 2016.

ISBN 978-85-8243-178-8

1. Ficção brasileira I. Título.

CDD-869.93

Índices para catálogo sistemático:

1. Ficção : Literatura brasileira 869.93

1ª edição, 2016

Editora Draco

R. César Beccaria, 27 - casa 1

Jd. da Glória - São Paulo - SP

CEP 01547-060

editoradraco@gmail.com

www.editoradraco.com

www.facebook.com/editoradraco

Twitter e Instagram: @editoradraco

It doesn't interest me if the story you are telling me is true.
I want to know if you can disappoint another to be true to yourself;
If you can bear the accusation of betrayal
And not betray your own soul.
(...)
It doesn't interest me who you know or how you came to be here.
I want to know if you will stand in the center of the fire with me
And not shrink back.

Oriah Mountain Dreamer, **The Invitation**

E, diante da Beleza, o Mal se viu perdido.

Uriah Heep, **Circle of Hands**

A Fonte Âmbar

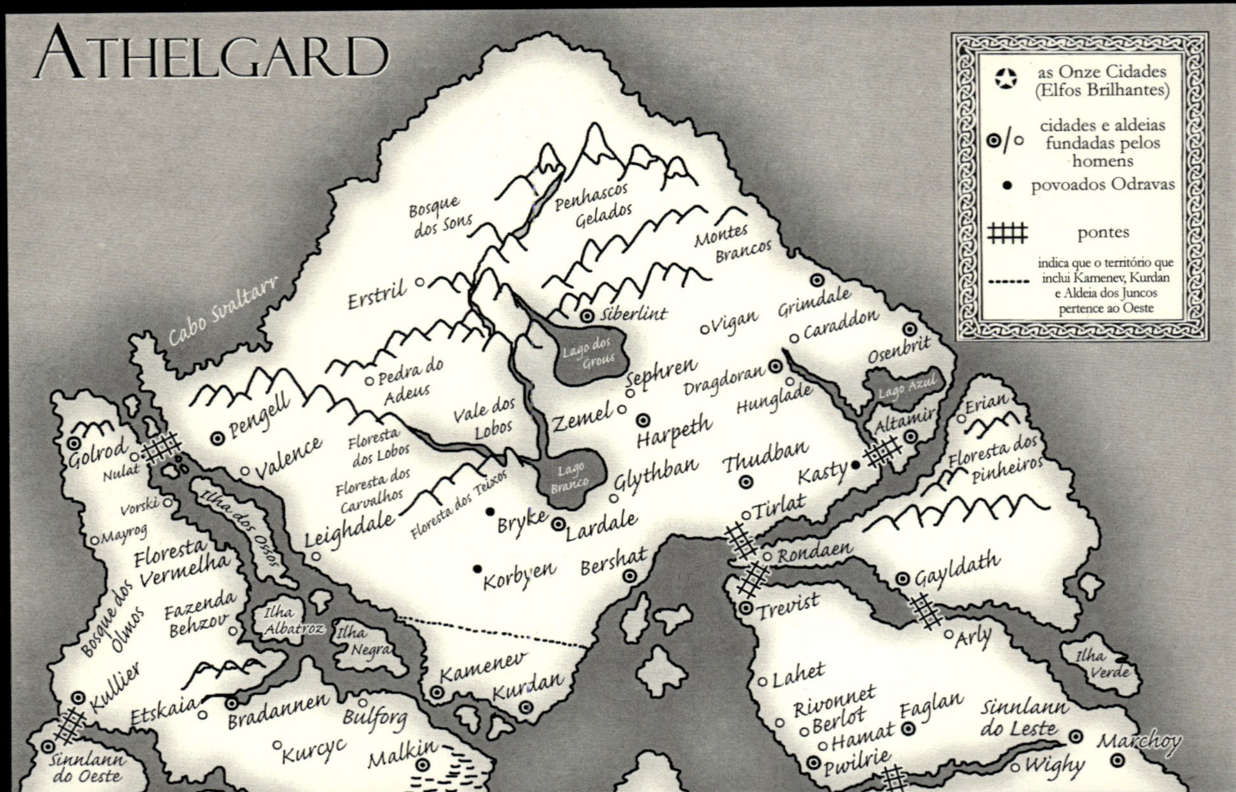
ATHELGARD
as Onze Cidades (Elfos Brilhantes)
cidades e aldeias fundadas pelos homens
povoados Odravas
pontes
indica que o território que inclui Kamenev, Kurdan e Aldeia dos Juncos pertence ao Oeste
Cabo Svaltarr
Bosque dos Sons
Penhascos Gelados
Montes Brancos
Erstril
Siberlint
Vigan
Grimdale
Caraddon
Osenbrit
Lago dos Grous
Pedra do Adeus
Sephren
Dragdoran
Hunglade
Lago Azul
Altamir
Erian
Floresta dos Pinheiros
Golrod
Nulat
Pengell
Valence
Vale dos Lobos
Zemel
Harpeth
Thudban
Kasty
Floresta dos Lobos
Floresta dos Carvalhos
Lago Branco
Glythban
Tirlat
Vorski
Ilha dos Ossos
Floresta dos Teixos
Leighdale
Bryke
Lardale
Mayrog
Floresta Vermelha
Rondaen
Gayldath
Bosque dos Olmos
Korbyen
Bershat
Trevist
Fazenda Behzov
Ilha Albatroz
Ilha Negra
Arly
Ilha Verde
Kullier
Kamenev
Lahet
Etskaia
Bradannen
Bulforg
Kurdan
Rivonnet
Berlot
Faglan
Sinnlann do Leste
Hamat
Sinnlann do Oeste
Kurcyc
Malkin
Pwilrie
Wighy
Marchoy

Urlat
Novkaren
Baydul
Pertglet
Kyrshel
Pântanos
Ilha do Escorpião
Girdaen
Noussins
Eboret
Morlath
Aldeia dos Juncos
Baraddhyn
Glen Thar
Scyllix
Urdan Loth
Donnes
Madrath
Vrindavahn
Arlas Kyr
Erchedel
Floresta das Águias
Floresta Azul
Montes Trigêmeos
Mestyen
Caer Danu
Arlas Effyn
Bergenan
Thaelke
Cinnabar
Riverast
Shandayn
Bosque das Tílias
Herrien
Kalket
Ardost
N
Kawles
Montes Negros
Glen Sydras
Floresta do Sol
Floresta da Lua

Prólogo
Camdell

– Mestre, o senhor comeu tão pouco quanto um pássaro – diz Gurion, olhando para a travessa quase intocada. Isso é o que ele vem repetindo todos os dias ao longo dos últimos anos. Respondo que estou satisfeito e ele não retruca, mas franze o cenho ao sair, e não o faz sem antes se assegurar de que haja bastante lenha em minha lareira. E nisso tem razão, pois é outono, as noites são cada vez mais longas e frias e eu escolhi passá-las sozinho.

Quando os passos na escada deixam de ser ouvidos, levanto-me e vou até a janela. Dali vejo uma torre da Ala Verde, o jardim de ervas curativas de Sophia e, logo abaixo, meu próprio jardim, com sua fonte, sua estátua e as flores que guardam a memória de Theoddor. Passei a tarde ali com Padraig, meu aprendiz, e meditamos juntos, mas não lhe contei sobre as intuições que venho tendo nos últimos tempos. Também não falei disso aos mestres da Escola. Não quero que eles se aflijam ou, pior, que tomem decisões precipitadas. Por outro lado, sei que virão até mim, mais cedo ou mais tarde, em busca de orientação, e como Mentor desta comunidade é meu dever ajudá-los. E o farei, a partir de agora, ainda que o primeiro passo transcorra em segredo.

Deixando aberta uma fresta da janela, arrasto minha pesada cadeira de carvalho e a posiciono em frente à lareira. Retiro, então, de meu armário um vidro contendo óleo de cipreste e derramo algumas gotas sobre as chamas. Elas reagem com estalos e se contorcem, suas sombras se alongando sobre as paredes. Respiro fundo, exalando em curtos intervalos, sento-me diante do fogo e me concentro em sua dança, à espera de que me revele o mapa de um provável futuro.

E, pouco a pouco, ele começa a se desenhar. Não são imagens claras, apenas padrões, linhas e símbolos que um século de Magia me ensinou a ler. A primeira coisa que vejo é uma revoada de asas e bicos selvagens, e compreendo tratar-se de águias guerreiras, com o que não posso evitar uma ponta de angústia. O que vem depois traz visões ainda mais duras – lanças, flechas, homens marchando e caindo em fileiras cerradas –, mas ao redor desse quadro explodem pequeninas fagulhas, e nelas vejo coisas boas, ainda que apareçam e desapareçam no espaço de um piscar de olhos. Água límpida, espigas de trigo, uma mulher que segura um vaso, inclinando-o para dar de beber a um soldado. Vejo a esperança em seus olhos, o sorriso, depois os lábios que se entreabrem num sussurro, falando, encorajando... buscando trazer de volta...

As chamas se avivam de repente, engolfando as pequenas cintilações. O brilho súbito me faz perder a concentração, mas a última imagem que vi se fixou em minha mente, e não preciso refletir para saber de quem se trata. É o que eu já esperava, e é tudo parte de um ciclo que se iniciou há vários anos, quando minha amiga Maryan me encaminhou o livro de histórias escritas por sua aprendiz. Ou talvez mesmo antes, quando um rapaz de cabelos longos e vontade inquebrável optou pelo caminho mais claro numa encruzilhada. O que vi no fogo me leva a crer que eles terão de fazer novas escolhas, e no caminho haverá muitas sombras. Quero ajudá-los, mas não posso impedir que as coisas sigam seu fluxo, assim como não posso ter certeza de que tudo dará certo. Só resta confiar.

A angústia se dissipa à medida que acalmo minha mente, mas o esforço me deixa exausto. Ergo as mãos, contemplando-as à luz do fogo, mãos claras e lisas que não traem minha idade ou meu cansaço. O sangue dos elfos brilhantes em minhas veias mantém meu corpo preservado, pelo que sou grato, pois sei o que é a velhice e o que ela faz aos homens. Fui eu que fechei os olhos de Theoddor, meu grande amigo, que não viveu sequer a metade dos meus anos; fui eu que, em seu leito de morte, segurei a mão trêmula e enrugada de meu avô. E, como todos os mestiços, não sei o que esperar no inverno da minha vida, a não ser pelas visões de um futuro que ainda pode vir a sofrer mudanças.

Queria que o tempo de espera passasse rápido. Pareço jovem, mas minha alma é velha, e sinto cada vez mais frio. Se ao menos fosse verão...!

Mas não. As nuvens são cinzentas como chumbo no céu de Vrindavahn. Às vezes eu gostaria de não saber ler os sinais.

1
Anna

– Acho que agora as coisas vão se acertar – disse Arnak, confiante. Era uma tarde de outono, abafada e com prenúncio de chuva, e mais uma vez nos dirigíamos ao Conselho de Vrindavahn, carregando papéis cheios de emendas e dispostos a lutar até o fim por nossa causa. Ainda havia um longo caminho a percorrer, mas tudo indicava que hoje daríamos um passo importante. Não era sempre que o Conselho me convocava para uma reunião.

A porta de entrada era encimada por um escudo com as armas da cidade, duas trombetas prateadas cruzadas sobre campo azul. Eu estivera ali muitas vezes nas últimas luas, para pedir a criação de uma biblioteca pública – ainda não tinham aprovado, mas eu não ia desistir –, para opinar, como Mestra de Sagas, em assuntos que envolviam textos antigos e, por fim, para dar suporte ao projeto de Arnak, o Conselheiro meio-humano, que se tornara um grande defensor das águias douradas. Segundo ele, fora inspirado por mim e por meu discurso perante o Conselho, pouco depois de eu ter chegado a Vrindavahn. Muita coisa acontecera em minha vida desde então, inclusive um longo afastamento da cidade, mas Arnak me procurou para pedir ajuda assim que voltei, e não pensei duas vezes antes de apoiá-lo em nome da liberdade das águias.

E, após um ano de tentativas frustradas, tínhamos finalmente a impressão de que algo estava prestes a mudar.

– Ora, muito bem, Mestre Arnak. Pensava que não viria mais

– disse um dos Conselheiros, assim que entramos na sala principal. Era o representante dos proprietários de terras, eleito por eles em substituição ao traidor Waclav de Brandannen, e eu o achava bem--intencionado, apesar de rabugento e teimoso como uma mula.

– Lamento desapontá-lo, Éamonn – Arnak sorriu, correu os olhos pelas pessoas sentadas ao redor da mesa. – Mas vamos ter que aguardar, de qualquer forma, não é? Só vejo seis de nós. Onde estão Mestre Eldrin e Thorold? E o Comandante?

– Em outra reunião, na sala menor – respondeu o Preste Drusius, saudando-nos com um gesto que parecia uma bênção. Ele estivera à frente do Conselho nos últimos quinze anos, um sacerdote de barba cinzenta que, a cada vez que eu o via, parecia ter se tornado mais branca. À sua direita estava sentada uma elfa – a Dama Ranya, descendente da antiga Casa Rubi de Riverast – e, à esquerda, Mestre Enoch, representante dos artesãos. O único outro membro do Conselho à mesa era Colum, o velho impaciente que falava em nome dos mercadores. Sentei-me ao lado dele, retribuindo sua careta de desgosto com meu melhor sorriso, e me preparei para esperar, já que um terço dos Conselheiros estava ausente. No entanto, para minha surpresa, o Preste deu início à reunião, dizendo que o Comandante e os outros dois não voltariam tão cedo.

– Já estivemos discutindo seu projeto, Arnak – afirmou, esfregando a ponte do nariz. Parecia cansado, os olhos avermelhados como se houvesse passado a noite em claro. Ele procurou entre vários documentos até achar uma cópia de nossa petição e repetiu os pontos principais, que todos conheciam bem, mas que sempre eram repassados quando nos sentávamos para falar sobre o assunto.

– Sua proposta é anular a convenção militar firmada com Scyllix, a cidade responsável pela defesa das Terras Férteis, naquilo que se refere às águias douradas de Vrindavahn – disse, lendo as palavras que eu sabia de cor. – Hoje, as aves passam por uma transformação conduzida pelos magos do Castelo das Águias e são enviadas a Scyllix, sempre que há guerra, para servirem como forças de ataque durante as batalhas. Vocês alegam que isso causa sofrimento às águias e é desnecessário, portanto deve parar. E como, em princípio, sabemos que o Conselho de Scyllix é contrário a essa proposta, sugerem que busquemos aliados em outras cidades.

– Sim, porque aí a demanda não seria só nossa, mas também de outros Conselhos da Liga – disse Arnak. – Quanto mais cidades concordarem com o fim da convenção, mais força teremos. Mas, até onde sei, apenas quatro Conselhos deram resposta, e todos foram de vilas e cidades pequenas.

– Sim. Bem, diante disso, ficamos num impasse – tornou o Preste Drusius. – Se, por um lado, sempre conseguimos manter a guarda das águias em tempos de paz, por outro é bem provável que a maioria das cidades prefira continuar com a convenção. É o que o silêncio dos Conselhos dá a entender, não acham?

Assenti, com um leve suspiro. Dois anos vivendo ali me tinham feito saber como as coisas funcionavam nas Terras Férteis, onde as cidades tinham governos independentes, mas eram ligadas por um tratado de defesa e ajuda mútua. As maiores dentre elas, conhecidas como As Onze, tinham assumido cada qual uma função na Liga, enquanto as menores só precisavam cuidar de si mesmas e dar sua contribuição ao tesouro comum. Vrindavahn seria apenas mais uma se não possuísse algo único: uma fonte mágica, oculta em meio à floresta que margeava o Castelo das Águias. Sua água era o que tornava aquelas aves tão sensíveis à transformação. Um mago elfo, muitos anos antes, fizera essa descoberta, e a Liga passara a usar as águias como armas de guerra. Era o que estávamos tentando mudar.

– A maior parte dos membros deste Conselho é favorável à sua causa, mas concordamos em buscar o apoio de outras cidades antes do confronto com Scyllix – o Preste voltou a falar. – Eu não acreditava que o receberíamos. No entanto, uma porta se abriu onde menos esperávamos, e foi por isso que os chamei. Vejam.

Um silêncio cheio de expectativa tomou conta da sala enquanto ele vasculhava os papéis. Levou uma eternidade, mas acabou encontrando o que buscava: um envelope grande, feito de um caro papel de linho e fechado com lacre preto.

– Esta carta chegou ontem, trazida por um mensageiro de Scyllix – disse o Preste, abrindo o envelope. – Desde que a li, refleti bastante sobre o conteúdo, e hoje ele foi discutido na reunião prévia. Na verdade, falávamos nisso até pouco antes de vocês chegarem, e os que estão na outra sala tiveram tempo de se inteirar também.

– Uma reunião prévia? Sem mim? – perguntou Arnak, surpreso.

– Entendo que o Conselho discutisse antes de se dirigir a Anna, mas eu faço parte dele. Por que não fui convocado?

– A pedido meu – disse o Preste; o meio-humano o olhou com o cenho franzido, mas esperou para ouvir mais. – Você se exalta com facilidade, e eu queria que o Conselho tivesse uma posição sobre esta carta antes de consultá-lo. Ela trouxe novidades... perturbadoras, eu diria. Não são as únicas, o que já devem imaginar, visto que três de nós se ausentaram para tratar de assuntos urgentes. Mas as duas ocorrências estão ligadas, e temos de estudar esse problema com cautela, então... Bem, comecem pela leitura, talvez com isso já possam compreender o quanto a situação é delicada.

Olhei para Arnak, esperando que ele assentisse, e só então peguei a carta. Tinha apenas uma folha, coberta por caligrafia elegante e arrematada com um selo pendente. Arnak se aproximou, quase encostando a cabeça à minha, e juntos lemos as palavras que mudariam tudo.

Ao Preste Drusius, líder do Conselho de Vrindavahn, saudações!

Chegou a meu conhecimento que uma petição, solicitando o fim da convenção referente às águias douradas, foi encaminhada a várias cidades das Terras Férteis. O Conselho de Scyllix não recebeu nenhuma cópia dessa petição, o que me faz pensar que talvez vocês tenham preferido assegurar o apoio de outras cidades da Liga antes de mais nada.

Diante disso, escrevo para oferecer minha ajuda como membro do Conselho de Scyllix e um de seus principais líderes. Tenho interesse em discutir sua proposta, e talvez possa apoiá-la, mediante uma contrapartida que prefiro explicar diretamente ao representante de Vrindavahn. A esse respeito, tendo em vista seu envolvimento em debates anteriores, sugiro que Anna de Bryke, Mestra de Sagas da Escola de Artes Mágicas, seja investida no cargo de embaixatriz, ou equivalente, para conduzir as negociações em Scyllix.

Considerem este um pedido pessoal, que espero ver atendido, pois me disponho a ajudá-los com o que, de outro modo – falando com inteira franqueza –, não teria a menor possibilidade de sucesso.

Certo de contar com sua aquiescência, sou

Fahel, Conselheiro Civil de Scyllix.

– Mas quem é esse Fahel? – explodiu Arnak, mal terminou a leitura da carta. Estava irritado com a arrogância do Conselheiro e com a proposta em si, e eu também estaria se não houvesse ficado tão perplexa.

– Deve ser um engano – afirmei. – Por que eu iria a Scyllix, se nem mesmo sou Conselheira?

– Iria como enviada extraordinária, apenas para essa questão – disse Ranya, brincando com o rubi pendente de sua orelha. – Ninguém sabe tanto quanto você a respeito daquelas águias. Talvez só mesmo seu marido, com quem, suponho, não seria muito simples negociar um acordo.

– É, acho que não – respondi, sentindo-me corar. Dois anos antes, apenas algumas luas após ter chegado a Vrindavahn, eu me casara com um dos mestres da Escola de Artes Mágicas, e, embora o amasse de todo coração, tinha de admitir que nem sempre era fácil lidar com ele. Para os de Scyllix devia ser ainda pior, pois Kieran nascera lá, servira o exército como Mestre das Águias e guardava um enorme rancor por aqueles tempos. Eu quase podia vê-lo tendo um ataque de raiva, apertando seu bastão de poder ou o punho da espada até que os nós dos dedos ficassem brancos, quando soubesse da proposta que eu acabara de receber.

Não que eu estivesse muito inclinada a aceitá-la.

– O senhor disse que os Conselheiros debateram o assunto da carta – falei, dirigindo-me ao Preste Drusius. – A que conclusão chegaram?

– Não houve uma decisão unânime. – O Preste suspirou, esfregando os olhos cansados. – Dos que estão presentes, Colum nunca aprovou a petição, por isso se recusou a opinar; Enoch e a Dama Ranya votaram a favor de sua ida a Scyllix; Éamonn acredita que Arnak é a pessoa mais indicada para falar por Vrindavahn. Da minha parte, não estou certo se deveríamos mandar alguém ao encontro desse Conselheiro Fahel. Ele já começa fazendo exigências, deixando claro que deseja uma contrapartida... Em suma, parece estar agindo em proveito próprio. E isso não me agrada.

– Isso é comum na política, Preste – disse Ranya. Suas palavras me fizeram ter quase certeza de que Fahel descendia de uma Casa Nobre, assim como ela própria, e o que veio a seguir afastou qualquer dúvida. – Tive poucas oportunidades de falar com o Conselheiro, mas ele é muito influente em Scyllix e nunca se portou de forma indigna, até onde sei. Se queremos o fim da convenção, seria um erro desprezar sua ajuda, e Eldrin pensa como eu.

– Essa é a primeira vez que os vejo concordar em alguma coisa – observou Éamonn.

– Bem, então Mestre Eldrin também votou a favor – disse Arnak, com expressão concentrada. – E os outros dois?

– A favor também. Thorold pensou um pouco, depois disse que devíamos arriscar e que Mestra Anna era capaz de vencer qualquer discussão. Já a reação do Comandante foi estranha – disse o fazendeiro. – Parece que um dos seus informantes chegou ontem do Oeste, com notícias que o deixaram muito nervoso. Eles estão reunidos agora, e ele pediu que Thorold e Eldrin estivessem presentes, porque podem opinar melhor em assuntos militares. Quanto às águias, o Comandante acredita que, diante das circunstâncias, a ida de Mestra Anna para Scyllix pode acabar favorecendo as Terras Férteis.

– Quer dizer que ele também prefere que ela vá. Bom, não faço objeções – disse Arnak, respirando fundo. – Confesso que esperava defender a causa em Scyllix, mas Anna vai se sair bem. E, como diz a Dama Ranya, não devemos perder a oportunidade de negociar com um Conselheiro influente.

– Então, a maioria está a favor – disse a elfa, com um sorriso satisfeito. –Isso quer dizer que faremos de Anna nossa enviada extraordinária. Se ela concordar, é claro.

– Ela e o marido, pois afinal é uma mulher casada – disse Éamonn, falando com a lógica dos humanos. – Por que não perguntamos o que Mestre Kieran pensa disso?

– Porque ela pode pensar por si mesma – disse Ranya, no mesmo tom.

– Isso é verdade, mas preciso de algum tempo para refletir – falei, e todos os olhares se voltaram para mim. – Sei que manobras são comuns, quando se trata de política, mas o tom do Conselheiro nessa carta não me agradou. Além disso, eu mesma não sou uma Conselheira, não sei se conseguiria lidar com ele nos seus termos, nem me vejo falando diante de cinquenta pessoas que devem ter todo tipo de argumento a favor da convenção. Nesse caso, acho que prefiro mesmo discutir o assunto com Kieran. Não por ser meu marido, mas porque ele conhece muito bem o Conselho de Scyllix.

– Bem, não vai ter que esperar muito – disse a elfa, dando de ombros. – Estou ouvindo as cadeiras se arrastarem na outra sala. Eles devem sair daqui a pouco.

– Eles? Eles quem?

– As pessoas reunidas com o Comandante Owen e seu informante – disse Ranya, estranhando minha surpresa. – Você não sabia? Mestre Kieran está naquela reunião!

2
Kieran

Desde o início eu soube que aquilo não iria acabar bem.

O espião tinha uns vinte e poucos anos, cabelo e barba cor de areia e sotaque do Oeste. Estava sentado entre o Comandante Owen e seu neto, que ostentavam um ar compungido, porque já tinham ouvido a história que o rapaz contava aos Conselheiros. A eles, não a mim: quando soube quem eu era, o sujeito se encolheu, assustado, e quase uma hora depois ainda não tinha tido coragem de olhar para minha cara.

Os Conselheiros também tinham expressões sombrias. Eldrin apertava os lábios, mexendo em seu brinco de ametista como se quisesse garantir que não ia perdê-lo. Thorold estava pálido e carrancudo, e ficou ainda mais quando o informante mencionou Bulforg, a cidade do Oeste onde ele tinha amigos e negócios.

– Você tem certeza? – perguntou, franzindo a testa. – Bulforg já confirmou que está nessa aliança? Ou o tal capitão de Pengell só falou nisso como uma possibilidade?

– Senhor, eu o ouvi dizer que está confirmado, tanto o apoio de Bulforg quanto o de todas aquelas outras cidades, e isso numa reunião com os chefes militares de Malkin. Ele podia estar mentindo, é claro – ponderou o rapaz. – Mas por que faria isso?

– Um blefe, talvez – sugeriu Eldrin. – Ele pode ter dito a mesma coisa em cada uma das cidades para conseguir que as outras aderissem. Já vi isso acontecer.

– Não creio – disse o Comandante, retorcendo o bigode entre os dedos. – Ele é de Pengell, e Pengell nunca precisou blefar. Quando querem alguma coisa, eles exigem, e se não conseguem tentam tirá-la à força. Foi assim que arrastaram para a guerra várias cidades pacíficas. Não é verdade, Kieran?

Bufei, sem responder, mas todos nós sabíamos que ele tinha razão. Pengell, no País do Norte, era como Scyllix – uma cidade dedicada à guerra –, mas, além de ter um grande contingente de soldados, recrutava mercenários da pior espécie, além de bárbaros das Terras Geladas, magos inescrupulosos e até caçadores da Tribo do Urso Negro, criaturas sanguinárias que, por falta de um nome melhor, eram consideradas como elfos. Ao contrário dos confrontos com os Pans do Oeste, que em geral se resumiam a umas poucas batalhas na fronteira, nosso último conflito com Pengell custara caro. Tinha havido colheitas queimadas, aldeias varridas do mapa e muitas vidas perdidas. A própria cidade de Scyllix fora atacada, embora não tivesse chegado a ser tomada pelo invasor. No fim, as tropas élficas e humanas das Terras Férteis acabaram por vencer as hordas, mas a compensação que exigiram dos vencidos foi muito pequena, e, recolhido ao seu castelo no País do Norte, o Tirano de Pengell continuou a acumular riquezas e planos de conquista. Estes haviam se transmitido a seu filho, depois a seu neto, Greimolt, que certamente seria capaz de reunir uma força ainda mais poderosa que a do avô. Houvera tempo bastante para isso desde o fim da guerra. Sessenta anos...!

– Eles não têm aliados no Norte, mas as cidades mais próximas, que nos apoiam ou estão em paz conosco, não passam de aldeias crescidas – tornou o Comandante. – Não podemos contar com elas, e ainda há o risco de que sejam atacadas e saqueadas quando as tropas de Pengell se puserem em marcha.

– Se é que vai acontecer – disse Orm, seu neto de quinze anos. – Ainda não declararam guerra, e antes disso tem de haver negociações, esse tipo de coisa, não é?

– Nem sempre. Eles podem querer nos pegar desprevenidos – falei. Ele me olhou nos olhos e assentiu, preocupado, mas sem medo. E era bom que fosse assim, já que, após três anos de dúvidas, finalmente se decidira a deixar a Escola de Artes Mágicas e seguir a carreira militar. Seu Dom, porém, seria aproveitado, pois além do treinamento na Escola de Guerra ele iria praticar com Vergena, que me sucedera em Scyllix como Mestra das Águias. Ou pelo menos como maga a serviço do exército: não havendo guerra, também não houvera águias guerreiras nos últimos dois anos. Mas isso parecia prestes a mudar.

– Devemos ser cautelosos – o Comandante voltou a falar. – Pengell pretende nos declarar guerra, não tem aliados no Norte, mas em compensação tem várias grandes cidades do Oeste a seu lado. Golrod, Malkin, Bulforg...

– Bem, são exércitos pequenos – disse Eldrin. – Algumas cidades nem têm tropas regulares, como é o caso de Brandannen. Por falar nisso, eles estão entre os aliados de Pengell? Não havia uma doença, uma espécie de peste grassando por lá?

– Houve, mas já acabou, e os Vannovich não perderiam a oportunidade de lutar conosco – respondi. Falava com conhecimento de causa, pois estivera no castelo deles, no ano anterior – antes da peste, felizmente –, e comprovara por mim mesmo o ódio que os governantes de Brandannen devotavam às Terras Férteis. E não eram os únicos. A maior parte dos Pans, como os nobres eram chamados no Oeste, herdara dos avós algum tipo de reivindicação sobre o território, e as guerras só não tinham sido mais frequentes porque poucos se atreviam a desafiar nosso exército. No entanto, se várias daquelas cidades tinham se aliado, ainda mais com o reforço de Pengell e de seus mercenários, era certo que nos fariam passar um mau bocado.

– E como está o entendimento entre as cidades da Liga? – perguntou Eldrin. – Não recebemos nada a esse respeito no Conselho.

– O que é estranho – disse Thorold. – Todas as Onze Cidades têm informantes, espalhados pelo País do Norte e pelo Oeste. Se Pengell fez mesmo tantas alianças, alguma coisa já devia ter chegado ao conhecimento de Scyllix.

– Talvez tenha, e não ficamos sabendo – disse Orm.

– E não nos poriam de sobreaviso? A nós, que temos as águias douradas? Eu acho que já teriam dito alguma coisa – repliquei. – Talvez algumas mensagens dos espiões tenham sido interceptadas, isso sim. Ou então... talvez o nosso agente seja um homem de muita sorte.

Dizendo isso, busquei os olhos do rapaz, que finalmente achou coragem para me encarar durante alguns momentos. Foi rápido, mas não achei indícios de que ele estivesse mentindo. Talvez houvesse sido mesmo a pura sorte que nos fez ser os primeiros a saber.

– Se é verdade o que acabamos de ouvir, não tardaremos a ter mais notícias – disse o Comandante. – De qualquer forma, precisamos mandar mensageiros para as cidades mais próximas da fronteira. Erchedel, principalmente. É um lugar muito vulnerável, caso o inimigo venha pelo pântano.

Thorold concordou, balançando a cabeça com gravidade. Eldrin fez o mesmo, mas sublinhou que o mais importante era entrar em contato com Scyllix. Toda a defesa das Terras Férteis, das fronteiras à Floresta do Sol, dependia da Cidade dos Guerreiros.

Minha cidade.

– Tenho certeza de que logo eles receberão mensagens de seus próprios agentes – afirmei. – E não tardarão a me pedir que prepare as águias, mas não farei isso antes de saber que o inimigo está a caminho. Elas não devem passar mais do que quatro luas longe de Vrindavahn.

– É verdade. Não sabemos o quanto a guerra pode durar – disse Orm, mas à frase casual seguiu-se outra que me deixou intrigado. – Diante disso, acho que o Conselheiro não vai querer discutir a convenção agora, não é, avô?

– Que convenção? – indaguei. – A das águias, que Arnak está tentando anular? Ele não sabe que está perdendo seu tempo?

– Também achávamos, mas um dos Conselheiros de Scyllix está disposto a negociar. Ou estava – disse Orm, com um suspiro. – Com a ameaça de guerra, acho que isso vai ficar para depois.

– Ah, é? Que Conselheiro?

– Não guardei o nome dele – o Comandante hesitou um pouco, depois voltou a falar. – Mas há um ponto da mensagem que deve lhe interessar: para negociar seu apoio, o Conselheiro gostaria que Mestra Anna viajasse até Scyllix. Como enviada extraordinária – completou, quando eu já sentia o sangue me subir à cabeça.

– Minha mulher, não é? Aposto que é um parente do Hillias, ou pelo menos partidário da Casa Safira! – exclamei, cuspindo o nome do meu inimigo. – Devem querer minha intervenção para que o maldito seja posto em liberdade, e acham que Anna pode ser usada para me convencer. Tenho certeza de que é isso!

– Se for, eles demonstram ser espertos – disse Thorold. – Anna poderia convencer você. Ela *convence qualquer um* a fazer *qualquer coisa.*

– Ela não iria compactuar com eles – sibilei.

– Oho! Pelo fim da convenção? Para que as águias douradas nunca mais fossem usadas como armas de guerra? Pense bem! – replicou ele, olhando-me com franqueza. Encarei-o, cheio de raiva, mas não pude retrucar, pois nada havia naquelas palavras além de verdade. Anna seria bem capaz de ir a extremos, negociando com a Casa Safira em nome da liberdade das águias. Já conseguir o meu apoio não seria tão fácil, mesmo para ela. Mas isso não a impediria de tentar.

– Eu não gostaria de vê-la aceitar essa proposta – resmunguei, quase que só para mim mesmo. – Mas é provável que Orm esteja certo. Com a iminência da guerra, qualquer discussão sobre as águias vai ter de esperar.

– Talvez. Embora muitos acordos sejam feitos em tempos de crise, com as atenções voltadas para outro lado – disse Eldrin, com voz suave. Aquilo fora calculado para me irritar, por isso não respondi, guardando a raiva e as indagações para quando pudesse ter respostas mais completas.

A reunião durou apenas mais um quarto de hora, no qual ficou decidido que enviaríamos mensagens aos chefes militares de Scyllix e de Erchedel. Thorold e o Comandante se encarregariam dessa parte, enquanto Eldrin escreveria aos Conselheiros das Onze Cidades – ou seja, a outros elfos de túnicas bordadas e brincos que entortavam as orelhas – para saber se seus espiões tinham dado notícias nos últimos tempos. Quanto a mim, devia regressar ao Castelo das Águias e me preparar para lidar com uma série de problemas.

E o primeiro estava à minha espera no salão do Conselho.

– *Anna*...? – exclamei, franzindo a testa, ao passo que ela sorria. – O que está fazendo aqui? No Castelo me disseram que você estaria na casa de Arnak!

– Fui mesmo, mas depois havia essa reunião – disse ela, fazendo um gesto que abarcava os Conselheiros. Estes me cumprimentaram, todos muito sérios. Enoch e o velho Colum pareciam pouco à vontade. Só a elfa tinha uma expressão agradável.

– Um instante atrás, eu também não sabia que você estava aqui – tornou Anna, o que eu já imaginava. – Foi uma reunião militar?

– Não sou mais militar – lembrei-a. – Foi uma reunião sobre estratégia. E a de vocês, pelo que eu soube, é para falar das águias douradas.

– Ah, já lhe disseram? Pois é, um Conselheiro de Scyllix quer negociar, mas não sei em que termos, nem o porquê de ele pedir para eu ser a representante de Vrindavahn. Será que você o conhece, ao menos de ouvir falar? O nome dele é Fahel.

Ouvindo aquilo, um sobressalto me atingiu como um soco no peito. Fahel...! Nem parente de Hillias, nem acólito da Casa Safira, mas algo – *alguém* – mil vezes pior. Era revoltante saber que ele tentava aliciar minha mulher. No entanto, consegui me controlar, embora fervesse de raiva por dentro, e respondi apenas que sabia de quem se tratava. E minha voz contida, minhas sobrancelhas e punhos cerrados disseram todo o resto.

– Já vi que não gosta dele – Anna olhou bem dentro dos meus olhos. – É alguém da Casa Safira, dos fundadores de Scyllix? Pois nesse caso seria parente de Hillias, eu entenderia essa sua indignação.

– Não é isso – repliquei. – Mas não vejo com bons olhos essa ideia de negociar com você.

– Nem eu – disse o Preste Drusius, balançando a cabeça. – Mas a maioria dos Conselheiros se pronunciou a favor.

– E eu ainda não me pronunciei – disse Anna, antes que eu pudesse falar. – Quero pensar bastante antes de decidir, e gostaria que conversássemos mais a respeito, Kieran. Não agora – acrescentou, vendo que os Conselheiros se remexiam desconfortavelmente em seus assentos. – Depois que as reuniões forem encerradas e voltarmos para casa.

– Bem, se não tem uma resposta ao pedido do Conselheiro Fahel, esta reunião já se encerrou – disse o Preste, não sem alívio. – O senhor, Comandante...?

– Nós também já discutimos, e tenho providências urgentes a tomar. Mestre Eldrin porá o senhor e os outros a par de tudo – respondeu o velho. Os olhares de todos convergiram para o elfo, e Anna e eu aproveitamos o momento para sair tão rápida e silenciosamente quanto podíamos.

Eu sabia que minha mulher mal podia esperar para chegar ao Castelo e me encher de perguntas. Por isso mesmo, arranjei vários pretextos para nos demorarmos na cidade, levei-a para comer torta e para uma visita à loja do livreiro. Ela não me apressou, mas me olhava de um jeito desconfiado, sabendo que eu tentava distraí-la. O que não imaginava era que as Terras Férteis estavam sob ameaça, e que essa era outra razão para eu adiar aquela conversa, já que sabia o quanto a simples ideia de uma guerra a deixaria abalada.

No entanto, se o perigo não podia ser afastado, ao menos fornecia motivos suficientes para que Anna não fosse a Scyllix. E com isso era até provável que eu nem mesmo precisasse explicar quem era Fahel, o que representava um grande alívio. Eu não queria que minha mulher tivesse qualquer contato com aquela gente.

De todas as histórias do mundo, essa era a última que ela precisava saber.

3
Orm

Palavra: nunca vi meu avô tão preocupado. Nem quando aquele mago elfo, o tal Hillias, criou disputas no Conselho, nem quando a guarnição militar sob o seu comando foi reduzida à metade, nem mesmo quando minha avó caiu de cama com a doença das juntas. E olhem que em todas essas vezes os problemas estavam aqui, eram coisas com as quais ele teve que lidar, enquanto a guerra dificilmente chegará a Vrindavahn. Antes que isso aconteça, não há nada que o velho possa fazer, mas mesmo assim está inquieto, porque uma guerra dessas proporções irá afetar a todos os moradores das Terras Férteis.

Ele descreveu a situação com tanta segurança que parecia estar lendo aquilo num livro. As cidades que não forem atacadas terão que mandar suas guarnições, e até cidadãos comuns, com pouco treino de armas, podem ser chamados a engrossar as fileiras do exército. Ferro, madeira e outros recursos serão destinados principalmente às tropas, e os que não forem à guerra vão sofrer privações. Para tornar as coisas piores, o Tirano de Pengell e seus aliados do Norte costumam ter feiticeiros a seu serviço, e, embora existam magos bem mais poderosos aqui no Sul, é difícil encontrar algum que aceite se envolver em assuntos de guerra. A única com quem podemos contar é Vergena, que recebeu sua espada há apenas dois anos. Essa também é uma preocupação do meu avô, por isso ele pôs na cabeça que Mestre Kieran deveria assumir o comando das forças de defesa. E, como há poucas chances de que ele faça isso por livre e espontânea vontade, o velho achou por bem apoiar a ida de Mestra Anna a Scyllix, acreditando que o marido vai querer acompanhá-la e protegê-la enquanto ela estiver lá.

Da minha parte, não acho que esse plano vai funcionar, porque duvido que a questão das águias seja discutida em meio a uma guerra. Mestre Eldrin, que já serviu como diplomata, discorda de mim, e Mestre Thorold está em dúvida, mas todos nós concordamos num ponto: a ajuda de Mestre Kieran pode representar a diferença entre a vitória e a catástrofe. Eu só não acho que Mestra Anna deva ir a Scyllix nessas circunstâncias, ainda que na companhia do marido, porque a cidade vai ser a primeira a sofrer um ataque. Não faz sentido expor uma mulher a esse perigo.

Freydis não gostou de saber a minha opinião. Segundo ela, há muitas mulheres em Scyllix, algumas até no exército, e todas são capazes de enfrentar uma guerra, tanto quanto qualquer homem. Ainda mais uma mulher como Mestra Anna, que cresceu na floresta, atira bem com um arco e já lutou até com ursos. Concordei, porque não queria discutir, mas a ideia não me agrada, assim como não me agrada pensar em Freydis viajando por aí como aprendiz de navegador, mesmo que seja nos barcos do pai dela. Não faz dois anos que um deles caiu nas mãos de piratas, sem falar nos acidentes e naufrágios que acontecem a torto e a direito. Ainda assim, ela está se preparando para embarcar na próxima primavera, e quando isso acontecer eu já estarei na Escola de Guerra, em Scyllix. Levei mais tempo do que deveria para decidir, então não posso deixar passar outra estação. A escolha foi minha e estou animado, estaria ainda mais se não fossem essas notícias, mas isso é pelas Terras Férteis e não por mim: se quero ser soldado, não posso me acovardar diante da guerra. E, com ela ou sem ela, minha partida será na próxima lua.

Vai ser difícil dizer adeus a Freydis. Com Andi já foi duro, ficamos tristes quando ele voltou para Kalket e a escola bárdica, mas nós o conhecemos quando já estudávamos no Castelo das Águias, enquanto Freydis tem sido minha amiga desde que tínhamos seis ou sete anos. Não me lembro de nada importante que eu não tenha discutido, lamentado ou comemorado com ela, e não sei como vou me arranjar sem essa baixinha por perto, para me dar um soco no braço toda vez que eu falar mais do que devia. Mas, de algum jeito, vai ter que ser. Faz parte da vida, como diz minha mãe; faz parte de crescer e seguir seu próprio caminho. E os nossos levam a mundos diferentes, longe de Vrindavahn e de tudo que vivemos juntos.

Pego a mão de Freydis, pequena e macia, e a comparo com a minha. Tenho a palma rosada e os dedos gorduchos, dedos de um garoto que adora tortas de creme e que não se importou de ser punido com trabalho na cozinha do Castelo das Águias. Mas isso logo vai mudar, pois o treino militar transforma gordura em músculos, e minhas mãos vão ficar fortes e calejadas pelo manejo da espada. Freydis vai perceber essa mudança ao tocá-las, do mesmo jeito que eu vou sentir sua pele áspera de sal e do trabalho nos barcos. Fora isso, ela não deve mudar muito, vai continuar baixinha, com cabelo escuro, olhos faiscantes e aquela voz que dói nos ouvidos quando fica brava.

E, por mais que a vida tenha seguido em frente, por mais que eu colecione histórias de guerra e ela do mar, sei que voltaremos a ser crianças toda vez que nos dermos as mãos.

4
KIERAN

– Queridos aprendizes, peço sua atenção! É a hora dos avisos do dia, e hoje tenho apenas um. Pois qualquer coisa a mais que eu dissesse iria se eclipsar ante o grande acontecimento: o aniversário de nosso mestre mais amado, meu companheiro das práticas de Forma e Pensamento, Kieran de Scyllix!

Uma salva de palmas, misturada a risadas nada discretas, recepcionou as palavras de Finn. Copos se ergueram, Anna gritou um viva, e Urien, o mestre de Música, aproveitou para me dar um sonoro tapa nas costas. Fechei a cara, não exatamente zangado, embora preferisse ser deixado em paz – e foi então que uma descarga multicor explodiu sobre nossas cabeças, lançando jatos de energia mágica para todos os lados como se fossem dardos.

– O quê...? – bradei, esquivando-me de um raio que passou rente à minha orelha. Foi por puro instinto, pois esses jatos eram inofensivos, usados pelos magos da Forma para impressionar os tolos. Os aprendizes sabiam disso, mas não perderiam por nada a oportunidade de criar confusão, gritando, pulando sobre os bancos e até se escondendo debaixo das mesas. Foi preciso que Thalia erguesse a voz para fazê-los voltar a seus lugares.

– O que é isso? Parem agora! – exclamou, com as faces vermelhas, porque aquilo partia dos moleques sob a sua responsabilidade. – Quem lançou esses raios? É melhor se acusar antes que eu descubra!

– Fui eu, mestra – um garoto do Segundo Círculo, que todos

conheciam por Ruivo, se levantou com os olhos no chão e as mãos atrás das costas. – Não foi por mal, era para comemorar o aniversário de Mestre Kieran, mas perdi o controle.

– Deu para perceber! – exclamou Urien, erguendo as mãos. – E devo dizer, sua homenagem teve intenções muito nobres... Kieran precisava matar a saudade do Encanta-Dragões!

A menção a nosso antigo aprendiz – de longe o mais atrapalhado que já passara pela Escola – fez várias pessoas rirem, deixando o ambiente mais leve. Anna também riu, e eu mandei que o Ruivo se sentasse depois de apenas resmungar que dispensava homenagens daquele tipo. Não queria calar a risada que eu amava e que ouvira tão poucas vezes nos últimos tempos.

Quinze dias tinham-se passado desde que estivéramos no Conselho, e ao longo desse tempo muitas notícias tinham vindo para nos inquietar. Eldrin recebera várias mensagens que alertavam sobre rumores de alianças entre os Pans do Oeste. Nenhuma declaração oficial fora enviada a Scyllix, e não havia nada que indicasse uma invasão pela costa, mas os agentes das Terras Férteis em Kulliev haviam reportado um movimento incomum de tropas nos arredores da cidade. A mesma informação viera de Kyrshel, uma cidade menor, situada junto à fronteira. Os pântanos a leste estavam sendo usados para treinamento do exército de Malkin, que ficava mais ao norte, a alguns dias de marcha. Tudo somado, a guerra era uma possibilidade cada vez mais forte, e as pessoas estavam tensas, à espera do momento em que seriam chamadas a fazer a sua parte.

Eu sabia que mais cedo ou mais tarde teria de enviar as águias a Scyllix, a pedido do Conselho Militar ou de Vergena, que devia recebê-las, treiná-las e comandá-las em batalha. Aquilo me preocupava mais do que eu gostaria de admitir, porque Vergena fora uma ótima aprendiz, mas nunca tinha estado perto de uma guerra. Não tinha visto companheiros caírem a seu lado, nem enterrado a espada nas tripas de um inimigo; não tinha ficado no alto de uma colina, segurando o bastão de poder e entoando um canto interminável enquanto as águias caíam sobre uma tropa montada, dilacerando a carne dos homens e os arrancando do dorso dos cavalos. Eu não tinha certeza se ela estava preparada para aquilo.

Corri os olhos pelos aprendizes, que riam e conversavam

enquanto acabavam o desjejum. No inverno anterior, Anna e eu tínhamos acompanhado Tarja e Razek até Riverast, onde agora prosseguiam os estudos, e o grupo de combate mágico ficara reduzido a um punhado de garotos por volta dos quatorze anos. Alguns tinham talento, mas todos eram muito verdes; ninguém com quem se pudesse contar numa ocasião de perigo, como a batalha travada na floresta, dois anos antes, quando Hillias fizera as águias se voltarem contra nós. Padraig, o aprendiz de Camdell, era a única exceção, por isso eu decidira lhe ensinar os encantos de proteção que usava nas muralhas do Castelo. E nós teríamos começado naquela mesma manhã se não fosse Dia do Descanso, quando a maioria das pessoas da Escola descia para ir ao templo ou se divertir em Vrindavahn.

– Você me encontra na casa de Flora? – Anna, fazendo-me lembrar de que ela ia também. – Não quer mesmo descer conosco?

– E ser sacudido para cima e para baixo numa carroça, escutando a gritaria dos moleques? Não, obrigado. Você é que podia vir comigo, pois chegaria mais rápido, não teria que andar da praça até a casa da sua amiga. O que acha?

– Hmmm... Não, acho que não. Eu volto com você, à tarde. Já é uma dose suficiente de selas e galopes – disse ela, com uma careta. Ao longo do casamento, nós tínhamos aprendido muita coisa um com o outro, tínhamos cedido e nos modificado em vários pontos, mas Anna continuava a ter problemas com cavalos. Montar, para ela, era um sacrifício. Minha contrapartida era a confusão que ela fazia em nossos aposentos, deixando livros fora da estante, baús abertos e lençóis amarfanhados. Era assim que estavam as coisas quando voltamos à nossa torre, e eu me controlei para não dizer nada quando Anna passou por tudo aquilo sem olhar e se eclipsou para a casa de banho.

– A carroça vai sair à nona hora, mal tenho tempo de trocar de roupa – disse, lá de dentro. Resmunguei qualquer coisa em resposta e me sentei na cama, depois de abrir espaço em meio a um monte de livros. Eram todos de poesia e literatura, misturados a cadernos de anotações, pois Anna se preparava para um teste na escola bárdica. Eu prometera acompanhá-la a Kalket, mas não sabia se os planos de viagem seriam mantidos. Nem esse, nem o outro plano, que pretendíamos pôr em prática no ano seguinte. Mais uma vez, a guerra deixava vidas em suspenso.

– Pronto, estou de saída – informou Anna, saindo da casa de banho com um vestido diferente e a trança refeita. – Vejo você ao meio-dia.

– Hum. Por que é mesmo que você vai até lá?

– Flora pediu que eu fosse. Talvez precise conversar – respondeu ela, e se inclinou para me dar um beijo. – Mas depois disso vamos almoçar n´A Espada e o Lírio. Mandei dizer a Moira que era seu aniversário e ela prometeu ganso assado com molho de maçã. Que tal?

– Parece bom – sorri. Anna retribuiu, beijou-me de novo, depois murmurou alguma coisa sobre o carro estar à sua espera e saiu, apressada. Fiquei ali, ouvindo seus passos se afastarem, meus dedos contornando distraídos os entalhes na cabeceira da cama. Era uma bela peça de carvalho, sólida e pesada, e pertencera aos antigos nobres de Vrindavahn, antepassados de Theoddor, que fundara a Escola de Artes Mágicas junto com Camdell. Todos os senhores do Castelo das Águias tinham nascido naquela cama, tinham vivido naquela torre, a primeira a ser construída, com seu telheiro azul e paredes de pedra. Ninguém esperava que eu escolhesse me alojar ali, afastado de todos, mas o lugar me atraiu desde o princípio, e Anna não relutou em se mudar para a Ala Azul quando nos casamos. *A nova dama do castelo*, dizia Urien. E, embora normalmente as suas asneiras me irritassem, admito que eu gostava de ouvir aquilo.

Um som estranho, que parecia vir de lugar nenhum, irrompeu de repente em meus ouvidos. Parecia uma música – não, um sussurro, embora a voz tivesse um tom melodioso, cadenciado. Concentrei-me, tentando entender o que era aquilo, e para minha surpresa distingui palavras de um antigo idioma élfico, que hoje são usadas apenas para tecer encantos. Aquele, até onde eu percebia, era um cântico em espiral, um dos mais comuns em Magia dos Nomes, quando se tenta manter a concentração por um longo tempo. Quem o entoava, e qual a finalidade, eu não saberia dizer, mas o fato de tê-la ouvido me alarmou, porque eu sempre tinha muito cuidado em manter minha mente protegida de influências externas. Tinha que ser alguém com muito, muito poder... ou um mago com quem eu tivesse uma ligação especial, consagrada por ritos e juramentos e além de qualquer defesa.

Vergena...?

O cântico havia emudecido, e eu comecei a entoar um outro,

feito apenas de umas poucas sílabas às quais se misturava o nome da Mestra das Águias. Fechei os olhos e trouxe à mente a sua imagem, tentando fazer contato – o que não era fácil, sem a preparação adequada – ou, pelo menos, obter uma visão de como estavam as coisas para Vergena. Talvez ela estivesse tentando falar comigo, para pedir o envio das águias; talvez quisesse orientação, como em outras vezes, naqueles dois anos. Talvez...

E de repente a visão me surgiu de uma só vez, e eu a interrompi bruscamente e me levantei, rosnando um monte de impropérios contra mim mesmo. Por que diabos eu tinha escolhido aquela hora da manhã, num dia em que Vergena devia estar de folga? Era provável que ela ainda estivesse na cama, e, de acordo com os hábitos dos elfos brilhantes, ainda mais provável que não estivesse sozinha. Não vi quem era sua companhia, notei apenas o cabelo vermelho, mas uma coisa era certa: para quem estava sob ameaça de uma guerra, Vergena parecia bem feliz.

– Então não era ela – murmurei, caminhando até a casa de banho. Outras possibilidades me passaram pela cabeça – dois ou três mestres da Escola de Riverast que me tinham em boa conta, um antigo companheiro de estudos, fortíssimo em Magia dos Nomes, o próprio Camdell –, mas eu não conseguia pensar numa razão para terem feito aquilo. Teria de procurar saber depois, do jeito adequado.

E então agiria de acordo, quer se tratasse de um amigo ou de alguém tentando invadir meus pensamentos.

Duas horas mais tarde, selei um dos cavalos da Escola e desci a estrada serpenteante até Vrindavahn. O dia estava bonito, mais do que se esperaria no outono, e o centro da cidade fervilhava de pessoas que visitavam o templo ou o mercado. Passei por ali sem apear, pois meu destino era a rua afastada onde moravam os amigos de Anna, mas, antes que tomasse aquele rumo, algo chamou minha atenção: uma pequena multidão, em meio à qual distingui o Comandante Owen, corria em direção às ruazinhas que iam desembocar no porto.

– O que aconteceu? – gritei, dirigindo-me a qualquer um que pudesse me ouvir.

– Refugiados! – respondeu uma voz de homem. Alarmado, puxei a rédea e enveredei também por uma das ruas estreitas, felizmente vazia, o que me permitiu chegar lá antes de toda aquela gente. Galopei ao longo do cais até avistar uma aglomeração, e meu coração deu um salto ao ver o barco em torno do qual todos se reuniam.

O *Saemundar*. O melhor barco de Thorold, que fazia a rota entre Vrindavahn e Bulforg – o barco tomado por Nestorian, líder dos piratas que tinham sequestrado minha mulher, e que depois fora trocado por outro, chamado *Narval*. Os ratos d´água que ficaram com o *Saemundar* tinham sido detidos após uma tempestade os deixar à deriva, e o barco fora restituído aos cuidados de Semyon, o homem de confiança de Thorold em Bulforg. Que agora estava ali, com ar abatido, mas resoluto, à frente de uns trinta sujeitos de todas as idades.

– Semyon! – exclamei, apeando do cavalo. Ele acenou com a cabeça, em reconhecimento, e eu abri caminho entre os curiosos para ir ao seu encontro.

– O que houve? – perguntei, mesmo antes de lhe apertar a mão. – Quem é toda essa gente?

– São do Oeste, Mestre Kieran. E são muitos – disse um soldado da guarnição de Vrindavahn. – O senhor está vendo os homens, mas o barco está cheio de mulheres e crianças. E nós mandamos chamar o Comandante para averiguar os fatos.

– E eu pedi para chamar Pan Thorold! – replicou Semyon, zangado. – Onde ele está?

– No templo, com a família! Mas ele já está vindo! – exclamou alguém, que se esforçava para passar pela multidão. Finalmente, à custa de muitas cotoveladas, as pessoas se afastaram, dando espaço ao marujo de meia-idade que, todos sabiam, era um velho amigo e agregado na casa de Thorold.

– Joot! – Semyon respirou, aliviado, e os dois trocaram um rápido abraço. – É bom que tenha vindo. O senhor também, Mestre Kieran. Estou tentando explicar que isso não é uma invasão. Pelo contrário, nós estamos com medo de permanecer em Bulforg. Já começaram a recrutar nas aldeias – acrescentou, com pesar. – E estão requisitando barcos, não pude impedir que tomassem um dos nossos.

– Então vêm por mar? – indaguei, tentando calcular a rota. Semyon, porém, sacudiu a cabeça, dizendo que os barcos só iriam transportar soldados e armamentos até Malkin. O ataque às Terras Férteis, até onde sabia, seria feito por terra. Respirei fundo, compreendendo que a ameaça acabara de se tornar um fato concreto, e foi então que Thorold apareceu, acompanhado pela mulher, Tatyana, pela filha, Freydis, e por seu aprendiz, um jovem piloto chamado Bran ap Dian. O Comandante chegou em seguida, e as duas centenas de pessoas reunidas no cais ouviram de viva voz a confirmação dos seus piores temores. *Guerra...*!

– Tenham calma, todos! Não é hora de desespero! – Thorold ergueu seu vozeirão, abafando os murmúrios e lamentos. – Scyllix está muito bem preparada para a defesa, as cidades da fronteira também, e nós estamos longe demais para ser atacados. A partir de amanhã, quem tiver alguma questão a esse respeito pode nos procurar no Conselho Municipal, agora voltem para os seus afazeres. Semyon, você precisa ir à Casa dos Nautas, pois as pessoas que chegam a Vrindavahn por mar têm que deixar os nomes no registro. Bran e Joot irão também, para atestar que esses homens são marinheiros e artesãos a meu serviço e essas são suas famílias. Eu assumo a responsabilidade por eles.

– Deus o abençoe, paizinho Thorold! – gritou um dos recém-chegados, um velho que devia ter o dobro da idade do Conselheiro.

– Vocês ouviram! – bradou o Comandante, dirigindo-se à multidão, que relutava em se dispersar. – Essas pessoas são boa gente. Estão apenas fugindo da guerra. Seremos hospitaleiros com eles, mas duros com o verdadeiro inimigo, podem acreditar! Por Vrindavahn!

– Por Vrindavahn! – bradou um coro de vozes, e muitos punhos se ergueram com entusiasmo. As pessoas começaram a se afastar, Semyon voltou ao barco para falar com os que ainda estavam a bordo e o Comandante me puxou para o lado, enxugando o suor da cabeça lisa como um ovo.

– Chegou correspondência de Scyllix – disse ele, em tom urgente. – Não houve uma declaração formal, mas pelos relatos, pela observação, o Conselho não tem dúvida de que estamos em guerra. Eles supõem que as tropas inimigas estejam se reunindo perto da fronteira, e que esperam a chegada do exército de Pengell para então atacar em massa. Pode demorar, porém não mais do que duas ou três luas, por isso estão pedindo que você envie as águias guerreiras.

E há uma outra coisa – tomou fôlego, preparando-se para dizer o que eu não ia gostar de ouvir. – Eldrin tinha razão, a convenção talvez seja discutida, mesmo durante a guerra. E não por nossa causa, mas porque os partidários da Casa Safira voltaram a exigir a posse das águias.

– O quê? Pensei que esse assunto houvesse morrido! – exclamei, mal conseguindo acreditar. Hillias tinha mobilizado o Conselho de Scyllix em torno daquilo, mas ele era um mago, e os fizera acreditar que poderia transformar as águias de forma permanente. Agora, no entanto, o elfo estava privado de seu poder, e não havia por que, ou *como*, seus parentes retomarem a questão. A menos, claro, que houvessem achado outro mago para ajudá-los... Mas quem?

– Não sei o porquê disso, mas acredito que tenha a ver com o perigo representado por Pengell. Eles podem fazer estragos bem maiores que os Pans, e as águias podem ser de grande ajuda. Mas isso não é tudo – tornou o Comandante. – Além de pedir que as enviem, eles solicitam um representante de Vrindavahn para discutir a convenção, e, ainda que desta vez não a mencionem... eu acho que não temos ninguém melhor do que Mestra Anna.

– Fora de questão – as palavras me brotaram da boca sem esforço. – Ela não vai sozinha a Scyllix. Muito menos em tempos de guerra.

– Mas eu não quis dizer *sozinha* – replicou o velho. – Quis dizer com *você*, que pode protegê-la melhor do que ninguém... e, sim, é a melhor pessoa para defender as Terras Férteis. Você nega isso? – perguntou, agarrando-me o braço com um vigor que eu pensava que ele já não tinha. Soltei-me com um safanão e recuei, pois minha visão tinha escurecido, as coisas à minha volta adquirindo uma aura difusa e como que enevoada. Eu não podia me arriscar a reagir naquelas circunstâncias.

Duas mãos pousaram sobre os meus ombros, como se quisessem me reter. Pisquei, a visão ainda alterada, e percebi tratar-se de Orm, que já me vira zangado antes e tentava proteger o avô. Freydis também estava perto e me fitava, apreensiva. Felizmente, o Comandante parecia ter compreendido que fora longe demais, por isso não insistiu, dando-me tempo para recobrar o controle.

– Bom, não quero discutir – falei, cortando o ar com um gesto. – Vou preparar e enviar as águias guerreiras a Vergena, vou defender

Vrindavahn se a guerra chegar até aqui, e isso é tudo. Tenham uma boa tarde.

Virei as costas, sem atender às exclamações que deixava para trás, e fui pegar o cavalo, que me esperava no mesmo lugar, embora eu não o tivesse prendido. Passei a galope pela ruazinha, diminuí a marcha ao cruzar pela praça – ainda cheia de gente, que agora se reunia em grupos, discutindo sobre a guerra – e segui em direção ao bairro dos artesãos. Tentava me acalmar, mas, sobretudo, tentava não considerar, sequer por um momento, a possibilidade de fazer o que o Comandante havia sugerido. Eu dera a Scyllix muito da minha energia, do meu sangue – dera a eles muito mais do que mereciam. Recebera algo em troca, era verdade, mas cumprira minha parte do acordo. Para o inferno, se achavam que eu tornaria a me sacrificar enquanto todos os outros lavavam as mãos.

A casa em que me detive era uma das últimas da rua, uma casa de tijolos brancos e telhado inclinado sobre o qual fora plantado um cata-vento. Dois cavalos estavam amarrados à frente, e os sons de vozes e risos podiam ser ouvidos através da porta aberta. Pelo jeito havia outras visitas além de Anna, o que não estranhei: Tomas, sogro de Flora, era conhecido em toda a cidade por seus espetáculos de fantoches, e sua casa era um ponto de encontro para os artistas. Ele também era um dos poucos a manter uma oficina permanente no Castelo das Águias, e falava comigo de igual para igual, o que a maioria das pessoas não faz. Nunca pude entender o porquê.

– Vejam quem chegou! Entre, Mestre Kieran! – Não era Tomas, e sim uma versão mais nova: seu filho e ajudante, Aryan. – Aceita uma caneca de vinho? É de Pwilrie, dos melhores!

– Mas decida logo... Já acabamos com metade do barril! – disse um rapaz moreno, que eu também já vira nas tendas da Ala Violeta. Havia outros homens na sala, todos aparentemente na quarta ou quinta dose, a julgar pelas gargalhadas e pelas caras vermelhas. Olhei em torno, procurando por Anna, e foi quando Tomas apareceu, também com uma caneca de vinho, que empurrou para minhas mãos.

– É uma festa, Mestre Kieran! – exclamou ele, com os olhos acesos. – Estamos comemorando... Ora, venha cá, sua esposa vai lhe dizer!

– Dizer o quê? – indaguei, alarmado. Em resposta, ele apenas me puxou até a cozinha, nos fundos da casa, onde oito ou dez mulheres estavam sentadas ao redor de uma mesa de madeira. Faziam o mesmo que os homens, porém com menos estardalhaço, acompanhando o vinho com fatias de um bolo recém-saído do forno. Flora, uma mulher jovem, de cabelo castanho e faces coradas, era o centro das atenções, e, como Tomas previra, Anna não demorou a me explicar o que estava acontecendo.

– Dá para acreditar? Flora e Aryan vão ter um bebê! – disse ela, animada. – Vai nascer na primavera!

– Pois é, tínhamos combinado de fazer isso juntas, mas sem querer saí na frente – respondeu a amiga, com uma risadinha. – Mesmo assim, se vocês forem rápidos, eles podem ter apenas algumas luas de diferença! O que acha, Mestre Kieran?

– Eu... não penso nisso agora – senti o vinho me azedando na boca, embora fosse de fato excelente. – Não é o momento... porque...

Porque estamos em guerra, continuei em pensamento, mas minha língua se conteve. Anna percebeu que algo estava errado e me interrogou com os olhos, mas não tive como falar na frente de todas aquelas pessoas. Logo as notícias chegariam, as que já tínhamos e outras ainda mais inquietantes, e eu sabia, se a situação se prolongasse, Flora e Aryan passariam muitas noites em claro, temendo por seu filho. Era assim com todas as crianças que nasciam na guerra. E aquela ainda tinha sorte, porque Vrindavahn era longe da fronteira com o Oeste, porque seu pai e avô não eram soldados... porque sua família a amava e cuidaria dela, houvesse o que houvesse.

No entanto, eu sabia o que significava uma guerra com Pengell. Sabia onde o conflito iria começar, e que eles não teriam piedade das crianças. E pelas crianças de Scyllix, e pelo filho que queria ter com Anna, quase fraquejei.

Quase. Faltava uma gota d´água.

E então os céus mandaram uma tempestade.

5

Anna

Oito dias após a chegada dos fugitivos do *Saemundar*, eu percorria uma trilha da floresta com quatro mestres e um grande grupo de aprendizes da Escola de Artes Mágicas. Os jovens estavam excitados, alguns com um pouco de medo; os mais velhos tinham expressões serenas, embora, por trás delas, houvesse tanto pesar quanto preocupação. Nenhum de nós queria participar daquilo. No entanto, Kieran precisava de ajuda, por isso estávamos ali, a caminho da clareira onde ele executaria o ritual.

Eu parecia tão conformada quanto os outros, mas meu espírito estava inquieto. Os Conselheiros tinham me procurado mais de uma vez, insistindo que eu viajasse para defender o fim da convenção. Minha resposta era sempre a mesma – que eu iria se não fosse a guerra, que as guerras me causavam horror, que aquilo estava além das minhas forças –, mas o que ninguém sabia é que, cada vez mais, pensava em fazer das tripas coração e embarcar na nau militar que partiria em breve para Scyllix.

Kieran também considerava a ideia de ir, embora dissesse que não e se protegesse por trás de uma couraça de raiva e mau-humor. Ao longo daquele quarto de lua, ele estivera muito distante, o que justificava com a preparação para o ritual, mas eu sabia que se devia principalmente à sua consciência. E era natural que fosse assim. Por pior que houvesse sido sua infância, por mais raiva que tivesse do Conselho e do exército, era em Scyllix que estavam suas raízes, a fazenda em que nascera, seu grande amigo Doron e sua aprendiz que talvez não soubesse como lidar com as águias.

E, acima de tudo, sua irmã. Era quase impossível, para alguém que crescera com a minha tribo, acreditar que ele se importasse tão pouco com a sorte dela.

As torres do castelo surgiram abaixo de nós ao contornar a encosta da montanha. O bosque de lariços estava logo à frente, e já podíamos ouvir as vozes que vinham da clareira, onde três aprendizes mais velhos tinham acabado de preparar o ambiente. Um círculo fora desenhado no chão, contendo vários símbolos e inscrições; uma fumaça de cheiro pungente se evolava de um braseiro; Erdon e Colm amarravam cristais nos galhos das árvores mais próximas, enquanto Padraig estava mais recuado, mexendo numa pilha de luvas de couro.

– Olá! Podem chegar mais perto – disse ele, assim que nos viu. – Mestre Kieran pediu para agradecer a todos que vão ajudá-lo no ritual. São muitas águias, e ele não teria como fazer as coisas direito, em tão pouco tempo, se trabalhasse sozinho.

– Onde ele está? – perguntei, inquieta.

Em resposta, o rapaz apontou para as árvores à sua direita, em meio às quais o mago acabava de surgir. Usava uma túnica azul-escura, que descia até os pés descalços, e segurava seu bastão de poder; o cabelo negro estava solto, e longas penas douradas tinham sido entrelaçadas a algumas mechas. Os aprendizes estranharam, e eu também fiquei surpresa, mas de um jeito feliz. No ano anterior, depois de termos nos livrado de Nestorian e seus piratas, havíamos visitado minha família na Floresta dos Teixos, e Kieran passara muito tempo com meu primo, o xamã. Eu não sabia exatamente o que faziam em seus encontros, mas sabia que Zendak lhe ensinara algumas práticas mágicas, e as penas mostravam que de alguma forma o mago iria usar o que aprendera. Talvez para fortalecer o elo entre sua mente e as das águias.

– Mestre Finn, o senhor pode ficar aqui. Mestra Sophia, por favor, do lado oposto. O senhor fica ali, Mestre Algias – orientou Padraig. Os magos se posicionaram dentro do círculo, um em cada ponto cardeal, faltando apenas o Leste. Fiquei de fora, junto com o Ruivo e outros aprendizes do Segundo e Terceiro Círculo, entre os quais Erdon e Colm começaram a distribuir as luvas de couro. Pedi, e também ganhei uma, uma coisa longa e desajeitada que cobriu meu braço até o cotovelo.

Os aprendizes calçaram suas luvas enquanto cochichavam uns com os outros. Era a primeira vez que viam a transformação das águias, e eu quase podia dizer o mesmo, pois a que presenciara fora apenas uma demonstração feita para os Conselheiros. As aves que atendessem ao chamado deveriam voar até Scyllix, lutar em batalhas sob o comando de Vergena, depois regressar a Vrindavahn, tudo num espaço de poucas luas. O encanto que faria isso custava muito esforço, e, por essa razão, Algias, Finn e Sophia tinham concordado em somar um pouco de sua energia à de Kieran. Thalia deveria participar, mas não fora encontrada em lugar algum quando nos reunimos para ir à floresta.

Em seu papel de mestre de cerimônias, Padraig pediu a palavra para dizer que Kieran ia chamar as águias e que elas iriam pousar nos nossos braços enquanto os magos entoassem seu cântico. Talvez ficassem um pouco assustadoras – explicou aos colegas mais novos –, mas não fariam mal a ninguém. Então, pediu silêncio, e a floresta emudeceu enquanto eu trocava um longo olhar com Kieran.

Ele avançou, a expressão concentrada, tomou seu lugar no círculo, na posição correspondente ao Leste. Erdon, Colm e Padraig estavam atrás dos outros mestres, todos empunhando seus bastões, que eram ornamentados com entalhes e arrematados com pedras brilhantes. O de Kieran era uma simples vara de aveleira em que ele gravara uma runa, mas todos no Castelo sabiam quanto poder se irradiava dali. Ele o ergueu bem alto e atirou a cabeça para trás, inspirando uma grande golfada de ar, o chamado brotando de seus lábios como eu vira acontecer da outra vez.

– *Aaaaaaaaaaaaaaaaaaaaaaaaaaaaaaa...*

Erguendo os bastões, os demais mestres de Magia e os três aprendizes passaram a entoar o mesmo cântico, que eu percebia como uma única letra, mas que estava impregnado de uma forte e irresistível energia. Dirigia-se às águias, mas todos nós sentimos as vibrações à nossa volta, sentimos nossa pele arrepiar e o estômago se encolher.

Pouco depois, no topo da montanha, avistamos as primeiras águias douradas. Os aprendizes soltaram exclamações, depois se compenetraram, o silêncio só quebrado pelo ruflar cada vez mais forte das asas. O cântico dos magos também se elevou, preenchendo o ar da floresta. Em pouco tempo, três dezenas de águias voavam em círculo sobre nossas cabeças, e logo a primeira desceu, pousando no braço de um aprendiz chamado Conan. O garoto estremeceu, mas ficou firme, e o seu exemplo encorajou até mesmo os mais jovens e ressabiados.

Uma a uma, as águias pousaram em nossos braços erguidos. Senti um frio na barriga ao receber a minha, e o vento deslocado pelas asas assoviou em minha orelha. Era uma ave jovem, de penas brilhantes, que voltou a cabeça em minha direção e me encarou com familiaridade. Muita, por sinal.

– Thonarr, você não...! – murmurei, reconhecendo a águia que Padraig ferira com uma arma mágica, dois anos antes, após uma confusão causada pelo Encanta-Dragões. Kieran a havia curado, e ela criara um laço permanente com ele. Por isso, e por ser um macho jovem e forte, Thonarr seria uma das aves que ficariam para garantir a continuação da espécie, uma tarefa bem mais gloriosa do que arrancar as orelhas dos soldados de Pengell. Mas pelo jeito ele teria preferido se tornar um herói de guerra.

Quando a última águia havia pousado, Kieran cessou o cântico e girou o bastão, num gesto que abarcava todo o círculo. Os magos apontaram os seus para as águias, e juntos começaram a tecer a segunda parte do encanto. Dessa vez o cântico tinha várias sílabas, mas apenas Kieran e Finn as entoavam todas, os demais contribuindo com algumas notas que sustentavam por um longo tempo. As águias tinham os olhos fixos no círculo, e sua imobilidade só não me impressionou mais porque a transformação se iniciou logo em seguida.

Eu tinha visto aquilo acontecer, mas com um número bem menor de aves, e a nova experiência me arrepiou até o tutano dos ossos. Em questão de instantes, todas as águias, menos quatro, cresceram algumas polegadas. Seus bicos se tornaram mais afiados, as penas pardas e douradas assumindo um brilho metálico. Os aprendizes as olhavam com expressões que variavam do fascínio ao mais puro terror. O cântico perdurou por mais algum tempo, enquanto Kieran apontava o bastão para o ar e concentrava sua energia.

– *Kiiiiiii-yah*! – gritou ele, por fim, um grito selvagem que soou como o de uma águia. As aves se agitaram e se lançaram em voo, rumando de volta à montanha. As que não tinham passado pela transformação se entreolharam, confusas, e três partiram voo logo depois, restando apenas Thonarr pousado em meu braço.

Após uma breve fórmula de fechamento, os magos deram o ritual por terminado. Kieran agradeceu a eles pela ajuda, depois mandou que Erdon e Colm limpassem a clareira. Então, veio até onde eu estava com os aprendizes mais novos, a expressão cansada, sua mão apenas tocando meu rosto ao estender o braço para receber Thonarr.

– Queria ir à guerra? – perguntou ele à ave, que parecia zangada. – Você não sabe do que se livrou.

– Mestre Kieran, as águias voltaram para a floresta? – arriscou uma menina do Segundo Círculo. – Elas não deviam ir para a Torre dos Ventos, no castelo? Pensei que era assim que acontecia.

– Dessa vez não. Decidi mandá-las à fonte azul – disse Kieran, referindo-se à fonte que facilitava as transformações. – Terão até a meia-noite para se fortalecer o máximo que puderem antes de voar para Scyllix.

– Você vai até a fonte para enviá-las, não vai? – perguntei. Ele assentiu, tocando as penas presas ao cabelo, como se quisesse ter certeza de que estavam ali. Os aprendizes não paravam de olhar para elas, alguns discretamente, outros às claras, enquanto se desfaziam das luvas e se preparavam para voltar ao castelo.

Em meio a esse movimento, um rapaz espiou furtivamente pelo meio dos troncos, e só entrou na clareira ao ter certeza de que o ritual estava terminado. Era um empregado da Escola, um jovem tímido, que manteve os olhos baixos e que torcia as mãos enquanto se dirigia a mim e a Kieran.

– O Mentor pediu que fossem falar com ele no Castelo. Ele sabe que Mestre Kieran ainda tem trabalho a fazer, e mandou pedir desculpas, mas disse que é urgente. Mestra Thalia também quer lhe falar antes de descer para o embarque.

– Embarque...!? – exclamamos, ao mesmo tempo. Não sabíamos que Thalia pretendia viajar, muito menos para onde, mas ambos pensamos a mesma coisa: que ela decidira ir a Scyllix para se encarregar da tarefa que Kieran relutava em assumir. Era muita responsabilidade, mas, principalmente, um risco enorme para os magos, que trabalhavam dentro de leis e princípios estritos. E as consequências de um deslize eram muito piores em meio à energia escura gerada pela guerra.

Kieran pretendia ficar na floresta até a meia-noite, mas a urgência do chamado de Camdell o fez voltar ao castelo. Os aprendizes foram dispensados, mas os magos que estavam conosco nos acompanharam à sala de reuniões, onde encontramos os demais mestres da Escola. Estavam em silêncio, a expressão preocupada, ouvindo Camdell falar sobre o que supus ser o conteúdo da carta em sua mão. Outros papéis e envelopes se espalhavam na mesa, diante de um lugar que Thalia acabava de deixar vazio.

– Que bom que ainda pude vê-los – disse ela, vindo ao nosso encontro. Usava um manto de viagem, e o capuz escondia seu brinco de turquesa, mas tudo o mais continuava a fazer lembrar que estávamos diante de uma descendente das Casas Nobres. E que, a seus olhos, não passávamos de plebeus.

– Vamos ser diretos. Você está indo para Scyllix? – perguntou Kieran. Thalia franziu a testa, como se não entendesse.

– Para Scyllix? Não, isso é trabalho seu – disse ela, em tom ferino. – Eu vou a Erchedel, cuidar da proteção das muralhas, e apenas como precaução. Porque o ataque vai se concentrar na *sua* terra, Kieran, e não estou falando apenas da cidade onde você frequentou a Escola de Guerra. Estou falando da sua *aldeia*, Glen Thar. Não é lá que fica a fonte âmbar?

Aquelas palavras me atingiram como um soco no peito. Respirei fundo, o coração aos saltos, e olhei para Kieran, esperando um dos ataques de raiva que todos conhecíamos tão bem – e me angustiei ainda mais quando, em vez disso, vi que seu rosto havia ficado pálido e alarmado.

– O que está dizendo? – perguntou ele, articulando as palavras com esforço. – Como pôde ficar sabendo uma coisa dessas?

– Bem, como sabe, Erchedel também é uma cidade de fronteira – respondeu a elfa. – Tanto o Conselho como a Casa Turquesa mantêm uma vigilância constante sobre a península – você deve se lembrar, é onde fica a Aldeia dos Juncos – e alguns barcos aportaram ali, vindos do pântano e trazendo soldados de Malkin. Eles poderiam prosseguir, também por mar, e cair sobre Erchedel; mas Lorak, meu irmão, que você conhece, tem informantes espalhados em toda a parte, e segundo eles os ataques vão se concentrar em Scyllix. Os exércitos estão aguardando reforços para cruzar a fronteira por terra e marcharão direto para a cidade dos guerreiros, pois acreditam que ao tomá-la irão conseguir a rendição das Terras Férteis. E entre as exigências que pretendem fazer está a posse da fonte âmbar, porque a traição de Hillias espalhou a notícia de sua existência por toda Athelgard. É o bastante para você? Ou precisa de mais motivos para fazer o que tem de ser feito?

Kieran a fitou com os olhos faiscantes, mas não respondeu. Havia raiva em sua expressão, mas também uma dor muito forte, e vê-lo assim me feria mais do que eu saberia dizer. Corri a mão por suas costas, num afago, e bem ou mal ele percebeu que eu estava ali e chegou mais perto. Éramos dois contra o mundo prestes a ruir em pedacinhos.

– Da minha parte, eu o chamei porque recebi uma mensagem do Conselho de Scyllix – disse Camdell, em tom neutro, embora eu visse que a reação de Kieran o preocupava. – Acho que pensam que nossa Escola é como a Escola de Guerra deles, ou como o exército, porque se dirigem a mim para, digamos, requisitar os seus serviços. Vou responder dizendo que você é livre para agir como bem desejar, mas, diante da mensagem de Lorak...

– Diante dessa mensagem, não tenho escolha – disse Kieran. Murmúrios se ergueram entre os mestres, mas ele apenas exalou com força, apertando seu bastão de poder. – O Comandante vai enviar um barco dentro de poucos dias, e eu estarei nele. Pode avisar ao Conselho de Scyllix.

– Oh, Kieran! Tem certeza de que vai fazer isso? – indagou Sophia, penalizada. – Você já se sacrificou tanto por eles, já se feriu de tantas formas...

– Ele precisa. Trata-se da fonte âmbar – disse Lara, baixinho. Suas mãos estavam apertadas sobre a mesa, frágeis e carregadas de anéis, mas nenhum era o anel de safira que fora presente de Hillias. O casamento havia acabado, assim como a influência perversa que ele exercera sobre Lara e da qual a meio-humana havia escapado com a ajuda de Kieran. Ela o conhecia desde que ele era o Mestre das Águias em Scyllix, portanto conhecia seus motivos melhor que ninguém. Melhor até do que eu.

– É uma vergonha que nenhum daqueles mestres de Riverast deixe sua torre de marfim e vá à guerra – resmungou Urien. – Se quisessem, eles poderiam até evitá-la, tenho certeza. Mas ficam com suas Leis da Magia, seus princípios de equilíbrio e todo aquele discurso pretensioso.

– Eles não podem, simplesmente, evitar uma guerra – disse Finn. – As pessoas...

– Chega, Finn. Não comece *você* um discurso – cortou Kieran. – Não tenho tempo para ouvir o que já sei, e há muitas coisas que preciso resolver antes de embarcar.

– E eu também – declarei, num impulso. Todos os olhos se voltaram para mim, mas respirei bem fundo e fui em frente. – Eu estava em dúvida, mas isso passou. Vou com você para Scyllix. E nem pense em tentar me impedir! – exclamei, vendo que Kieran me olhava com um misto de alarme e reprovação. Os primeiros protestos, no entanto, vieram dos outros mestres, vários dos quais se levantaram como se quisessem me dissuadir até mesmo de deixar a sala.

– O que você vai fazer lá? A guerra embrutece! – exclamou Rydel, o mestre de Ciências da Terra, seguidor dos preceitos do sábio Odravas. – Você mesma nos contou como sua família sofreu, justamente por causa dessa estupidez!

– E uma cidade em estado de guerra não é lugar para uma mulher, a não ser que ela não tenha alternativa – disse Naheen, um humano do Leste, professor de Ciências do Céu. – Seu marido está cumprindo um dever, por mais que isso lhe custe. Mas você...?

– Isso mesmo, Anna! – apoiou o mestre de Música. – Você é uma Mestra de Sagas... Não pode ir atrás do Kieran, feito mulher de soldado!

– Sim, Urien, sou uma Mestra de Sagas, e também sou a enviada extraordinária de Vrindavahn para tratar da convenção militar – repliquei, erguendo a voz para convencê-los do meu poder recém-investido. – Os Conselheiros vão ficar contentes ao saber que aceitei a incumbência.

– Você não pode... – Kieran murmurou, sua voz soando incrédula e quase assustada. – Anna de Bryke, você não pode estar falando sério!

– Por quê? Ela foi convidada para o cargo, e não é o que eu

chamaria de uma pessoa indefesa – replicou Thalia. – Estará ainda mais segura com você por perto. E ainda poderá conhecer a família, não é? Fiquei sabendo que Fahel...

Parou, a testa franzida, como se alguma coisa a houvesse deixado confusa. Durou apenas um momento, mas pude ver a intensidade no olhar de Kieran, voltado para ela – e, em seguida, seu próprio olhar, cheio de surpresa e uma ponta de desdém.

– Vejo que não contou a Anna – disse, fazendo minha espinha gelar. – Bem, eu o faria o quanto antes, se fosse você. Agora devo me despedir. Meu barco sai com a maré da sexta hora, e tenho o tempo justo para chegar ao cais.

– Espere! – exclamei, meu coração batendo como um tambor. – O que você quis dizer por conhecer a família? Você *tem* alguma família, Kieran? Isto é, além de sua irmã?

– Tenho – respondeu ele, entre dentes. – São morenos, de orelhas longas, e moram na Floresta dos Teixos. Meu primo é o xamã, minha avó me obriga a comer fígado cru e os dois vão me matar se souberem que deixei você ir à guerra. Pode tirar isso da cabeça, de uma vez por todas?

– Não, não posso – as palavras brotaram espontâneas, claras como água da fonte. – Quero lutar pelas águias, e não vou deixar que vá a Scyllix sozinho. Mas acho que temos muito a conversar.

– Eu também acho – disse Kieran, com uma tensão quase palpável. Então, olhou para os mestres, embaraçados e em silêncio, e se lembrou de acrescentar:

– A sós.

A noite estava caindo, uma noite muito fria e estrelada, quando chegamos à Ala Azul. Não acendemos a lareira, como de costume, porque estávamos agitados demais para isso. A porta mal havia se fechado quando Kieran se voltou para mim, com os olhos brilhando e a voz cheia de indignação.

– Por que está agindo assim? Mesmo antes de sabermos da guerra, você tinha dúvidas a respeito de Scyllix! Por que mudou de ideia logo agora?

– Pelas águias – não era só isso, e eu sabia, mas fui em frente. – Eu estava dividida entre o medo e a vontade de falar pelas águias, enquanto você queria proteger as pessoas de Scyllix, embora não quisesse voltar lá e muito menos ir à guerra. O que aconteceu agora me fez ver que nós devemos enfrentar isso juntos.

– Nada disso – replicou ele, entre dentes. – Eu vou, porque não tenho outro jeito, mas você fica aqui, bem longe da guerra. Ou quer que o inimigo tente usá-la para me atingir?

– E por que acha que estarei a salvo em Vrindavahn? – rebati. – Pelo contrário, assim que souberem que você deixou sua mulher para trás, eles podem vir bem rápido por mar, a partir de Bulforg, e me raptar dentro das muralhas do castelo. Com você longe e Thalia em Erchedel, quem vai protegê-las? Camdell? Padraig?

Kieran abriu a boca, depois fechou os olhos e abanou a cabeça, várias vezes, com violência. Quem visse aquilo poderia se assustar, mas eu sabia que ele estava apenas se impedindo de criar uma imagem a partir de minhas palavras: de me imaginar, ou melhor, de me *ver*, raptada e maltratada, no interior de sua mente. Essa é uma das leis mais importantes da Magia do Pensamento: quanto mais forte é a vontade de um mago, maiores são suas chances de atrair o que deseja, mas também de tornar reais os seus piores pesadelos.

Kieran, dizem os mestres, tem uma vontade de ferro.

– Você não devia ter dito isso – murmurou ele, com voz dolorida. – Agora não terei paz, imaginando que alguém pode ferir você na minha ausência. E o pior é que tem razão – acrescentou, recompondo-se um pouco e me olhando de um jeito crítico. – Se ficar aqui sem mim, você vai se tornar um alvo fácil e desejável. O único, na verdade, pois todos sabem que não existe mais ninguém com quem eu me importe.

– E as pessoas em Scyllix? – indaguei, voltando ao que me incomodava. – Thalia falou numa família...

– Bom, sim, tenho parentes distantes, como todo mundo – disse Kieran, na defensiva. – No que depender de mim, quero que continuem distantes, de preferência sumam de vista. E existem outras pessoas, tanto no Conselho quanto no exército, que eu daria dez anos de vida para não reencontrar. Declan Mão de Ferro, por exemplo... Nós dois nos odiamos desde garotos.

– Quem sabe agora esse ódio acabe – sugeri, mas a expressão dele fez pensar que isso não aconteceria. – Não se pode apagar o passado, e eu sei que existem coisas que não há como esquecer. Mas você devia perdoar as pessoas como esse Declan.

– Não posso – disse ele, irredutível. – Não é minha natureza, ou talvez tenha sido um dia, mas isso se perdeu há muito tempo.

– Mas você pode tentar – disse eu, e avancei para olhá-lo de frente. – Você conhece a minha história, Kieran. Sabe que meu avô morreu numa guerra, que minha avó e minha mãe foram atacadas e foi assim que minha mãe ficou grávida. Eu não gosto de lembrar – admiti, respirando fundo –, mas perdoei os homens que fizeram aquilo.

– Acredito. Você não sabe quem foram – retrucou o mago. – Não há um rosto, um nome, nada que você possa odiar, ao passo que em Scyllix eu vou ver gente assim onde quer que esteja. Era por isso que não queria ir, além da guerra em si, que pode ser desastrosa para um mago. As duas coisas juntas...

– Vão ser difíceis de lidar – completei. – Eu sei, e também sei como você pode ficar quando está com raiva. Eu vi o que quase aconteceu quando lutou contra o Hillias. Foi por isso que decidi ir a Scyllix – concluí, pousando as mãos em seu peito. – Pelas águias, mas também para estar a seu lado quando você encontrar aquelas pessoas.

– Isso não vai trazer nada de bom – ele torceu o canto da boca, um riso amargo e sem vontade enquanto se esquivava ao meu toque. – Você sabe o que eu seria capaz de fazer e me aceita assim mesmo, mas há coisas em mim que nunca viu, coisas que não sabe a meu respeito. Em Scyllix, elas podem ressurgir, e então...

– Então?

– Você vai me odiar – disse Kieran.

O impacto daquilo foi tão grande que me deixou sem fala. Ele me fitou por alguns momentos, depois se afastou e foi até a janela, que abriu de par em par com gestos bruscos. O vento noturno entrou no quarto, trazendo o aroma da floresta, e o mago o inspirou profundamente antes de voltar a falar.

– Tenho que enviar as águias – suas palavras pareciam vir de muito longe. – Nos últimos anos eu já estava convencido de que isso era um erro, e agora se tornou mais difícil que nunca. Se você for mesmo a Scyllix, e se isso a afastar de mim...

– *Kieran!*

– ... espero que ao menos consiga o fim da convenção – concluiu ele. Encarei-o, sentindo meus olhos esquentarem, e fiz menção de abraçá-lo, mas Kieran tornou a se esquivar e se dirigiu à porta.

– Preciso ir – disse ele. – Não fique aqui sozinha. Vá encontrar os outros, distraia-se, coma alguma coisa. Eu volto antes do amanhecer.

Assenti, sem dizer nada, porque sentia uma dor aguda me espetando a garganta. Kieran saiu, seus passos se distanciando rápido, e eu deslizei para a pele de urso em frente à lareira, abraçando a mim mesma enquanto murmurava uma prece aos guardiões da tribo. Pedi a Corvo que me ajudasse a ver as coisas de cima e a Lontra que pusesse bons amigos em meu caminho. Depois, falei mais longamente com Lobo, o espírito que protegia minha Casa, pedindo que me ajudasse a ter forças e a fazer o que fosse certo e justo para todos. Isso valia para as águias, para a guerra e principalmente para Kieran. O que ele havia feito eu não sabia, mas esperava que não fosse tão ruim quanto me fizera supor – e, sobretudo, que não se repetisse. Eu podia amá-lo a despeito de qualquer coisa em seu passado. Mas não sabia como iria reagir à crueldade ou à injustiça cometidas diante dos meus olhos.

As horas se escoaram devagar. Não procurei os outros mestres, porque não queria ouvir argumentos nem dar respostas, e felizmente não bateram à minha porta. Talvez achassem que eu havia acompanhado Kieran à fonte azul. Por fim, acendi a lareira, tomei um banho e comi duas maçãs antes de me recostar na cama, com uma manta de lã e o livro que me pareceu mais interessante. Queria estar acordada quando Kieran chegasse, o que, no entanto, não aconteceu: pouco depois que o sino da Escola soou a meia-noite, meus olhos foram se fechando sozinhos, e o livro escorregou da minha mão e caiu sobre o tapete aos pés da cama.

O fogo ainda crepitava, a única luz naquele quarto escuro, quando acordei com um ruído vindo da janela. Olhei, ainda sonolenta, mas isso se evaporou num instante ao ver Kieran agachado sobre o parapeito, inclinado para a frente, segurando seu bastão com as duas mãos sobre os joelhos dobrados. Um movimento para trás e ele cairia pela janela da torre, mas, para meu alívio, logo saltou para dentro, desprendendo uma pequena bolsa do cinto e atirando o bastão para o lado antes de avançar para a cama. O fogo iluminou seu rosto de traços aquilinos, a boca reta e os olhos que pareciam maiores que o normal, e um calafrio percorreu meu corpo quando ele me abraçou.

– Você está *gelado* – sussurrei, apertando-o contra mim, e com isso as penas em seu cabelo me tocaram a face. No fundo da minha mente houve um lampejo de compreensão do que acontecera, mas eu era a filha da minha tribo e não me assustei. As águias tinham voado, era o fim das restrições do trabalho mágico e Kieran estava ali comigo.

E até o dia nascer não pensei em mais nada.

6

Declan

A história é simples. Quinhentos anos atrás, o Sul de Athelgard não se chamava Terras Férteis, e cada cidade se arranjava sozinha em caso de dificuldade. As que ficavam mais lá embaixo, perto da Floresta do Sol, e as da fronteira com o Leste iam prosperando, mas aquelas que eram próximas do Oeste estavam sempre metidas em guerra, geralmente por questões de limites entre territórios. Destas, a maior era Scyllix, uma das Onze Cidades fundadas pelos nobres elfos, e que, naquele tempo, ainda estavam sob o seu poder. Algumas eram governadas com justiça, mas noutras existiam leis idiotas, que dificultavam o comércio, ou baniam os mestiços, ou sei lá mais o quê.

Em Scyllix, domínio dos senhores da Casa Safira, não havia nenhuma dessas leis, mas em compensação havia a guerra, e eram os homens que sofriam com ela. Eles sempre iam à frente, tropas e tropas humanas enviadas para os campos de batalha, enquanto os elfos ficavam atrás dos muros e só enfrentavam o inimigo quando ele já estava enfraquecido. Preservando-se assim, era de se esperar que aumentassem em número, mas as famílias dos elfos nunca são muito grandes, enquanto nós, mesmo com a guerra e a morte, continuamos a fazer o que Deus mandou que fizéssemos. Procriamos como ratos.

Dessa forma, um pouco de cada vez e a duras penas, os mais capazes dentre os homens foram conseguindo se destacar, uns fazendo fortuna, outros ganhando poder apesar dos senhores elfos. No fim, várias famílias humanas tinham terras e servos, que podiam ser armados e engajados como soldados se necessário. Foi assim que, há cerca de trezentos anos, quando uma guerra maior ameaçava arrasar a cidade, os líderes firmaram com a Casa Safira um acordo que reconhecia seus direitos em troca de enviar tropas para o combate. Além disso, para tornar ainda mais eficaz a defesa da fronteira, elfos e homens fundaram a Escola de Guerra e criaram leis que obrigavam todos os cidadãos a servir o exército. Isto é, todos menos as mulheres, o que ia dar quase no mesmo, porque, embora não lutassem, elas eram todas esposas e mães de soldados. Quanto à Escola, no início era apenas para oficiais de Scyllix, mas logo começou a atrair guerreiros que queriam se aperfeiçoar no combate e na estratégia militar. Alguns acabavam ficando e engrossando as fileiras, e, com isso, o exército foi crescendo cada vez mais.

As coisas estavam assim quando as cidades do Sul decidiram se unir numa Liga, passando a chamar toda a região de Terras Férteis e criando leis que valiam tanto nas cidades dos homens como nas dos elfos. Por um lado foi bom, porque acabou com os privilégios dos nobres, mas por outro foi ruim, porque cada cidade ficou encarregada de uma tarefa no governo comum, e o que coube a Scyllix foi a defesa do território. Então, a Escola de Guerra passou a formar os oficiais de todas as cidades da Liga, e o Conselho tem dois terços de militares mesmo nos tempos de paz, e todos os cidadãos, soldados e artesãos e fazendeiros de Scyllix, começaram a trabalhar para o exército. Que é o único das Terras Férteis, a não ser pelas pequenas guarnições em outras cidades. E que, nos últimos anos, passou a ter mais um Comandante: eu mesmo, Declan Mão de Ferro, na juventude Declan ap Llud, o capitão dos garotos que viviam à margem esquerda do Rio das Flechas.

E esta manhã eu soube que mandaram buscar um dos meninos da margem direita, o moleque de pernas lanhadas e nariz comprido que conheci como Kieran ap Fergus. Isso devia me deixar contente, pois afinal vamos voltar a ter um mago que não é um maldito elfo, que esteve na Escola de Guerra e que estudou com os melhores mestres de estratégia. Mas, por outro lado, é justamente disso que não gosto, porque ele vem para ajudar na defesa, e hoje eu soube que minha Companhia é uma das cinco designadas para ficar sob o seu comando. Eu, sob as ordens de um sujeito que eu sei que me detesta. Quem vai ser o primeiro a ter que arriscar o pescoço quando o inimigo chegar às muralhas?

Acho que qualquer um, no meu lugar, ficaria nervoso com isso. Eu estou, e ninguém pode me chamar de covarde. Mas meu dever, como soldado, é acatar as ordens superiores, e é por isso que estou me preparando para dar as boas-vindas a Kieran. Vai ser estranho falar com ele após tanto tempo, e mais ainda ficar a seu serviço, depois do que aconteceu. Se bem que aquilo foi coisa de menino. Agora somos homens, guerreiros de verdade, e vamos lutar do mesmo lado. Ele há de nos ajudar a rechaçar o Tirano de Pengell.

7
KIERAN

Fazia quase nove anos que eu tinha deixado Scyllix pela segunda vez, e, apesar da raiva e da tristeza que iam comigo, fiquei feliz acreditando que nunca precisaria voltar. Eu não tinha nada além de minhas armas e livros, nem mesmo a garantia de poder ficar em Vrindavahn, mas minhas contas tinham sido acertadas: eu era livre para fazer o que bem entendesse com a minha vida e o meu Dom. E, levando em conta os altos e os baixos, até que estava me saindo muito bem.

Até agora.

As terras verdes tinham ficado para trás, e com elas o mundo belo e pacífico que eu conhecera em Riverast e no Castelo das Águias. Onde o mar se encontrava com o Rio das Flechas, ali começava o território de Scyllix, e meu ânimo se tornava mais sombrio à medida que o barco se aproximava do canal. Era uma nau militar, com os porões carregados de tecidos e sacas de cevada – contribuição de Vrindavahn para os esforços da guerra –, e com todas as insígnias do exército bem à vista. Isso, porém, não impediu dois guardas do posto de vigia de virem até nós, equilibrando-se num barquinho, e de subirem a bordo para verificar as credenciais antes de chegarmos ao porto.

– Parece que está tudo certo – disse o mais velho, correndo os olhos pelos papéis. – O garoto vai para a Escola de Guerra, a dama é representante do Conselho de Vrindavahn, e... Bom, nunca o vi antes – murmurou ele, engolindo em seco antes de olhar para mim.

– Mas, pelo que ouvi dizer, não há dúvida de que é mesmo o antigo Mestre das Águias. Bem-vindo de volta, senhor.

– Obrigado – resmunguei. – Há alguém à nossa espera, para nos levar até a cidade?

– Não sei dizer, senhor, sinto muito. Estou sempre no posto, fiquei sabendo da sua vinda, mas não sei das providências que tomaram. Mas com certeza vai haver uma escolta. Possivelmente um carro para a dama, pois a viagem leva mais de uma hora.

– Tudo isso? – Anna franziu a testa. – Não pensei que o porto ficasse tão longe de Scyllix.

– Bom, todas as aldeias num raio de muitas milhas pertencem a Scyllix, é por isso que os garotos do campo são obrigados a ir para a Escola de Guerra. O porto está numa dessas aldeias, que acabou se transformando numa segunda cidadela militar, embora sem as muralhas. Nós vamos para a que fica, de verdade, em Scyllix, na parte antiga da cidade. O olho do furacão – acrescentei, ao que ela não respondeu.

A nau foi em frente, aproveitando o vento favorável, e logo avistamos o porto, fervilhante de gente e de embarcações de todos os tamanhos. Várias estavam sendo descarregadas, e quase todas tinham trazido suprimentos para o exército. Havia muitos soldados, funcionários cuspindo ordens para todos os lados e carregadores curvados sob o peso dos fardos e caixas, que empilhavam em carroças ou transportavam, gemendo, até os armazéns do porto. Terminado o trabalho, a maior parte dos marinheiros também desembarcava e seguia seu rumo, que quase sempre levava a uma taverna e a uma cama numa estalagem qualquer, a não ser que eles fossem de Scyllix. Esses podiam dormir nos alojamentos militares, e, com sorte, quem sabe iriam até mesmo para casa. Já eu não fazia a menor ideia de onde passaria a noite.

Quando a embarcação atracou, Anna, Orm e eu já tínhamos ido buscar nossas bagagens nas cabines e estávamos no convés, onde o capitão dissera para ficarmos à espera do oficial encarregado do turno. Carregadores subiram por uma rampa e se dirigiram ao porão, e pouco depois um militar ainda bem novo se aproximou a passos largos pelo ancoradouro.

– Senhor! – exclamou ele, perfilando-se junto à rampa. Fechei a mão sobre o peito, respondendo à saudação, e ia dizer alguma coisa quando um homenzarrão louro, barbado e usando peitoral de couro abriu caminho entre as pessoas no cais. Ele correu em nossa direção assim que nos avistou, rindo e gritando nossos nomes, ao que Anna correspondeu com o mesmo entusiasmo.

– Doron! Você veio nos esperar! – exclamou, deliciada. – Só você mesmo para estar aqui a uma hora dessas!

– Que nada! Foi pura sorte! – respondeu Doron, sua cara larga aberta num sorriso. Ignorando o oficial de turno, ele transpôs com duas passadas a rampa de desembarque, perfilou-se diante de Anna e beijou sua mão, e depois se voltou para mim como se fosse me abraçar. Franzi a testa, e ele se conteve, limitando-se a me agarrar pelos ombros e me sacudir com força.

– Como está, seu rato? Bom ver de novo essa sua cara feia! – exclamou, em tom alegre. Doron vivia bem-humorado. Encontrá-lo era como ter um grande cão pastor saltando à minha volta, à espera de que eu o afagasse. Em vão: com toda a sua boa vontade e apreço por mim, ele sempre acabava por me irritar. Mesmo assim, era meu mais antigo camarada de infância, e nossos vínculos tinham se renovado dois anos antes em Vrindavahn, por isso até gostei de vê-lo ali. Pelo menos não me exasperei.

– Agora, com você aqui, o inimigo nem vai ter coragem de pisar em Scyllix! – exclamou ele, sacudindo-me pela última vez antes de se voltar para Orm. – E quem é esse, senão o neto do Comandante Owen? O que veio fazer aqui, garoto? Queimar as banhas? Pode escrever, não vai haver nada em você a não ser músculo, em menos de duas luas!

– Mestre Doron, com sua permissão, precisamos acabar de descarregar – disse o oficial de turno. – Tenho ordens para encaminhar o rapaz à Escola de Guerra. Quanto a Mestre Kieran e à esposa, devem ser conduzidos à casa do...

– Eu sei! À casa do Conselheiro Cormac, para um jantar de boas-vindas! Pensa que também não fui convidado? – replicou Doron, estufando o peito. – A notícia da chegada deles alcançou a Cidadela, e eu vim com ordens de escoltá-los. A carga ainda é sua responsabilidade, claro.

– Sim, senhor. E quanto ao aprendiz? Vai levá-lo também?

– Acho que sim. Um pouco de vinho e boa comida não lhe farão mal – replicou Doron. – É a última noite de felicidade que ele vai ter nos próximos anos!

Rindo da própria piada, ele ergueu com facilidade a grande arca de cedro que continha nossas roupas e desceu pela rampa, seguido por dois carregadores que levavam uma arca menor e um baú com as coisas de Orm. Dissemos adeus ao capitão e aos marujos e fomos atrás de Doron, que acabava de acomodar o baú no teto de uma carruagem fechada.

– Fiquem à vontade. É uma viagem longa – disse ele, sentando-se num dos bancos, que ocupava quase por inteiro. – Mas a estrada é boa, e o carro tem janelas, de forma que Anna e o garoto já podem ir dando uma olhada na cidade.

– E, enquanto isso, você me deixa a par das novidades – falei, enquanto a carruagem se punha em movimento. – O que aconteceu nestes últimos dias?

– Bom, não sei até onde você já ouviu, mas nossos agentes estão chegando de todos os lados com notícias do inimigo. Uma parte do exército de Pengell já está se deslocando para o Sul, mas não foram por terra até Kamenev, como supúnhamos. Em vez disso, desceram de barco até um povoado do Oeste e de lá marcharam pelo interior da Floresta Vermelha, a caminho de Brandannen, onde talvez já tenham chegado. Acredita-se que dali eles rumem para Malkin, mas isso deve ser confirmado nos próximos dias. Tropas de Golrod também desceram, mas pelo Bosque dos Olmos, talvez para se juntar a uma frota em Sinnlann do Oeste ou em Kulliev. E há uma história que vocês vão gostar de saber. – Inclinou-se, de forma a chamar também a atenção de Anna. – Naquela confusão com os piratas, não houve um envolvimento com uma cidade do Norte chamada Valence?

– Sim, era para lá que eu devia ser levada, antes que Nestorian, o capitão pirata, mudasse de ideia – Anna confirmou. – Eles também são aliados de Pengell?

– São, e o caminho deles é pela costa, de forma que ao descer passaram por uma de nossas aliadas, Leighdale. É onde vivem aqueles nobres que criam falcões, não é? Que vão mandar o filho mais novo estudar com vocês daqui a algum tempo?

– Sim, a família de Alana! E Lear, que foi nosso aprendiz, também mora lá! – exclamou minha mulher, alarmada. – Aconteceu alguma coisa com eles?

– Aconteceu, mas não precisa se preocupar – replicou Doron. – As tropas de Valence eram pequenas, e nunca tiveram a intenção de atacar a cidade. Eles acamparam perto e mandaram um grupo até uma fazenda para conseguir mantimentos. Os camponeses estavam colaborando, mas de repente surgiram uns bichos muito estranhos e assustadores – um relato diz que eram dragões com penas, outro que eram grifos –, e voaram para cima dos soldados de Valence. Não fizeram muito estrago, mas já serviram para amedrontar. Mesmo assim, eles conseguiram matar um ou dois, e foi então que apareceu um dragão. De verdade, voando sobre o campo e soltando urros. Dá para imaginar?

– Dá! E já sei que isso é coisa do Lear! – riu Anna, com alívio. – Ele deve ter feito isso para defender a cidade!

– E tenho certeza de que esse dragão não atacou ninguém – falei, pois conhecia os limites do poder de Lear. – Os grifos, ou lá o que seja, deviam ser os falcões do castelo sob um encanto de forma, e o dragão nada mais que uma ilusão criada para assustar os invasores.

– E que funcionou muito bem. Eles fugiram com o rabo entre as pernas, não levaram nem uma galinha! – afirmou Doron, com uma gargalhada que sacudiu a carruagem. Anna também riu, aliviada por seus amigos estarem a salvo. Eu sentia o mesmo, e admito que até fiquei orgulhoso pelo trabalho do Encanta-Dragões, mas, em meio àquilo tudo, uma questão não deixava de me intrigar.

– Como é que você sabe tanta coisa, Doron? O envolvimento de Valence no rapto de Anna, o filho do Thane de Leighdale que irá para o Castelo das Águias... Você não esteve conosco depois disso, e não é possível que a história tenha chegado a Scyllix com tantos detalhes.

– É claro que chegou! – retrucou ele, erguendo as sobrancelhas. – Anna a escreveu como uma espécie de saga, embora não em versos, e mandou para mim. Você não sabia?

– Bom, sim, que ela escreveu esse relato eu sei – respondi, pego de surpresa. – Ele foi lido ao longo de várias noites, no salão do Castelo, na última lua de inverno. Mas eu não sabia que a história tinha chegado até você.

– Mandei fazer algumas cópias – esclareceu minha mulher. – Uma delas foi enviada para Doron, a fim de que ele lesse e depois entregasse a Seril, junto com uma carta em que eu explicava o porquê de ter interrompido minha correspondência. É isso.

Fitou-me, os olhos cheios de expectativa. Franzi a testa, sentindo gosto de metal, mas não consegui falar sobre o que me incomodava. Eu sabia que Anna escrevia para minha irmã, e que nunca recebera resposta, o que era conveniente para mim. No entanto, aquelas palavras deixavam claro que minha mulher não demoraria a procurar a cunhada, e, se eu bem a conhecia, conseguiria ser recebida. O que ela ficaria sabendo então?

– Mestre Kieran! – Orm interrompeu minhas conjecturas. – Por que só há campos ao longo da estrada? Quase não vi nenhuma árvore!

– Vai ver muito poucas nesta região – repliquei. – O clima aqui sempre foi árido, e o que existia de floresta já se foi, na construção de paliçadas e máquinas de guerra. No lugar delas, os fazendeiros criam gado e plantam grãos para alimentar os soldados. Tudo que se faz em Scyllix é com esse propósito.

– Quase tudo – atalhou Doron. – A lã das ovelhas da Fonte Âmbar, por exemplo, é vendida para fora. O exército tem prioridade na compra, mas abriu mão porque a lã dourada é frágil, não é boa para as túnicas e mantos dos soldados, apesar de ser muito bonita. Seril fez isso de propósito.

– O quê, criar ovelhas cuja lã não serve para o exército? – perguntou Anna, com interesse. – Ela não herdou o rebanho da família?

– Não, por muito tempo eles só arrendaram a fazenda para a criação dos cavalos do exército. Antes disso tinham plantações, como meu pai, na fazenda vizinha. Já lhe falei do meu velho, o General Gwil, não é? Ele é aleijado, não pode sair muito, mas quem sabe vocês lhe fazem uma visita.

– Claro! Quando eu for conhecer Seril – disse Anna, e eu vi que estava num caminho sem saída.

A carruagem prosseguiu por uma hora, passando pelas aldeias nos arredores da cidade. A paisagem era monótona, apenas pastos e plantações, de raro em raro um carvalho solitário se erguendo numa campina. Orm, acostumado ao colorido de Vrindavahn, parecia decepcionado, mas Anna gostou de ver as pessoas no campo se detendo e acenando à nossa passagem.

– Eles estão trabalhando – disse ela. – Achei que todos iriam estar em casa, com medo de uma invasão.

– Isso não se dá de uma hora para outra. Há tropas inimigas na península, mas precisariam marchar por alguns dias antes de chegar aqui, e temos sentinelas em postos avançados. Enquanto não alertam sobre um ataque iminente, é preciso ordenhar as vacas e plantar a aveia. É a última lua da semeadura – expliquei. Anna assentiu, e eu guardei minhas impressões mais profundas para mim mesmo.

Sim, as pessoas estavam levando suas vidas, não havia como ser diferente. Mas no próprio ar eu podia perceber que a cidade se preparava para a guerra.

A tarde havia caído quando deixamos as aldeias para trás. A pedido de Anna, fizemos uma parada para ver o pôr do sol, um espetáculo bonito, com o céu pegando fogo e dezenas de corvos sobre os campos ceifados. De volta à carruagem, não tardamos a encontrar a estrada de pedras que conduzia a Scyllix, para a qual confluíam caminhos vindos de todos os lados. Inclusive o que levava a Glen Thar.

– Minha fazenda é para lá, uma hora de estrada a partir da bifurcação – Doron se encarregou de apontar para Anna. – A Fonte Âmbar também, claro. Não dá para dizer que estou em boas relações com Seril, mas acho que posso me arriscar a levá-la até lá. Ela passou a me receber um pouco melhor desde que Maeve se tornou sua amiga.

– *Seril* tem uma amiga? – Aquilo soou estranho; minha irmã costumava evitar as pessoas, ainda mais do que eu. – Quem é essa Maeve?

– Uma sobrinha de Ceridwen, que está cuidando da casa e do meu pai desde antes da tia morrer – respondeu Doron.

Assenti, com um pouco de pesar. A velha governanta era uma boa mulher, que mandava ovos e leite para nós e sempre me empanturrava de comida quando eu ia à sua casa. Até uma túnica de festa ela costurara para mim, quando eu só tinha as roupas grosseiras fornecidas pelo exército, e de certa forma também fora amiga de Seril, a quem ensinara remédios caseiros para tratar a doença de minha mãe. Não conseguiu, mas os curandeiros que vieram depois também falharam, e pelo menos ela ficou ao lado de minha irmã enquanto eu estava fora, na minha primeira campanha, ainda como aprendiz do Mestre das Águias. Ele decidiu que eu não devia combater, por isso Declan começou a me chamar de covarde, e eu era novo e tonto o bastante para que minha raiva se voltasse contra Mestre Mael. O que aconteceu a partir daí poderia ter acabado em catástrofe. Felizmente houve tempo para consertar o estrago.

As rodas rangeram, a carruagem trepidando um pouco ao subir uma colina. A noite havia caído, mas as muralhas já estavam visíveis à nossa frente, e logo enxergamos os soldados nas torres de vigia e nas seteiras. Alguns dos que guardavam os portões vieram ao nosso encontro, mas nos deixaram ir em frente assim que toparam com a cara feia de Doron. Para Anna houve olhares curiosos, alguns de apreciação, e ninguém olhou direito para Orm, mas quase todos se detiveram em mim como se pensassem me reconhecer de algum lugar. Talvez já houvessem mesmo me visto, dez anos antes, mas não tinham certeza. Seria muito bom se pudesse continuar assim.

Transpostos os portões, rodamos pela grande Praça de Guerra – de onde partiriam os comandos de defesa das muralhas em caso de ataque –, passamos ao largo da ladeira que conduzia à Cidadela Militar e, embora brevemente, pelo bairro onde viviam os abastados. Para meu aborrecimento, Anna olhou pela janela justamente quando passamos em frente ao solar da Casa Âmbar.

– Linda casa! – exclamou ela, admirando os pórticos entalhados. – É a dos antigos nobres daqui, da Casa Safira?

– Não, eles são os fundadores da cidade, e moram num palácio duas vezes maior – respondeu Doron. – Essa é a da Casa Âmbar, um ramo da casa nobre de Herrien, que se estabeleceu aqui depois da criação da Liga.

– E que passou a rivalizar com a Safira, o que faz até hoje. Conheço a história – disse minha mulher, embora não conhecesse sequer a metade. – Eles competem em tudo, não é?

– Quase tudo. Ficam de acordo quando se trata de conseguir vantagens para os elfos – Doron bufou. – Até os alojamentos deles na Escola de Guerra são melhores. Só não têm a maioria no Conselho porque há uns dez homens para cada elfo na cidade, mas os mestiços estão por todo lado, e boa parte deles é descendente da Casa Safira.

– Da Âmbar também?

– Ah, essa foi boa! – fez Doron, animado. – A Casa Âmbar é...

Parou, levando a mão à garganta, depois à testa, o rosto se contraindo no esforço de lembrar o que ia dizer. Inútil: de onde estava, sem mover um músculo ou emitir um som, eu lhe ordenara que esquecesse. Anna o olhou com o cenho franzido, mas felizmente não percebeu.

Pouco depois, chegávamos ao bairro conhecido como O Tonel, por abrigar muitas tavernas, armazéns e comerciantes de vinho. Cormac, o Conselheiro que oferecia o jantar de boas-vindas, era um desses comerciantes, e sua casa ficava na parte nobre do bairro, em frente a uma praça onde se erguia a estátua de um guerreiro. Seu aspecto era o mesmo de quase todas as casas dos homens ricos de Scyllix: grande, de ângulos retos, cercada por muros altos cobertos de hera. Anna, que já dera mostras de não ter gostado das casas ao longo do caminho, torceu o nariz, e creio que teria dito alguma coisa se uma pequena multidão não houvesse cercado a carruagem assim que entramos na praça.

– Ali estão eles! – gritou alguém, em meio ao som de passos e vozes exaltadas. O cocheiro puxou as rédeas com força, assustando os cavalos, e o rosto zangado de um elfo apareceu à janela.

– É o Kieran que está aí? – perguntou ele, com maus modos. Só isso já me deu vontade de mandá-lo pelos ares.

– Sim, Mestre Kieran está aqui, e dobre a língua ao falar dele – grunhiu Doron, saindo da carruagem. Sua figura alta e larga se ergueu diante do elfo, que engoliu em seco, olhando com nervosismo para as três dezenas de pessoas atrás dele. Metade pertencia à sua raça, os demais eram meio-elfos, e a luz da Lua me mostrou pequenas safiras brilhando nos lóbulos de três ou quatro orelhas. Bastardos.

– Nós queremos falar com Mestre Kieran – uma das pessoas com a safira deu um passo à frente, uma moça de cabelos prateados presos num coque. – Achamos injusto que Hillias, além de ter perdido sua Magia, seja mantido preso, sem contato com a família. Queremos vê-lo livre, nem que seja pelos serviços que ele prestou a Scyllix.

– *Serviços*? Sabe o que ele fez a Scyllix? – replicou Doron, acalorado. – Ele traiu a cidade, mentiu para o Conselho e criou uma trama para entregar as águias guerreiras aos Pans do Oeste! E vocês acham que deve ser libertado?

– É mentira! Ele não traiu ninguém! – bradou um elfo que não usava pedra de nobreza. Outros o apoiaram, e um coro se ergueu para bradar repetidamente o nome de Hillias, acompanhando-se com palmas e com o bater dos pés no chão. Doron começou a falar alto, mandando que parassem, e Anna fez menção de sair da carruagem, mas, antes que o fizesse, o portão do muro de Cormac se abriu, dando passagem a meia dúzia de homens armados.

– Vocês aí, jovens, o que está acontecendo? – perguntou o que vinha à frente, um sujeito baixo e calvo, usando a túnica vermelha dos Comandantes. Seu rosto era familiar, assim como a altura e o porte, e quase tive certeza de estar diante de mais um antigo camarada.

– Não é nada, Teig – respondeu Doron, confirmando minhas suspeitas. – Só os meninos ricos de sempre, querendo arranjar confusão por causa do Hillias.

– Ele tem que ser libertado! – gritou a moça de coque.

– Tenham calma! – A voz de Teig se ergueu, um pouco aguda, como eu me lembrava. – Vocês têm Conselheiros trabalhando a seu favor. São eles que podem ajudar o seu parente, e não alguém que acabou de chegar a Scyllix.

– Mas o Conselho vai ouvi-lo! – exclamou um meio-elfo, outro bastardo com a safira no lóbulo da orelha. – Cormac, que se diz neutro, vai ouvi-lo, e os outros Conselheiros civis, e aposto que até a Casa Âmbar. Nós só queremos fazê-lo entender que essa sentença foi injusta!

– Injusta...! O que é que eles entendem por justiça? – rosnei. Estava me contendo para não ir até lá e resolver as coisas do meu jeito. Felizmente, após trocar mais algumas frases com os líderes, Teig conseguiu que o grupo se afastasse, e assim pudemos sair da carruagem sem que houvesse riscos.

– Bela recepção, não é? – perguntou Teig, sorrindo enquanto me batia no ombro e apertava a mão. – Mas, da nossa parte, estamos felizes por ter você aqui. Essa deve ser sua esposa – prosseguiu, voltando-se para Anna. – É uma honra conhecê-la, senhora. Vamos entrar, todos estão esperando para brindar à sua chegada.

Enquanto ele falava, dois empregados tinham vindo lá de dentro para cuidar da carruagem, mas os homens que haviam saído com Teig permaneciam junto ao portão. Eram todos militares, três deles genros de Cormac, os outros oficiais das Companhias que estariam sob o meu comando na defesa de Scyllix. Eu conhecia um ou dois de vista. Os cumprimentos ali foram formais, mas eu sabia que uma recepção mais calorosa nos esperava dentro da casa, e a certeza se tornou ainda maior assim que a porta se abriu.

– Bem-vindos! – gritou um coro alegre, em boa parte de vozes femininas. Era uma noite de outono, fazia frio para os padrões de Scyllix, mas a sala estava aquecida pela presença de pelo menos trinta pessoas: a família de Cormac, que tinha seis ou sete filhas, vários comandantes e oficiais, três Conselheiros civis com suas esposas e ainda a mulher de Teig, Alix, bonita como sempre e de olhos tristes. Eu ia cumprimentá-la, mas Cormac avançou e tomou a frente: um velho ainda vigoroso, sorridente e de bochechas tão vermelhas quanto o vinho que ele importava do Leste.

– Sejam bem-vindos a Scyllix! – exclamou, apertando minha mão entre as suas. – Espero que tenham feito boa viagem. Lembra-se da minha Yseult?

– Senhora – movi a cabeça em direção à mulher de Cormac, tão parecida com ele como se fossem irmãos, e teria lhe apresentado Anna se as duas já não estivessem nos braços uma da outra, cumprimentando-se como velhas amigas. Nunca entendi isso nas mulheres.

– Quero que fiquem à vontade, como se esta fosse a sua casa – tornou Cormac, enquanto cumprimentávamos as outras pessoas. – Na verdade, eu me ofereci para hospedá-los, e espero que me deem a honra de aceitar o convite.

– Agradeço, mas talvez fosse melhor ficarmos na Cidadela – ponderei. – Terei de estar lá boa parte do tempo, e é mais perto do Conselho, onde Anna vai ter suas reuniões.

– Aqui também não é longe, temos carruagem e cavalos, e sua esposa vai ficar bem instalada – replicou a Dama Yseult, passando um braço maternal sobre os ombros de Anna. – Eu insisto para que fiquem conosco pelo menos alguns dias. Depois, se acharem mais conveniente, podem ir para outro lugar.

– Mas não conte com seus velhos aposentos na Cidadela – disse Doron. – Vergena ficou com eles, como seria de praxe.

– Por que ela não está aqui? Pensei que viria ao jantar.

– Ela teria vindo, mas ainda está no campo com as águias guerreiras. Acho que é algum treinamento, você deve saber melhor do que eu.

– Sim, eu sei – respondi, apreensivo. Vergena devia estar com problemas para controlar as águias, ou já teria regressado a Scyllix. Essa era uma das primeiras coisas de que eu teria de me ocupar.

E nem de longe seria a mais difícil.

Um homem alto, de cabelo castanho e bigodes longos que desciam pelos cantos da boca, saiu dos fundos da sala e avançou em minha direção. Seus olhos estavam apertados, o ressentimento aparecia em cada traço do seu rosto, mas a aura não era tão vermelha quanto eu esperava. Ou melhor, havia vermelho, mas não o vermelho vivo da raiva e sim um tom acastanhado, com manchas verde-escuras. Não gostei nada daquilo.

– Comandante – ele se perfilou, levou a mão ao peito na saudação militar.

– Declan – respondi, em tom neutro. – Não sou Comandante, até onde sei.

– É, sim. Sua patente, enquanto durar a guerra, é Primeiro-Comandante da Defesa. Seja lá o que isso for – resmungou ele, voltando um pouco aos modos antigos. A maioria das pessoas na sala continuava a conversar entre si, algumas já acompanhando a Dama Yseult ao aposento onde serviriam o jantar, mas os olhos de Teig e Doron não saíam de nós, assim como os de Alix – que conhecia nossa história de inimizade e até tomara parte nela, mesmo sem saber – e os de Anna, que pareciam querer me lembrar o que ela dissera a respeito de perdão. Mas isso não fazia muita diferença agora.

– Bom, então sou Comandante, pode me chamar assim se quiser – encolhi os ombros. – Ou pode me chamar de Kieran, contanto que faça o seu trabalho e siga as ordens.

– Vou seguir. É meu superior, não é? – respondeu ele, sem expressão, mas seus bigodes tremeram. – Estou sob seu comando a partir de agora.

– Eu sei. E não há nada que nós dois detestemos mais – repliquei, olhando-o nos olhos. Declan sustentou o olhar, surpreso e na defensiva, mas pelo menos não tentou me desmentir. Ele tinha todas as qualidades de um bom soldado, portanto acataria minhas ordens – e odiaria aquilo, assim como eu o odiaria para sempre.

E, apesar de Anna, achei melhor deixar isso bem claro.

8
Anna

O jovem com o capacete ornado de asas foi o primeiro a atacar. Sua espada larga riscou o ar com uma espécie de zunido e se chocou contra o escudo do oponente, mais esguio, de peitoral de couro e olhos de elfo. Ao aparar o golpe, o rapaz girou o corpo e investiu pelo outro lado, pegando o companheiro de surpresa; a ponta da espada resvalou num bracelete e arrancou uma exclamação assustada, bem como uma imprecação por parte do seu Mestre de Combate.

– Que defesa foi essa? – rosnou Doron, inconformado. – Eu ensinei melhor esse garoto!

– Ele não errou, apenas foi lento. O outro tem um jogo de pés muito melhor – disse Kieran. – Você precisa incorporar alguma coisa do estilo élfico aos seus treinos.

– Estilo élfico, pois sim... Preciso é incorporar um chicote, como nos velhos tempos – desabafou o homenzarrão. – Só assim para esses moleques treinarem como se deve!

Sorri, divertida com a tirada e feliz porque finalmente via meu marido apreciar o que havia sido preparado para nós. O jantar na casa de Cormac fora apenas a primeira de uma série de recepções. Pela manhã, houvera um culto no templo de Thýrr, o Senhor da Guerra, venerado pela população humana de Scyllix; o almoço oferecido pela guilda dos armeiros também tivera momentos solenes, e agora estávamos em meio a uma cerimônia na Escola de Guerra. Tudo para homenagear "o grande mago e sua jovem esposa", como se haviam referido a nós, por várias vezes, em todos os discursos do dia.

Eu reconhecia o esforço deles em nos fazer sentir bem-vindos, mas achava as solenidades tediosas, e elas deixavam Kieran irritado. Para ele, quase todas as pessoas presentes às cerimônias eram falsas e mesquinhas, gente que não o apoiara quando ele mais precisava e que voltaria a apunhalá-lo pelas costas na primeira oportunidade. Isso se referia principalmente a Declan, que, segundo o mago, viria a lhe causar problemas mais cedo ou mais tarde; mas Declan fora tão respeitoso quanto os outros na primeira noite, e no dia seguinte atravessou as cerimônias mudo como uma sombra, suportando o que provavelmente sentia como uma humilhação.

Depois de tudo aquilo, foi uma grata surpresa ver Kieran à vontade na Escola de Guerra. Ela estava instalada na Cidadela, o enorme complexo que também abrigava as casernas, os aposentos dos oficiais, a administração e várias outras construções militares. O conjunto parecia uma espécie de fortaleza, com várias vezes o tamanho do Castelo das Águias, mas sem nada que lembrasse os seus jardins ou torres coloridas. Tudo era feito de pedra bruta ou tijolos escurecidos pelo tempo, e todos os ângulos eram retos, dando-me a impressão de estar dentro de uma caixa. No centro havia um imenso pátio de armas, e foi ali que aconteceu a homenagem: um discurso breve por parte de um dos mestres – um elfo de cabelos vermelhos chamado Harlan, que recordou sua amizade com Kieran durante as aulas de Estratégia Militar e o recomendou como um modelo aos futuros guerreiros – e demonstrações da técnica de luta dos alunos.

Os pupilos de Doron foram os primeiros, rapazes fortes na faixa dos dezoito anos que ele treinava no uso da espada e da maça. Depois desse grupo veio outro de elfos, com as espadas curvas e os movimentos fluidos que lembravam uma dança. Por fim, arqueiros de ambas as raças e meio-humanos se apresentaram atirando em alvos e em argolas que auxiliares iam substituindo por outras cada vez mais estreitas. Um deles me chamou a atenção, porque nos fitava intensamente nos intervalos dos disparos. Era um elfo, talvez o mais habilidoso do grupo e sem dúvida o mais bonito, de cabelos prateados e uns incríveis olhos cor de violeta. Esses olhos me observaram por um tempo, depois se fixaram em Kieran. Tive a impressão de que o olhar era o de um aluno da Escola, de admiração e talvez um pouco de fascínio; no entanto, meu marido pareceu irritado com a atenção, e olhando bem eu pude imaginar o porquê. Apontando sob o cabelo, que estava preso dos lados para não atrapalhar nos disparos, a orelha direita era dobrada, e dela pendia um pingente de um amarelo translúcido.

– Aquele é um membro da Casa Âmbar? – perguntei a Doron, num sussurro.

– Sim. Tammoren, o herdeiro. Ele não é mais aluno, já está alistado numa Companhia, mas o Mestre de Arqueiros chamou os melhores dentre os mais jovens.

– Ele atira muito bem – por alguma razão, achei que não devia comentar sobre o olhar insistente. – Os outros também, é claro. De espadas eu não entendo, mas de arqueiros, pelo menos, o exército está bem servido.

– Que bom que gostou da nossa apresentação de boas-vindas – disse Harlan, que acabava de se juntar a nós no palanque de honra. – Fizemos o melhor possível, porque a partir de amanhã vocês enfrentam os dragões no Conselho.

– Nós dois? Kieran recebeu uma convocação para ir lá de manhã, mas nada chegou para mim. Imagino que não se trate de nenhuma solenidade. Pelo menos não uma homenagem.

– Também duvido. Os Conselheiros militares querem discutir suas propostas com Kieran. Pelo menos um grupo deles. Aliás, isso é algo que você sempre deve ter em mente, Anna – acrescentou, lançando um rápido olhar por sobre o ombro e se assegurando de que Doron e Kieran prestavam atenção aos arqueiros. – O Conselho de Scyllix é formado por facções, mas elas não são aquilo que se imagina à primeira vista, a Casa Âmbar contra a Casa Safira. Isso seria muito simples, bastaria se aliar a uma delas e combater a outra, ou *pôr* uma contra a outra, como tentam fazer os que se acham mais espertos. Mas esse não é o melhor caminho. O melhor caminho é...

– Veja aquela garota! – exclamou Doron, entusiasmado. – Nunca vi pontaria melhor!

– ... É saber tirar o melhor tanto dos que querem a paz quanto dos partidários da guerra – soprou Harlan, antes de se voltar para concordar com o Mestre de Combate.

Guardei muito bem aquelas palavras.

No dia seguinte, obedecendo à convocação do Conselho, Kieran saiu logo após o desjejum. Fiquei até o meio da manhã na casa de Cormac, conversando com Yseult e suas filhas, mas recusei seus convites para sair, pois outro compromisso fora marcado na tarde anterior. Sem que meu marido soubesse, é claro.

– Mestre Doron, que surpresa! – Yseult e as moças se levantaram quando ele entrou. – Mestre Kieran não está, foi a uma reunião do Conselho, mas aceite uma taça de vinho para não perder a viagem!

– Obrigado, senhora. Fica para outra vez. – Fez a saudação militar, à qual as garotas responderam com sorrisos. – Hoje não vim falar com Kieran, e sim buscar a Dama Anna para levá-la a Glen Thar. Vamos visitar meu pai – acrescentou, muito sério.

– Minhas saudações ao General Gwil – disse Yseult. Doron prometeu que seriam dadas e saiu comigo, indo até a rua onde aguardava um pequeno carro puxado por um cavalo branco. Fiquei feliz ao ver que ele mesmo o conduziria e que iríamos juntos no banco do cocheiro, pois poderíamos conversar pelo caminho, além de não haver outras pessoas bisbilhotando o que fazíamos. Pois a verdade é que não nos limitaríamos a visitar o General.

– Não posso garantir que Seril vai recebê-la – Doron tinha dito desde a noite anterior, quando pedi que me levasse até minha cunhada. – Ela só admite duas pessoas na fazenda: o velho que cuida das ovelhas e a nossa Maeve, acho que por ser sobrinha de Ceridwen e ter ido lá algumas vezes com a tia. Mas vamos tentar. O que você disse ao Kieran?

– Nada, ainda. Ele não queria que eu visse a irmã. Ainda não entendi a causa dessa rixa deles... e agora que estamos sozinhos, Doron, você pode me adiantar alguma coisa?

– Eu não sei direito como foi. Eles não eram lá muito carinhosos um com o outro, mas se falavam, pelo menos. Kieran ia vê-la e comprava coisas para ela. Isso mesmo ele detestando o pai, que ainda era vivo nos primeiros anos dele como Mestre das Águias. E justamente depois que o velho Fergus morreu, Seril brigou com o irmão e não quis mais conversa com ele. Nem comigo, não sei o porquê, eu nunca lhe fiz mal. Até a pedi em casamento, duas vezes.

– Pediu? – Olhei-o, admirada. – Então você gostava dela?

– Bom, não estava apaixonado, sabe como é – fez ele, encolhendo os ombros. – Mas a gente deve escolher a esposa pensando em alguém com quem vai ficar a vida toda; e ela era irmã do meu melhor amigo, sabia cuidar de uma fazenda, era uma boa moça, apesar de carrancuda. Mas não aceitou, disse que não se casaria nem com um grande senhor se ele pedisse.

– Entendo. E depois disso ainda ficaram amigos?

– Daquele jeito dela, sim, mas quando rompeu com Kieran ela também rompeu com a minha família e a de Teig. Não vai a festas quando a convidam, não fala com as pessoas na vila, só aparece quando a chamam para fazer algum remédio ou aconselhar sobre um tratamento. Também faz partos às vezes, aprendeu com a nossa Ceridwen. Kieran queria que ela fosse para uma escola de curandeiros, disse que pagaria tudo, mesmo depois que eles brigaram. Mas nem isso ela quis.

– Então ela tem o dom da cura. – Guardei com cuidado a nova informação e me concentrei na estrada à nossa frente. Era um caminho tortuoso, cercado de vegetação rasteira e muito seca, ao longo da qual, vez por outra, viam-se passar pequenos rebanhos de ovelhas e cabras. Pensei que algum deles pudesse ser de Seril, mas Doron afirmou que não, pois as ovelhas da Fonte Âmbar sempre pastavam no monte. Sua lã dourada era muito procurada pelas mulheres de posses, uma vez que o exército abrira mão de utilizá-la. Isso me fez lembrar o que ele me dissera quando chegamos a Scyllix – Seril criava aqueles animais de propósito –, mas também o que eu ouvira de Harlan, na véspera, sobre as pessoas que eram a favor e as que eram contra a guerra.

Nesse ponto, ao que parecia, minha cunhada e eu estávamos do mesmo lado.

– Ali começam as terras da Fonte Âmbar – disse Doron, algum tempo depois. Olhei para onde ele apontava e vi uma longa cerca, que se estendia em direção ao poente e ao cenário da infância de Kieran.

A fazenda era simples, com construções longas e baixas que se agrupavam em torno de um poço. Havia um estábulo, um galpão que devia servir como celeiro ou depósito e uma casa de pedra, coberta de colmo que precisava ser mudado em alguns pontos. Ao lado havia uma horta com uns poucos repolhos e rabanetes, e dos fundos vinha o grasnado de patos e gansos. Bem ao longe, podia-se ver um cercado reforçado, e perto dele uma casinha que adivinhei ser a do pastor, embora não se visse nenhum sinal, nem dele, nem de suas ovelhas. Provavelmente estavam no pasto, deduzi.

– Onde podemos achar Seril? – perguntei, ao descermos do carro. Doron olhou em volta e ia dizer alguma coisa quando, de repente, a porta do que pensei ser um depósito se abriu com violência, e uma mulher marchou lá de dentro com as mãos e os lábios apertados.

– Ah, é você! – exclamou ela, seu olhar mal se detendo em Doron antes de resvalar para mim. Era um olhar agudo, mas não frio, e vinha de uns olhos escuros e estreitos como os de Kieran. A semelhança era visível também na boca, reta e de lábios finos, e no nariz que lembrava um bico de águia; mas os cabelos não eram negros como os dele, e sim de um belo tom castanho. As roupas eram velhas e remendadas, e os pés calçavam tamancos grosseiros, mas, mesmo assim, Seril tinha o porte altivo que meu marido mantinha em qualquer circunstância. Gostei logo dela.

– Olá, Seril. Sou Anna de Bryke – disse eu, estendendo as mãos. – É muito bom conhecê-la, irmã.

– O quê? – fez a mulher, encarando-me com o cenho franzido. – Irmã? Deve ser um engano, moça. Não tenho irmã nenhuma.

– Sei disso – respondi, sorrindo. – Mas tem um irmão, e ele se casou comigo, por isso nós somos como irmãs agora. Espero que não se importe se eu a chamar assim.

– Me importar? Ora, chame do que quiser – replicou ela. – Não vou ouvir, de qualquer jeito, já que você vai embora. Você e esse imbecil sorridente que veio escoltá-la. Vão! O que estão esperando?

– Convite para entrar – respondi, disposta a não me deixar vencer tão fácil. – Ah, vamos, Seril! Só quero uma oportunidade de conhecer você. Eu vim de tão longe...!

– Pois não precisava – cruzou os braços, irritada. – Por mim, você devia ter ficado lá com a sua tribo, ou na Escola de Vrindavahn. Melhor ainda, podia ter ido para o Norte, junto com os piratas. E podia ter levado Kieran com você. Ele...

– Espere! – Uma luz se acendeu em minha cabeça. – Com os piratas, é? Então você leu minhas cartas!

– Eu? Ler suas cartas? Claro que não! – reagiu ela, mas em seus olhos vi que reconhecia a derrota. Não adiantava negar, pois de que outra forma teria sabido?

– Certo, eu li *aquilo* – admitiu ela, a contragosto, após uns momentos. – Li porque não era bem uma carta, e sim quase um livro. Mas minha opinião continua a mesma sobre você e Kieran. Nenhum dos dois devia estar em Scyllix.

– Talvez, mas o fato é que estamos – retruquei, no mesmo tom. – E eu não podia deixar de vir até aqui. Você me deixa entrar?

– Eu... Hum, sim, está bem – resmungou ela, pouco à vontade. – Mas só desta vez. E só por uma hora.

– Está bem, Seril.

– E só você! – acrescentou ela, barrando o avanço de Doron. – Não há nada aqui para esse intrometido!

– Não devia falar assim de um amigo – protestou Doron, mas se afastou. – Eu vou até a minha fazenda, Anna, e aproveito para avisar Maeve de que estaremos lá para o almoço. Volto daqui a uma hora. Tenham uma boa conversa... mas fique longe do sopro desse dragão!

– Ora, vá de uma vez! – bradou Seril. Doron subiu no carro e se foi. Só então minha cunhada tornou a se voltar para mim.

– O que está fazendo aí parada? Entre – disse, com uma aspereza que disfarçava a falta de jeito. – Tem um banco ali. Fora o meu quarto e o porão, a casa é só isso, então eu acho que não há mais nada para mostrar. Quer um copo d´água? Não tenho vinho nem cerveja.

– Água está ótimo – respondi, e me sentei enquanto corria os olhos pelo aposento. Ele servia a um só tempo de sala e cozinha, como provava a panela suspensa sobre a lareira; mas era também o cômodo usado para fiar, para costurar e remendar roupas e para uma série de outras tarefas que, a julgar pela quantidade de objetos amontoados, Seril desempenhava ao mesmo tempo e pela metade. Aquilo me fez lembrar o que eu mesma fazia na torre onde vivia com Kieran e as brigas que tivéramos por isso. Quantas vezes ele teria discutido com a irmã?

– Aqui está – disse minha cunhada, entregando-me um copo cheio d´água que tirara de uma moringa. Agradeci e fui bebendo em pequenos goles, sentindo seus olhos me escrutinarem de cima a baixo.

– Então – disse, por fim. – Você enganou os piratas direitinho, não foi? Não sei como conseguiu inventar tudo aquilo.

– Bom, o medo de que descobrissem tudo tornou as coisas mais difíceis – respondi. – Mas, na verdade, foi esse o único problema. Eu adoro inventar histórias. Sempre fiz isso, desde que era menina.

– Sempre? – Seril franziu o cenho, olhando-me com um ar desconfiado. – Mas o que você disse nas cartas não é inventado, é? Sua avó elfa, o avô que morreu na guerra, o primo curandeiro... A sua vida foi daquele jeito mesmo, não foi?

– Foi, sim. Não menti sobre mim para você – garanti, calculando com cuidado o próximo passo. – E pelo que vejo você leu mais do que o relato sobre a viagem. Por que nunca escreveu? Teríamos adorado receber notícias suas.

– Hunf! Bom, *você* talvez gostasse – replicou Seril. – Mas Kieran? A única notícia que ele gostaria de receber seria a da minha morte.

– Não exagere, irmã. Por mais que tenham se afastado nos últimos anos, vocês têm o mesmo sangue... cresceram juntos, aqui na fazenda, e devem ter passado por muitas coisas juntos. Será que não restou nada de bom daquele tempo?

– Bom? *Naquele tempo*? – reagiu ela, indignada. – Está brincando comigo?

– Calma! Eu não quis ofender! – exclamei, erguendo as duas mãos. Seril se levantara de seu banco e dera um passo à frente, olhando-me, não como se me ameaçasse – não chegava a tanto –, mas como se me avisasse para tomar cuidado. Muito cuidado. No entanto, eu tinha que continuar de alguma forma, por isso procurei o caminho que me pareceu mais seguro.

– Eu não sei nada sobre a sua vida, Seril – falei, e isso era quase verdade. – Sei muito pouco sobre a vida de Kieran antes de nos conhecermos. Queria saber mais, mas ele não gosta de falar sobre o assunto, por isso achei que talvez você pudesse me contar alguma coisa. Sobre os pais de vocês, por exemplo – arrisquei, e ela riu, uma risada amarga e sem vontade.

– Meus pais – murmurou. – O que eu posso dizer sobre eles?

– Comece do princípio – sugeri. – De onde eles eram, como se conheceram. Foi aqui mesmo, em Scyllix, não?

– Onde mais? – Seril encolheu os ombros. – Eles nunca saíram daqui. Isto é, à exceção de duas guerras no Oeste, em que meu pai tomou parte. Kieran nasceu durante uma delas. Meu pai ficou fora mais de dois anos, e quando voltou teve a surpresa de encontrar o novo filho. Eu só tinha cinco anos, mas lembro como ele ficou furioso, e como berrava, ameaçando matar minha mãe e o menino. Os dois...

– Espere! Seu pai ficou zangado? Por quê? – perguntei, com um sobressalto. – Ele não sabia que ela estava grávida quando partiu?

– Isso, e mais uma coisa – disse Seril, voltando a se sentar. – Acontece que minha mãe era uma meio-elfa, e os cabelos dela eram prateados. Os meus são castanhos como os de meu pai, e, segundo ele, como os de toda a sua família. Mas Kieran nasceu com os cabelos pretos, como são até hoje, e, por isso...

– Seu pai pensou que a criança não fosse dele – concluí. – Mas essas coisas variam muito dentro das famílias.

– Eu sei. E meu pai, com certeza, também sabia – replicou Seril. – Mas aqui nas redondezas, e até em Scyllix, as pessoas riam dele pelas costas, dizendo que Fergus estava sustentando um filho que não era seu. O mais engraçado – prosseguiu, com um sorriso torto – é que, à medida que crescia, Kieran foi ficando parecido com meu pai, até um ponto em que ninguém poderia duvidar de que era seu filho. Mas até isso acontecer, e mesmo depois, ele fez da vida do menino um inferno. Não que a minha e a de minha mãe fossem muito boas.

– Entendo. E sinto muito – falei, meu coração apertado no fundo do peito. Em Vrindavahn, nas poucas vezes em que falara sobre sua família, Kieran dissera que o pai era avarento, que obrigava os filhos a trabalharem de sol a sol e que humilhava sua mãe, e isso me fez deduzir que Fergus era também um homem violento. Mas as palavras de Seril sugeriam coisas bem piores do que eu havia pensado.

– Minha mãe era muito gentil – disse ela, erguendo a cabeça, depois de alguns momentos. – Fez tudo que podia por nós, a não ser nos tirar daqui. Mas eu entendo, porque ela foi criada para obedecer, primeiro aos senhores e depois ao marido. Além disso, ela não tinha para onde ir com duas crianças.

– E a família? – perguntei, lembrando-me da minha própria história. – Como você deve ter lido nas cartas, eu sou filha de um mercenário qualquer, e minha mãe morreu quando nasci. Mas tive minha avó e meus primos. Sua mãe não tinha ninguém?

– Ela era filha de um senhor poderoso e da criada que ele usava para o seu prazer. Isso é comum, você sabe – disse minha cunhada, em tom sombrio. – Acontece em toda parte. No caso de minha avó resultou numa criança, então... Bom, é verdade que os parentes do meu avô não mandaram as duas embora. Mas eles nunca as aceitaram como membros da família.

– Compreendo. É uma história triste.

– É mesmo. E ficou ainda mais quando meu pai entrou em cena. Mas, apesar disso, ele era *meu pai* – disse Seril respirando fundo. – Era um tirano egoísta, mas eu jamais desejaria...

Parou, a voz suspensa, como quem se percebe a ponto de dizer mais do que deveria. Controlei minha ansiedade e esperei, mas Seril não completou a frase. Apenas abanou a cabeça, onde – notei pela primeira vez – fios de prata se misturavam à espessa cabeleira castanha.

– São muitas lembranças – disse, lançando um olhar à porta entreaberta. – Não vale a pena remexer no monturo. Afinal, você veio me ver, mas também quer conhecer a fazenda, não é? Quer vir comigo enquanto dou de comer aos patos?

– Eu... ah, sim, claro que sim – falei, deixando-me levar. Seril agarrou um balde cheio de talos de verduras e saiu, apressando-se em direção aos fundos da casa, onde patos e gansos a receberam com estardalhaço. Perguntei sobre as ovelhas douradas e tive a surpresa de saber que ela trocara os primeiros animais por um lote de pedras para construção, e que o negócio fora feito com uma comunidade Odravas, como aquela que existia em Bryke. Agora tinha setenta cabeças, que estavam no pasto com o velho Colm. Minha cunhada me levou ainda ao estábulo, à horta, onde reconheci várias plantas curativas além dos legumes, e ao celeiro, cheio pela metade de feno e grãos. Todo o passeio foi feito sem trocar uma única palavra que não dissesse respeito às terras ou aos animais. Eu não queria que fosse desse jeito, mas não havia o que fazer.

Pelo menos por enquanto, precisava aceitar o fato de que Seril não confiava em mim.

9

Seril

Eu não queria ver nenhum dos dois. Kieran, por tudo que fez, e Anna porque, uma vez que casou com ele, devia ser farinha do mesmo saco. Nem entendi por que ela se deu ao trabalho de escrever tantas cartas. Era uma perda de tempo, já que eu só li a primeira, em que me convidavam para o casamento. Não respondi, é claro, e achei que ela não ia escrever de novo, mas na lua seguinte lá estava outra carta. Li o início, e aí meti o papel de novo no envelope e guardei. Guardei todas as cartas que chegaram depois, e a cada vez me perguntava se aquela não seria a última.

Então, a partir da primavera do ano passado, houve um longo silêncio. Foram luas e luas sem uma linha sequer, e eu só pude pensar que ela havia desistido. Não sei se isso me deixou contente ou não, mas ao menos me deu um prazer, o de saber que eu não estava errada sobre aquela Anna. Ela era igualzinha a Kieran. E eu pouco me importava com os dois.

O livro me pegou completamente de surpresa. Maeve o trouxe a pedido de Doron, num saco de pano sem nada escrito por fora, e não soube dizer quem o tinha mandado, então resolvi abrir. Era uma história escrita numa letra que não reconheci – e só quando já tinha lido várias folhas e estava louca para saber como continuava é que fui ver que não era uma história inventada por alguém. Era Anna contando como tinha sido sequestrada por piratas e como salvou a si própria com uma bela mentira.

Não tenho o costume de ler, ainda mais uma coisa tão comprida, mas dessa vez não consegui tirar os olhos do livro, mesmo sabendo de quem ele tinha vindo. E até hoje não sei se a história era boa, ou se era o jeito como Anna contava: simplesmente não consegui ficar sem saber como acabou. E quando acabou, numa das folhas que sempre sobram no fim do caderno, vinha um recado com a letra dela, dizendo que agora estava tudo bem e que logo voltaria a me escrever. Voltou, mas demorou quase três luas, e nesse meio-tempo eu já tinha cedido à vontade de saber mais sobre a garota que ludibriara os piratas. Já tinha aberto e lido todas as cartas.

Agora vejam: Kieran sempre disse que um dia iria se casar, mas os anos foram passando e ele continuava sozinho. Mulher nenhuma estava à sua altura, mesmo que, como Mestre das Águias, ele tivesse várias para escolher. No fim, ele partiu para Vrindavahn com a tal Lara, e mesmo achando que não ia casar com ela – porque além de já ser casada ela estava com a saúde fraca, e ele queria filhos –, imaginei que a futura mulher do meu irmão seria daquele jeito. Uma dama de sangue élfico ou meio-elfa, delicada e incapaz de qualquer trabalho útil. A primeira carta de Anna não desfez essa impressão, mas o livro sim, e ela foi mudando ainda mais à medida que as cartas revelavam minha cunhada. Ela era muito, muito diferente do que eu imaginava.

E agora ela estava ali e me estendia as mãos pequenas, com calos feitos pelo arco e pela pena de escrever. Tentei mandá-la embora, mas não queria de verdade que ela fosse, e de alguma forma me vi contando a ela minha história. Talvez porque, ao longo do tempo, Anna tenha me contado a sua, e era uma retribuição justa; ou talvez porque, embora eu deteste admitir, gostei que ela tivesse vindo me ver. E ficarei feliz se ela voltar.

Mas, apesar de tudo, Anna ainda é a mulher de Kieran, e isso quer dizer muita coisa.

Eu nunca vou perdoar o que ele fez.

10
Anna

– Não sou o sujeito mais esperto do mundo, mas uma coisa eu sei – disse Doron, enquanto rumávamos para sua propriedade. – Você deve ter usado tanta lábia quanto usou com os piratas. Por Thýrr, nunca pensei que Seril fosse recebê-la tão bem! O que achou dela?

– Muito orgulhosa, e um pouco rabugenta, ao que parece. Mas percebi que ela tem um bom coração apesar de tudo.

– É, não é? Também não acho que ela seja ruim. Briguenta, isso é, e muito ranzinza. Deveria ter casado comigo – riu, com bom humor. – Eu saberia dar um jeito naquela cara amarrada, como você deu na do Kieran. Mas agora é tarde. Bom, estamos chegando! – anunciou, puxando as rédeas bem à frente da casa de pedra. – Sente esse cheiro? É o pato que está no forno! E ninguém tempera como a nossa Maeve!

Dizendo isso, ele empurrou a porta e irrompeu na cozinha, rindo com o susto que aquilo causou na criada. Ela era uma moça grande e robusta, com uma trança de cabelos castanhos e um rosto suave, de faces muito coradas pelo calor do forno.

– O senhor voltou tão rápido, Mestre Doron! O pato ainda não está pronto – disse, abanando o fogo. Doron replicou que podíamos esperar pelo que era bom – e o jeito como olharam e falaram um com o outro me fez entender o que ele quisera dizer com "agora é tarde".

As apresentações foram rápidas, e logo Maeve estava de novo às voltas com o almoço. Ela acabara de tirar um molho espesso do fogo e o vertia numa travessa, indo e vindo pela cozinha a passos rápidos. Um cão enorme entrou pela porta aberta e abanou o rabo para Doron, que pescou um pedaço de carne numa panela e atirou para ele. De um aposento contíguo veio, então, a voz do General Gwil, perguntando se não iam lhe apresentar a esposa de Kieran; o cão ergueu as orelhas e nos precedeu no trajeto até a sala.

O General era um homem de uns setenta anos, com uma juba de cabelos brancos, olhos azuis penetrantes e braços muito musculosos. Tinham de ser, pois ele dependia de um par de muletas, que, combinadas a uma perna de pau, lhe permitiam dar alguns passos duros e vacilantes. Não era possível usar uma segunda perna falsa, pois uma das de carne fora amputada acima do joelho, em consequência – contou ele durante o almoço – da infecção que sobreveio a uma pavorosa queda de cavalo.

– Foi no meio do campo de batalha – afirmou, gesticulando com uma coxa de pato, na qual dera uma enorme mordida. – Eu tinha matado, numa só investida, três inimigos – e aí um porcaria qualquer do Oeste, um moleque vestido de trapos, se enfiou debaixo do cavalo e lhe meteu uma faca na barriga. O animal empinou, começou a rodopiar, e eu tentando me segurar na sela. No fim, caí, e ele me pisoteou com as quatro patas. Nem me lembro da dor, só de ver meus ossos saindo da carne, como os desse pato aqui. Depois, acho que desmaiei por algum tempo, e só acordei na carroça que levava os feridos para o físico. Era um dos mais competentes que tivemos, mas não houve jeito: naquela noite mesmo cortaram a primeira perna, e alguns dias depois se foi a outra, que estava preta, com um cheiro que se sentia a trinta passos de distância. Eram as pernas ou eu, filha – concluiu, dirigindo-se a Maeve, que o fitava com os olhos rasos d´água. – Ao menos assim pude voltar para o meu Doron, que eu tinha deixado com apenas uma lua. Minha mulher tinha morrido, mas sua tia Ceridwen cuidou dele, que estava forte, bonito, cheio de saúde. Então, pensei: bom, perdi as pernas, mas ainda sou um homem. Meu filho vai se orgulhar de mim, seja como for.

– E eu me orgulho mesmo – declarou o Mestre de Combate. – O General voltou sem as pernas, mas com uma bela comenda. É um herói. O nome dele é sempre citado nas solenidades do exército.

– Mesmo que não fosse – disse eu, com sinceridade –, ainda

assim seria um herói, pela maneira como lidou com o que lhe aconteceu. Nem todos seriam capazes de agir como o senhor.

– É, eu sei. Há quem só veja as coisas pelo lado ruim – disse o General. – O Fergus, por exemplo. Ele não era soldado, tinha a função de cuidar dos cavalos, e nunca se arriscou de verdade no campo de batalha. É claro que não era um homem rico, mas tinha com que viver, além de uma boa mulher e dois belos filhos – e o que é que ele fazia? Reclamava que não trabalhavam o bastante e maltratava os três. O seu marido, principalmente – acrescentou, com uma careta. – Como apanhava, aquele menino! Fergus só começou a tratar melhor o garoto quando ele virou aprendiz de Mestre Mael.

– Mesmo? Por quê? – indaguei, cautelosa. – Ele reconheceu que Kieran tinha talento?

– Bom, talvez tenha sido isso também – disse o General. – Mas acho que foi mais porque ele percebeu que, tornando-se um mago e depois o Mestre das Águias, Kieran ganharia muito prestígio. Isso seria ótimo para Fergus e para a Fonte Âmbar.

– E, por falar nisso, Seril não chegou a lhe mostrar a fonte, não é? – perguntou Doron. – Ela não fica muito perto da casa. Mas da próxima vez você deve insistir, porque...

Prosseguiu, enumerando as propriedades curativas da fonte cor de âmbar, o que fazia pelas pessoas e pelos cavalos e o que deixara de fazer, desde que os herdeiros de Fergus tinham decidido não mais arrendar suas terras ao exército. Tudo aquilo era interessante, mas não consegui prestar muita atenção, ocupada em juntar as histórias que ouvira sobre a família e o passado de Kieran. Tinha sido bem mais duro do que eu pensava, e eu entendia seu rancor pelo pai, mas e quanto a Seril? Não fora tão maltratada quanto o irmão? Não devia, por isso, ser sua cúmplice em vez de rival? Quando haveria se instalado aquele mal-estar entre os dois?

Assim, voltei cheia de perguntas, mas sem nenhuma resposta. Seria difícil obter alguma enquanto Kieran se recusasse a tocar no assunto. No entanto, sua ida à fazenda, mais cedo ou mais tarde, era quase inevitável, e nessa ocasião eu pretendia me assegurar de que visitasse Seril. Por mais que estivessem brigados, no fim iriam se entender, pois afinal o sangue era mais forte que a água.

Era o que eu pensava naquele ponto da história.

Horas mais tarde, contra todas as expectativas, eu estava em outro veículo, rumo à minha primeira reunião como enviada extraordinária de Vrindavahn. O carro pertencia a Yseult, que prontamente o oferecera, embora comentasse, um pouco ácida, que o Conselho deveria ter marcado uma hora no dia seguinte e mandado alguém me buscar. Concordei com ela, mas não acrescentei nada, nem revelei o fato de que o encontro não se daria exatamente com o Conselho e sim com alguns de seus membros. Um deles, em especial, cuja mensagem eu relia pela terceira ou quarta vez desde que me pusera a caminho.

A Anna de Bryke, saudações!

Espero que sua chegada a Scyllix tenha transcorrido sem problemas. Visto que sua vinda tem por finalidade atender ao meu pedido, e não havendo razões para adiar o início das negociações, terei a honra de recebê-la na Sala de Espólios do Conselho, entre a quarta e a sexta hora desta tarde.

Com o desejo de que cheguemos a um acordo, sou
Fahel, Conselheiro Civil de Scyllix

Devolvi o bilhete ao envelope e tornei a guardá-lo em minha bolsa de talismãs, que eu preparara especialmente para a viagem. Continha minha pena de corvo, a de águia dourada, que eu ganhara de Freydis, e a runa da eloquência gravada numa pequena esmeralda. Eu precisava de todos os guardiões ao meu lado, de todas as energias que me fortalecessem e inspirassem minha fala. E antes de realmente entrar na sala e me encontrar com Fahel, eu pretendia...

– *Cuidado*!

O grito de alarme do cocheiro soou ao mesmo tempo que algo pesado batia contra o lado do carro. Os cavalos pararam, relinchando amedrontados, e eu me voltei para a janela à minha direita – a tempo de recuar, encolhendo-me contra o banco, para impedir que a mão enorme de um homem agarrasse meu pescoço. Gritei, e ele tentou se projetar pela janela, mas eu já abrira a porta do lado esquerdo com um chute e deslizei de qualquer jeito por ali, indo aterrissar na rua calçada de pedras.

– Socorro! É um ataque! – gritei, ouvindo o som de algo que raspava o teto do carro. No instante seguinte, para meu horror, o cocheiro tombava do banco, atracado com um homem envolto numa capa escura, e outra criatura semelhante saltava lá do alto. Teria caído em cima de mim se eu não conseguisse me esquivar, evitando também o primeiro homem, que acabara de atravessar a janela e agora saía pela porta que eu usara. Ele avançou em minha direção, um homem grande e maciço com olhos alucinados, e, sem ter nada com que me defender, eu me virei e comecei a correr o mais rápido que pude.

Sangue pulsava em meus ouvidos junto com o som dos passos dos atacantes. O cocheiro ficara para trás, se vivo ou morto eu não sabia, e os três vinham no meu encalço, perseguindo-me por uma rua onde, por mais que eu gritasse, não aparecia ninguém. Dobrei uma esquina e me deparei com o prédio do Conselho, mas ainda estava a uma boa distância, e um daqueles homens era muito rápido. Ele se distanciou dos companheiros, arfando como um cão, e estava a ponto de me alcançar quando algo cortou seu fôlego e o ar a um palmo das minhas costas.

O baque do homem no chão foi acompanhado pelo som de passos sobre um telhado. Voltei a cabeça, diminuindo o ritmo, e vi os outros dois atacantes tombando um sobre o outro, quase ao mesmo tempo, cada qual com uma flecha cravada na garganta. Então, o arqueiro que os abatera saltou do teto da casa, e me surpreendi ao reconhecer o jovem de olhos violeta que nos fitara com tanta insistência na Escola de Guerra.

– Tammoren! – O nome dele me veio à boca sem que de fato o houvesse lembrado. – Você estava...

– Estava de vigia numa das torres, perto daqui – disse ele, com presteza, embora também parecesse perplexo. – Não sei de onde esses homens vieram, mas já seguiam seu carro desde a Casa do Comércio, que marca os limites do Tonel. Eu pensei em correr até lá, mas num piscar de olhos você já vinha nesta direção, e acabou por ser mais fácil alvejá-los a partir dos telhados das casas. Espero que não a tenha assustado.

– Mais do que eu estava assustada com aqueles três? Impossível – respondi, com sinceridade, e inclinei a cabeça. – Obrigada, Tammoren da Casa Âmbar.

– Foi uma honra – disse ele.

Nesse momento, alguns guardas saíram do prédio do Conselho e, avistando os homens caídos, apressaram-se a vir até nós. Avisei-os sobre o cocheiro, e dois deles partiram em seu socorro enquanto os outros viravam de costas os corpos dos meus perseguidores. Foi quando olhei de verdade para seus rostos, até então só vistos de relance, e me impressionei com suas pupilas vidradas e o tom acinzentado da pele. Estariam doentes? Enfeitiçados? O que os teria feito vir atrás de mim?

– Não conheço nenhum deles – disse um dos guardas. – Têm roupas de camponês, mas fora isso não se pode dizer mais nada.

– Talvez até seja um disfarce. Eles podem ser gente do inimigo, infiltrada na cidade, e atacaram Mestra Anna por saberem quem ela é – opinou Tammoren. Achei que isso fazia sentido, ainda mais quando um dos guardas reapareceu com o cocheiro, assustado e dolorido do embate, porém bem vivo. Ele também não conhecia aqueles homens, mas supunha que fossem agitadores, dos quais, segundo disse, Scyllix andava cheia desde antes do anúncio da guerra.

– O que vão fazer com eles? – perguntei, fitando aqueles rostos que pareciam esfregados com cinza.

– Levar para a Sala da Guarda – foi a resposta. – As roupas deles vão ser vasculhadas, porque podem ter alguma coisa que diga quem são, e o Conselho vai ser avisado. Se nada for descoberto sobre eles, serão enterrados amanhã em vala comum.

– Eu quero que meu marido os veja. Ele pode entrar na Sala da Guarda?

– Mestre Kieran? – O guarda alçou as sobrancelhas. – Claro que pode. Quando ele quiser.

– Ele deve estar reunido com os Conselheiros militares – disse Tammoren. – Vocês têm que chamar mais gente para levar os corpos daqui, por isso vão demorar um pouco a chegar à Sala da Guarda. O que quer fazer nesse meio-tempo, Mestra Anna?

– Bom, eu tinha uma reunião. Um encontro, pelo menos, com um dos Conselheiros. Mas o ataque, as... as mortes, tudo isso mexeu comigo. Acho melhor não começar negociações agora. Pelo bem da minha causa – acrescentei, tentando sorrir.

– De qualquer jeito, precisamos sair daqui – disse o elfo, olhando em torno. A rua estivera deserta durante a perseguição, mas depois disso algumas pessoas tinham passado e, na maioria dos casos, parado para saber o que acontecera e dar uma boa olhada nos corpos. Ninguém se lembrava de ter visto aqueles homens, mas todos pareciam achar que se tratava de gente dos Pans ou de Pengell que se esgueirara para dentro dos portões da cidade. Alguns nos seguiram até o Conselho, querendo dar sua opinião, e foram mandados à sala dos peticionários, de onde, se não desistissem antes, poderiam ser encaminhados à presença de um Conselheiro dentro de algumas horas.

Enquanto isso, Tammoren, o cocheiro e eu fomos direto à Sala da Guarda, um aposento amplo, com bancos estreitos que se estendiam de parede a parede. A única outra peça de mobília era uma armadura élfica, toda montada, à direita de quem entrava. Devia ter um boneco ou pelo menos uma estrutura de madeira no interior, mas a viseira erguida do elmo exibia o vazio onde deveriam estar os olhos do guerreiro. Aquilo me causou um arrepio.

Os corpos dos atacantes ainda estavam a caminho, o que deu tempo aos guardas para montar uma grande mesa sobre cavaletes trazidos de outro aposento. Lençóis de tecido grosseiro foram estendidos por cima, e alguém, sem que eu perguntasse, comentou que já serviriam como mortalha para a vala comum. Meu desconforto aumentou ainda mais, aliviado apenas quando Kieran entrou correndo e me estreitou num abraço.

– O que aconteceu? – perguntou ele, a voz abafada, os lábios mergulhados no meu cabelo. – O que tentaram fazer com você?

– Eu estou bem, não se preocupe – ergui o rosto para beijá-lo. – Três homens atacaram o carro e me perseguiram pela rua, mas Tammoren viu tudo de uma torre e conseguiu pegar todos eles. Ninguém os reconheceu, e eu os achei estranhos, creio que você deveria vê-los.

– Claro que vou ver – apertou-me contra si com um dos braços, olhando com o cenho franzido para Tammoren. – Estava mesmo numa torre de vigia? Ou andando atrás dela?

– Que é isso, Kieran? Ele me *ajudou*! – exclamei, sentindo uma espécie de vergonha. – Por que tem sempre que desconfiar de tudo e de todos?

– Eu não desconfio de todos. Desconfio *dele*, porque está querendo se aproximar de nós – replicou o mago, sem tirar os olhos do outro. – Ele e toda a família. E eu gostaria de saber com que propósito.

– Meus propósitos são os melhores, e eu não estava andando atrás dela – defendeu-se o elfo. – Nós, arqueiros, temos feito turnos de vigia nas torres ao redor da muralha, porque a cidade está turbulenta, com a população agitada e muita gente vindo das vilas e do campo em busca de proteção. Os Conselheiros acham que pode haver inimigos infiltrados em meio a tudo isso. Não *tropas* inteiras, claro, mas apenas...

– Agentes – completou Kieran. – Espiões, assassinos, pessoas que sozinhas poderiam causar estragos. De fato não é impossível. E Anna seria um alvo muito provável para essas pessoas... Se elas conseguissem entrar na cidade.

– Por isso a vigilância – concluiu Tammoren, e o mago concordou, mas sua expressão não teve tempo de se abrandar. Carregados por guardas, os corpos dos três homens acabavam de chegar à sala, e vários Conselheiros vieram junto, homens e elfos de rostos sérios, ombros bem alinhados e o porte ereto comum aos guerreiros. Quase todos usavam trajes e insígnias militares, à exceção de dois homens muito idosos e de um elfo que vestia uma bela túnica alaranjada. Como os outros, ele olhou primeiro para os corpos que eram levados para a mesa, mas sua expressão se transformou assim que percebeu Tammoren de pé no fundo do aposento.

– Tam! – Ele correu para o arqueiro, fitou-o com alarme, as mãos pousadas em seus ombros. – Então era você o vigia? Ninguém me avisou sobre isso!

– Está tudo bem, pai. – Só então notei o pingente de âmbar na orelha do Conselheiro. – Eu não entrei em combate, só atirei algumas flechas e mais nada. Mestra Anna também saiu ilesa, felizmente.

Apontou com o queixo para mim, que continuava abraçada a Kieran no outro extremo da sala. Eu conhecia meu marido o suficiente para saber que ele estava com raiva, mas a disfarçava muito bem sob um rosto impassível. Ao menos desta vez.

– Há quanto tempo, Kieran – a voz do elfo era suave, cautelosa.

– Eu esperava conhecer sua esposa antes de revê-lo. Ainda bem que as circunstâncias não foram tão más quanto seriam, se meu filho...

– Ah, claro. Ele é um herói – disse Kieran, seco. – Mas seria melhor prestarmos as homenagens depois, não acha, Fahel? Três homens atacaram minha mulher, e eu não sei de onde saíram. Talvez alguém deste Conselho tenha uma ideia de quem eles são.

Fahel apertou os lábios, mas concordou. Com o cabelo prateado, mais baixo e de aparência mais frágil que a do filho, ele não se parecia com a imagem imponente que eu tinha criado a partir de suas cartas. Também não fora tão arrogante, embora talvez tivesse usado outro tom se estivéssemos sozinhos. Por agora, parecia apenas orgulhoso de Tammoren e aliviado por ele estar bem. E, como todos os outros, intrigado a respeito dos homens que jaziam sobre a mesa.

– Não conheço. Não sei quem podem ser. As roupas são de gente da região, mas não me lembro de ter visto nenhum deles – diziam os Conselheiros, depois de observá-los por uns momentos.

– E esse cinza nos rostos deles? – notou finalmente alguém. Voltei-me para Kieran e percebi que estava se fazendo a mesma pergunta enquanto girava o anel de serpente em seu indicador.

– Se for o que estou pensando, não é nada bom – disse ele, por fim. – Mas por enquanto é apenas uma suspeita, e não quero ser precipitado.

– Trataremos como uma suspeita, mas diga-nos o que acha que é – pediu um elfo que usava um brinco de safira. Era um parente de Hillias, naturalmente – até se parecia com ele –, mas tinha um ar decidido que o tornava mais confiável à primeira impressão. Não que fosse muito simpático.

– Precisa nos dizer – exigiu ele, quando Kieran repetiu que não queria se precipitar. – Somos membros do Conselho, governamos e protegemos esta cidade. Se algo a ameaça, precisamos ser os primeiros a saber.

– Tudo que posso afirmar é que não há certezas – replicou o mago. – E não há o que vocês possam fazer a esse respeito. Por ora, penso que essas pessoas foram postas sob um encanto muito forte e mandadas até aqui com algum propósito, que talvez fosse o de me atingir através de Anna. É um poder que vai além das leis ou das armas.

Os Conselheiros se entreolharam, apreensivos. Senti o mesmo, pois também para mim ficara claro que ele falava de Magia, e de um tipo muito diferente do praticado no Castelo das Águias. Eram artes escuras, feitiços arriscados e sombrios. A simples ideia daquilo me fazia estremecer.

– Mas você tem poder suficiente para lidar com... o que quer que seja – afirmou, mais do que perguntou, um dos Conselheiros humanos. – Foi para isso que o chamamos de volta.

– E era por isso que eu estava falando da proteção que vou dar às muralhas. Mas essa medida não será o bastante – disse o mago. – Preciso descobrir onde está o foco desse poder, a energia que trabalha para o inimigo. Em suma, tenho que saber quem está fazendo isso. E é natural que essa pessoa esteja se escondendo cuidadosamente, por meios também mágicos, seja lá fora ou aqui mesmo em Scyllix.

– De fato – o da Casa Safira tinha o cenho franzido. – Espero, ao menos, que não esteja suspeitando de meu tio. Ele está na Torre de Ferro, a prisão militar, desde que regressou de Vrindavahn, e foi despojado de todo o seu antigo poder.

– Não tenho inteira certeza – disse Kieran; o elfo se voltou para ele com ar ultrajado, mas o mago prosseguiu no mesmo tom. – Eu drenei a capacidade do seu tio de tecer encantos, Telion, quando o derrotei em combate no Castelo das Águias. Mas Hillias ainda possui muito conhecimento, e, mesmo na Torre de Ferro, sei que nunca esteve tão isolado quanto deveria estar. Não é que eu ache que ele está envolvido, mas não posso descartar a possibilidade quando investigar a origem dessa Magia.

– E vai começar logo, espero – resmungou Telion.

– Claro. O mais cedo possível – puxou-me contra si, os olhos relanceando pelas pessoas no aposento. – Bom, acredito que essa tarefa seja mais importante do que discussões sobre tropas e armamentos. Vou tratar dela enquanto vocês decidem o que fazer com os corpos. Eles não têm utilidade para mim.

– E eu peço desculpas, Conselheiro – disse eu, com o que o elfo se aproximou, acompanhado do filho. – Não estou concentrada o bastante para que possamos conversar. Talvez amanhã.

– É possível. Voltarei a procurá-la – o cocheiro de Yseult passou por nós, saindo da sala, e Fahel prosseguiu em tom afável. – Sei que foi um choque e não quero ser importuno. É muito importante para mim que cheguemos a bons termos. Meu primo deve ter lhe dito o porquê.

– Seu... *primo*? – indaguei, tentando me lembrar de mais alguém. Kieran, atrás de mim, soltou uma longa exalação, e por um momento tive a nítida impressão de que a sala se esvaziava de uma névoa antes imperceptível.

Então, de repente, as coisas passaram a fazer sentido.

– Fonte Âmbar – murmurei, buscando na memória as palavras de Seril. – Sua mãe, uma meio-elfa, filha bastarda de um senhor poderoso... da *Casa Âmbar*? – Engoli em seco, olhando do homem para os elfos e não encontrando nada em comum, mas ainda assim tendo certeza. – Kieran, isso quer dizer que você e Fahel, você e Tammoren...

– Somos primos – confirmou o mago, franzindo o cenho, ao passo que os outros sorriam. – Foi o que Thalia insinuou no Castelo, o que não permiti que Doron lhe contasse quando chegamos... o que você, com certeza, teria percebido por si mesma há muito tempo se eu deixasse. Peço desculpas por isso – acrescentou, enquanto eu ainda tentava me acostumar com a ideia. – Mas nunca tive nada a ver com essa família.

– Queremos falar sobre isso também – disse Fahel, suavemente.

– Mas eu não – rebateu Kieran. O elfo sustentou seu olhar por um momento, depois desviou o rosto, deixando apenas Tammoren a nos fitar. Seus olhos eram intensos e, até onde eu via, pareciam sinceros. Ele devia ter a minha idade, jovem demais para ter se envolvido em antigas questões de família. Mas o que eu podia saber?

Os Conselheiros concluíram seu entendimento a respeito dos corpos e começaram a deixar a sala. Fahel compreendeu que não era o momento de insistir e saiu com eles, após um ligeiro cumprimento em minha direção. Telion não olhou para mim nem para Kieran, e Tammoren continuou onde estava, seus olhos parecendo queimar minhas costas enquanto eu deixava o aposento.

Nós saímos do prédio por uma porta lateral. Na rua, o cocheiro estava a postos, mas Kieran me deteve antes de entrarmos no carro, estreitando-me pelos ombros e me olhando com expectativa.

– Mais uma vez, sinto muito – disse ele. – Eu devia ter prevenido você.

– É verdade. E confesso que ainda estou chocada. Mas posso

entender, sei que deve ter havido muita desarmonia entre vocês, embora, sinceramente, seus parentes não me pareçam tão ruins. E, sabe, de uma eu gostei bastante – repliquei, vendo ali o momento certo para lhe contar. – Achei-a muito parecida com você.

– Comigo? Então você esteve...

– Isso mesmo. Estive com sua irmã – respondi, e apertei sua mão. – E da próxima vez queria que você viesse. Ninguém melhor para me levar a conhecer a fonte mágica!

11
Kieran

No alto da muralha, cercado pelas torres onde se perfilavam soldados, eu murmurava as últimas palavras de um encanto de proteção. Estava nisso desde o amanhecer, andando ao longo da fortificação e me detendo a cada cem passos para varrer os resquícios de energia escura, para fortalecer aquelas pedras e aquela argamassa, para impedir que o inimigo se infiltrasse por meios impossíveis de combater com armas. Lá embaixo, na Praça de Guerra, o movimento era grande, com tropas indo e vindo a caminho da Cidadela e carroças ruidosas abarrotadas de sacos de areia e pedras, mas quando olhava para a frente eu via os campos quietos e a estrada vazia. No entanto, o ataque sofrido por Anna no dia anterior mostrava o quanto estávamos vulneráveis.

Minhas mãos se uniram no gesto que fechava o círculo de defesa sobre as muralhas. Estava feito, pelo menos por algum tempo. Eu deveria descer em seguida, pois muitas questões ainda esperavam minha atenção, mas em vez disso continuei ali, olhando para o campo, na direção que conduzia a Glen Thar e à Fonte Âmbar. Sentia que algo importante estava vindo de lá, algo que mexia comigo embora não me ameaçasse, e só comecei a compreender o que era quando as primeiras águias surgiram no horizonte.

Vergena estava de volta.

Desci da muralha, aproximando-me dos portões que já se abriam para receber minha antiga aprendiz. Ela montava um corcel do exército – um dos que tinham crescido na Fonte Âmbar, mais fortes e resistentes do que qualquer outro animal –, usava um manto verde sobre um peitoral metálico e uma espada à cintura. Sua cabeça estava descoberta, e vi que tinha cortado o cabelo, que agora crescia espetado em vários sentidos, como agulhas douradas.

– Bem-vinda! É bom rever você – falei, segurando as rédeas do cavalo enquanto ela apeava.

– Eu é que devia dizer "bem-vindo", não? Agora sou eu que vivo em Scyllix – sorriu a elfa, e fez a saudação militar antes de me dar um rápido abraço. Os soldados que vinham com ela passaram por nós, conduzindo seus cavalos aos estábulos, enquanto as águias continuavam a cruzar o céu sobre nossas cabeças. As pessoas na praça e na muralha as admiravam de boca aberta, apontando-as com os dedos e fazendo comentários entre si, pois muitas tinham esquecido como eram, enquanto outras nunca tinham visto águias guerreiras. Num mundo ideal, isso teria continuado assim.

– Preciso encaminhá-las à Cidadela – disse Vergena, passando a mão pelo cabelo revolto. – Devo ir com elas e me refazer um pouco, pois ainda hoje terei de me apresentar ao Conselho para um relato. Eu tenho muito a contar, Mestre Kieran. E as notícias não são as melhores.

– Adiante-as para mim, então. Eu irei com você – falei, pegando a bolsa que estava sobre a sela do cavalo. Vergena pegou seu bastão de poder e deixou que um soldado se encarregasse do animal. Ergueu, então, o bastão em direção às águias e respirou fundo antes de soltar um grito de comando.

A Praça de Guerra emudeceu enquanto as aves formavam um círculo, depois fileiras que debandaram em direção à Cidadela. Havia um lugar reservado para elas, um alojamento semelhante à Torre dos Ventos que eu mantinha no Castelo das Águias, mas aqui elas não podiam entrar e sair à sua vontade. Mesmo que pudessem, não teriam montanhas e florestas para explorar. Era um lugar triste.

– Bom, vamos indo – Vergena se concentrou por uns momentos, certificando-se de ter dado a ordem certa, e começamos a caminhar. – Eu estava no campo, como sabe, e percorri grandes distâncias acompanhando as águias. Estive em vilas perto da fronteira e encontrei fugitivos. Vi pessoas do Oeste que estavam apenas tentando encontrar um lugar seguro. E até cruzei com um homem muito desagradável, um nobre que está vindo de Malkin como embaixador, ou assim ele alega. Tem cartas de garantia que pretende mostrar nos postos da fronteira. Logo acabará chegando aqui e sendo recebido pelos Conselheiros, mas não tentei facilitar a vida dele.

– Fez bem. E o que mais você soube? Ouviu alguma coisa sobre o uso de Magia? E talvez – baixei a voz – sobre conjurações, artes escuras?

– Conjurações? Não! – Vergena pareceu impressionada. – Isso seria bem pior do que eu estava pensando, que já é ruim. O que eu soube é que eles contam com um mago poderoso, que exerce um domínio irresistível sobre as pessoas. Mesmo os que são recrutados à força acabam caindo sob o seu poder e acreditando que sempre quiseram ir à guerra contra as Terras Férteis.

– Imaginei algo assim – falei, não muito abalado; o que ela descrevera era apenas Magia do Pensamento e não o que eu vira na tarde anterior. – De qualquer forma, ele deve ser detido antes que chegue à Fonte Âmbar. Sabe se foi desse mago que partiu a demanda enviada ao Conselho?

– O nome dele não foi citado, se é isso que quer saber. Todas as demandas estão vindo em nome de Greimolt, o Tirano de Pengell. Mas certamente ele tem interesse na fonte. Quem melhor que um mago para utilizar seu poder?

– É verdade – franzi a testa, compreendendo que não poderia mais adiar uma visita à fonte e a minha irmã.

– E eu ouvi muitas notícias sobre as tropas no pântano e as que estão marchando para cá. Sou da opinião que não deveríamos esperar que eles reunissem um contingente tão poderoso – continuou Vergena, à vontade com o jargão militar. – Acho que deveria haver uma ofensiva, e eu estaria no meio, seguindo um plano que discuti com Harlan. Vou falar sobre isso no Conselho. O senhor estará presente?

– Para falar sobre um plano ofensivo, ainda mais envolvendo uma maga, é claro que sim. Não sabia que era próxima de Harlan – falei, olhando diretamente para ela.

– Ficamos amigos – respondeu a elfa.

Um lampejo coloriu sua aura num tom rosado, e outro passou por minha cabeça, lembrando-me dos cabelos vermelhos da pessoa a seu lado quando eu a buscara em uma visão. Então aquele era Harlan, meu antigo companheiro de estudos. Achei a ideia interessante, pois de certa forma ele combinava com Vergena, assim como eu combinava com Anna: uma aliança entre opostos. Quanto à pessoa que eu ouvira tecendo encantos, sua voz silenciara, e eu a empurrara para um canto remoto da minha mente, ao menos por enquanto. O perigo à nossa volta era bem mais urgente e real.

Vergena e eu ainda trocamos algumas informações sobre o trabalho com as águias antes de nos separar no pátio de entrada da Cidadela. Ela foi se refrescar e mudar de roupa em seus aposentos, que tinham sido meus; eu fui falar com soldados que patrulhavam a cidade. Eles deviam reportar pessoas e movimentos suspeitos, mas, por enquanto, nada tinham a relatar nesse sentido.

Comi alguma coisa no refeitório, servido por criados ressabiados, e saí para reencontrar Vergena à entrada da Sala do Conselho. Ela usava uma túnica militar, mas tinha removido o peitoral e o cinto com a espada. Harlan chegou pouco depois, elegante e de cabelos trançados, e a abraçou longamente antes de me cumprimentar.

Entramos juntos no enorme aposento decorado com flâmulas, armas e escudos conquistados como troféus de guerra. A maior parte dos cinquenta e seis Conselheiros estava presente, e quase todos se agrupavam em torno de uma grande mesa, sobre a qual havia um mapa de Athelgard em alto-relevo. Peças de madeira colorida atestavam a posição do inimigo, uma cor para cada uma das cidades maiores, soldados de diferentes tamanhos representando contingentes estimados em quinhentos, mil, dois mil combatentes a pé. O marrom, correspondente a Malkin, estava quase encostado na fronteira, e havia outros a caminho, inclusive a grande peça de ferro que representava o exército de Pengell. Mesmo a metade dos homens de que eles dispunham seria capaz de arrasar o efetivo que mantínhamos naquela região.

Os Conselheiros estavam divididos a respeito de um ataque, mas, diante do que se via, quase todos já haviam concordado em mandar reforços para a fronteira. A questão agora era saber quantas e quais seriam as Companhias, se estas se limitariam a ficar a postos do nosso lado ou passariam para o de lá e se, nesse caso, iriam atacar ou apenas intimidar o inimigo. Minha opinião era que só devíamos cruzar a linha tendo por finalidade um ataque, e este devia ser massivo e acontecer de surpresa. Se íamos à guerra, que fôssemos de fato à guerra. A decisão, porém, ainda não fora tomada, e as informações trazidas por Vergena poderiam adicionar à balança o peso que faltava. Era esperar para ver.

– Boa sorte – falei, quando nos encaminhávamos ao centro da sala. – Lembre-se do que aprendeu em Vrindavahn.

– Não posso influenciá-los – respondeu ela, franzindo o cenho.

– Não é isso. É a escolha das palavras, o ritmo da fala. Pela Magia e pela Arte – repliquei. As sobrancelhas da elfa se ergueram com surpresa, mas ela assentiu.

– Sua atenção para o relato da Mestra das Águias! – conclamou Naldar, o Primeiro Conselheiro. Eu não gostava dele, mas o respeitava por ser sido um bom Comandante na época em que eu estava na Escola de Guerra. Também achava bom que não pertencesse a nenhuma Casa Nobre, nem pendesse para o lado da Âmbar ou da Safira, cujos líderes se esforçavam por ganhar suas boas-graças. Telion, o sobrinho de Hillias, estava lá com seus partidários, entre os quais um meio-elfo com quem era aparentado por linha bastarda; Fahel se encontrava com os outros Conselheiros civis, que eram muito poucos em comparação aos militares. Aos grupos, eles foram se afastando da mesa central e se sentando nas bancadas do fundo da sala, alguns ainda dispersivos, o que mudaria assim que Vergena começasse a falar.

– Conselheiros, não enxergo tão longe quanto as águias, mas nestes últimos dias pude ver com clareza o que está acontecendo – disse ela, escolhendo bem as palavras, conforme eu havia recomendado. – As coisas vêm seguindo um padrão. As tropas de Pengell e as de algumas cidades aliadas vão passando pelas vilas menores, e exigem contribuição para a guerra em forma de gêneros, animais e outros recursos. Recrutam pessoas à força e as fazem aderir à marcha que vem descendo por várias rotas em direção às Terras Férteis. Por alguma razão, essas rotas sempre incluem Malkin, a grande cidade que fica na porção norte do pântano, e só depois algumas tropas se deslocam mais para o sul. Por que isso acontece?

– Malkin é um lugar estratégico – opinou um Conselheiro. – Fica mais ou menos no centro do território dos Pans, o acesso é muito difícil, e talvez ali eles tenham feito uma espécie de quartel-general das tropas e estocado gêneros.

– Pode ser – disse Vergena. – Mas os relatos que ouvi falam sobre um mago poderoso, cuja vontade arrasta e domina as pessoas – e não seria de crer que ele estivesse em Malkin?

Um murmúrio cheio de interrogações se ergueu entre os

Conselheiros. Vergena continuou em pé, mãos para trás, esperando que consultassem uns aos outros e fizessem suposições. Até que alguém se aventurou a falar.

– Para começar, quem seria esse mago? – A pergunta foi de um homem chamado Ralston, um dos veteranos do Exército e do Conselho. – Como soube que ele existe e o que faz? Qual é o nome dele?

– Eu soube através de moradores da região e de pessoas que estavam tentando escapar da guerra. Duas delas afirmaram tê-lo visto em ação – prosseguiu Vergena, contando o que para mim também era novidade. – Uma disse que ele fez cessar a chuva que estava atrasando a marcha, e em outra fez o que, pela descrição, era uma espécie de encanto de Magia da Forma. Ninguém sabe o nome dele, mas é um meio-humano, e parece que é um rapaz muito jovem. Um desses que nascem com o Dom e o desenvolvem cedo e naturalmente. E há outra coisa. – Fez uma pausa, esperando que as atenções se aguçassem ainda mais. – Ele parece se deslocar muito rápido. Isso não é uma coisa que alguém me tenha dito, mas que percebi juntando vários relatos: a julgar pelos lugares onde foi visto, ele cobre distâncias tão rápido quanto uma águia. E, sendo assim, eu me arriscaria a dizer que seu aprendizado não foi com magos, ou pelo menos não apenas com magos como os que conhecemos. Ele parece ter aprendido... e o senhor, mais que ninguém, pode dizer se minha suposição faz sentido, Mestre Kieran...

– Sim – confirmei, sentindo o peso daquilo sobre os ombros. – Se é como diz, ele pode ser um xamã.

– Xamã? – Ralston se ergueu a meio em seu assento, sem poder esconder a surpresa. – Um xamã seria um... um elfo da floresta, não?

– Possivelmente, mas poderia ter um aprendiz meio-elfo. E há feiticeiros no Norte, feiticeiros humanos, que não seguem a tradição dos xamãs das florestas, mas são capazes de se transformar em animais. Um deles pode estar a serviço do inimigo, por isso temos que ir devagar com as conclusões.

– Mas os xamãs se transformam em animais? – O Conselheiro me olhava incrédulo, e não era o único. – Qualquer animal?

– Não. Só um. Aquele com quem o xamã tem afinidade – respirei fundo, lembrando-me de Zendak e sua máscara de corvo. – Ele pode percorrer grandes distâncias se assumir a forma de um animal veloz, como um pássaro ou uma lebre. E se, além disso, ele dominar a Magia da Forma e Pensamento, como faz crer essa notícia de que influencia as pessoas, estaremos diante de alguém com poderes consideráveis.

– E o que tememos – disse Vergena – é que tenha meios de interferir na energia mágica da fonte âmbar. Se isso acontecer, e as propriedades da água forem mudadas...

– Bobagem – cortou um dos partidários de Telion. – Isso não é possível.

– Isso é *perfeitamente* possível – replicou a elfa, no mesmo tom. – Eu mesma vi acontecer com a fonte azul de Vrindavahn. As águias que beberam a água alterada se transformaram em criaturas terríveis. É claro, daquela vez o encanto não foi de um xamã, mas de uma Mestra de Magia dos Nomes... tendo por trás um mago que o senhor conhece melhor do que eu.

Lançou um olhar incisivo ao Conselheiro, que engoliu em seco e se encolheu em seu lugar. Trazer à tona a traição de Hillias não elevaria seu conceito junto à Casa Safira. Por sua vez, Telion procurou fugir do assunto, indagando, de forma brusca, como Vergena e eu pretendíamos lidar com tal adversário.

– Lembro-me do que disse ontem, quando do ataque à sua esposa – disse ele, olhando-me com franca antipatia. – Disse que talvez estivéssemos diante de um poder que não teríamos como combater com armas e exércitos. Acha que a mesma pessoa pode estar por trás de todos os incidentes?

– O ataque não parece ter sido de um xamã. No entanto, não seria impossível que um mesmo feiticeiro fizesse ou controlasse tudo.

– Em qualquer dos casos – Vergena retomou a palavra –, o que importa aqui é que esse feiticeiro está a serviço do inimigo, e quero sua permissão para ir atrás dele. Mestre Kieran está de acordo – acrescentou, erguendo a voz acima dos primeiros murmúrios –, e o mesmo se pode dizer de Mestre Harlan, um dos melhores estrategistas de Scyllix. Ele pode explicar melhor a nossa proposta.

– Se inclui o envio de tropas – atalhou uma Conselheira –, isso está sendo debatido e será votado mais tarde. Proponho que Mestre Harlan participe dessa discussão, e que nela apresente sua proposta, se é disso que se trata – algumas cabeças se moveram em aquiescência. – Mas o que disse sobre ir atrás do mago inimigo é o que me preocupa, Mestra das Águias. É um risco muito grande.

– Os riscos foram bem calculados antes de chegarmos a esta proposta – replicou Vergena.

– Não duvidamos. Mas mesmo assim, sem pretender ofendê-la, sua experiência ainda é muito limitada. Mal recebeu as águias guerreiras, nunca esteve no campo de batalha.

– E, por outro lado, temos a sorte de contar por mais uma vez com Mestre Kieran. Isto é, *Comandante* Kieran – disse Telion, movendo a cabeça de forma a que seus olhos corressem por todos os presentes. – Se é assim, por que não enviá-lo ao encontro do mago inimigo, com quem tem mais chances do que Mestra Vergena, enquanto *ela* permanece em Scyllix?

– É mesmo! Boa ideia! – bradaram algumas vozes, em meio à agitação da bancada. Harlan e Vergena se entreolharam, apreensivos. Contive na ponta da língua as palavras que gostaria de destinar a toda a Casa Safira e já me preparava para intervir quando, inesperadamente, Naldar decidiu fazer valer sua autoridade como líder do Conselho.

– Um pouco de calma! Vamos nos ater às circunstâncias – levantou-se, as mãos erguidas para abafar as últimas exclamações. – Mestre Kieran, ou, se preferirem, o Comandante Kieran viajou até aqui com uma missão: proteger a cidade. Na verdade, criamos uma patente para ele, a de Primeiro-Comandante da Defesa. Além disso, o costume é que contemos com dois magos: o Mestre das Águias, que vai a campo com as águias guerreiras, e outro que permanece em Scyllix, como Mestre Hillias sempre fez antes de ser... afastado de suas funções. Concordam com o que eu disse até agora?

– Sim, eu concordo – afirmou Ralston, e vários outros assentiram. – Na posição que tem agora, é o Comandante Kieran que deve ficar aqui. Se os esforços de Mestra Vergena não puderem impedir o inimigo de chegar até nós, será quase impossível rechaçá-lo sem a ajuda de um mago.

– Isso mesmo! – Um Conselheiro meio-elfo, que eu não conhecia, se levantou com ar arrebatado. – Scyllix é a muralha que fecha toda a região a gente como o Tirano de Pengell! Se as tropas dele forem capazes de passar pela cidade, a marcha vai prosseguir, e toda a paz e prosperidade conseguidas pela Liga chegarão ao fim!

– É exatamente o que pensamos – apressou-se Harlan a dizer. – Por isso vimos propor que Vergena parta o quanto antes em busca do mago e tente derrotá-lo ainda no Oeste, reduzindo nossos inimigos ao simples poder das armas. Eles serão adversários de peso mesmo assim, mas nossos exércitos tratarão disso; e, por minha honra, prometo que vamos vencer!

– Venceremos! – exclamou o meio-elfo. Seu entusiasmo contagiou boa parte do Conselho, e muitos braços se ergueram ao brado de "por Scyllix!"

– Conselheiros, creio que podemos chegar ao meio-termo – disse Naldar, quando os ânimos começaram a se acalmar. – Ainda vamos discutir a ida das tropas e a estratégia da ofensiva, porém minha opinião é esta: Mestra Vergena deve partir, tentar derrotar o mago inimigo, mas, se não for bem-sucedida, essa missão deve passar ao Comandante Kieran. Não podemos permitir que forças malignas invadam Scyllix ou tomem posse da fonte âmbar. Ergam as mãos aqueles que concordam.

Como eu esperava, a maioria dos Conselheiros se manifestou a favor, incluindo Fahel e os membros da Casa Safira. Vergena sorriu, satisfeita, embora também ansiosa. Tudo parecia ter corrido como planejávamos – até que Telion voltou a falar.

– Concordo com o que foi dito até aqui, mas minha pergunta ainda não foi respondida por completo – afirmou ele, de braços cruzados. – Se, como disseram, o mago inimigo pode interferir nos poderes da fonte, isso significa que talvez ele *já esteja* fazendo isso, não lhes parece? Ainda mais com o ataque de ontem?

– Pode. E eu estou aqui para tratar do assunto – falei, irritado.

– E ainda não esteve na fonte âmbar – rebateu ele, dirigindo-me um olhar de acusação. – Que garantias temos de que o inimigo ainda não agiu?

– Tem razão – minha própria voz, seca e grave, ecoando na sala. – Ele pode ter agido, pode estar agora mesmo na fonte, assim como pode estar sentado nesta sala. Eu não teria como saber, porque ontem passei o dia orientando as Companhias sob minhas ordens, e hoje estive protegendo as muralhas.

– Eu não disse que ficou sem fazer nada. Mas a fonte deveria ser sua prioridade, pois é um dos bens mais valiosos que temos. Aliás, para ser honesto, quero lembrá-lo de que reabrimos a velha questão sobre a posse – disse Telion, olhando-me com os olhos de Hillias. – Antes que vá adiante, gastando assim um tempo precioso, você talvez possa considerar um novo acordo com a Escola de Guerra. Por que não? – acrescentou, quase triunfante, vendo que meus dentes se cerravam. – Nem você, nem meu tio conseguiram criar cavalos alados, mas nossos corcéis de batalha eram muito mais fortes e velozes quando bebiam da fonte. Sua atitude não é digna de um cidadão que se empenha pela honra de Scyllix.

– Minha atitude é a de um homem *sensato* – respondi, lutando contra a vontade de torcer aquele pescoço. Isso deve ter ficado evidente para as pessoas na sala, principalmente Vergena, que veio para o meu lado e pôs a mão em meu ombro, temendo que eu me excedesse. Não seria uma cena agradável. Por sua vez, Harlan tentava conter os ânimos dos Conselheiros, vários dos quais tinham começado a opinar sobre o assunto. Alguns concordavam com Telion, e, embora não pusessem meu empenho em dúvida, falavam abertamente contra minha decisão de anos atrás. A única, nos últimos tempos, que eu tomara de comum acordo com Seril.

– Essa questão tem que voltar ao debate – disse Ralston, resumindo a posição dessas pessoas. – Todos os nossos recursos, e os de nossas terras, são empregados em favor de Scyllix. Mestre Kieran e sua irmã não deveriam poder isentar a Fonte Âmbar dessa obrigação.

– Concordo. Ainda mais agora, que temos uma nova Mestra das Águias – disse alguém no fundo da bancada. – Talvez ela possa retomar as experiências com os cavalos quando a guerra acabar.

– O quê? *Eu*...? – fez Vergena, com o rosto escarlate. Quanto a mim, tinha cada músculo e cada nervo do meu corpo tensos de raiva, e só não despejei tudo aquilo sobre eles porque, mais uma vez, Naldar foi capaz de assumir o controle.

– A questão do direito de uso da fonte é de grande interesse. Mas não é tão urgente – disse, relanceando um olhar em minha direção. – Podemos voltar a ela em hora oportuna. Agora, vamos continuar nossa discussão sobre o envio de tropas, já deveríamos ter tomado uma decisão a esse respeito. Continua conosco, Mestre, isto é, Comandante Kieran?

– Não. Tenho algo a fazer.

– Deixe-me adivinhar. Aposto que é uma visita à sua irmã – disse Telion, sorrindo.

Virei as costas e saí da sala antes de proferir uma maldição.

12

Vergena

Por Scyllix! O dia trouxe uma vitória. Irei à fronteira, lançarei minhas águias e minhas artes no encalço do mago inimigo, e pouco importa que esteja sozinha ou tenha várias Companhias atrás de mim: vou triunfar. Só lamento que Mestre Kieran tenha saído daquele jeito, com pessoas contra ele, e ainda sendo obrigado a remexer em tantas feridas antigas. Também não gostei da ideia de fazer experiências com os cavalos na fonte. Eu achava que não, mas Harlan está convencido de que é o que vão me pedir quando acabar a guerra. Isso *se*, é claro, puderem obrigar Mestre Kieran e a irmã a arrendar as terras de novo. Mas duvido que aqueles velhos tontos levem a melhor sobre o Carrasco.

Foi uma surpresa, ou melhor, um choque ouvi-lo citar o lema da Escola de Artes Mágicas. O passado voltou com o peso de um raio, e com ele tudo que aprendi com os mestres de Vrindavahn, principalmente o próprio Kieran. Ainda me lembro de quando ele chegou, acompanhando Mestra Lara, que deixara Scyllix e fora se refugiar junto ao Mentor Camdell. Mestra Lara é muito frágil, e quando chegou tinha a alma doente, mas ninguém contou aos aprendizes qual era a razão. Só bem mais tarde soubemos que ela fora casada com Hillias, e que ele quase a destruiu com sua sede de poder. Antes só sabíamos que ela tinha uma dívida de gratidão para com Mestre Kieran, e foi através dela que ele passou a ensinar em Vrindavahn.

Os aprendizes se encolhiam ao ver passar aquele homem que se vestia de cores escuras e nunca ria de verdade, só torcia a boca no que minha amiga Tarja apelidou de Sorriso do Mal. Os que enxergavam auras, porém, diziam que a dele era boa, embora carregada de rancor e tristeza. Ainda se passaria um ano até que eu me tornasse sua aprendiz, mas os mais velhos nos preveniram sobre o quanto ele era terrível: que não deixava passar nem o mínimo erro, que dava respostas tortas, que os fazia trabalhar demais. Foi por isso que começaram a chamá-lo de Carrasco. Para mim, no entanto, ele sempre foi o melhor dos mestres, e, depois de algum tempo em Vrindavahn já nem parecia tão intratável. Até conselhos ele nos dava se pedíssemos, embora, é claro, devêssemos estar dispostos a ouvir verdades dolorosas. Eu também, quando chegou a minha vez, respirei fundo antes de falar, esperando que Mestre Kieran não me achasse despreparada para assumir seu antigo posto em Scyllix. Mesmo com o convite de Hillias, eu não ousaria aceitar sem a sua aprovação.

Mas não. Ele achava que eu podia. Mais do que isso, ele se empenhou em me ajudar, confirmando a recomendação, mesmo depois que Hillias caiu em desgraça. Foi ele que me deu as primeiras informações sobre o exército; foi ele que me orientou na escolha das melhores armas; foi ele que me guiou na última Iniciação. Enfim, entre todos os mestres que tive, Kieran de Scyllix foi o *meu mestre*, e sempre será, embora eu não seja mais uma aprendiz.

E, sendo assim, é a ele que, muito em breve, espero poder dedicar minha primeira batalha.

13

Kieran

O dia em que revi minha irmã amanheceu coberto por nuvens escuras. Scyllix é a região mais seca das Terras Férteis, onde quase não chove, mas dessa vez o ar estava abafado, como num prenúncio de tempestade. Para piorar ainda mais meu ânimo, Cormac havia me comunicado a decisão do Conselho na noite anterior, e eu ficara sabendo que apenas três Companhias acompanhariam Vergena até a fronteira. Com as tropas que já estavam a postos, seriam cerca de dois mil homens, bem menos do que as forças inimigas já somavam do outro lado. Nossos soldados eram melhores, é verdade, e tínhamos ainda as águias guerreiras, mas mesmo assim eu duvidava de que pudéssemos derrotá-los com facilidade. No máximo uma vitória apertada.

Uma das Companhias destacadas para a marcha era a de Teig, meu companheiro de infância, cuja família vivia numa propriedade próxima à Fonte Âmbar. Ele tinha apenas dois dias para preparar seus homens e pôr as coisas em ordem, mas queria se despedir da mulher e dos filhos, por isso cavalgamos juntos naquela manhã cinzenta e desolada. Não viajávamos tão rápido quanto poderíamos por causa de Anna, que insistiu em me acompanhar, dizendo que poderia acalmar os ânimos junto a Seril. Talvez tivesse razão. Era para ela, não para mim, que as portas sempre se abriam.

Nós passamos pela pequena vila de Glen Thar antes de rumar, cada qual, para o seu destino. Era o mesmo lugar que eu conhecera quando criança, com uma praça central – onde os moradores se reuniam para festas, discussões e o mercado dos Dias de Descanso –, uma rua principal de onde saíam ruazinhas breves e tortas, uma taverna e algumas oficinas. Uma era nova, a de um ferreiro ruivo que lá estava atarefado em sua bigorna. Eu nunca o tinha visto, mas Teig o cumprimentou com certa familiaridade, dizendo que o homem tinha feito um bom trabalho nos arados e ferramentas de sua fazenda.

– Ele se chama Ronan, veio de fora, de uma vila ao sul de Scyllix. Não é a única pessoa nova em Glen Thar – contou, enquanto atravessávamos a praça. – O Preste Daffyd está muito idoso, vive adoentado, e passou a ter um ajudante, Preste Medrawt. Ele tem ideias diferentes sobre os cultos, insiste em sacrifícios de animais a propósito de tudo, mas fora isso gostamos dele. Não quer conhecê-lo? Ou visitar o velho Daffyd, que sempre pede notícias suas?

– Agora não – respondi, mas prometi a mim mesmo que faria aquela visita quando pudesse. Além do General Gwil e de Ceridwen, aos quais eu podia dizer que devia minha vida, o Preste Daffyd fora a única pessoa da aldeia a estender a mão para minha mãe. Ele não tinha poder ou influência para livrá-la do pior, mas enfrentara Fergus e conseguira que Seril e eu frequentássemos a escola durante alguns anos. Eu ainda tinha o esfarrapado exemplar do Etta em que aprendera as primeiras letras.

Teig se despediu na bifurcação da estrada que levava à sua fazenda, com muitos votos de boa sorte e vitória por parte de Anna, que talvez não voltasse a vê-lo antes que ele fosse para a fronteira. Nós dois seguimos caminho, agora um pouco mais rápido, porque ela já se acostumara a controlar seu cavalo. Ainda assim, montava com tanta elegância quanto um saco de trigo, e foi o que eu lhe disse. Ela me mostrou a língua, feito criança, e nós dois rimos, mas meu riso soou forçado diante do que eu sabia que iria enfrentar.

Estávamos chegando à Fonte Âmbar.

– Veja só...! Finalmente ela mandou cavar um poço – falei, concentrando-me naquilo que via de novo. Tudo o mais continuava dolorosamente como antes: o estábulo, o celeiro, a horta que minha mãe mantivera com sacrifício naquele solo árido. E a casa, de pedras desgastadas pelos anos, com a cobertura meio arruinada, sempre, sempre, por mais que a conservássemos. Sim, as chuvas em Scyllix eram poucas e esparsas. Mas nosso teto sempre tinha goteiras.

– Seril? Já voltou? – A voz de uma mulher veio da casa, cuja porta estava entreaberta.

– Olá, Maeve! Somos nós! – respondeu Anna. Apeamos a pequena distância e, enquanto eu prendia os animais no cocho, a sobrinha de Ceridwen surgiu à porta. Era uma moça alta, em cujo rosto brilhava um sorriso honesto e meio simplório.

– Como vai, Dama Anna? – perguntou ela, em tom respeitoso. – Seril foi colher algumas ervas para um bálsamo. Logo estará de volta. Vai esperá-la, não vai?

– Vou. Quer dizer, vamos – disse Anna, pegando meu braço. – Este é Kieran, meu marido, irmão de Seril.

– Maeve, para servi-lo, senhor – a moça inclinou a cabeça, com um pouco de receio. Se por eu ser um mago ou pelo que Seril dissera a meu respeito, eu não sabia. Ela se afastou e abriu caminho para que entrássemos na casa, que estava admiravelmente arrumada e limpa. Pelo menos para os padrões de minha irmã.

– Quem está precisando de bálsamo? – perguntou Anna, examinando uma tigela de líquido que esfriava sobre a mesa. – Não é o General, é?

– Ele mesmo. Ontem à noite ele sentiu dor nas juntas, e hoje está com as mãos inchadas. Seril conhece um bálsamo que o ajuda muito nessas ocasiões, mas não tinha nenhum guardado, por isso adiantou o preparo e foi colher uma erva que estava faltando. E eu, enquanto esperava, resolvi ajeitar um pouco a casa e fazer um guisado, para que ela e o pastor tenham alguma coisa além de pão e queijo. Querem provar um pouco? Tem bastante.

– É muito cedo para nós. Obrigada – sorriu minha mulher. Maeve retribuiu o sorriso e voltou a mexer a panela que borbulhava sobre o fogo. Quanto a mim, cerrei os dentes, perturbado com as memórias que me invadiam: memórias daquela casa, daquela lareira, do cheiro bom da comida, que me fazia lembrar minha mãe. Ela também não teria hesitado em oferecer almoço às visitas, ainda que, para isso, tivesse que se contentar com pão seco. Seril e eu tínhamos que repartir nossas porções, mas nessas ocasiões não nos importávamos, porque compreendíamos a razão: para nossa mãe, um hóspede era sagrado. Só não entendíamos por que o prato de Fergus nunca deixava de estar cheio.

– Cheira muito bem o seu guisado, Maeve – disse Anna, para quebrar o silêncio. – Aposto que Seril vai gostar.

– Tomara. Mas ela não se importa muito se está bom ou não – respondeu a moça. – Ela diz que só come porque precisa para ficar viva. Já eu gosto muito de comer e também de cozinhar: aprendi todos os pratos que minha tia fazia para o General.

– Por falar nisso, fiquei sabendo da morte de Ceridwen – disse eu. – Sinto muito.

– Também fiquei muito triste, mas quando tem que ser... – começou Maeve. Antes que prosseguisse, porém, uma exclamação zangada se fez ouvir do lado de fora. Anna respirou fundo, pegando minha mão, e ambos nos voltamos para a porta, pela qual, pouco depois, Seril irrompeu a passos duros.

– Ah! Então eu não me enganei! – bradou, com as mãos na cintura. – Eram seus mesmo aqueles animais de maus bofes que estão lá fora! Eles quase derrubaram o cocho d´água com um coice, sabia?

– Olá, Seril. Estou ótimo, obrigado – falei, em tom suave, que aos seus ouvidos deve ter soado como um silvo de cobra. Sua raiva era tão grande que a imobilizou por alguns momentos, e eu os aproveitei para olhar e perceber o que tinham sido aqueles anos para Seril. Ela estava mais velha, sim, mas também parecia mais forte – mais *sólida*, pensei, vendo como suas costas se aprumavam, como o queixo se erguia, desafiando-me a retomar minha parte do território. Como se eu quisesse alguma coisa daquele maldito lugar.

– Sabia que, mais cedo ou mais tarde, você viria – disse ela, por fim, com os lábios apertados. – Mas não está aqui só para me ver. Então, o que você quer? Fale logo, tenho muito que fazer, a começar pelo remédio para o General.

– Eu posso cuidar disso – ofereceu-se Anna. – É só me dar as ervas e dizer a quantidade que entra. Picar ou moer?

– O quê? Ah, sim, pode moer – fez Seril, desconcertada, lembrando-se do molho de ervas que tinha na mão. Anna pegou as ervas e se afastou, juntando-se a Maeve, que lavava pratos numa bacia. No centro da sala ficamos apenas Seril e eu, cercados pelos demônios do nosso passado.

– Bom, se quer saber, não vim mesmo fazer uma visita – falei. – Viemos aqui porque Anna insistiu, mas, na verdade, tudo que quero é ir com ela até a fonte âmbar. Tenho que sentir a energia do lugar, porque, caso não saiba, ele é o alvo principal do inimigo. E eu não faria essa cara de zombaria se fosse você.

– Por que não? É engraçado – replicou minha irmã. – Tantos anos se passaram, tanta coisa aconteceu, e você não mudou nada, é o mesmo tolo arrogante que voltou de Riverast. Com que então o Tirano de Pengell quer a fonte, não é? Como você soube disso? Com Magia?

– Não. Ele deixou isso claro, nas reivindicações que fez para não nos atacar.

– Ah, sim. Mas o que a sua ida até a fonte pode fazer para deter as tropas inimigas?

– É essa a minha missão – respondi, olhando-a nos olhos. – Vergena está no meu lugar como Mestra das Águias, e dentro de dois dias marchará para a fronteira, para tentar deter o mago que está a serviço do inimigo. Se ela fracassar, então eu irei, mas por enquanto devo me certificar de que ele não está interferindo nas propriedades da Fonte Âmbar. Acreditamos que tenha poder suficiente, mesmo de longe. E isso nos preocupa.

– É, imagino que sim. E suponho que tenha de deixar você ir até a fonte – resmungou Seril. – Mago por mago, é preferível ficar com o que luta pelas Terras Férteis. Mas, se não achar nada, veja se não se demora por lá. Não quero olhar para sua cara mais do que o necessário.

– Obrigado, irmã. É muito gentil da sua parte – repliquei, e me voltei para minha mulher. – Vamos até a fonte agora, Anna. Já acabou de fazer o que precisava com essas ervas?

– Num instante – respondeu ela, concentrada em triturar a massa verde num almofariz. Seus gestos eram rápidos, precisos, como convinha a quem fazia aquele trabalho desde a infância. Anna tinha o sangue e os instintos dos xamãs.

– Pronto, acabei. Você usa agora o que precisar – disse ela, dirigindo-se a minha irmã. – E depois quero a receita, para experimentar com uma criada da Dama Yseult, que vive se queixando das juntas.

– Certo. Noutro dia eu lhe dou – respondeu Seril, e se calou por um instante antes de soltar a farpa: – Mas gostaria que você viesse sozinha.

Ouvindo isso, Anna me olhou como quem pede ajuda, mas eu não tinha nada a dizer e dei de ombros. Se era assim que minha irmã queria, era assim que ia ser, e estava acabado. Acenei para Maeve, que murmurou qualquer coisa e baixou a cabeça, e saí levando pela mão uma inconformada Mestra de Sagas.

– Não acredito que foram tão duros – disse ela, assim que cruzamos a porta. – Vocês falaram da fonte, do mago... e foi só isso! Nem perguntaram um ao outro como iam passando!

– Para quê? É só olhar e já se percebe que estamos ótimos de saúde – repliquei. – Quanto à fazenda, eu soube que vem prosperando; Seril vende bem a lã dos carneiros e não tem dívidas. E agora, veja só, ela tem até uma amiga, aquela Maeve, que parece adorá-la. Não há mais nada que eu precise saber a respeito dela. Venha, eu ajudo você a montar.

– Ah, Kieran – Anna recuou um pouco, esfregando os quadris. – Já estou tão moída de cavalgar até aqui...! Não podemos ir caminhando?

– Poderíamos, mas é um pouco distante. Acho melhor irmos a cavalo. Mas, se quiser, você pode montar comigo – propus. Anna concordou, com um leve suspiro. Saltei para a sela do garanhão cedido pela Escola de Guerra e ajudei-a a se acomodar na garupa, sentindo com prazer seus braços ao redor da minha cintura. Fora exatamente assim que ela me tocara em nossa primeira cavalgada juntos: nosso retorno ao Castelo das Águias, depois de conversar por um bom tempo numa estalagem de Vrindavahn. Foi naquela conversa, olhando para os olhos de Anna, que vislumbrei pela primeira vez o rosto de meu filho.

E, após tanto tempo, essa lembrança me deixou estranhamente inquieto.

As nuvens haviam se dissipado, mas o céu continuava cinzento, e assim permaneceu ao longo de todo o trajeto até a fonte. Anna desistira de discutir a respeito de mim e de Seril e cavalgava em silêncio, com o que me concentrei nas vibrações à nossa volta. Por se tratar de um lugar de Magia, elas não eram comuns, e sim repletas de uma energia que se podia sentir a distância; ela estaria modificada se o inimigo estivesse presente, ou se, mesmo de longe, houvesse tentado alterar as propriedades da água. No entanto, à medida que me aproximava, minhas sensações foram ficando cada vez mais familiares, e não tardei a concluir que nada mudara naqueles últimos anos. Eu não teria nada a relatar ao Conselho. E Anna estava prestes a conhecer a fonte da minha juventude.

– É ali? – perguntou ela, com expectativa, quando puxei as rédeas. – Parece tão diferente da fonte azul...

– E *é* diferente. Fica noutro lugar – respondi, talvez um pouco ríspido, mas dessa vez Anna não se importou. Eu explicara da única forma possível, e ela compreendera: aquela não era a fonte de Vrindavahn, brotando no coração de uma floresta, com a cascata que jorrava em reflexos de azul e anil. Era um rasgo na terra, no meio de uma campina seca, dentro do qual borbulhava uma água quente com cheiro de enxofre. Era a fonte de Scyllix.

Peguei a mão de Anna e a guiei pelo caminho pedregoso. Agora estávamos a apenas alguns passos da fonte, e eu já podia sentir seu calor em minha pele, bem como o cheiro que se desprendia da água. Não era agradável, levando em conta apenas o olfato, mas, por outro lado, eu me sentia muito bem, como se inalar aquele ar me tornasse mais leve.

– Gostei deste lugar – comentou Anna, para minha surpresa. – É árido, mas tem uma espécie de beleza. Ou talvez seja o ar. A fonte é curativa, não é? Será que posso estar sentindo algum efeito?

– Talvez. Você é sensível à Magia. – De fato era, de um jeito sutil, o que às vezes se traduzia em perigo para ela. – E, sim, a energia principal é a de cura. Mas não é a única.

– E foi você que a descobriu – prosseguiu Anna. – As propriedades mágicas, quer dizer. Foi observando os cavalos?

– Não. Os cavalos vieram mais tarde – larguei sua mão, olhando fixamente para as bolhas que estouravam na superfície da água. – Um pouco antes de recebermos os animais, eu já tinha percebido que a fonte âmbar tinha poderes de cura.

– Entendo. E como você descobriu esses poderes, se ainda não era um mago?

– Como em geral se descobre tudo. Por acaso.

Parei, tentando absorver o peso e a dor daquela história. Talvez fosse o momento de lhe contar. Anna me olhava com expectativa, sentindo que eu tinha algo a dizer, mas hesitava, como tantas outras vezes. No entanto, ali com ela, entre as pedras e a água que tinham ajudado a forjar o homem que eu era, finalmente consegui baixar as defesas.

– Eu nunca quis falar sobre minha infância – comecei, ainda intranquilo. – Não são lembranças agradáveis, como deve imaginar. A verdade é que desde que posso me lembrar, e até me tornar o aprendiz do Mestre das Águias, eu fui surrado por aquele bastardo do Fergus. Nem tanto quando pequeno, porque ele preferia me trancar no porão, para ver se eu morria de fome.

– Kieran! – Anna me interrompeu, horrorizada. – Isso é um exagero seu, não é? Por favor...

– Não, é verdade – fechei os olhos, por um momento voltando a estar lá, sentindo o medo, a umidade e o horrível vazio no estômago. – Minha mãe não estava presente, e Seril estava proibida de me ajudar, embora tentasse.

– Que coisa horrível! – Lágrimas encheram seus olhos; ela me abraçou e encostou a cabeça em meu peito. – E isso continuou até você conhecer Mestre Mael?

– Não, porque quando cresci meus braços começaram a valer alguma coisa. Eu tinha que comer para poder trabalhar, só que trabalhava debaixo do chicote. Isso também não é um jeito de falar – acrescentei. – Eu era espancado com o chicote usado para os bois ou com ramos de arbustos. Às vezes estavam cheios de espinhos. Não tive nenhum osso quebrado – foi Declan que se encarregou disso, algum tempo depois, quebrando três costelas minhas com a manopla de ferro –, mas, durante muitas luas, eu não tinha uma só polegada de pele inteira nas costas. Eu...

– Espere. Suas costas? – Ela teve um sobressalto, ergueu a cabeça. – Então... As *cicatrizes*! As marcas que você não queria dizer de onde vinham. Eu pensava que tivesse sido feito prisioneiro, em alguma batalha, e torturado, e que talvez isso o envergonhasse, de alguma forma...

– Seria uma história mais bonita, ou pelo menos mais heroica – concordei. – Mas na verdade foi Fergus que fez aquilo. São cicatrizes em cima de cicatrizes, ferida sobre ferida. E eu tinha muitas abertas quando encontrei a fonte. Entrei na água, simplesmente porque estava louco de dor e não sabia mais o que fazer. Aquilo aliviou meus ferimentos e ajudou a curá-los. E, como acabei falando sobre isso a outras pessoas, a história chegou aos ouvidos do Conselho e da Escola de Guerra. Então, enviaram Mestre Mael para testar os poderes da água... e foi assim que ele também descobriu os meus.

– O Dom inato – enrolou uma mecha do meu cabelo entre os dedos, com ar pensativo. – Você teve sorte de encontrar um mestre quando ainda era tão jovem.

– Tive. Ele foi um bom mestre, me ensinou tudo que sabia e não me impediu de ir além. Pelo contrário, quando percebeu que eu estava começando a andar pela trilha errada, se empenhou para que eu fosse aceito em Riverast, onde os magos dos Círculos superiores me abriram novos caminhos. E ainda se sacrificou por mim, adiando sua morte, apesar do sofrimento, até que eu voltasse. Só assim poderia assegurar que eu ia sucedê-lo como Mestre das Águias.

– E poderia ver você de novo – disse Anna. – Aposto que isso também foi importante para vocês dois.

Assenti, lembrando-me de como tinham sido os últimos encontros com meu mestre, já devastado pela doença. Ele queria que eu o ajudasse a partir, e no final acabei por atendê-lo, mas conversamos por um longo tempo antes que Mael fechasse os olhos. Entre muitos conselhos úteis, ele me contou uma história – contou-me como obtivera o anel com a serpente de prata, que conferia uma poderosa proteção – e me arrancou a promessa de levar adiante suas experiências com cavalos e águias guerreiras. Fiz isso por dois anos, ao fim dos quais me considerei desobrigado, mas nesse meio-tempo tinha feito a mim mesmo outra promessa. Só precisava que minha mulher concordasse em me ajudar a cumpri-la.

– Sem Mestre Mael eu não teria me tornado o que sou – falei, tocando o rosto dela, que continuava apoiado no meu peito. – É por isso que eu insisto em, um dia, dar ao nosso filho o nome dele.

– Eu sei. Bom, eu queria chamá-lo de Loki. Mas entendo que você queira fazer essa homenagem. Quem sabe não chegamos a um acordo? Talvez um nome que reunisse os dois. O que acha?

– Que reunisse os dois – franzi a testa. – Então seria Mael-Loki... *Maeloc*?

Mal a palavra havia deixado meus lábios, senti o ar ao meu redor vibrar com energia renovada. Estreitei os olhos, surpreso, e repeti o nome, apenas para mim mesmo, sem ligar à indagação no rosto de Anna. Ela ia dizer alguma coisa, mas pus um dedo em seus lábios, pois precisava de silêncio para sentir, para entender – e para *ver*, como veria claramente um momento depois, o que me esperava em meio àquela guerra e o que precisaria ser feito antes que eu partisse para tentar vencê-la. Era tão simples, e ao mesmo tempo tão difícil: um futuro cheio de luz e sombras, como o rosto do menino ao lado de Anna, que tinha os olhos dela e o meu sorriso.

Maeloc. Sílabas fortes, uma palavra de poder. E agora finalmente eu sabia em nome de quem lutar.

14
Anna

A mensagem chegou quando eu menos esperava.

Diante da urgência dos preparativos de guerra, que o mantinham tão ocupado como os demais Conselheiros, e em vista do fato de já havermos nos confrontado diante de Kieran, eu acreditava que Fahel não me procuraria tão cedo para falar sobre as águias. O assunto era do seu interesse, mesmo que fosse um pretexto para se aproximar de nós e conseguir o que quer que fosse como vantagem – era assim que meu marido via as coisas, e dessa vez eu concordava –, mas a questão da fonte fora reaberta, e não havia o que discutir com uma emissária de Vrindavahn enquanto o próprio Conselho de Scyllix não tinha uma posição.

Assim, o bilhete com o selo da Casa Âmbar foi uma surpresa, não só pelo momento em que veio – um dia após a partida das tropas para a fronteira, quando tudo em Scyllix estava confuso e frenético –, mas também por não estar assinado apenas por Fahel. Junto à dele, numa caligrafia fina e delicada, vinha também o nome de Athala, que eu soube por Yseult ser a esposa do Conselheiro. Fahel e Athala, primos de Kieran, meus parentes. E os dois estavam ansiosos para conversar comigo.

– Pode acreditar, daí não vai sair nada de bom – resmungou Kieran, quando nos dirigíamos à Casa do Conselho. – Fahel tem evitado se pronunciar na questão da fonte âmbar, mas ele deve dizer a você o que está querendo, e a mulher veio junto para tentar ganhar sua simpatia. Vai ser algo tão odioso quanto o bastardo do Telion, incitando o Conselho a revogar meus direitos sobre o uso da fonte.

– Ele não vai conseguir. Eu estudei a legislação, com a ajuda do Mestre de Leis indicado por Harlan, e não achamos nenhuma brecha. É uma propriedade privada, com escritura, todos os selos necessários. Você e Seril têm o direito de não arrendá-la.

– Sim, mas tudo pode mudar em tempos de guerra. Telion sustenta que a fonte deve passar à jurisdição do Conselho e ser usada, nas palavras dele, "na defesa dos interesses de Scyllix e seus cidadãos". Isso significa ter de novo os cavalos da Escola de Guerra em nossa propriedade, e em seguida virão as experiências, que Vergena vai ter de conduzir se quiser manter seu posto de Mestra das Águias. Isso é algo que precisamos evitar a todo custo.

– Vamos fazer o possível. Eu vou conseguir o apoio de Fahel – prometi, embora não pudesse dar a menor garantia.

Kieran assentiu, com um riso torto, e me apertou contra si, beijando meus cabelos. Ele andava estranho desde que havíamos visitado a fonte: não mais irritado que de costume, nem mais distante, como seria de se esperar num momento em que era tão solicitado, mas, ao contrário, intenso e mais apaixonado que nunca. Por várias vezes me pareceu que estava prestes a contar um segredo, mas sempre se continha no último momento. Eu não o pressionava, traduzia minha ansiedade em beijos e carinhos, tentando – e conseguindo, acredito – fazer com que as noites compensassem aqueles dias difíceis.

E, mesmo assim, nada me tirava a impressão de que navegávamos rumo à tempestade.

O cocheiro puxou as rédeas diante do Conselho. Havia uma pequena multidão ao lado de fora, discutindo com os guardas e exigindo entrar no prédio, que normalmente era aberto a todos os cidadãos, mas hoje tinha seu acesso limitado aos Conselheiros e funcionários. Entramos também, é claro, e já na antecâmara um escrivão apressado veio explicar o que causava tanto alvoroço.

– É um embaixador, um enviado do Tirano. Já chegou reclamando a altos brados do tratamento que teve na fronteira. Ele passou por vários lugares, esteve detido para averiguações, no fim enviaram uma escolta para buscá-lo a fim de entrar na cidade. Está na Sala do Conselho, fazendo exigências.

– Vamos lá – disse Kieran, puxando-me pela mão. Os guardas à porta da sala piscaram, confusos, mas não se mexeram para impedir a investida do mago. Nossa entrada foi abrupta, mas poucos foram os Conselheiros que se voltaram para ver de quem se tratava. Todas as atenções estavam voltadas para o embaixador, um homem robusto, coberto de colares e anéis, que discursava acompanhando-se de gestos furiosos.

– Foi um insulto fazer-me tratar com sargentos e amanuenses! – Ele espalhava gotas de saliva ao falar, o rosto escarlate. – Eu vim em paz, vim negociar os termos de um acordo, deveria ter chegado até vocês sem interferência!

– Concordamos – disse um elfo que supus ser Naldar, o líder do Conselho. – E reiteramos nossas desculpas. Nos tempos que correm, temos que ser cautelosos, e os que defendem as fronteiras não têm um grande entendimento do que é a diplomacia. Mas confio que tenham sido respeitosos, Pan Stanislas, na medida do que era possível.

– E ainda por cima não fizeram o que pedi! – prosseguiu o outro, como se não houvesse escutado as explicações. – Não reuniram o Conselho, pois não vejo aqui nem vinte pessoas, quando sei que são mais de cinquenta; e, além disso, onde está o mago? Preciso falar com ele!

– Estou aqui – disse Kieran, soltando minha mão e avançando a passos firmes. Dessa vez todos olharam para ele, alguns surpresos, outros com reprovação, a maioria com um misto das duas coisas. Talvez achassem que não devia se revelar tão rápido, apenas ficar na sala aguardando o desenrolar da conversa. Mas Kieran nunca deixava de responder quando era desafiado.

– Então é o mago – o embaixador pareceu incomodado. – Eu esperava alguém mais velho.

– O feiticeiro que trabalha para vocês é bem jovem, pelo que eu soube – respondeu Kieran, ácido. – Por que ele não veio?

– Ah, *ele*. Bom, é que está muito ocupado – riu o outro, soando como se rosnasse. – Além disso, não é muito de falar, e eu tenho experiência em acordos. Fui eu que tratei da nossa aliança com Golrod e Brandannen – e, claro, com Kyrshel, mas nesse caso não conta, são meus parentes. Somos todos Klíma – acrescentou, com orgulho, citando seu nome de família. – Os de Kyrshel e o nosso ramo, o mais antigo, dos senhores de Malkin.

– O escudo do javali – Kieran assentiu. – É apropriado, já que vivem num pântano. Por que as tropas estão se reunindo lá?

– Porque é um lugar poderoso. Lasarr nos disse – respondeu Stanislas Klíma, sem hesitar. Franzi o cenho, perguntando-me o porquê dessas respostas tão fáceis, e já me inclinava a acreditar que Kieran estivesse interferindo na mente do emissário quando este retomou a palavra.

– O que tenho a dizer é para todo o Conselho – olhou brevemente para a bancada, depois tornou a se voltar para Kieran, que o encarava de braços cruzados. – Mas a maior das reivindicações de Greimolt, o Senhor da Guerra, diz respeito ao mago, e é a seguinte: ele deve se entregar sem resistência e prestar contas daquilo que roubou.

– Que eu *roubei*? – exclamou Kieran; a sala se encheu de uma atmosfera tensa e dos murmúrios dos Conselheiros. – Nunca roubei coisa alguma!

– Sim, roubou – replicou o emissário, sustentando seu olhar furioso. – No castelo de Brandannen, quando viajou pelo Oeste. Os Vannovich guardavam uma relíquia em seu túmulo de família. Uma relíquia ancestral. Você a subtraiu. Nega isso?

– Não nego que tirei algo dos Vannovich – Kieran respirou fundo, sabendo que todos os olhares estavam sobre ele, mas prosseguiu. – Só que não roubei uma relíquia. Destruí um *vampiro*.

Aquilo pegou os Conselheiros inteiramente de surpresa. Uma exclamação se ergueu dentre eles, cheia de horror, e alguns chegaram a se levantar, fazendo perguntas às quais nem o mago nem Stanislas deram qualquer atenção. Cerrei as mãos, pedindo ao Grande Espírito que favorecesse a harmonia, mas foi inútil. As nuvens se fechavam sobre nós.

– O que você fez foi um roubo e uma profanação – prosseguiu o embaixador, em meio a uma chuva de saliva. – Pior: ao destruir seu ancestral, lançou o peso de uma maldição sobre os Vannovich, e eles sofreram com uma peste que chegou a matar alguns membros da família. Felizmente, Lasarr os livrou disso, e agora marcham conosco em direção às Terras Férteis. Greimolt concordou em fazer deles os primeiros a receber sua parte do tributo. Quando as tropas de Pengell...

– Creio que agora deveria se dirigir a mim – disse o Conselheiro que eu supunha ser Naldar.

Stanislas se deteve, surpreso, e o elfo se levantou, descendo até a frente da bancada, onde olhou diretamente para o rosto do emissário do Oeste.

– O senhor se referiu a um tributo – disse, em tom firme. – Isso me faz pensar que acreditam que nos renderíamos às suas exigências.

– Se tiverem amor à vida, vão se render. O Oeste se uniu sob a bandeira do dragão alado – afirmou Stanislas, referindo-se ao brasão de Pengell. – Desde as maiores cidades às aldeias mais remotas, homens estão aderindo e marchando em direção às Terras Férteis. Ainda há tempo de abrir os portões e recebê-los, assim serão tratados com benevolência.

– Ah, é? O que chama de benevolente? – o elfo pareceu quase divertido.

– Sem mortes – respondeu o embaixador. – Caso aceitem se render, não serão escravizados, mas devem nos enviar estudiosos e artesãos, que trabalharão para nós durante um prazo estipulado. As Casas Nobres também devem escolher cada qual um membro, criança ou adulto, para viver junto às principais famílias do Oeste. Serão reféns, porém muito bem tratados. Sua Liga será dissolvida, mas a maior parte das cidades poderá manter os governantes locais. Não Scyllix, é claro.

– Por que não Scyllix? – perguntou um Conselheiro humano, idoso e de ar impertinente.

– Porque será a fortaleza de Lasarr nas Terras Férteis, o centro de onde partirá sua Magia – respondeu Stanislas, confirmando o nome que eu suspeitava ser o do mago inimigo. Era aquele Lasarr que cobiçava a fonte âmbar.

– Espero que entenda que estamos apenas sendo corteses ao ouvi-lo – disse Naldar, enquanto os Conselheiros se agitavam murmurando entre si. – Não queremos guerra, por mim seríamos bons vizinhos dos Pans do Oeste, e, se eles nos mandam uma mensagem, não podemos ignorá-la. Mas não esperem que levemos essas demandas a sério.

– Elas não terminaram – disse o embaixador. – Há a exigência de um tributo anual, um montante em ouro ou prata e uma parte em gêneros, além da devolução das terras que vocês nos subtraíram na fronteira. Tudo isso está dito na carta de Greimolt, que deixei na antecâmara, com o... meio-elfo, é isso...? Bem, a pessoa que afirmou ser o Primeiro Secretário.

– Sim, eu sei. Ele tem a carta, que leremos depois, quando todo o Conselho estiver reunido.

– Devem fazer isso rápido. O Senhor da Guerra aguarda uma resposta, Lasarr também. Ele quer saber se o mago se entregará, pelo bem das Terras Férteis, ou se prefere combatê-lo.

– Diga-lhe para vir até aqui – sibilou Kieran, sem revelar, é claro, que Vergena tinha partido justamente para procurá-lo. – Se ele demorar, talvez eu vá ao encontro dele, mas o que vou oferecer será bem diferente de uma rendição.

– E agora acho que devemos fazer uma pausa – disse Naldar, num tom que não admitia contestações. – Não vamos debater os termos dessa exigência com tão poucos membros do Conselho presentes, e o senhor, Pan Stanislas, deve estar cansado da viagem. Permita-me encaminhá-lo à residência dos hóspedes. Enquanto permanecer em Scyllix, será tratado com toda cortesia, e espero que isso compense as contrariedades que encontrou pelo caminho.

O embaixador piscou, surpreso, mas assentiu. Os Conselheiros começaram a se levantar, discutindo uns com os outros em voz baixa, e eu avancei para pegar o braço de Kieran, que estava no mesmo lugar, zangado e de rosto duro, mas não tão carregado de raiva quanto eu esperaria.

– É tão absurdo – disse ele, relaxando um pouco ao meu toque. – Tão absurdo que chega a ser patético.

– Pensei que houvesse contado aos Conselheiros a história do vampiro Vannovich – comentei, enquanto saíamos da sala. – Ficaram apavorados.

– Claro. Eu nem pretendia contar. Mas se foi feito, foi feito.

– E eu achei bom que só uma parte do Conselho estivesse presente, assim os que escutaram de você contam aos outros, e a história vai ficando menos assustadora a cada nova versão.

– Pode ser. Você deve saber, é a Mestra de Sagas.

– E outra coisa que sei é que não havia membros da Casa Safira na reunião. Você percebeu? – tornei, detendo-me à entrada de um corredor. – Fahel também não estava, mas acho que isso é natural, pois ele e Athala devem estar me esperando na Sala dos Espólios.

– É verdade. Você vai lá agora? – Pensou um pouco, uma ruga se formando na testa sobre a qual caía uma mecha do cabelo. – Talvez eu devesse acompanhá-la. Não que eu queira ver essas pessoas, mas...

– Seria ótimo – atalhei, sem hesitar.

Kieran sorriu de leve e apertou minha mão. Entramos no corredor, que conduzia à ala leste da Casa do Conselho, e subimos uma escada, cruzando com funcionários e mensageiros apressados que iam e vinham em ambos os sentidos. Mais um corredor, decorado com espadas e escudos que pareciam estrangeiros, e estávamos na Sala dos Espólios, um dos aposentos que os Conselheiros costumavam usar para reuniões de caráter privado.

– Anna! – A voz que me saudou era alegre, cheia de claridade, como o rosto da elfa que se levantou para me receber. Fahel também se levantou, mas ficou onde estava, as mãos apoiadas no espaldar da cadeira, olhando-nos com uma espécie de embaraço. Por fim, Tammoren, que eu não esperava encontrar, fez a saudação militar em direção a Kieran, após a qual encostou à minha a palma de sua mão.

– É bom revê-la – disse, com calor. – Fico feliz que tenha aceitado se encontrar conosco.

– E Mestre Kieran também – notou Athala. Seus olhos, de um violeta impressionante como os do filho, se detiveram sobre o mago, que apenas inclinara a cabeça em sua direção. Então, ela se voltou para mim, parecendo querer me agradar, embora eu não sentisse falsidade e sim o desejo de chegar a um entendimento. Por um preço, talvez, mas um entendimento mesmo assim. Uma aliada pela paz? Era o que íamos saber.

– Há tempos quero conhecê-la – disse ela, com sua voz gentil e bem modulada. – Não nos vemos há anos, mas convivi por algumas luas com sua mestra, Maryan. Como ela tem passado?

– Está muito bem – respondi, feliz por encontrar mais um ponto em comum. – Ela se casou com meu primo, na Floresta dos Teixos, e eles têm dois filhos, Lyris e Kelamon. Somos parentes agora.

– Nós também somos parentes. Somos sua família – afirmou Athala, com um olhar que procurava abarcar a todos nós. Kieran se manteve fora dele, os braços cruzados, o rosto contraído numa expressão indecifrável.

– Eu me pergunto por que falou em Maryan – disse ele, por fim. – No último ano que passei em Scyllix, ela lhe escreveu pedindo que ajudasse Lara, pois pelas cartas podia sentir que a amiga não estava bem. Você não deu qualquer atenção a esse pedido.

– Está enganado – Athala ergueu a cabeça, os olhos brilhando. – Eu a procurei, tentei trazê-la à razão, disse que ela deveria regressar a Kalket. Mas Lara havia se isolado, ou talvez tenha sido isolada por Hillias, até o ponto em que apenas um mago como você poderia tê-la ajudado.

– E havia as questões familiares – disse Fahel. – Não podemos interferir nos problemas da Casa Safira.

– Não? Bom, eu interferi – replicou meu marido. – Acho que isso prova, mais uma vez, que não somos realmente uma família.

Fahel cerrou os lábios com força e não respondeu. Athala o olhou com ar preocupado, depois balançou a cabeça e se voltou para mim.

– No passado houve muitos erros, Anna, e a maioria foi cometida antes que eu me casasse com Fahel – disse ela, com franqueza. – Eu disse a ele que devíamos aproveitar sua entrada na família para repará-los, na medida do possível. Mesmo que algumas coisas não possam ser consertadas.

– Por mim, eu concordo, mas não posso responder por Kieran – falei, olhando de esguelha para ele. – Nem por Seril. Acredito que as injustiças também tenham a ver com ela.

– Sem dúvida, e é por isso que conto com sua ajuda nos próximos dias – tornou Athala. – É tradição da Casa Âmbar fazer um rito familiar no solstício de inverno, uma homenagem aos ancestrais. Nós gostaríamos muito de contar com a presença de vocês, inclusive a de Seril.

– Rito familiar? – A voz de Kieran soou incrédula, tocada pelo sarcasmo. – Em homenagem a antepassados como... Palias, o Perverso?

– A seu avô, sim – replicou Fahel, pegando-me de surpresa; eu sabia que meu marido descendia de um certo General Palias, um dos heróis de guerra de Scyllix, mas supunha que se tratasse de um ancestral mais antigo. *Talvez seja outro, com o mesmo nome*, pensei. De qualquer forma, a proposta me tocara, pois, pelo que eu sabia sobre as Casas

Nobres, aquele tipo de ritual era restrito aos membros da família. Não seríamos convidados se de fato não nos considerassem assim.

– Você e sua irmã são netos do General, ainda que sua mãe fosse bastarda – as palavras de Fahel acabaram com minha dúvida. – Nunca negamos isso, mas é verdade que também não os procuramos. Agora é uma boa ocasião, pois poderemos discutir, de forma bem clara, a proposta que temos a lhes fazer a respeito da Fonte Âmbar.

– Ah! Muito bem, chegamos ao ponto. Era isso que queria, não era? – rosnou Kieran. – Desde que mandou aquela primeira carta, exigindo a presença de Anna?

– Não. Naquela época eu realmente pretendia discutir a questão das águias guerreiras – respondeu Fahel. – Sabia que o Conselho de Vrindavahn estava consultando os das outras cidades e decidi me mover antes que a Casa Safira o fizesse. Porque a verdade é que eles o estão pressionando, e não apenas em relação às águias, não é mesmo, Kieran? – Uma pausa, que o fortaleceu: sabíamos que isso era verdade. – O grupo de Telion está disposto a promover uma mudança na legislação, de modo que, se você continuar sozinho, será muito difícil garantir seus direitos sobre a Fonte Âmbar. Sabe disso, não é?

– Sim. Só não sei o que você e sua família pretendem.

– *Nossa* família – disse Athala, com convicção. – Por favor, não seja tão rápido a nos julgar. E você, Anna, por favor, converse com ele. Fale também com Seril. Queremos um entendimento, uma solução que contemple a todos.

– Você talvez queira. Seu filho também – disse Kieran, com um movimento em direção ao arqueiro. – Ouvi falar bem dele na Escola de Guerra. Mas não tenho por que confiar em Fahel. E muito menos na pessoa a quem, de fato, vocês respondem.

Fitei-o, esperando que falasse mais, porque não podia nem imaginar de quem se tratava. Tammoren contraiu o rosto, e Athala respirou fundo antes de falar, com voz e expressão resolutas.

– A Dama Elora é a pessoa mais velha da família. Não quer dizer que obedecemos a ela, nem que ela seja incapaz de concordar com algo que talvez não lhe agrade, mas que sabe ser bom para o futuro da Casa Âmbar. Ela disse, claramente, que está disposta a recebê-los, e eu lhe peço, Mestre Kieran: dê-nos um voto de confiança. Posso esperar ao menos isso de sua parte?

Kieran resmungou alguma coisa e não respondeu. Athala buscou meu olhar, um pedido silencioso de ajuda, e eu fechei os olhos para melhor recordar a voz quase esquecida do meu passado.

Nós temos que ser unidas... Lembre-se disso quando se aventurar no Mundo Lá Fora...

– Sim – murmurei, comovida. – Sim, Mãe das Lontras, eu me lembro.

– Anna? O que foi? – Kieran me interpelou, uma indagação nos olhos estreitos.

– Não foi nada. Ou melhor, sim. Eu acho que devemos ir ao solar – ele me olhou, exasperado, mas esperou que eu continuasse. – Em uma coisa, pelo menos, Fahel está certo: a Casa Safira está fazendo pressão no Conselho, e precisamos de alguém que nos apoie contra isso. Se vocês asseguram que têm uma boa proposta, vamos ouvi-la, e farei o possível para que Seril esteja presente. Afinal, foi para isso que vim a Scyllix – acrescentei, reforçando meus argumentos junto a Kieran. – Para saber o que um Conselheiro tinha a me oferecer.

– Eu sei – suspirou, deixando os ombros caírem. – E se você quer assim, que seja. Fale com Seril. Se ela concordar, iremos ao ritual da noite do solstício.

– Verdade? – exclamou Tammoren, com os olhos brilhando. – Muito obrigado! Não vão se arrepender, prometo!

– Não se anime tanto – Kieran o encarou, francamente pessimista, os braços cruzados. – Vamos ouvir a proposta, sim. Mas, pelo que conheço da *sua* família, sei que pedirão em troca bem mais do que podemos lhes dar.

15
Tam

Hesitação, receio, ansiedade. Passei por vários estados de espírito e nenhum foi agradável. O pior, no entanto, foi a sensação de fracasso após contar à Dama Elora que Kieran havia recusado nosso convite. Ela tomou aquilo como um insulto e disse palavras duras, acusando-me de não revidar aos ataques do mago contra minha família. Acusou-me, também, de admirá-lo, o que de certa forma é verdade. Como não sentir admiração, quando sei quem ele é e o quanto já fez por Scyllix?

Meu pai também não gostou, mas, por minha causa, tentou justificar a posição de Kieran. Suas palavras tinham sido desrespeitosas, mas ele podia compreender sua relutância, até seu rancor pela nossa família. Era preciso achar outro caminho – e foi essa convicção que o fez buscar a simpatia de Anna de Bryke.

Nesse ponto, cometi o erro de elogiar a Mestra de Sagas, dizendo que ela era inteligente demais para cair em qualquer armadilha. Meu pai me olhou de um jeito duro, mas não foi isso que me fez desejar ter ficado em silêncio, e sim o sarcasmo por parte de minha tia-avó.

– Percebo que a Casa Âmbar está destinada a desaparecer – disse ela. – Nosso herdeiro, em quem depositamos tantas expectativas, deixou de lado os interesses da família para se aliar a uma garota ignorante das tribos. De qualquer forma, não se trata de uma armadilha e sim de um acordo, por mais que me desgoste ser obrigada a fazer um acordo com aquela gente.

Tive vontade de responder que eles também são da família, mas a dor, ou qualquer que seja o nome daquilo que brilhava em seus olhos, me fez refrear a língua. Com isso, creio que poupei a nós dois de um confronto com a verdade: as pessoas que ela chama de *aquela gente* são, sim, do meu sangue, mas não do sangue de Elora. A não ser pela ferida em seu coração.

A história é tão simples quanto sórdida. Começou com um episódio corriqueiro: uma criada chamada Gwinnis teve uma filha do seu senhor, o General Palias. Um herói de guerra, alcunhado O Perverso, pelo prazer que tinha em estripar e cortar gargantas com sua espada Garra de Águia. Mesmo assim, ele seguiu a prática comum nas Casas Nobres e dotou sua filha bastarda com uma herança, uns poucos acres de terra próximos à aldeia que os Homens chamam de Glen Thar. Uma família de rendeiros cultivava a pequena fazenda conhecida como Fonte Âmbar, tanto pela Casa Nobre a quem pertencia quanto pela fonte de água quente e amarelada que existia na propriedade.

Olwen, a filha de Gwinnis, era pouco mais que um bebê quando a espada de um guerreiro do Oeste pôs fim às crueldades de Palias. Sua mãe morreu alguns anos depois, mas ela continuou no solar, protegida por minha avó, sua tia paterna, que a mantinha longe do caminho da Dama Elora. Esperavam que a viúva de Palias contestasse o direito de Olwen à herança, mas ela entregou a Fonte Âmbar à jovem quando esta completou vinte anos... e se tornou esposa de Fergus, o filho do rendeiro, de quem se conheciam mais defeitos do que qualidades.

E já que era assim, o que levou Olwen a aceitá-lo? Fiz essa mesma pergunta duas vezes e obtive diferentes respostas. Segundo a Dama Elora, Olwen e Fergus se conheciam de longa data e acharam o acordo conveniente. Ela era a dona das terras, ele sabia como cultivá-las; a conhecida ambição de Fergus era partilhada pela moça, e ninguém, além deles mesmos, foi responsável por tudo que deu errado. Essa é a história corrente na família, na qual fui levado a acreditar até que, pouco antes de sua morte, minha avó me apresentou outra versão dos fatos. Segundo ela, a própria Elora aproximou Fergus e Olwen, prometendo fazer do rendeiro um fazendeiro rico e ao mesmo tempo persuadindo a moça de que podia impedi-la de herdar se ela não se casasse com o homem escolhido pela família.

Lembro que a olhei com os olhos enevoados, sufocado por tanta injustiça. Ela continuou a falar, e não a impedi, mesmo sabendo o esforço que lhe custava. Assim fiquei sabendo que foi Elora, também, que fechou as portas da Casa Âmbar para os bastardos de Palias, negando-se a receber tanto Fergus, que lhe cobrava a ajuda prometida, quanto Olwen, quando esta implorou para que ao menos acolhesse seus filhos, que sofriam com a violência do pai.

– E tudo isso por orgulho – disse minha avó. – Orgulho e desejo de vingança contra aqueles que eram a lembrança viva do seu fracasso. Por muitos anos ela foi casada com o General Palias e jamais concebeu uma criança. É por isso que faz questão do apoio do seu pai. Com a exclusão dos filhos de Olwen, Fahel é por direito o senhor da Casa Âmbar, mas ele age segundo os interesses e os desejos de Elora. Talvez os dois se pareçam...

Um suspiro se seguiu às suas palavras. Ela não queria que fosse assim – e agora, tenho certeza, eu também não. O que eu queria é que nos entendêssemos com Kieran, Anna e Seril, que os recebêssemos de verdade na família, sem exigências e sem esse acordo que, digam o que disserem, continua a parecer menos um pacto do que uma armadilha. Se Elora e meu pai insistirem nisso, vão criar mais má-vontade do que já existe, e um abismo ainda maior entre os membros da Casa Âmbar.

E eu, nascido e criado para a guerra, temo perder de vista a esperança de que um dia possamos viver em paz.

16
Kieran

Os longos fios de fumaça se elevavam do campo de batalha. Corpos estavam atirados ali, de homens que pertenciam a vários exércitos, mas a maior parte deles usava as cores e o escudo de Scyllix. Estavam crivados de flechas, com as barrigas perfuradas e as cabeças separadas dos corpos, mas, embora a morte se devesse a essas armas comuns, o campo estava envolto numa aura vermelha e cinzenta, na qual era possível perceber o uso do pior tipo de Magia.

Eu caminhava entre os mortos, sem tocá-los, porém me aproximando o bastante para olhar em seus olhos. As últimas imagens que contivessem poderiam ser uma pista para o que eu buscava. No entanto, as pupilas daqueles homens estavam vagas e transparentes como vidro, suas memórias e a própria identidade sugadas de dentro deles junto com suas vidas.

Em meio à desolação, ouvi um forte bater de asas, e uma águia dourada planou sobre o campo dos mortos. Estendi meu braço, embora estivesse coberto apenas pela manga da túnica militar, mas ela preferiu pousar na trave de uma carroça, jogada de borco em meio aos destroços do nosso exército. Dali me olhou com olhos cor de âmbar, que pareciam os de Thonarr, mas que, estranhamente, lembravam também os de Camdell, o Mentor da Escola de Artes Mágicas.

Você tem pouco tempo, disse a águia.

Eu sei.

Você quis dar uma oportunidade a Vergena. O bico apontou para baixo, como se a ave lamentasse o que tinha a dizer. *Ela tem poder. Tem valor. Mas não está preparada, e você sabia disso.*

Não.

Sabia. No fundo, sempre soube. Mas preferiu seguir as regras; não impôs sua vontade nem a ela, nem ao Conselho. Um erro? Um acerto? Depende do quanto está disposto a arriscar agora.

Fitou-me com os olhos vigilantes, ao mesmo tempo cheios de compaixão. Movi a cabeça, porque não sabia o que dizer. A ave, então, me estendeu uma asa, dourada e brilhante, em cuja ponta se destacava uma única pena de aparência metálica. Toquei-a, compreendendo que se tratava de um elo com as águias guerreiras, e foi quando a voz de Vergena soou, longínqua, porém perfeitamente nítida em meus ouvidos.

No coração do pântano...

Abri os olhos, despertado e violentamente sacudido pelo meu próprio sonho. Fora tão real que demorei alguns instantes para compreender que estava em Scyllix, no quarto de hóspedes de Cormac e da Dama Yseult, e que dormira até tarde, a julgar pela claridade e pela ausência de Anna ao meu lado. Ainda meio confuso, levantei-me e atirei água fria no rosto, e só então fui capaz de me lembrar da situação em que estávamos.

Um quarto de lua se escoara desde a partida de Vergena, sete dias de grande tensão, com notícias de mais tropas inimigas na península. Tinham deixado o pântano e acampado a três dias de marcha da fronteira, concentrando-se num ponto equidistante entre Scyllix e Erchedel. Os barcos, porém, tinham ficado para trás, confirmando a aposta de Lorak de que não pretendiam atacar sua cidade. Assim, Thalia regressara a Vrindavahn, como soubemos por uma carta enviada do Castelo das Águias.

Meu ânimo ficou ainda mais sombrio ao receber uma segunda mensagem. Essa vinha da parte da Arquimaga de Riverast, e me alertava para não me envolver mais do que devia com as energias de guerra; que os Círculos Superiores estavam cientes do perigo, mas também das regras da Magia, as quais, nesse caso, pareciam consistir em deixar que o mundo fosse reduzido a cinzas. Foi exatamente esse o destino que dei à carta deles. Àquela altura eu já sabia que teria de lutar, mas o Conselho de Scyllix estava relutante, e, sem ter a plena certeza do sucesso ou fracasso de Vergena, acabei por adiar o momento de me unir a ela no campo de batalha.

E agora aquele sonho revelara que o pouco tempo que eu me permitira havia acabado, e eu teria de partir. Talvez em um ou dois dias, talvez naquela mesma madrugada, após o ritual de solstício. Esse, ao menos, eu decidira esperar, e isso por duas razões: por ser um momento em que forças poderosas atuavam, conferindo grande poder a encantos como o que eu pretendia tecer, e porque dera minha palavra de que estaria presente à reunião no solar da Casa Âmbar. E não fora o único: para minha surpresa, Anna conseguira convencer minha irmã a também estar lá. Ela chegaria após o almoço, trazida por Doron, e seguiríamos juntos ao entardecer, para conversar sobre a proposta da família antes de participar da cerimônia. Ou talvez fosse apenas uma farsa. Eu ainda não conseguia pensar o contrário.

Deixei o quarto, vestido com roupas caseiras, e fui até a sala principal, a fim de me desculpar pelo atraso com a Dama Yseult. Não a encontrei – devia estar tratando de assuntos da casa ou em companhia das filhas –, mas Cormac estava lá, com o rosto grave e as mãos entrelaçadas, ouvindo as palavras do homem sentado à sua frente.

– *Declan*...? – Aproximei-me, estranhando a visita inesperada. Ele se levantou de um salto, fez a saudação militar, sua expressão deixando claro que tinha vindo à minha procura. E que não havia nada de bom no que tinha a dizer.

– É sobre Teig – despejou, de sopetão. Assenti, mas antes de ouvi-lo cumprimentei o Conselheiro e apresentei minhas desculpas, aceitas com um gesto magnânimo. Ele se retirou em seguida, por discrição, dizendo que mandaria uma criada trazer meu desjejum. Então, Declan e eu nos sentamos, encarando-nos de perto como se não detestássemos um ao outro.

– Ontem à tarde chegou um mensageiro com notícias da fronteira – começou ele, sem rodeios. – Disse que nossas tropas se preparavam para um ataque, e este serviria tanto como um choque para o inimigo quanto para uma espécie de distração: em meio à batalha, a elfa iria seguir adiante em busca do tal feiticeiro. Em princípio ficou acertado que ela iria apenas com arqueiros, mas Teig se ofereceu para acompanhá-la com alguns de seus homens, e os Comandantes concordaram. Então, assim que amanheceu, Doron ap Teig foi até a Cidadela...

– O filho de Teig? Com que idade ele está?

– Claro que é o filho de Teig. Acho que tem treze. Ainda não está na Escola de Guerra, mas falta pouco.

Assenti, uma sombra invadindo meus olhos ao me lembrar do primeiro filho do casal. Tinham-lhe dado meu nome – porque eu de certa forma havia juntado os dois – e ele morrera de uma febre após alguns dias. Isso fizera as pessoas da vizinhança cochicharem que fora mau agouro, porque eu era o aprendiz de Mestre Mael, acreditava na Magia e não em Deus ou nos Heróis. Era uma superstição estúpida, mas não me saíra da cabeça, e eu hesitara quando um casal resgatado da Ilha dos Ossos pediu minha permissão para fazer a mesma homenagem. Felizmente, até onde eu sabia, Kieran Matiévich crescia saudável e robusto na Terra dos Falcões.

– O filho de Teig procurava, na verdade, por você ou por Doron. Quer dizer, o *outro* Doron, que ele supôs estar em Scyllix – Declan continuou a falar. – Não os encontrou, então falou comigo. Disse que a mãe estava aflita, pois o pai lhe mandou uma carta pelo mensageiro, e que parecia mais uma despedida. Dizia que amava os filhos, que um notário da cidade tinha uma cópia do seu testamento, dava instruções à esposa e ao cunhado para tratar de alguns assuntos da fazenda. E afirmava que, se ele morresse na guerra, seus homens fariam o possível para garantir que seus despojos e armas fossem entregues à família. Tarefa difícil – comentou, franzindo a testa. – O cavalo e o armamento de Teig são bons demais para serem largados num campo de batalha. Se ele morrer, o mais provável é que lhe tirem tudo, e o corpo vai ser jogado numa vala comum. O que restará, então?

– Há várias maneiras de morrer – repliquei. – De qualquer forma, não creio que isso vá acontecer com Teig. Ou pelo menos que ele saiba disso antecipadamente.

– Não, mas Alix... a *Dama* Alix teve sonhos ruins, pressentimentos, e se lembrou de pedir ajuda a você e a Doron. Ela sabe que são amigos, que se ajudam desde a juventude, queria saber se algum de vocês irá para a fronteira, onde poderiam resgatá-lo se fosse preciso. – Fungou, coçando o queixo, onde havia pequenos cortes deixados pela navalha. – Ela deve achar que são grandes guerreiros, vocês dois.

– Bem, não está de todo errada – retruquei, devolvendo a farpa. – Doron *é* um grande guerreiro, só que passou muitos anos na Escola de Guerra treinando aprendizes. E eu, eu sou um mago. Se estiver em posição de ajudar Teig, é claro que o farei.

– Fará? O Conselho está em dúvida sobre você se afastar de Scyllix.

– Eu sei. Mas é o que vou fazer, quer eles queiram quer não.

– Talvez permitam que você vá, mas não deixarão que parta sozinho – tornou Declan, a voz ácida ganhando um tom sombrio. – Eu ouço os rumores que vêm do Conselho para a Cidadela. Estão inclinados a acreditar que a Mestra das Águias está tendo problemas e que você deve partir para a fronteira, mas querem que pelo menos uma Companhia sob suas ordens vá junto.

– Se impuserem essa condição, então que seja. Irei com uma Companhia, e, nesse caso, será a sua. Não porque eu queira pôr você em perigo, como deve pensar – acrescentei, lendo com toda clareza o que lhe ia na mente. – É porque os Comandantes que ficarem terão de cuidar da defesa até a minha volta. Vou indicar o nome de Mark e decidir a ordem de sucessão dos demais, se algo acontecer com ele. Você é o último da lista.

Declan me olhou com um ódio frio e não respondeu.

Nesse momento, uma criada entrou com uma travessa contendo pão de centeio, manteiga e carnes frias, e em seguida veio Anna, com um jarro de cerveja fraca e duas taças. Declan se levantou para saudá-la, mas sua voz soou rude, e eu tornei a ver aquela estranha aura acastanhada em torno dele.

– Acho que não tenho mais nada a lhe dizer – resmungou. – O Conselho deve resolver hoje, e a Companhia está de prontidão, caso seja preciso marchar. Eu aguardo ordens.

– Muito bem. Está dispensado – falei, num tom polido que deve tê-lo irritado ainda mais. Ele recusou a cerveja oferecida por Anna e virou as costas, seus passos fazendo tremer as tábuas do assoalho.

– O que você disse que Declan não gostou? – Minha mulher se sentou ao meu lado, beliscou um pedacinho de presunto. – E que recado, ou notícias, ele veio trazer?

– É a respeito da fronteira. Nossas tropas estão em perigo – hesitei em prosseguir, mas, naquele ponto, seria desleal não fazê-lo. – Terei de ir até lá para resolver as coisas.

– Você? – Ela estremeceu, encolheu-se junto a meu ombro. – Vergena não conseguiu encontrar o feiticeiro?

– Não sei. Tive um sonho com ela e com as águias... ou, talvez, com *Águia*. – Ela assentiu, compreendendo: era a linguagem da tribo. – Alguma coisa me espera no pântano. Talvez seja o feiticeiro. Mas só vou ter certeza quando estiver mais próximo.

– Eu entendo – respirou fundo, tentando não demonstrar o quanto aquilo a perturbava. – E dessa vez não vou insistir para acompanhá-lo. Estamos juntos nisso, mas, por tudo que vi até agora, compreendi que essa missão é sua. A minha é aqui, com as águias e a Fonte Âmbar. Espero dar um passo à frente, hoje, na reunião de família.

– Duvido muito.

– Eu sei. Mas, de qualquer forma, alguma coisa já deu certo – esforçou-se para sorrir. – Consegui que Seril fosse conosco. As filhas do Conselheiro ouviram falar dela, pois é quem vende a lã dourada que adoram, e estão muito curiosas para vê-la.

– Avise para usarem escudos – resmunguei.

Apesar dos seus esforços, as filhas de Cormac não conseguiram arrancar mais que cinco palavras de Seril. *Boa tarde*, quando chegou, e *até a vista*, quando subiu conosco no carro em que viera da Fonte Âmbar. Doron, que lhe servira de cocheiro, preencheu os vazios na conversa, desviando-a da lã dourada, de que entendia pouco, para o plantio de pomares e a criação de cães. Não que o bicho grande e devorador de carne que ele tinha em casa se comparasse às criaturinhas peludas que as moças costumavam carregar no colo. Apesar disso, Doron tinha boa vontade e conseguia até ser divertido à sua maneira, e isso compensou um pouco meu silêncio e o de minha irmã.

Pelo meio da tarde, levamos Doron até a Cidadela, e de lá eu me encarreguei de conduzir o carro até o solar da Casa Âmbar. Anna ia comigo no banco do cocheiro, roendo os cantos das unhas, como costumava fazer quando estava nervosa; Seril estava sentada dentro do carro, e nada revelava o que estava sentindo. Fomos assim, em silêncio, vestindo as roupas elegantes que não gostávamos de usar, as minhas adequadas ao ritual que pretendia fazer mais tarde, junto à fonte, quando fôssemos deixar Seril na fazenda. Só esperava que aquele encontro acabasse bem.

O carro se afastou do centro da cidade e enveredou por ruas cada vez mais largas e limpas, onde vivia a população abastada. Por fim, chegamos a uma avenida margeada por árvores frondosas, e à nossa frente surgiu a casa que Anna admirara quando chegamos a Scyllix.

– Bom, eis o solar – murmurou ela. – Pode pensar o que quiser, mas ele é muito bonito.

Concordei, sem olhá-la, meus olhos fixos nos pórticos da entrada. Eram três, feitos de pedra escura e tão polida que refulgia como metal, e em cada um havia entalhes que contavam a história da família. Palias fora o último a ser retratado, e tinha na mão a famosa Garra de Águia, a espada com que diziam ter liquidado um batalhão inteiro de inimigos. Elora, sua esposa, não figurava no pórtico. Talvez, quando a tia por afinidade morresse, Fahel convocasse um artista para entalhar sua própria imagem e a de Tammoren.

Transpostos os pórticos, apareceram grandes portões de madeira, junto aos quais se perfilavam dois empregados. Vendo-nos, eles se apressaram a abrir os portões, e lá de dentro saiu outro sujeito que se adiantou para pegar as rédeas. Anna e eu apeamos e Seril saiu do carro, sem esperar por ajuda, alisando as dobras amarrotadas do vestido.

– Ah, Kieran, achei que iria embora de Scyllix sem ver um jardim – sorriu Anna, pegando-me o braço. De fato, aquele devia ser o primeiro jardim digno desse nome que pisávamos na cidade, com sebes, canteiros bem cuidados, mas arranjados de um jeito monótono, e tendo no meio um lago com uma fonte. A casa era acessível por uma trilha calçada com pedras: um solar tradicional das Terras Férteis, todo em mármore, com colunas lisas e portas de carvalho entalhado. E, enquanto ainda avançávamos, essas portas se abriram, deixando que Tammoren e seus pais saíssem para nos receber.

– Bem-vindos! Um alegre solstício! – Athala proferiu a saudação usada pelos bardos. Ela avançou para beijar Anna, e Tammoren me endereçou a saudação militar, enquanto Fahel cumprimentava Seril, tentando – e, é claro, não conseguindo – que ela encostasse a palma da mão à dele. A mesma recusa foi estendida a Tammoren. Athala compreendeu e apenas inclinou a cabeça para minha irmã, que dessa vez correspondeu, embora continuasse sem abrir a boca. De certa forma, senti orgulho dela.

– Estamos muito felizes por terem aceitado o convite. Acompanhem-me, por favor – Athala nos conduziu através de um vestíbulo e de um amplo salão decorado com afrescos de plantas e pássaros. – Vamos ao jardim interno, é mais agradável. Podemos conversar um pouco e nos refrescar, e logo a Dama Elora se juntará a nós.

Concordamos, sem saber muito bem o que nos esperava, mas estávamos ali para jogar o jogo deles. Os três nos guiaram por outras salas, cada qual diferente da outra, e depois por um corredor encimado por arcos, com piso de mosaico. No fim, havia um jardim pequeno com bancos de pedra, onde um criado já estava a postos, empunhando jarras de vinho resinoso e suco de romã.

– Sentem-se, primos – Anna sorriu, mas eu trinquei os dentes ouvindo a palavra na voz de Fahel. – Os bancos estão confortáveis? Podemos mandar buscar almofadas.

– Assim está ótimo – disse minha mulher. Ela se sentou com Athala, enquanto Seril e eu ficávamos em bancos separados. Tammoren hesitou um pouco antes de ocupar o lugar a meu lado, deixando Fahel se sentar no último banco vazio. Assim nos vimos frente a frente, em meio ao silêncio que – de repente eu tinha certeza – não anunciava nada de bom. Anna tentou quebrá-lo, comentou que estava encantada com o solar, indagou sobre a morada mais antiga da Casa Âmbar, em Herrien, de onde provinha a família. As perguntas foram respondidas, mas até mesmo Athala parecia apreensiva, seus olhos se voltando a todo momento para o corredor por onde tínhamos chegado ao jardim.

E quando finalmente Elora chegou, foi fácil entender o porquê.

Eu tinha vivido em Scyllix por vários anos, ocupado um cargo importante e participado de muitas solenidades, mas nunca tinha estado frente a frente com a viúva de meu avô. Não porque ela não quisesse me ver, embora de fato sempre se houvesse recusado a isso, mas porque fazia décadas que não deixava o solar. Em todo aquele tempo, a imagem formada a seu respeito em minha mente era imprecisa, fundindo o jeito ferino de Thalia e a arrogância de outras nobres que eu conhecera no passado. Sabia que ela sentia rancor por mim e Seril e esperava alguma hostilidade. No entanto, nem mesmo Hillias tinha me olhado com tanto desprezo quanto o que eu via naqueles olhos azuis, semelhantes a pedaços de gelo incrustados num rosto sem expressão.

– Não é preciso que se levantem – não houve nada além daquilo. – Espero que meu sobrinho já tenha falado sobre nossa proposta.

– Boa tarde, Dama Elora. Não, ele não falou – disse Anna, tentando manter ao menos a polidez; nem mesmo ela conseguiria sorrir diante daqueles olhos. – Tudo que sabemos é que a família busca uma reconciliação.

– Ah, sim. Creio que podemos pôr as coisas nesses termos – ela avançou, uma elfa de pele muito branca e cabelos cor de palha arrumados num penteado alto, e deslizou para o assento ao lado de Fahel. Fez um gesto dispensando o criado, que não esperou segunda ordem para sair com as jarras, e juntou as mãos sobre o colo, deixando em evidência o anel de âmbar que devia ser o do seu casamento. Então, franziu os lábios, olhando com impaciência para o sobrinho, que se remexeu no banco antes de começar a falar.

– Bem, nossa proposta se refere à família... e à Fonte Âmbar, como já deixamos claro. É uma herança de sua mãe, isso jamais foi contestado, ainda que nos últimos anos vocês não tenham cumprido as leis de propriedade vigentes em Scyllix.

– Nós as cumprimos – rosnou Seril.

– Preciso discordar – respondeu Fahel. – Como todos os fazendeiros, você deveria privilegiar o exército e a cidade de Scyllix na venda do produto, o que deixou de fazer há muito tempo. Claro, sua lã está à disposição, mas não é necessária, trata-se de um artigo de luxo. Além disso, o contrato que arrendava a fazenda para a criação dos corcéis de batalha também deixou de ser renovado. Os serviços que seu irmão prestou à cidade como Mestre das Águias levaram os Conselheiros a fechar os olhos, mas agora eles foram abertos... pelo mago que dizem trabalhar para o Tirano de Pengell – fez uma pausa, esperando que minha expressão mudasse, mas não movi um músculo. – Saber das intenções dele alertou o Conselho para o verdadeiro valor da Fonte Âmbar. Ou melhor, da fonte, propriamente dita, que se encontra na fazenda.

– Disso eu já sabia – repliquei. – E o que mais?

– Já vou dizer, e espero que pense nisso com cuidado – tornou Fahel. – Antes que o Conselho aprove uma nova lei, que privará você e sua irmã da posse da fonte – e talvez também de suas terras, em troca de uma compensação ínfima –, a Casa Âmbar pode entrar com uma petição para que a fazenda retorne ao montante dos bens da família, propondo que a fonte volte a ser utilizada em benefício da cidade. É claro que isso significa retomar as experiências com os cavalos do exército, mas sua irmã continuará vivendo ali e até criando seus carneiros. Quanto à fonte, você poderá conduzir pessoalmente os trabalhos; ou, se preferir retornar a Vrindavahn após a guerra, poderá indicar um mago de sua confiança para isso. Pode ser a Mestra das Águias ou qualquer outro.

– Entendi – havia mais, e com certeza era algo podre, mas eu não tinha cavado fundo o suficente. – Bom, eu já disse que me recuso a continuar com esse tipo de experiência, mas vamos supor que concordasse. Qual a razão dessa proposta? Quer dizer, se minha irmã ficar na fazenda, se eu for o responsável pela fonte... O que vocês ganham com isso?

– Não muito, talvez, no início – respondeu Fahel, cauteloso. – Algum prestígio, possivelmente, mas com o tempo, quem sabe... um pouco mais de influência no Conselho. Você sabe como é difícil lidar com os interesses dos outros. Principalmente os da Casa Safira.

– Bem, mas isso seria mais para o futuro, e é algo a se conversar – disse Athala, inquieta diante de minha expressão. – Por ora, tudo que queremos é proteger os direitos de vocês.

– Reclamando-os para sua família – observei. – É um tipo bem curioso de proteção.

– Ah, sim, mas vocês também farão parte da família! – exclamou Fahel, como se anunciasse um prêmio. – Se concordarem com a proposta, a partir de hoje, no rito do solstício, o nome de Olwen e seus filhos passará a constar em nossos registros. Será um ramo bastardo, naturalmente, mas essa é uma situação muito melhor do que a atual. Um dia, seus descendentes...

– Espere – ergui a mão, respirando fundo. – Você diz que ainda seríamos bastardos?

– Sim, claro, já que sua mãe...

– E acha que ficaríamos contentes com isso? – interrompi. – Acha que abriríamos mão da única herança que temos do nosso avô, que eu retomaria experiências que não aprovo, ou permitiria que fossem feitas... para que me apontassem como *bastardo*?

– Mas... Mas, Kieran, pense bem! – Fahel me olhou como se não entendesse, o que me enfureceu ainda mais. – Bastardo ou não, é uma honra fazer parte de uma Casa como a nossa. Não é possível que você não concorde!

– Sim, é possível, e eu também não concordo – disse Anna, inesperadamente. – Você não quer uma reconciliação com seus primos, como me fez crer. O que você quer é que meu marido o deixe usar a fonte âmbar, quebrando até as regras da Magia, para aumentar o prestígio e a fortuna da sua família.

– Não, Anna, não era nada disso! – Athala se apressou a dizer, o alarme nos olhos. – Quer dizer, *eu* pensei... Se achássemos outro uso para a fonte, um que não contrariasse as leis da Magia... então isso poderia ser proposto ao Conselho, fazendo parte da petição da retomada de terras, que contaria com o apoio da Casa Âmbar. Mas nunca falamos sobre vocês serem considerados um ramo bastardo!

– E de que outra forma poderiam ser considerados? – A pergunta veio de Elora, pronunciada em voz tão fria quanto seus olhos. – Como dizer que eles são legítimos, vindo de onde vêm?

– Bom – Anna se voltou para ela, assumindo seu ar de Mestra de Sagas. – Isso não é difícil, embora um pouco mais complicado do que teria sido para o General, se houvesse legitimado a mãe deles. Basta que a família assegure...

– Não é disso que estou falando – cortou a elfa, secamente. – Conheço as leis, e elas pouco me importam. O que importa é o significado do que é uma Casa Nobre. Parece que a compreensão disso está além do seu alcance. Assim, deixe-me dizer em poucas palavras: no início dos tempos, quando as tribos se escondiam nas florestas e os homens viviam como animais, os elfos brilhantes ergueram onze cidades de pedra, e em torno delas floresceram a Arte, as Ciências e a Magia. Se as Terras Férteis são o que são, isso se deve aos líderes do nosso povo; e, embora as leis tenham mudado, ainda existe um código de honra e de sangue a reger nossas famílias. É uma honra e uma enorme responsabilidade fazer parte de uma delas, e por isso os *bastardos* – a palavra parecia lhe arder na língua – devem se sentir gratos por ser ao menos inscritos nos registros. Oferecemos isso a vocês em troca de uma simples prova de lealdade à Casa Âmbar. É lamentável que não tenham dado valor à nossa proposta, embora eu deva dizer que isso não me surpreende. Vocês têm o sangue de Palias, é verdade; mas basta olhá-los para ver que são filhos de Olwen, aquela pequena ingrata, e de Fergus, aquele porco de espírito negro com quem ela...

– Pare! Não admito que fale assim dos *meus pais*!

A exclamação furiosa de Seril cortou de um golpe a fala de Elora. Até mesmo eu, apesar da raiva que me apertava a garganta, fiquei sem ação, olhando para minha irmã, que se levantara e encarava a elfa com a cara e os punhos fechados. Até aquele momento, ela não tivera nada a dizer, pois o acordo proposto pela Casa Âmbar visava muito mais a minha concordância; mas agora seu orgulho fora atingido em cheio, abrindo as comportas de um ódio havia muito tempo represado.

– Você, sua bruxa... e *você*, você também, maldito covarde – disse ela, avançando na direção de Fahel. – Vocês podem ter enganado muita gente com suas mentiras, mas a mim não enganam. Sei que vocês tentaram se apoderar da herança de minha mãe, e que, quando isso falhou, casaram-na com meu pai como forma de expulsá-la. Mais ainda: sei que o fizeram acreditar que seria ajudado pela Casa Âmbar...

– Jamais prometemos isso! – protestou Fahel, mas vi Tammoren baixar o rosto, com as faces em fogo.

– ... e que fecharam as portas para ele quando a seca o deixou em dificuldades – continuou Seril. – Foi só então, com raiva dos parentes dela, que ele começou a maltratar minha mãe!

Bateu com o pé no chão, os olhos faiscando. Elora estava lívida, as mãos crispadas sobre o peito, procurando, ainda que em meio ao seu ódio, uma resposta condizente com a nobreza que julgava possuir. Fahel estava pálido, Tammoren muito vermelho; Athala estava mortificada e estendera a mão, pegando a de Anna, cujos olhos relanceavam aflitos de mim para Seril.

– Perdoe-me por isso, prima, e acredite: não era o que eu achava que aconteceria – implorou a elfa. – Ainda pode haver solução, vamos pensar nisso juntas, não podemos deixar que termine assim...

– Bem, por mim já está terminado – levantei-me, contendo minha raiva o melhor que podia. – Vamos embora, Anna. Você também, irmã, não precisamos de...

– Largue o meu braço! – Seril se desvencilhou com um safanão, olhou-me com olhos acusadores e cheios de fúria. – Agora, então, você quer ir, não é? Agora, que não se trata da sua honra, ou das suas preciosas leis da Magia. Você não vai dizer uma só palavra em defesa de nossos pais!

– Para quê? Seria uma perda de tempo – repliquei, e me voltei para Fahel e Elora. – Nosso encontro acaba aqui. Lamento que sua cobiça os tenha feito chegar a este ponto.

– E eu lamento ter sido obrigada a falar com você, *Comandante* – passada a tempestade, Elora retomara sua frieza. – Creio ter sido esta a primeira vez que nos vimos e tenho certeza de que será a última. Não tornarei a permitir que seus pés sequer pisem o chão deste solar.

– Mas pisarão a Casa do Conselho. Nós nos veremos lá, Kieran – disse Fahel, em tom provocador. Isso, porém, se esvaiu, transformando-se em inquietude, assim que seus olhos se encontraram com os meus.

– Tente, Fahel – falei, prolongando de propósito cada uma das sílabas. – Apenas *tente* incensar os ânimos contra mim no Conselho. Verá, então, que é ainda mais desagradável me ter como inimigo do que como parente.

– Como ousa... – começou Elora, mas se calou ao ver que suas palavras encontraram o vazio. Anna foi a primeira a lhe dar as costas e a marchar em direção ao corredor. Fui atrás dela, sem hesitar, e pouco depois Seril avançou quase correndo e nos ultrapassou. Olhei para trás por um momento e vi Tammoren de pé, a mão no ombro da mãe, confortando-a, enquanto os outros nos fitavam com os olhos fixos. Fahel parecia amedrontado, Elora tinha o rosto duro e frio, mas seus olhos faiscavam, como se estivessem prontos a soltar fagulhas. Apressei-me a sair dali antes que me atingissem.

– Seril! Espere por nós! Espere! – exclamou Anna, correndo em direção aos arcos. Minha irmã chegara lá antes de nós e barafustava pelas salas, assustando os criados com que se deparava no caminho. Alcancei-a quando já estava junto aos portões e a peguei pelo braço, sentindo sua raiva quase palpável sob minha mão.

– Você não vai sair assim. Não pode me acusar de não defender o indefensável – rosnei para ela. – Se quer falar sobre isso, depois de tantos anos, estou pronto. Mas não vai mais me tratar desse jeito. Nós precisamos nos unir, não podemos sustentar essa mágoa quando temos inimigos tão poderosos em comum.

– *Falar* sobre isso? O que você teria a dizer? Você jamais se arrependeu do que fez – replicou ela, sem ligar aos olhos arregalados de Anna, que acompanhava a discussão. – Não vai me comprar com esse discurso de paz, como tentou fazer quando...

– Termine de falar! Quando Fergus morreu? Era isso que ia dizer? – perguntei, cerrando os dentes. – Porque, se for, é melhor que fale de uma vez. Já estou farto das suas meias-palavras.

– Não são meias-palavras – rebateu minha irmã. – Você sabe muito bem o que penso. Se me calei agora, foi para poupar os ouvidos e o coração de sua mulher.

– Não quero ser poupada – disse Anna, e isso calou fundo dentro de mim. – Do que vocês estão falando, ou melhor, do que *não estão* falando desde que cheguei a Scyllix? Kieran, o que você não me contou? Não é justo que eu fique sem saber.

– Eu sei – garras afiadas me apertaram o peito.

– Hã... Comandante Kieran? Senhor? – Um criado se aproximava, hesitante, medindo minhas reações. – O pessoal do estábulo quer saber se deve atrelar o cavalo... se já estão indo embora ou vão voltar lá para dentro, junto da família...

– Eu quero que essa família vá para o *inferno*! – repliquei, dando um tal susto no sujeito que ele quase tropeçou. – Tragam o carro, precisamos ir logo, se queremos chegar à Fonte Âmbar antes do momento do solstício!

– E o que faz você pensar que o deixarei ir? – indagou Seril. Respirei fundo, tentando controlar tanto minhas palavras quanto minha vontade, mas – para minha surpresa – foi Anna quem teve a última palavra.

– Deixe o rapaz trazer o carro, vamos voltar todos juntos à fazenda – pegou minha mão e a de Seril, formando uma corrente, sua energia abrandando as faíscas de nossa raiva. – Não importa se é noite de solstício, se Kieran tem de fazer um ritual. Não quero mais ficar no escuro sobre essa família. Quando chegarmos à Fonte Âmbar, teremos muito que conversar.

17
Anna

Um silêncio de morte nos acompanhou até os portões da cidade. Tínhamos nos apertado no banco do cocheiro, e Kieran conduzia o carro, os olhos fixos no caminho à sua frente enquanto Seril, magoada e furiosa, fazia questão de se voltar para o outro lado. Eu ia no meio, querendo que eles dissessem alguma coisa, mas sem saber como fazê-los falar. No entanto, em meio à trilha que ia dar na Fonte Âmbar, Kieran puxou as rédeas, esperando que os cavalos se detivessem para se dirigir a Seril.

– Preciso ir até a fonte, e tem que ser já, isso é importante para nós e para Scyllix – disse ele, sem olhá-la. – Pode levar Anna para casa enquanto eu sigo pelo atalho? Não vai dar tempo de outra forma.

– Eu não devia deixar – murmurou a irmã. – Não devia deixar nem que pusesse os pés lá, de onde vem o seu poder, porque você não sabe usá-lo.

– Sei, sim – a voz dele soou rouca. – Posso ter feito algumas escolhas erradas, mas sempre retornei ao caminho mais claro. Existem muitas formas de compensar o mal que causei.

– Há um que você nunca irá compensar.

– Por favor, Seril, Kieran – pedi, um nó apertando-me a garganta. – Escuto vocês dois falando e me sinto tão perdida quanto antes. Isso não é justo, então me digam, que mal é esse ao qual se referem? É sobre o pai de vocês, eu sei, mas o que houve? Como foi que ele morreu?

– Melhor não falar nisso – disse Seril, mas Kieran balançou a cabeça.

– Hoje é o solstício de inverno – murmurou. – Lembra-se daqueles versos que você ensina ao Primeiro Círculo? *O mundo mergulha na noite, e nós no lado escuro de nossas almas...* É o momento ideal para falar de Fergus.

– Dele... ou do que você fez? – perguntou Seril, e pela primeira vez olhou dentro dos olhos do irmão. – Tem certeza de que quer que ela saiba?

– Tenho. Mas talvez isso precise esperar até que eu volte da fonte – observou Kieran.

Olhou para o céu, talvez calculando o tempo que restava antes do solstício. Ele devia saber qual seria o momento exato, pois no dia anterior estivera consultando o mapa dos astros desenhado por Naheen, o mestre de Ciências do Céu. Estava preparado para o ritual, com roupas que se prestavam a isso e levando uma bolsa com os apetrechos necessários. Eu sabia que aquilo era importante e me dispus a esperar pela conversa, mas, uma vez reaberta a ferida, Seril não foi capaz de se conter.

– Não desça do carro – disse ela, e se inclinou sobre mim para detê-lo. – Já que é o momento ideal, fale de uma vez. Conte a sua mulher o que você fez naquela noite.

– Não fiz nada de mais – pegou minha mão, justificando-se mesmo antes de eu saber do que ele era acusado. – Tudo que eu fiz, Anna, foi discutir com Fergus. Trocamos palavras duras, é verdade, mas não toquei nele, não usei nenhum encanto. Precisa acreditar nisso antes que eu continue.

– Por quê? – A tensão mal me deixava falar.

– Porque, Anna, meu irmão quer convencê-la de que não teve culpa – disse Seril, em tom deliberadamente lento. – Mas ele tem uma vontade poderosa, sabe que precisa ter cuidado com o que pensa, com o que deseja, com o que diz aos outros. E isso foi uma coisa com a qual ele não se preocupou naquela noite.

– E o que aconteceu? Será que... Kieran – meu peito se apertou, mil coisas passando pela minha cabeça sem que eu pudesse ou quisesse acreditar em nenhuma delas. – Kieran, você desejou a morte do seu *pai*?

– Sempre – respondeu ele, olhando-me nos olhos; aquilo me deixou sem fala. –Mas, ao contrário do que Seril acredita, o desejo não basta. Eu também desejei ter você desde que a vi. Aliás, já a desejava, porque você entrou nos meus sonhos muitos anos antes de nos conhecermos. Mas só ficou comigo porque essa foi a sua vontade.

– Que ele poderia influenciar como quisesse. Você poderia odiá-lo, Anna, e ainda assim ser persuadida de que o amava – Seril afirmou o que eu já sabia, mas era mil vezes mais sombrio dito por ela. – Ele pode entrar na mente das pessoas, pôr pensamentos na cabeça delas, sugerir coisas. E o que um homem como meu pai, um homem simples, de vontade fraca e que estava destruído pela bebida... O que ele faria se Kieran lhe dissesse para se *matar*?

A última palavra soou como um soluço abafado. Confusa – e, mais do que isso, chocada –, ainda assim consegui passar meus braços em volta de Seril, enquanto Kieran fitava as próprias mãos. Olhei-o, esperando que se explicasse, mas ele apenas ficou ali, murmurando alguma coisa para si mesmo. Talvez estivesse tentando se controlar, impedir-se de sentir aquela raiva devastadora que tornaria as coisas ainda piores. Assim ficamos os três, até que, momentos depois, Seril se desvencilhou de mim e passou a mão pelo rosto úmido.

– Bom... Você perguntou qual a razão da nossa briga – disse, baixinho. – Está satisfeita, agora que sabe?

– Eu... Eu ainda não entendi muito bem como foi – respondi, olhando para Kieran. Era difícil crer, mesmo conhecendo a história de sua infância, que meu marido houvesse provocado a morte de Fergus – *a morte de seu próprio pai*, pensei, sentindo-me estremecer com um calafrio. Pela primeira vez me ocorreu que ele podia ser realmente mau.

– Não sei o que vai pensar de mim, Anna – seus olhos me fitaram, cheios de um brilho dolorido. – Mas não lamento a sorte de Fergus. Eu era jovem, tinha voltado de Riverast, e ele me procurou pedindo que o acompanhasse à casa de um credor, um fazendeiro aqui dos arredores. A ideia era que meu prestígio como Mestre das Águias o ajudasse a prorrogar o prazo, mas o que Fergus na verdade estava querendo era que eu me casasse com a filha do sujeito, e assim a dívida seria perdoada. Pode acreditar? Ele, que me tratou como se eu fosse um cão pela metade da vida, me apresentando como se sempre tivesse se orgulhado de mim?

– Deve ter sido duro – concordei. – Mas se não fosse isso... Bom, o que ele queria não era tão absurdo, muitos casamentos são arranjados por esses motivos.

– Eu sei, mas aquilo me deixou furioso, por isso nem propus outra solução para as dívidas – disse Kieran. – Então tivemos uma discussão que terminou com Fergus se ajoelhando aos meus pés. Disse que ia perder as terras, suplicou minha ajuda, enfim, a coisa mais abjeta que eu já tinha visto. No final, com nojo daquilo, atirei uma corda para ele e falei para se matar, porque assim acabaria com a dívida. Isso foi tudo.

– Não, não foi – afirmou Seril. – Porque, no dia seguinte, eu encontrei meu pai enforcado no estábulo.

Na mesma hora, as imagens surgiram em minha mente, evocadas pela força daquelas palavras. Eu, que não fazia ideia de como tinha sido Fergus, enxerguei claramente um homem grande e barbudo, a língua fora da boca, os pés descalços e sujos pendendo a vários palmos do solo enquanto o pescoço se entortava, apertado pela corda que seu filho lhe pusera nas mãos. Um relâmpago iluminou o estábulo no exato momento em que Seril abriu a porta, já angustiada com um pressentimento, e logo soltando um grito ao se deparar com a cena. Sacudi a cabeça, chocada também com aquela visão horrível, e olhei para Kieran, sem dizer, mas fazendo com que ele soubesse o que me ia por dentro. Ele me encarou, apertou as rédeas que ainda segurava – *outra corda*, pensei –, depois as largou sobre o banco e saltou, descendo do carro.

– Você me culpa também – disse, o olhar sombrio. – Certo, vá em frente. Pense bastante e decida se nossos planos continuam os mesmos. Agora, vou fazer o ritual de solstício e partir, porque sou o defensor de Scyllix e todas essas pessoas precisam de mim. E eu... Eu preciso de você. – Uma pausa; minhas mãos tremiam. – Mas a decisão é sua. Eu espero. A vida inteira, se tiver que ser.

Virou-se, num gesto brusco, e se afastou quase correndo pela campina. Fiz um gesto para detê-lo e tentei chamar, mas a voz ficou presa na garganta. Então me voltei para Seril, esperando vê-la com raiva – e em vez disso, para minha surpresa, deparando-me com um rosto sereno, com olhos tristes que me fitavam como se pedissem desculpas.

– Eu não queria machucar você – murmurou. – Foi por isso que não contei a razão das nossas brigas. Muitas pessoas achariam que meu irmão não fez nada de errado, e talvez estejam certas, mas eu sabia que você iria se chocar. Você ama tanto sua família que... Bom, não era para termos falado.

– Fui eu que quis saber. Já sabia algumas coisas, que de certa forma me prepararam para o que ouvi hoje – repliquei, e respirei fundo, acalmando as batidas do coração. – Kieran me disse que era espancado com galhos cheios de espinhos, que seu pai o trancou no porão para matá-lo de fome. Isso me faz entender o que ele sentia.

– Eu sei – baixou a cabeça, parecendo refletir. – As coisas eram difíceis para todos, mas piores para ele. Como já lhe disse, meu pai desconfiava de que Kieran não fosse seu filho, e depois houve a seca, e fomos escorraçados pelas pessoas da Casa Âmbar. Então, durante um outono em que ficamos sem nada, minha mãe foi trabalhar numa fazenda distante, em troca de alguns sacos de grãos deixados conosco. Deviam durar toda a estação, e vi que isso não ia acontecer, por mais que eu tivesse cuidado. Falei para meu pai, e ele berrou que não podia fazer mais nada; que tinha colhido os últimos nabos, matado o último porco, que não iria pedir esmola aos vizinhos. Kieran ficou assustado e começou a chorar, e aí meu pai – não sei o que lhe deu na cabeça – trancou-o no porão e disse que era um a menos para comer. Já tinha feito isso antes, às vezes sem motivo, mas só por algumas horas. Dessa vez foram quatro dias...

– Todo esse tempo? Ele podia ter *morrido*!

– ... e eu consegui descer e levar água e comida, mas só uma vez. Quando tentei de novo, meu pai me viu e me deu um tapa. Então corri até a casa mais próxima, a do General Gwil, e contei tudo. Ele veio até aqui, ofereceu trabalho para meu pai até as coisas melhorarem na Fonte Âmbar e deu a entender que ficaria atento ao que acontecesse conosco.

– O General é um bom homem – falei, emocionada. – É como o filho, Doron.

– É verdade. Naquele dia ele veio também, foi a primeira vez que nos falamos. Eu fui buscar meu irmão, mas ele relutou em subir, estava fraco e muito assustado. Então, Doron desceu ao porão e disse que ia proteger Kieran; que não deixaria que ninguém lhe fizesse mal. Meu irmão acreditou, apesar do outro ter apenas meio ano a mais que ele, e subiu abraçado conosco. Foi o início da amizade entre os dois.

Calou-se, imersa em lembranças. Eu podia imaginar como se sentia, porque sabia o quanto era bom contar em voz alta nossa própria história. Com o tempo, ela chegaria a uma nova compreensão dos fatos, entenderia melhor o irmão e talvez chegasse a perdoá-lo. Da minha parte, eu não tinha dúvidas; a imagem que enxergara, que *qualquer* Mestre de Sagas enxergaria após o relato de Seril, me chocara num primeiro momento, mas o fato que Kieran me escondera por tanto tempo não me fazia odiá-lo, como ele temia. Com as águias, com os prisioneiros de guerra, ele tinha sido cruel, mas com Fergus fora apenas inconsequente; a vítima poderia ter sido qualquer pessoa a quem ele se dirigisse com raiva. Laços de sangue não valiam muita coisa quando os da alma haviam sido cortados. E, ao contrário de Seril, Kieran jamais pensara em Fergus como se pensa num pai.

– Minha irmã, eu entendo sua dor, entendo a raiva e a mágoa que você sente – falei, escolhendo bem as palavras. – Mas entendo meu marido também, ainda mais o conhecendo tão bem quanto conheço. Ele não sabe perdoar. Comete erros. Mas, como ele mesmo disse, tenta compensá-los, e eu o tenho visto fazer isso todos os dias.

– Para você é mais fácil – murmurou Seril.

– Talvez, mas meu ofício é contar histórias, e eu sei que elas podem ter várias versões. E também sei que a história não terminou, pois muita coisa aconteceu depois da morte de Fergus. Kieran mudou, tenho certeza de que você também, e é preciso entender o passado pelo que ele é: algo importante, que pode nos marcar para o bem ou para o mal, mas deve ser deixado para trás. Porque existe um futuro, Seril – acrescentei, aproximando-me para envolvê-la pelo ombro. – Queremos que ele seja bom, lutamos por isso. E por mais acertos que tenham de ser feitos entre vocês, ou mesmo entre *nós*, eu não vou deixar Kieran partir para a guerra sem a certeza de que continuo a seu lado.

Seril fechou os olhos, uma lágrima escorrendo pela face, e assentiu. Apertei-me contra ela, querendo que meu afeto de irmã a envolvesse e pedindo em silêncio ao Grande Espírito que a curasse do rancor e da tristeza. Ela também me abraçou, sem nada dizer, e assim ficamos por um bom tempo. Então, soltei-me dos seus braços e deslizei para fora do banco, sentindo, mais que sabendo, que encontraria meu caminho até a fonte âmbar.

Porque aquela era a história que eu escolhera viver, e trilha alguma era secreta demais para mim.

O céu estava escuro, e um silêncio pairava sobre tudo quando avistei a fonte. Kieran estava lá, cercado das ferramentas do ritual, e me detive no caminho de pedras, pois não sabia se minha presença poderia atrapalhá-lo. Mesmo assim, acompanhei os gestos dele de longe, e o vi derramar o conteúdo de um frasco num cálice de bronze, que ergueu aos céus em meio a uma invocação antes de levá-lo aos lábios. Eu não sabia o que era, mas me lembrava de que o frasco tinha sido trazido de Vrindavahn, portanto não era água da fonte âmbar. Só mais tarde viria a saber que tipo de encanto o mago tecera para si mesmo.

Kieran se voltou para as quatro direções, sinal de que estava concluindo o trabalho, e deu alguns passos para fora do círculo. Então, olhou para mim, como se houvesse sabido o tempo todo que eu estava ali, e estendeu a mão, esperando que me aproximasse. Seus olhos, quando pude vê-los, estavam cheios de um brilho intraduzível; eu ensaiara cuidadosamente o que iria falar, mas, diante dele, não disse uma só palavra. Em vez disso, apenas peguei sua mão e caminhei com ele para a fonte, sem hesitar, sem perguntas, o desejo fluindo entre nós como o prenúncio de uma poderosa Magia. Eu tinha certeza de que os espíritos do Céu e da Terra estavam satisfeitos.

18

O Espírito da Fonte

Desde o início dos tempos eu existo. Despertei quando tudo começava: quando a terra, fendida pelo fogo, acolheu a água abundante que descia do rio. Este, mais tarde, foi chamado das Flechas, pelas batalhas que os primeiros a chegar travaram em suas margens. Eu me lembro deles, com suas tendas de pele e ferramentas de pedra, vivendo, morrendo e lutando pelo território; lembro-me dos que vieram depois, de caras ferozes e escudos redondos, que os combateram e escorraçaram até que eles voltassem mais fortes.

Os últimos a chegar foram aqueles que se chamam de elfos. Como todos os outros, não sabem ao certo de onde vieram, mas se orgulham de um passado de glórias e de grandes conquistas. Ainda assim, na eternidade da minha existência junto à fonte, nenhum deles foi capaz de sentir o Poder; e só nos últimos anos, um piscar de olhos em comparação à idade da terra, a Magia deste lugar e destas águas foi enfim revelada.

Ele era quase um menino quando veio pela primeira vez. Tinha o corpo e a alma feridos, a mente um turbilhão de angústia e revolta, mas sua vontade era firme como uma rocha, e eu soube que um novo tempo havia chegado. Ele passou a vir à fonte com frequência, buscando alívio para si e para outros, e o seu poder cresceu em contato com a energia das águas. Foi um tempo bom – um tempo de expansão e de harmonia, que, no entanto, estava fadado a terminar quando o menino se tornasse o aprendiz do Mestre das Águias. Quanta dor ele foi capaz de causar aos filhos da Natureza! E como aquilo endureceu seu coração!

Então, depois de uma longa ausência, ele voltou mudado. Sombrio e pensativo, livre da sede de guerra e de poder, ainda trilhou por algum tempo o caminho antigo, mas o fazia com relutância, pois os animais que usara com indiferença agora lhe inspiravam compaixão. E o mesmo sentimento o trouxe à fonte, muito depois, para tentar devolver a saúde à frágil amiga que chamava de Lara.

Mas esta que veio hoje – esta mulher é muito diferente. Filha das florestas, ela pisa estas pedras com reverência, reconhece este lugar como sagrado, e seu espírito vibra em harmonia com a fonte. Ela avança com decisão, seu coração batendo forte, seus dedos entrelaçados aos do mago que murmura um encantamento. Ambos caminham em direção à água, mas se detêm a um passo de distância, e o jeito como se olham e se tocam deixa claro o que vieram fazer aqui.

Na hora mágica. No lugar mágico.

Disso virá um grande Bem ou um grande Mal.

Eles se livram das vestes, seus movimentos lentos e regulares. Invisível para ambos, um lobo salta sobre as pedras da fonte, brinca por um momento em redor do casal, enquanto uma águia cruza o céu em direção às montanhas. São bons augúrios para o mago e sua mulher das tribos: o que buscam é arriscado, mas seus propósitos são nobres, e o mundo só pode abençoá-los. Eu também, o guardião da fonte. Observo-os enquanto seus pés tateiam, adivinhando o caminho para a água – e é então que o vejo pela primeira vez.

No início, ele parece ser só luz, uma luz que muda de cor e intensidade – dourado, violeta, verde – à medida que seus contornos se definem. Pouco a pouco, a luz assume a forma de um menino, seus olhos reluzentes como estrelas, um dedo sobre os lábios que sorriem. Eles não precisam saber que ele já está aqui.

Então, no momento exato, a luz se torna mais forte. Céu e terra, plantas e animais, homens, elfos e espíritos, nós todos vibramos em uníssono, saudando o tempo do inverno e da gestação. É um instante apenas, e depois deles o homem e a mulher permanecem imóveis; mas o menino desapareceu, e o único sinal de sua presença é o brilho suave que envolve o abraço de seus pais.

Na hora mágica. No lugar mágico. Ele também é filho desta fonte.

De modo que, no fim, pode ser que acabe fazendo mais Bem do que Mal.

19
Kieran

Anos atrás, durante a longa conversa que tivemos ao nos conhecer, Camdell repetira uma frase que eu ouvira de um dos meus próprios mestres em Riverast: o tempo avança numa espiral. Não é uma escadaria ou uma linha reta, não é um círculo; nunca passamos pelo mesmo ponto, porque as circunstâncias mudam, e nós mesmos nos modificamos ao longo do caminho. Assim, quando revisitamos algo no passado, uma situação ou um lugar, é de cima que os vemos, e essa distância deveria nos ajudar a compreender o que se passou ali.

Se os mestres estavam certos, a espiral em que eu caminhava devia ser cheia de falhas. Minha visão sobre a fronteira era a mesma de antes: uma terra árida, que a guerra enchia de desespero. Em uns poucos dias de marcha, tínhamos cruzado com uma centena ou mais de fugitivos, visto pessoas amedrontadas até os ossos nas vilas e fazendas, até encontrado desertores das tropas do Oeste, que levamos conosco para interrogar e talvez usar numa futura troca de reféns. Foi por eles que ficamos sabendo a respeito da primeira batalha, nossos dois mil contra o dobro de homens lutando sob a bandeira do dragão alado. Os informantes não haviam ficado para ver o final, mas, pelo que disseram, estávamos vencendo, apesar da desvantagem numérica. Isso era bom, embora não diminuísse os nossos receios: os homens da Companhia de Declan eram bem treinados, mas não representavam um grande reforço às tropas remanescentes, ao passo que o Tirano tinha um verdadeiro exército aquartelado no pântano.

E, por trás dele, o mago que eu precisava destruir.

Dois dias após havermos cruzado a fronteira, encontramos os sobreviventes da batalha acampados nos arredores de uma pequena vila. O lugar não estava tão devastado quanto o do meu sonho, nem tinha havido tantas baixas quanto eu esperava, mas os ânimos, no geral, estavam sombrios. Entre os soldados, comentava-se que tropas inimigas estavam se aproximando sorrateiramente pelo norte – o que talvez fosse verdade – e os oficiais não pretendiam ordenar novas ofensivas antes de receber mais reforços. Isso foi dito claramente pelo que estava no comando, Seamus, um homem mais velho que eu, com um senso de humor grosseiro e rosto marcado por cicatrizes de varíola. Assegurei que não pretendia obrigá-los a se lançar numa missão suicida e ele se tornou mais solícito, destacando alguém para ajudar Declan a acomodar sua Companhia e seus cavalos e me mostrando pessoalmente o acampamento. Havia um grupo de refugiados – umas trinta pessoas, principalmente mulheres e crianças – e outro de prisioneiros, cerca de cinquenta, que eram mantidos num espaço cercado e bem vigiado. Alguns eram soldados, mas a maioria era de camponeses recrutados à força nas aldeias, e pareciam aliviados com a promessa de que receberiam um tratamento decente enquanto estivessem sob o nosso poder. Insubordinações, é claro, seriam punidas. Mas, até agora, todos tinham se mostrado dispostos a colaborar.

– Nós não fizemos muitas perguntas, a não ser sobre os números do inimigo, que aumentam a cada dia – explicou Seamus, enquanto caminhávamos ao longo das tendas. – Se quiser, o senhor pode interrogá-los, talvez consiga informações que lhe sejam úteis. Mas há alguém com quem sei que vai querer falar antes de mais nada.

Ouvindo isso, todos os meus sentidos ficaram em alerta, pois eu tinha certeza de que ele se referia a Vergena. Eu tivera sonhos e visões suficientes a seu respeito para saber que as coisas tinham dado errado, mas que, de qualquer forma, em breve nos encontraríamos. Então, ela mesma me contaria sobre os detalhes. Sobre Lasarr, com quem eu não sabia se a maga chegara a se encontrar frente a frente; sobre o que vira do outro lado; sobre Teig, meu amigo de infância, que sempre sonhara em ser um herói, mas cujas mensagens, ao partir, tinham deixado a todos com maus pressentimentos. Ele teria voltado com Vergena?

– Não voltou mais ninguém. – Seamus me encarou com seu jeito direto. – A Mestra das Águias regressou sozinha, uns dias depois de termos vencido a batalha. Mal falou antes de se deitar e apagar durante horas, então acordou e contou apenas que os outros tinham sido mortos ou levados para o pântano. As águias também voltaram, não sei se todas; estão em algum lugar dos arredores, e sobrevoam o acampamento duas vezes por dia. A elfa só sai para se ocupar delas. O físico a viu e disse que não está ferida, só muito abatida, e que por isso não quer falar. Talvez com o senhor ela fale. Não havia mais nada que eu pudesse fazer.

– Eu sei – respondi. Tinha uma boa ideia da vergonha que ela devia estar sentindo. O fracasso, e o reerguer-se depois dele, eram uma parte quase obrigatória de todo aprendizado, mas ela não passara por aquilo no Castelo das Águias. Sempre tinha sido uma das melhores, aquela a quem todos admiravam e que até mesmo o Carrasco só fazia elogiar. Talvez eu devesse tê-la posto à prova mais vezes, exigido mais, prevendo uma situação como aquela. Mas era tarde demais para isso.

– Eu gostaria de falar a sós com Vergena. Onde ela está?

– Na tenda pequena, perto do abrigo que montamos para os feridos – disse Seamus, apontando a direção. Pedi que ele e seus homens dessem assistência à Companhia recém-chegada e me encaminhei à tenda de Vergena, detendo-me por alguns momentos antes de chamá-la pelo nome.

– Posso entrar? – acrescentei, e esperei um pouco, mas não tive resposta. Pensei em voltar mais tarde, mas mudei de ideia ao compreender que o silêncio era apenas um reflexo de sua derrota. Eu era talvez o único que poderia ajudá-la a vencer aquilo.

– Vergena – repeti, entrando na tenda onde mal cabia um catre militar. A elfa não respondeu. Estava deitada de lado, com o cenho franzido, o indicador descrevendo várias vezes o mesmo movimento sobre a manta rala. Achei que seus pensamentos estivessem longe, mas ela parou quando me aproximei, seus olhos secos e brilhantes se voltando para mim.

– Sinto muito, Mestre Kieran. Eu falhei – disse.

Sentei-me à beira do catre, sem responder, e pus a mão em seu ombro. Ela respirou fundo, sentindo que eu a apoiava e buscando forças que a ajudassem a reagir. Então, lentamente, começou a contar.

Os planos tinham saído conforme o esperado, com Vergena e seus companheiros avançando e penetrando no território do Oeste em meio ao calor da batalha. Marcharam então por mais dois dias, após os quais a maga ordenara às águias guerreiras que sobrevoassem o terreno e a guiassem até as margens do pântano. Ali encontraram uma aldeia com um punhado de choças que, à primeira vista, pareciam abandonadas.

Pouco depois, eles se viram envolvidos por uma névoa densa e de cheiro pestilento, que deixou desorientados os mais suscetíveis à Magia. O melhor que puderam fazer foi se manter próximos uns dos outros, mas o súbito ataque do inimigo – guerreiros armados de lanças e bestas, em número pelo menos três vezes maior – não demorou a fazer com que se dispersassem. Quanto a Vergena, isolou sua mente dos sons da batalha e se empenhou em dissipar a névoa, mas o encanto mal começara a fazer efeito quando o mago a surpreendeu, surgindo em meio à escuridão do pântano para tocar seus pensamentos. Era um meio-elfo, como se supunha, um garoto de quinze ou dezesseis anos, com cabelos eriçados e roupas de mercenário; não usava bastão de poder, mas, por duas ou três vezes, Vergena o vira tocar uma pedra escura que lhe pendia de um cordão no pescoço. Amuleto? Ou ferramenta mágica? Não havia como dizer.

– O que eu sei é que não consegui sequer erguer a mão contra ele – disse a elfa, com as faces vermelhas. – Tentei, mas as palavras não saíam, a energia não se concentrava. Pelo contrário, parecia se escoar a cada momento, até que só me restou o suficiente para fugir.

– Estou vendo – murmurei, fitando o halo de luz vermelha e dourada ao redor do seu corpo. Para minha surpresa, não vi sinais de um ataque real – nada de feridas na mente ou na alma –, mas sim uma diminuição de energia, como uma fogueira reduzida a pouco mais do que brasas. *Um vampiro*, pensei. *Não um bebedor de sangue como o que enfrentei no Oeste, mas um que se alimenta da vontade e do poder do adversário.* Esse era um dos mais perigosos tipos de Magia, e um dos mais sórdidos. Era a Magia com que Hillias induzira Lara a servir aos seus propósitos. No entanto, ao contrário de Lara, Vergena parecia tão senhora de si como antes.

– Você não falhou – disse eu, percebendo o que de fato acontecera. – Vejo que ele venceu a batalha, acredito que a tenha confundido e até roubado parte da sua energia, mas não chegou a interferir em seus pensamentos. Imagino que você tenha feito tudo que pôde para impedir. E, se ele é assim tão poderoso, então não se pode dizer que você fracassou ao enfrentá-lo.

– O senhor está sendo generoso – replicou a elfa. – É verdade, ele não me dominou, mas não estou certa de que ao menos tenha tentado. Ao contrário, quando viu que eu ia abandonar o campo, ele não me deteve, como se nem valesse a pena lutar comigo. E talvez não valha mesmo – acrescentou, com amargura. – Os nossos já estavam quase todos mortos, exceto uns poucos que vi sendo arrastados para o interior do pântano, e eu não fui de muita ajuda. Mal conseguia impedir que as águias debandassem, quanto mais fazê-las atacar. – Pensou um pouco, os dedos agora tamborilando sobre o catre. – Talvez o garoto quisesse isso, tirá-las de combate, mais até do que fazer alguma coisa contra mim. Foi a impressão que tive, em mais de um momento.

– E, quando viu a batalha perdida, você regressou, não foi? É o que deve fazer o Mestre das Águias.

– Sim. O elo afrouxou, mas pude mandar as águias de volta antes que fosse desfeito. Não perdemos nenhuma – finalmente, um pouco de orgulho em sua voz. – E o mago não se voltou contra elas, assim como não me impediu de bater em retirada. Acho que não estava interessado em me derrotar.

– Não – respirei fundo. – É a mim que ele espera.

Vergena assentiu, os lábios apertados. Eu sabia que se recriminava pela derrota, mas não havia muito que pudesse dizer além do que já dissera. Jovem ou não, o mago a serviço do Tirano era mais poderoso que ela. O fato de não ter escrúpulos e quebrar a Lei do Equilíbrio não mudava isso.

– Agora, tudo que resta é fazer o que combinamos com o Conselho – falei, após alguns momentos. – Você precisa regressar a Scyllix com as águias, o quanto antes, pois não sei quando estarei de volta. Deve trabalhar em conjunto com Mark, o Comandante que deixei encarregado da defesa, e prestar constante atenção à fonte âmbar. Enquanto isso – respirei fundo –, creio que nada me resta a não ser seguir para o pântano. É a minha vez de enfrentar esse mago e essa névoa.

– O senhor é muito forte. Vai vencer.

– Assim espero. Agora, escute – fiz uma pausa, durante a qual ela se sentou no catre, a aura um pouco mais viva e luminosa que no início. – Você contou que alguns guerreiros foram arrastados ainda vivos para o pântano. Sabe me dizer se o Comandante Teig estava entre eles?

– Eu imaginava que o senhor perguntaria por ele – disse Vergena, com pesar. – Sim, ele estava entre os que foram levados. Tínhamos conversado bastante na véspera, e alguma coisa dele ficou em mim, por isso quase posso afirmar que ainda está vivo. Mas, ao mesmo tempo, sinto que não está bem. Talvez esteja ferido ou coisa assim.

– Entendo – eu tinha a mesma sensação em relação a ele. – Teig pode estar ferido, é verdade, mas também pode estar sendo maltratado. Não creio que o matem, porque ele é um oficial, pode ser trocado com vantagem por outros prisioneiros ou render um bom resgate. Mas o que fariam com ele nesse meio-tempo... Isso eu realmente não sei.

– E quando pretende partir? – indagou a elfa, em tom inquieto.

– Amanhã cedo. Em breve irá anoitecer, e precisamos descansar ao menos algumas horas. E, claro, ainda preciso me entender com Declan – acrescentei, por entre dentes, pois aquela não seria uma conversa fácil.

Ele não ia gostar de saber o que havia no pântano. Mas, tendo chegado àquele ponto, também não suportaria ser deixado para trás.

E, qualquer que fosse a minha decisão, ela lhe daria mais motivos para me odiar.

20
Anna

O inverno avançou rápido depois da partida de Kieran. Scyllix era um lugar muito seco, mas o vento que varria as ruas e telheiros era frio e sibilante, penetrando nos ouvidos, nas roupas, até em nossas almas. Ou pelo menos era o que eu sentia, principalmente ao fim das tardes, quando me sentava à janela pensando em meu marido, longe, a caminho da guerra, e na criança que crescia sob o meu coração. Ambos demorariam a chegar – e nesse meio-tempo, já que o Conselho mantivera em suspenso a discussão sobre as águias, Athala e eu selamos nossa aliança em torno da fonte âmbar.

Uma primeira troca de cartas mostrou que estávamos de acordo: queríamos que a fonte fosse usada em benefício de todos e que isso não se traduzisse em sofrimento para os cavalos, as águias ou quem quer que fosse. Então, marcamos um encontro na casa de Harlan, que nos ofereceu seu apoio como Mestre de Estratégia.

O elfo vivia num bairro afastado do centro, numa casa cercada por um muro baixo e coberto de hera. Isso, por si só, já seria uma boa mudança em relação aos padrões de Scyllix, mas o melhor de tudo era o jardim, no qual canos de irrigação mantinham as plantas viçosas. Foi lá que encontrei meu anfitrião, além de uma criada – uma mulher de uns trinta anos, de cabelos castanhos – e de um menino meio-humano, que logo percebi ser filho dela, mas que se comportava mais como um protegido de Harlan do que como empregado.

– Bem-vinda, Anna – o elfo se ergueu para me cumprimentar, indicou uma cadeira, diante de uma mesa coberta por papéis e material de escrita. – Conheça Razion, um futuro grande mago, segundo ele mesmo... e que matou aula, esta manhã, especialmente para vê-la.

– Não foi só isso! É que aprendo mais aqui, com o senhor – protestou o garoto. Teria uns onze ou doze anos, era robusto, com olhos cinzentos que devia ter herdado do pai. Este, provavelmente, não era Harlan, pois não se pareciam em nada, porém os olhos me lembravam alguma outra pessoa. Mas quem?

– Razion – disse a mãe dele, pouco depois –, a dama e Mestre Harlan precisam conversar, e eu preciso de ajuda. Deixe-os aí e venha comigo.

– Mas não terminamos o problema – argumentou o garoto, e se voltou para mim. – Quero aprender Magia em Vrindavahn, mas também gosto de Matemática, e o novo professor que temos na escola não explica nada direito.

– Obedeça, Razion. Depois eu acabo de lhe explicar o problema – disse Harlan. O menino franziu o cenho, mas acompanhou a mãe sem protestar. Nem sua idade, nem sua posição permitiam que o fizesse.

– Sei o que está pensando - disse Harlan. – Mas Razion não é meu filho.

– Não achei que fosse – respondi, com sinceridade. – Mas ele me lembra alguém... nos olhos, principalmente, ou no jeito de encarar. Eu conheço o pai?

– Não, não pode ter conhecido, já que ele morreu há oito anos. Era um bom amigo meu... e acabou fazendo amizade, também, com minha criada – sorriu, divertido, mas um pouco melancólico. – Eu gosto muito de Brigid, e não me custou acolher seu filho. É um bom menino, estuda numa escola mantida pelo Conselho e ajuda a mãe nas horas vagas, além de me servir de mensageiro. Ah, e atormenta Vergena, claro, pedindo que ela lhe ensine encantos e palavras de poder. Ela teve que prometer que o recomendaria a Mestre Camdell na Escola de Artes Mágicas.

– Ele tem o Dom da Magia?

– Hillias disse que sim, uma vez, e Vergena confirmou recentemente, mas esse Dom não é forte. Ele precisará de muito treino, por isso é melhor enviá-lo a Vrindavahn, onde o aprendizado é mais gradual, do que entregá-lo simplesmente a um mestre. Ah, e antes que tenha alguma outra ideia errada, Hillias e eu nunca fomos grandes amigos – acrescentou Harlan. – Mas ele era Mestre de Combate, ligado à Escola de Guerra, e tínhamos assuntos a tratar, principalmente depois que ele passou a ser o único mago a serviço de Scyllix. Razion foi à casa dele entregar recados, algumas vezes, e numa delas voltou todo alvoroçado, contando o que Hillias tinha lhe dito sobre o Dom. Não se viram mais, creio, mas o garoto passou a idolatrá-lo por causa disso. Não imagina como ele sofreu quando a traição de Hillias foi descoberta. Acho até que se recusa a acreditar.

– Há um movimento para que ele seja solto – comentei. – Até petições no Conselho, mas Kieran acha que isso seria um erro.

– Seria? Eu não sei. Claro que não o reconduziria à posição de antes, mas não vejo a utilidade de mantê-lo preso. Não na Torre de Ferro; ele poderia ficar restrito à casa da família. Já o visitam, de qualquer forma, sempre que têm vontade.

Movi a cabeça, indecisa entre concordar ou não. Pouco depois, Razion voltou ao jardim, carregando uma bandeja com refrescos e anunciando, todo solene, a chegada do carro da Casa Âmbar. Brigid tinha ido abrir o portão e veio até nós em seguida, acompanhada por Athala, que se aproximou de mim com os braços abertos.

– Muito obrigada por ter vindo – murmurou, mas nosso abraço foi rápido e tenso. Tammoren, que viera atrás dela, se limitou ao cumprimento de praxe e se sentou de cara amarrada. O desacordo entre os membros da Casa Âmbar estava deixando suas marcas.

– Não acredite se lhe disserem que a guerra não chegou a Scyllix – desabafou Athala, assim que se sentou também. – Nós vivemos num campo de batalha desde o solstício. Depois da discussão, minha tia só faz insistir para que Fahel reabra a questão da Fonte Âmbar no Conselho, ao passo que Tam e eu o pressionamos para que procure vocês e ofereça um novo acordo. É um absurdo exigir de um mago que use seu poder do jeito que Elora deseja, ainda mais depois de saber como eram as experiências de Kieran e de Mestre Mael.

– Isso mesmo. Você tem toda razão – disse eu, com calor. – Foi por isso que pensei que, em lugar da transformação, devemos pensar em como usar a fonte para a cura. Essa é a propriedade mais forte que ela possui. Mas como relacionar esse poder a usos militares? Sem isso, acho difícil nossa proposta ser aprovada.

– Vamos achar alguma coisa – disse Athala, com convicção. – O importante é estarmos nisso juntas. E com bons aliados, é claro – olhou para o filho, que assentiu, encarando-me de soslaio, e depois para Harlan. – Podemos contar com seu apoio?

– Sem dúvida. Creio que posso falar por Vergena também – apertou os lábios; devia estar preocupado com ela. – Já discutiu essa ideia com Kieran?

– Não tive tempo para isso. Vou discuti-la com Seril – respondi. – Daqui, o carro vai me levar até Glen Thar, pois Kieran me pediu que fizesse uma visita em seu nome, e depois vou passar pela fazenda. Seril entende um pouco de cura. Talvez possa contribuir para os nossos planos.

– Poderíamos ir com você? – perguntou Athala. – Eu gostaria que ela também acreditasse em nossa boa vontade.

– Eu sei, prima, mas acho melhor esperar. Ela está muito magoada com vocês, e não vai recebê-los bem. Ainda não. Mas com o tempo é possível que isso mude.

– Duvido – disse Tammoren. Não repliquei, porque não podia dizer com certeza, mas, naquele momento, não me pareceu tão improvável que minha cunhada viesse a perdoar ao menos Tam e a mãe, ainda que nunca os aceitasse como parentes.

Ela perdoara Kieran, que lhe causara uma dor muito maior. Fizera recomendações, reclamara da escassez de roupas quentes em sua mochila e tocara seu rosto, chamando-o de Kay – seu apelido de infância –, na madrugada em que ele partiu para a guerra.

Depois daquilo, eu não duvidaria de mais nada.

As discussões sobre a fonte começaram a seguir, e, embora a reunião tenha sido breve, nela discutimos as linhas principais que fariam parte da nossa proposta. A fonte âmbar tinha propriedades de cura, portanto nós queríamos que fosse usada para isso, e foi ao redor dessa ideia que definimos todo o resto. Harlan deu algumas sugestões e alertou para que não esquecêssemos quem eram as pessoas com quem teríamos de lidar. Tam ficou calado, mas seguia a conversa com atenção, principalmente quando era a minha vez de falar. Eu não saberia dizer o porquê, mas aquilo me incomodou um pouco, assim como a presença de Razion. Preferiria que ele não estivesse ali, interrompendo-nos a toda hora. Era em momentos assim que eu entendia a rabugice de minha avó ao lidar com meu inesgotável estoque de perguntas.

Ao nos despedirmos, eu tinha várias páginas do meu caderno de notas esperando para serem transformadas num verdadeiro projeto. Ainda ia discuti-lo com Seril, e mesmo depois disso ainda haveria um longo caminho pela frente, mas eu estava satisfeita, porque tínhamos progredido e porque já me sentia à vontade com a ideia de aqueles dois serem meus primos. Nós nos despedimos com um abraço e a promessa de um novo encontro, e eu aceitei o convite de Harlan para um almoço leve antes de seguir até Glen Thar. O cocheiro comeu na cozinha, e parece ter gostado da companhia, pois acenou, todo alegre, para Brigid quando ela nos acompanhou até os portões.

– Boa mulher aquela – comentou. – Pena o filho ser tão duro de engolir.

– Mesmo? Não me pareceu.

– Ah, mas é. O pai, pelo que sei, era importante, e Mestre Harlan lhe permite algumas liberdades, então ele acha que é grande coisa. Mas daqui a pouco o põem para trabalhar de verdade, aí o garoto vai ver o que é bom.

Calou-se, satisfeito com aquela certeza. Sorri, pensando que Razion veria de fato o que era bom quando fosse aprendiz de Thalia, e o carro se pôs em marcha, vencendo a estrada monótona que levava a Glen Thar.

E a um encontro que acabaria por se mostrar inesquecível.

A aldeia parecia tão calma e sonolenta quanto da primeira vez em que eu a vira, com suas ruazinhas sinuosas, casas pequenas e umas poucas oficinas. Alguns artesãos ergueram a cabeça ao ver passar o carro, um ou dois acenaram em cumprimento, mas isso foi tudo. Eu pretendia voltar mais tarde e ficar conhecendo alguns deles, mas por enquanto ia fazer o que Kieran me pedira: uma visita ao Preste Daffyd, que, idoso e adoentado, já quase não deixava seus aposentos.

– O templo é aquele ali, na colina? – perguntei, apontando a pequena construção de pedra. – É dedicado a algum Herói?

– Bom, não sou daqui, mas a maioria das pessoas nas aldeias é devota de Thýrr, o Senhor da Guerra. A mesma coisa que em Scyllix – disse o cocheiro. – Mas já vi muita gente sacrificando a Woden e Thonarr, por isso não sei se o templo também é deles. Talvez sirva para todos. Acho que isso seria o mais certo, num povoado pequeno como este.

Concordei, segurando-me bem ao banco enquanto o carro subia pela precária estradinha na encosta. Logo chegamos ao templo, pequeno, quadrado e de aparência sólida. As runas na pedra cinzenta sobre o portal indicavam que o lugar pertencia a Thýrr, mas os símbolos de outros Heróis estavam por toda parte, arranhados de qualquer jeito na superfície das pedras ou rabiscados a carvão. O cocheiro parou a pouca distância, mas deu a entender que esperaria ali fora, e eu soube o porquê assim que passei ao interior escuro e abafado.

Nem o deus único, nem os Heróis deviam se sentir bem num lugar assim.

– O que temos aqui? Ah! Uma visita! – exclamou uma voz meio rouca. Voltei a cabeça, meus olhos se apertando para melhor enxergar na escuridão, e então vi, saindo de trás de um comprido altar de pedra, um homem de estatura média, com ombros largos apertados num manto cinzento e não muito limpo.

– Deus a abençoe, jovem dama. Sou o Preste Medrawt – disse ele. – Veio orar por sua família, talvez seu marido ou um irmão que tenha partido para a fronteira? Gostaria de fazer um sacrifício? Os Heróis apreciam que lhes deem presentes.

– Não, Preste. Meu marido, de fato, foi para a guerra, e me pediu que cumprimentasse o Preste Daffyd em seu nome – respondi, ao que ele não disfarçou uma certa decepção. Aparentava uns quarenta anos e seu rosto era comum, exceto pelo fato de o queixo ser quase inexistente. A barba longa usada por todos os Prestes devia disfarçar esse traço, mas Medrawt não ostentava mais que uns fios ralos. Aquilo não lhe caía nada bem.

– Seja como for, é bem-vinda – disse ele, com relutância. – O Preste Daffyd está recolhido a seus aposentos, mas eu transmitirei os seus...

– Medrawt – uma voz roufenha, parecendo encatarrada, veio de um cômodo adjacente. – Quem está aí?

– É uma jovem dama, Preste – respondeu o outro. – Veio ver o senhor a pedido do marido, que seguiu para a fronteira.

– Quem é o marido? – tornou o velho, num tom em que se adivinhava uma vontade muito forte, apesar da idade e da doença. Foi por isso que decidi responder.

– Saudações, Preste Daffyd. Sou Anna, esposa de Kieran da Fonte Âmbar. O antigo Kieran ap Fergus – precisei, erguendo a voz.

– O Mestre das Águias? – Um barulho rangente, de madeira e ossos velhos, acompanhou as palavras do Preste Daffyd. – Ele partiu para a guerra, não foi?

– Sim. E antes disso esteve ocupado com a defesa da cidade, por isso não pôde vir até aqui antes de se pôr a caminho. Ele envia suas lembranças – continuei a falar enquanto Medrawt abria a porta dos fundos, pronto para ajudar o homem mais velho quando este deixasse o quarto. – Kieran tem boas recordações do senhor. De quando o ensinou a ler, por exemplo.

– Ah, sim. Eu lembro. Um bom jovenzinho, o Kieran – disse o Preste Daffyd.

Um momento de silêncio se fez enquanto ele entrava penosamente no templo, auxiliado por Medrawt, que o segurava pelo braço. Era um homem idoso, que pelo jeito nunca fora muito corpulento e agora tinha um aspecto franzino e acabado. Seus cabelos curtos eram finos e estavam revoltos, dando a impressão de um ninho branco assentado sobre a cabeça; a barba, também branca, chegava quase ao peito, e os olhos verde-água brilhavam iluminando as faces encovadas. Ele ergueu a mão, abençoando-me em nome de Thýrr, a quem o templo era consagrado, e de Frigga, visto que eu era uma esposa, certamente desejosa de trazer ao mundo os filhos do Mestre das Águias.

– Esse cargo não pertence mais a Kieran – expliquei, imaginando que o Preste já soubesse, mas a idade o tinha feito esquecer. – Quanto a filhos, pretendemos ter um só, e... bem, tenho motivos para crer que já estou à espera dele.

Os olhos do Preste Daffyd se estreitaram por um instante, mas em seguida ele ergueu as sobrancelhas e assentiu com um sorriso. Medrawt, que acabara de trazer um banquinho para perto, ajudou-o a sentar, depois se voltou para mim, erguendo as mãos num exagerado gesto de bênção.

– Que os Heróis a protejam e a luz de Deus a ilumine – disse ele, como se entoasse um cântico. – E que seu marido retorne, são e salvo, muito antes que essa criança venha ao mundo.

– Ele irá retornar, Medrawt. Ninguém consegue detê-lo – afirmou o velho Preste, após o que se curvou, sacudido por um violento acesso de tosse. Amparei-o pelo ombro, e foi quando ele notou o anel que eu usava no polegar.

– Esse é... o anel que seu marido ganhou do mestre, não é? – Novo acesso; ele se controlou e me encarou, com o rosto arroxeado pelo esforço. – O anel da serpente...

– Sim. Eu não queria ficar com ele, mas Kieran insistiu, pois ele protege quem o usa de ter seus pensamentos invadidos ou influenciados por meio de Magia – respondi. Imaginava que talvez o Preste não soubesse disso, mas era natural que já tivesse visto o anel. Kieran o usava o tempo todo desde que o recebera do Mestre Mael, o qual, por sua vez, conseguira a joia durante uma estranha jornada pelos pântanos do Oeste. Exatamente o lugar para onde se dirigia seu antigo aprendiz.

– Ele deixou com você – comentou o Preste Daffyd. – Deve considerá-la muito, então. Esse anel é valioso. Sabia que nem sempre ele teve essa forma, uma serpente enroscada sobre si mesma?

– Sim. Tinha a forma de um escorpião, mas se transformou quando Mestre Mael pegou o anel. Eu não supunha que o senhor conhecesse essa história.

– Ah, sim. Seu marido me contou muitas coisas – sorriu o Preste.

– Eu é que não poderia imaginar – disse Medrawt, que até então ouvira a conversa em silêncio. – O anel... se *transformou*, simplesmente? Sem ser derretido ou moldado por um joalheiro? Como é que isso é possível?

– Estamos falando de Magia, filho – disse suavemente o Preste Daffyd.

Medrawt engoliu em seco e baixou a cabeça. Tinha um ar relutante, que eu vira não apenas em Prestes e pessoas religiosas, mas em boa parte daquelas que não conviviam de perto com a Magia. Por sua vez, o Preste Daffyd parecia achar aquilo mais natural, talvez por estarmos falando de Kieran, que ele conhecera ainda menino. Ele me perguntou alguns detalhes sobre sua partida – quando tinha sido, se o mago estava acompanhado de tropas – e assumiu uma expressão preocupada, quase sombria, quando fiz menção a Teig, que tinha seguido antes em companhia de Vergena.

– Aquele jovem é muito impulsivo – disse. – Temo por ele no campo de batalha.

– A esposa, Dama Alix, veio me procurar – contou Medrawt, parecendo animado. – Tinha tido sonhos ruins a respeito do marido, e eu a aconselhei a sacrificar um carneiro a fim de que ele ficasse a salvo.

– O que ela não fez – arrisquei, esperando estar certa.

– Ainda não, mas é possível que faça na próxima lua nova. Na ocasião, celebrarei um culto ao Senhor da Guerra, com os ritos e os sacrifícios tradicionais, que tanto se deixam de lado nas Terras Férteis. Todo o povo de Glen Thar e dos arredores estará aqui.

– Ele é um entusiasta dos sacrifícios – resmungou o Preste Daffyd. Medrawt sorriu, afetando um ar modesto, e eu senti um estranho calafrio percorrer minhas costas.

– Acho que vou indo – falei, pois a visita já durava bastante. O velho Preste assentiu e voltou a me abençoar, dizendo que rezaria pelo fim da guerra e o regresso de Kieran. Esperei que ele se recuperasse de mais um acesso de tosse e saí com Medrawt, que me reteve pelo ombro antes que eu pudesse regressar ao carro.

– Querida dama, imagino que esteja residindo em Scyllix, mas seria uma honra tê-la aqui na noite de lua nova. Sua cunhada também. Ela nunca vem ao templo, mas ouvi dizer que é uma mulher muito sábia, e a sabedoria, nos dias que correm, reside em orar a Deus com devoção e agradar aos Heróis com sacrifícios. Estes são tempos difíceis – acrescentou, sério. – Não podemos confiar apenas no poder das armas.

– Também temos Magia – repliquei, mas me apressei a acrescentar: – Mas é claro que a fé e a devoção têm seu lugar, e um lugar importante. Eu também, de acordo com as crenças do meu povo, tenho rezado pelo fim da guerra.

– Ah, mas não se trata apenas disso, minha cara – disse o Preste, sacudindo a cabeça. Ia dizer mais alguma coisa, mas, nesse momento, um homem de cabelos ruivos surgiu na trilha que subia de Glen Thar e caminhou a passos largos em nossa direção.

– Olá, Ronan. O que há? – indagou Medrawt.

– É o Blethyn, Preste. O oleiro. Ele está com a mesma doença que levou os dois irmãos do moinho, e hoje piorou muito. Talvez o senhor possa vir e rezar para que ele melhore. Nem que seja para conforto da família.

– Claro que irei. Espere um momento. – Medrawt pareceu compungido, mas não abalado.

– Querem que os leve até lá no carro? – ofereci.

– Obrigado, querida dama. Não é necessário. Mas pense no que eu lhe disse – retrucou ele, aproximando o rosto e falando num sussurro. – Os tempos são duros, e não se trata apenas da guerra. Ela é terrível, concordo. Mas, se não vigiarmos, podemos ser atingidos por um mal ainda maior.

21
Maeve

De amanhã não passa. Assim que o General tomar o desjejum, vou à casa de Seril, e ela vai ver se não sou capaz de limpar a fuligem daquelas paredes. Se tornar a encontrar Anna e sobrar tempo, vou ensiná-la a fazer o pão de frutas de que ela tanto gostou. Pensando bem, acho que vou fazer logo um e levar para lá, pois se ela não for amanhã deve ir no outro dia, e assim de qualquer jeito vai ter o pão. É perigoso não atender o desejo de uma mulher grávida.

Anna estava muito agitada ontem. É verdade que ela sempre é animada e fala bastante, mas dessa vez nem conseguia parar no lugar, comentando sobre os Prestes e essa doença que matou o oleiro. Seril não estava sabendo, porque fica isolada na Fonte Âmbar, mas eu tinha ouvido sobre isso na vila, então contei que recentemente morreram seis ou sete pessoas em fazendas aqui por perto, e quase todas dessa mesma febre. Não é uma peste, não aparecem pústulas nem nada, mas dá um pouco de medo porque todos os mortos eram gente ainda nova, forte e cheia de saúde. Essas doenças costumam levar os fracos – isso é que é o normal.

Eu não costumo falar sobre essas coisas, mas Anna tem um jeito de fazer a gente querer se abrir, por isso eu acabei contando a ela que tenho um pouco de receio desse novo Preste. Não que ele seja ruim, é só o jeito como fala as coisas, parecendo que o mundo vai acabar se a gente não fizer sacrifícios aos Heróis. Sacrifício até se faz, mas só por coisa muito séria, como disse uma vez o General.

Falando nele, é outro que me preocupa. Não parece doente nem nada, mas ultimamente começou a dizer que está velho demais, com os ossos cansados, e que só não morreu ainda porque tem esperança de um dia ver os netos. E quando fala assim me olha daquele jeito que eu fico toda vermelha, não sei o que responder. Ou até sei, mas não tenho coragem. O General tem sido um pai para mim, então como eu ia dizer que Mestre Doron é tudo menos um irmão?

Esse é um segredo que eu guardo de todos, exceto de Seril. E não fui eu que contei: ela mesma percebeu e me fez dizer a verdade. Aí, ficou uma fera com Mestre Doron, pois achou que ele estava se aproveitando de mim. Foi um custo fazê-la aceitar que não sou mais nenhuma menina, que ele não me enganou nem me obrigou a nada, as coisas aconteceram porque nós dois quisemos. Não sei se isso é amor, mas Mestre Doron é um bom homem. É grandalhão e meio desajeitado, mas é alegre, gosta de ficar comigo e eu com ele. Claro, as pessoas de Glen Thar me apontariam o dedo se soubessem, e não sei o que o General pensaria se contássemos. Mas para mim está ótimo do jeito que está.

Acho que também vou dividir esse segredo com Anna. Tenho certeza de que ela vai entender, não vai xingar Mestre Doron nem dizer que sou uma tonta, como Seril não perde ocasião de dizer. É uma pena que ela seja desse jeito, pois tem um coração muito bom, mas a gente só percebe quando a conhece de perto. Não é uma pessoa de quem se goste à primeira vista, como Anna, Mestre Doron e o General. E também como o Preste Daffyd, que todos adoramos, mas que agora pouco vemos por causa da idade e da doença.

E agora o povoado tem que se contentar com esse Preste Medrawt. Sei que estou errada, mas não consigo gostar dele, e só de me lembrar dessa mania dos sacrifícios já fico toda arrepiada. Nem pensar em ir ao templo na lua nova. A gente sabe quando não pode confiar numa pessoa.

22
Anna

O vento havia ficado lá fora, isolado pelas paredes negras e opressivas. Os passos do guarda à minha frente eram pesados, como se o lugar lhe cobrasse algum tipo de tributo: ele não tinha mais que vinte e poucos anos, mas seus modos eram os de um homem mais velho. Eu também, andando por aqueles corredores, sentia meu lado mais sério e sombrio vir à tona. Não tinha vontade de conversar, de fazer perguntas, e, se o fizesse, não seria de um jeito muito jovial. Era um lugar solene, um lugar de sentenças e restrição, de certa forma um lugar de tristeza, ainda que atenuada pela ideia de que se estava fazendo justiça.

Fosse o que fosse, eu ainda não entendia muito bem por que aceitara ir até lá.

Tudo começara no início da manhã, quando um mensageiro do Conselho viera à procura de Cormac. Segundo ele, tinha havido mais um ataque por parte de homens estranhos, de rosto acinzentado, como aqueles que tinham cercado o carro no dia em que eu iria me encontrar com Fahel. As vítimas foram jovens militares, que conseguiram pôr os atacantes fora de combate. Um deles, porém, ficara muito ferido, e outro tivera feias escoriações ao rolar pelo chão com um dos homens cinzentos. Lamentei por eles, além de me sentir preocupada, mas nada fiz até que, mais tarde, a visita de um amigo da família trouxe detalhes da história. Ouvi-los me deixou fora de mim. Foi a muito custo que Yseult conseguiu me fazer esperar pelo cocheiro e o carro antes que eu saísse correndo para o hospital da Cidadela.

Pois os jovens atacados eram da Escola de Guerra, e eu conhecia e amava aquele que lutara com o homem de rosto cinzento.

Orm.

– Como ele está? – perguntei ao primeiro funcionário que vi. Ele me olhou sem entender, e respirei fundo para controlar minha ansiedade.

– Procuro notícias de Orm ap Ordo, da Escola de Guerra – expliquei. – Eu soube que ele foi trazido para cá depois do ataque na cidade.

– Ah, sim. Ele está bem – tranquilizou-me o homem. – O outro rapaz ficou pior, levou mordidas nos braços e no pescoço e teve um ombro deslocado, mas vai se recuperar. Orm recebeu cuidados e está quase de saída. Está naquela sala ali.

Apontou para um desvão do corredor, que conduzia a um cômodo com duas camas. Fui até lá e encontrei Orm sentado numa delas, esperando que um enfermeiro acabasse de envolver seu tórax com faixas de linho. O braço esquerdo também estava enfaixado, o lado da mão arranhado e coberto por unguento amarelo, mas fora isso ele parecia bem, e soltou uma exclamação de alegria quando meu viu.

– Mestra Anna! – Retribuiu meu abraço, ambos tomando cuidado para não lhe causar mais dor. – Que saudade! Tem recebido cartas de Freydis? Do Castelo? A correspondência está demorando a chegar.

– Recebi ontem uma de Sophia, com notícias de todos, mas depois falamos nisso. Como você está? – Toquei o rosto dele, que em pouco tempo se tornara mais firme, menos bochechudo. – Como foi esse ataque?

– Estranho. E meio assustador – contraiu o rosto, talvez pelas lembranças, talvez pela bandagem apertada demais. – Éramos cinco, tínhamos uma hora de folga pela manhã e saímos para dar uma volta, comer alguma coisa diferente. Estávamos chegando à praça do mercado quando aqueles dois pularam em cima de nós. Acho que estavam num telhado ou coisa assim. De qualquer jeito pareceram ter saído do nada, pegaram a gente inteiramente de surpresa.

– E foram em cima de você, em especial? – perguntei, pois tinha o palpite de que aquilo fora feito para me atingir, ou para atingir Kieran, desta vez por intermédio de um aprendiz de quem ele gostava. – Ou atacaram quem estava mais perto?

– Um deles caiu em cheio em cima de um companheiro meu, e foi horrível, pois começou a mordê-lo como se quisesse arrancar um pedaço. Outro caiu em cima de mim, só que de mau jeito, e eu rolei com ele e comecei a socar e a chutar. Não fui mordido, só fiquei meio esfolado. Mas isso porque um dos outros rapazes me ajudou.

– E os dois que faltaram ajudaram o companheiro que estava machucado – deduzi. – Vocês mataram esses atacantes?

– Sim... e não. – Orm baixou a cabeça, mordeu o lábio inferior. – Porque só um de nós, que é veterano, tinha uma espada, e trespassou os dois com ela depois que já tínhamos batido bastante, mas... Mas desde o início, Mestra Anna, a impressão que eu tive é que eles já estavam mortos.

Ouvindo isso, o enfermeiro se retraiu, fazendo um gesto que os adeptos do Deus Único usavam para afastar o mal. Orm me encarou como se eu tivesse alguma resposta, mas balancei a cabeça, sem saber o que dizer. Eu tinha visto os primeiros homens, tinha ouvido Kieran dizer que poderiam ter se levantado das fileiras dos mortos, mas como ter certeza? E como saber se os ataques tinham sido dirigidos a mim e ao grupo dele de propósito, não apenas por sermos as primeiras pessoas que encontraram?

– Ah, vejam quem está aí! – exclamou Doron, entrando na sala e a enchendo com seu vozeirão e presença maciça. – Chegou mais rápido que eu, hein? Alguém mandou avisá-la sobre o garoto?

– Eu soube por acaso, mas vim correndo. Felizmente ele está bem.

– É, mas o outro rapaz... Bom – meneou a cabeça, e vi que preferia não falar sobre aquilo na frente de Orm. – O físico acha que ele vai se curar, isso é que importa. E você? Viu como valeu a pena derreter a banha? Também teria levado umas mordidas se ainda tivesse aquela barriga de pudim!

Bateu no ombro do aprendiz, que riu, descontraindo-se um pouco com a brincadeira. Doron riu também, mas estava preocupado, e pareceu ainda mais quando eu lhe disse que não tivera notícias de Kieran.

– Também não recebemos nada daquelas bandas – disse. – Só uma mensagem dizendo que vencemos a primeira batalha, embora com muitas baixas. Disseram que Vergena estava viva, mas foi só. Ela não deve ter conseguido pegar o tal mago.

– Então isso cabe a Kieran. E ele vai conseguir.

– Se vai – olhou-me com simpatia, depois fitou minha barriga.

– E o pirralhinho, como está? Maeve me contou que até Seril ficou feliz com a notícia.

– Sim, ela gostou. Disse que vai ser bom ter um sobrinho. Mas claro que não perdeu a ocasião de implicar com Kieran – acrescentei. – Ela disse que, se a criança tiver sorte, vai sair parecida comigo e não com o pai.

– Como? – fez Orm, admirado. – A senhora e Mestre Kieran vão ter um filho? Vai ser uma festa quando souberem disso no Castelo das Águias!

– Já sabem – respondi, sorrindo. Eu vivera o bastante entre os magos para saber que alguns deles tinham sonhos e intuições, portanto achei natural que a carta de Sophia já se referisse à criança, embora ela a tivesse enviado antes da noite do solstício. Todos na Escola de Artes Mágicas mandavam suas felicitações; Rydel escreveu uma carta à parte, cheia de emoção e citações de Odravas, Urien prometia compor uma canção de ninar, Lara recomendava que escolhêssemos bem o nome. Ela disse ainda que escreveria à minha família na Floresta dos Teixos, pois não sabia se eu tinha como enviar correspondência de Scyllix para o Norte, e achei bom que o fizesse, mas sua carta não lhes contaria nenhuma novidade. Eu não tinha a menor dúvida de que Zendak já sabia sobre o meu filho.

Orm vestiu uma camisa larga sobre o curativo, agradeceu ao enfermeiro e saiu conosco. Teimoso como sempre, queria voltar às atividades da manhã, mas Doron o mandou para o alojamento e disse que devia descansar por uns dias. O rapaz obedeceu, resmungando, e o Mestre de Combate me acompanhou de volta ao pátio, onde o cocheiro de Yseult esperava ao lado do carro.

– Ah, Dama Anna, dois Conselheiros passaram por aqui agora mesmo, estavam à sua procura! – exclamou ele, assim que me viu. – Eles foram à casa do meu senhor, mas o informaram de que estávamos na Cidadela, então vieram atrás. Parece coisa urgente.

– Deve ser, para os Conselheiros virem em pessoa. Quem eram eles? Você os conhece?

– Não sei o nome deles, mas eram dois elfos. Um é da Casa Safira, com brinco na ponta da orelha – respondeu o cocheiro. Isso me inquietou: não fazia ideia da razão pela qual Telion estaria me procurando.

– Não sei o que fazer – olhei para Doron, em busca de uma sugestão. – Se não foram ao hospital, onde eles podem ter ido para tentar me achar? A Cidadela é enorme.

– Vamos descobrir – replicou o Mestre de Combate.

Sem perda de tempo, ele mobilizou alguns soldados para ir em busca dos elfos, e logo os dois surgiam no pátio. Um era Telion, como eu esperava; o outro não era um Conselheiro, e sim Harlan, que usava roupas civis e tinha o cenho carregado.

– Estamos aqui para lhe fazer um pedido – disse ele. – Vai soar estranho, talvez pareça um ultraje, mas, por favor, ouça até o fim antes de negar. Promete?

– Prometo – murmurei, com cautela. – O que é?

– Trata-se de meu tio, Hillias – disse Telion; Doron abriu a boca para protestar, mas Harlan apontou para mim, como se o lembrasse de que eu prometera ouvir. – Ele não está de posse de seus poderes, como sabe. Está trancafiado na Torre de Ferro, de onde não pode sair, embora possamos trocar correspondência. Bem, agora há pouco um dos guardas da Torre veio à minha casa com um recado. Disse que Hillias tem algo para lhe contar. Algo relacionado ao ataque sofrido pelos rapazes.

– Como assim? Ele não está sem Magia? – indignou-se Doron.

– Não pode usá-la, mas não esqueceu aquilo que sabia – replicou Harlan. – E eu creio que ele sabe bastante a respeito desse tipo de coisa.

– Sim, mas o que quer que ele tenha a dizer, não deve ser bom – tornou Doron, inconformado. – E Anna não deveria ter nada com isso.

– Bom, acho que tem, porque ele pediu que ela fosse vê-lo. Não sozinha – Telion se apressou a acrescentar. – Vai haver guardas presentes, e se ela desejar ele pode permanecer algemado. Não foi a única pessoa que ele chamou; meu tio quer falar também com Stanislas Klíma, o embaixador do Tirano, que continua aqui na Cidadela. Ele já foi avisado e concordou com a entrevista, e consegui que o oficial encarregado da Torre de Ferro a autorizasse. Falta a Mestra Anna.

– E o senhor pediu a Harlan que viesse para ajudá-lo a me convencer. Foi isso?

– Não tenho o que dizer – Telion sorriu friamente –, a não ser que você faz jus à perspicácia que todos lhe atribuem.

– E eu vim porque acho que você deveria atendê-lo. Sei que tem muitas diferenças com Hillias, mas ele disse que pode nos ser útil – disse Harlan, e essas palavras me puseram em alerta. – E, como esse já foi o segundo ataque, e não dispomos de mais ninguém que entenda de Magia, talvez seja melhor saber o que ele tem a dizer.

– Pois eu já sei! Ele deve estar por trás disso, como estava da trama para levar embora as águias! – exclamou o Mestre de Combate, arregalando os olhos. – Por mim, ele seria interrogado agora mesmo. Se quiserem, eu...

– Doron, por favor, acalme-se – pedi, mas ao mesmo tempo fui percorrida por um calafrio. Eu acabava de me lembrar de Kieran dizendo que Hillias mantivera seu conhecimento, embora não pudesse tecer encantos, e que não o descartaria como suspeito de ter enviado aqueles homens até nós. Por outro lado, se tivesse feito isso, por que desejaria se expor? Por que não ficar onde estava, protegido pelas paredes da Torre de Ferro, e fingir inocência? O que teria a dizer?

– Está bem, Harlan – respirei fundo antes de prosseguir. – Vamos supor que Hillias saiba algo sobre isso, mas não esteja envolvido. Por que iria me ajudar? Tenho certeza de que ele me odeia. E provavelmente não morre de amores pelos aprendizes da Escola de Guerra.

– Não, mas tem uma família grande, que sofrerá se Scyllix cair nas mãos do inimigo. Ainda mais um como Greimolt de Pengell – disse Harlan. – Eu sei que ele traiu a cidade, ou tentou, quando fez aquele acordo com Waclav de Brandannen, mas agora a situação é diferente. Ele não quer seus primos e sobrinhos nas garras do Tirano e do mago negro. E, ainda que não se importasse com eles, não quer cair, ele próprio, nessas garras. Ainda mais porque não tem como se defender.

Assenti, pois seus argumentos faziam sentido. O que não entendia era o porquê de Hillias querer falar comigo, quando poderia ter simplesmente se dirigido ao Conselho. Tinha a certeza de que existia ali algum propósito oculto, provavelmente relacionado a Kieran. E precisaria ter cuidado, muito cuidado ao falar com ele.

Pois é claro que Anna dos Lobos já tinha decidido que o faria.

– Irei à Torre de Ferro – declarei, com o que Doron bufou como um touro zangado. – Mas quero que você esteja presente, Harlan. E que *o senhor* não esteja – acrescentei, dirigindo-me a Telion. Ele contraiu o rosto, irritado, mas assentiu. Harlan aceitou me acompanhar, e Doron insistiu em fazer o mesmo, mas teve de prometer que não abriria a boca durante a entrevista. Nem partiria para cima de Hillias.

– E espetar o pescoço dele de longe, com a espada, posso? – resmungou o Mestre de Combate, mas depois disso passou a cumprir a promessa e não interferiu mais. Pedi ao cocheiro de Yseult que aguardasse e segui com os outros rumo à prisão militar, acessível por uma estradinha que partia do portão Norte da Cidadela.

A Torre de Ferro não se chamava assim por alguma licença poética. Era de pedra, mas revestida de chapas de metal que haviam escurecido com o tempo. O negro era quebrado aqui e ali por aberturas gradeadas que só com boa vontade podiam ser chamadas de janelas. O exterior era guardado por soldados veteranos, barbudos, de caras sérias, enquanto aquele que nos recebeu era um jovem de espírito envelhecido pela atmosfera do lugar. Uma rápida troca de frases com Telion e ele passou a nos guiar pelo interior lúgubre da torre, mal entrevisto à luz de lâmpadas que pareciam prestes a desistir de seu brilho.

Dois outros guardas, também bastante jovens e carrancudos, esperavam ao fim do terceiro corredor. Ao nos aproximar, ouvimos o som de alguém falando em voz exaltada, depois o ruído rangente de uma porta ou grade sendo movida. Os guardas se afastaram, deixando que um homem saísse do aposento: o embaixador do Tirano, Stanislas Klíma, parecendo ainda mais indignado do que estivera no Conselho.

– Maldito elfo! – ouvi-o resmungar entre dentes. – Se era para dizer isso, melhor seria não ter me feito perder meu tempo!

– Olá, Pan Stanislas. Vejo que a entrevista não correu muito bem – observou Harlan.

– E deveria? Aposto que você e os Conselheiros estavam a par de tudo! – replicou o embaixador, irritado. – Sabiam que essa raposa ardilosa tentaria me amedrontar e me levar a fazer o que vocês querem. Pois esperem sentados pela chegada de nossos exércitos! E que esse traidor acabe de apodrecer na prisão!

– O que ele queria? – perguntei. Klíma me lançou um olhar furioso, abriu a boca, depois pareceu achar que eu não merecia uma resposta e avançou bruscamente, fazendo-me encostar à parede. Passou pelo restante do grupo e se afastou, pisando duro, em direção à saída.

– Pelo que entendi, Hillias sugeriu que eles se retirassem – disse Harlan. – E o embaixador acredita que tomamos parte nisso. Ele acredita que teríamos usado um prisioneiro como nosso agente.

– Não seria má estratégia – repliquei, e Harlan sorriu. Telion preferiu não retrucar. Em vez disso, dirigiu-se aos guardas na porta da cela, pedindo que avisassem a Hillias sobre minha chegada.

– Podem entrar quando quiserem – anunciou, tão logo obteve resposta. – Eu esperarei por vocês aqui.

Assenti, fazendo um sinal a Harlan para que me precedesse. Fui atrás dele, seguida por Doron, que tinha a mão no punho da espada. A outra pousou em meu ombro quando atravessei a porta e ali permaneceu, protetora, enquanto eu tentava dominar meu desconforto.

Hillias estava sentado numa cadeira de encosto alto, diante de uma mesa onde havia uma jarra e alguns cálices. Um olhar para o aposento revelou que não era exatamente uma cela, mas um quarto confortável, com tapetes sobre o chão de pedra e cortinas na cama. A única janela era gradeada e muito alta, mas permitia a entrada de bastante luz, que realçava o tom cinzento dos olhos de Hillias e revelava as marcas quase imperceptíveis em seu rosto.

Os homens pensam que os elfos não envelhecem.

Não é verdade.

– Olá, Anna – a voz, ao menos, não mudara; o timbre era agradável, o tom suave como sempre. – Não posso dizer que tenho prazer em vê-la, mas foi bom você ter vindo. Espero que fique para me ouvir até o fim.

– Já estou ouvindo – respondi. Hillias sorriu levemente. Seu rosto, embora desgastado, continuava bonito, daquele jeito que sempre despertara minha desconfiança. Ele estendeu a mão esguia, convidando-me a ocupar a cadeira à sua frente, e vi que ainda usava um anel de safira, semelhante ao que tinha usado para ajudá-lo a controlar a mente de Lara no Castelo das Águias. Seu anel de casamento.

– Um pouco de vinho? – ofereceu, pegando a jarra. – Não? É uma pena, mas não tenho mais nada. Só água e este vinho que é mandado por meus parentes.

– Não se preocupe, estou bem. E gostaria que fôssemos direto ao assunto – falei, entrelaçando os dedos sobre a mesa. Hillias baixou os olhos para o anel de serpente e voltou a sorrir.

– Kieran a faz usar esse anel sempre que nos encontramos – disse. – Em outros tempos, foi uma boa precaução, mas agora é desnecessário.

– Com relação a você, espero que sim – repliquei. – Mas sabemos que existem forças mágicas, e poderosas, atuando contra nós. Foi para me contar mais sobre isso que me chamou até aqui, não foi?

– Se quer mesmo que sejamos diretos... não foi exatamente para lhe *contar*. – Encarou-me, um brilho de astúcia nos olhos. – Eu tenho informações que podem ser úteis. E a chamei para negociar o preço delas.

Meu corpo se retesou quando ouvi aquilo, e o mesmo aconteceu com Doron, que estava de pé ao meu lado. Harlan ergueu as sobrancelhas, mas não pareceu tão surpreso. Hillias sorriu de um jeito quase cândido e esperou a resposta, mas demorei a conseguir dizer alguma coisa. Era tão absurdo!

– Hillias, esta é sua cidade, é onde vive sua família – falei, por fim, usando os argumentos de Harlan. – Você pode odiar quem o pôs nesta prisão, na verdade pode odiar a maioria das pessoas. Mas não acredito que pense em obter vantagem daquilo que sabe, quando seus parentes estão sob a ameaça de uma guerra ou coisa pior.

– Por quê? O que tenho a perder? – O elfo encolheu os ombros. – Por que eu deveria me importar com o que acontece a eles ou a Scyllix, se devo ficar trancado em uma prisão?

– E é isso que você quer negociar? – perguntou Harlan, em tom sereno. – Sua saída da Torre de Ferro?

– Não seria apenas isso – respondeu Hillias, mais incisivo. – Há outras coisas que eu quero. Mas podemos começar com a torre, pois viver aqui não tem me feito bem, está ferindo meu... *espírito*. Isso a comove, de alguma forma, Anna? Ou só as águias merecem sua compaixão?

– Não se trata de compaixão, mas de justiça – repliquei. – As águias não cometeram nenhum crime, ao passo que você...

– Está bem. Vamos dizer que eu tenha errado – interrompeu Hillias. – Não acha que já paguei caro o bastante por isso? Será preciso me trancafiar numa cela, sem nunca ver a luz do Sol, depois de ter me tirado tudo que importava?

– Talvez não seja *preciso*, mas quem lhe deu essa sentença julgou que seria o mais prudente. De qualquer forma, não entendo por que me chamou para dizer isso. Não sou juíza nem Conselheira de Vrindavahn. Não tenho poder algum em minhas mãos.

– Mas tem na *fala*. E mais do que imagina – afirmou Hillias. – Além disso, ser a mulher de Kieran faz de você uma pessoa em quem todos confiam. Bem, não todos, mas certamente a maior parte do Conselho. Os bravos filhos e filhas de Scyllix. Devia ver os olhos deles brilhando quando Lara discursava.

– Lara – o nome dela me tocou como um alerta. – Imagino que ela o tenha ajudado bastante, mesmo contra a vontade.

– Nem sempre contra a vontade – ele afetou um ar magoado. – Kieran fez você pensar o pior de mim, eu sei. Mas Lara era minha esposa. Tudo que fiz foi pedir que ela me apoiasse.

– Sim, mas você não *pediu*. Você exigiu, usou Magia para dominá-la. Usou até o amor que ela sentia por você.

– Eu também sentia! – protestou o elfo, levando a mão ao peito. – Eu fiz sacrifícios por ela. Contrariei minha família, porque Lara é meio-humana e bastarda. Não avancei além do Sétimo Círculo porque me casei. Diante disso, não foi muito o que ela me deu em troca!

– E o que não deu você tirou à força, depois de ter tentado convencê-la de que ela lhe devia. Isso não é amor, Hillias! – afirmei, sentindo-me inflamar. – No amor pode haver trocas, concessões, mas o que se faz pelo outro é de livre vontade. Você não poderia ter cobrado de Lara compensações pelo que perdeu. Ela não era...

– Anna. – A mão de Harlan tocou meu braço. – Sei que isso é importante para você, como amiga de Lara, mas vocês se desviaram do assunto.

– Eu também acho – falou Doron. – Diga logo a esse traidor que não vai mover um dedo para tirá-lo daqui e vamos embora.

– E, da próxima vez que seus aprendizes forem atacados, *você* cuida disso – replicou Hillias, juntando as mãos. – Vai ser interessante ver como se sai lidando com os desmortos.

– Com o quê? – indaguei, sentindo um calafrio; a palavra não me agradara. – *Desmortos*? Quer dizer, pessoas que estavam mortas e voltaram à vida?

– Ou que estiveram muito próximas de morrer e foram animadas por um sopro... que não deveria ser seu. – Fez uma pausa, fechando os olhos como se refletisse. – Eu não devia dizer nada sem uma contrapartida, mas, para provar minha boa vontade, vou esclarecê-la sobre os atacantes. São pessoas mortas, ou *quase*, movidas pela vontade de um mago que as incumbe de executar suas ordens. Melhor dizendo, dá a elas um *propósito*, e os desmortos vão atrás disso, não importa o que aconteça pelo caminho.

– E o propósito deles seria me atingir? – perguntei, inquieta. – Ou atingir Kieran, através de mim e de um aprendiz do qual ele gosta?

– Não. Isso, provavelmente, foi o que seu marido pensou, porque ele supõe que o mundo gira à sua volta. E também porque ele não estudou tanto quanto devia o que alguns conhecem como Artes Escuras, mas nada mais é que o lado menos brilhante da Magia da Alma. Com o pouco que sabe, ele deve ter pensado que os primeiros desmortos foram mandados atrás de você, talvez para atingi-lo, mas talvez também como um aviso para que ele atendesse ao desafio do mago inimigo e fosse encontrá-lo na fronteira.

– Mas ele *foi*, e mesmo assim apareceram outros – murmurei. – Por que eles atacaram os rapazes?

– Ah, é aí que fica interessante – disse Hillias, com os olhos brilhando. – Vou revelar uma parte. Você decide se vale a pena me dar algo em troca para saber o resto.

– Está bem – concordei, para desgosto de Doron. – Explique-me sobre o propósito dos desmortos.

– Eu só o compreendi depois que soube quem foram as vítimas. Eles, os desmortos, estão buscando algo em especial – disse Hillias, sua voz assumindo um tom de confidência. – Estão buscando Magia.

– Magia? Mas nós... Quer dizer, Orm foi aprendiz no Castelo das Águias, mas nem eu, nem o outro rapaz...

– Eu o conheço, é de uma família muito antiga de Scyllix, e possui o Dom – afirmou Hillias, deixando-me sem resposta. – Nem todos buscam ou querem cultivá-lo, como deve saber. Quanto a você, surpreeende-me que não pense nas colocações de Camdell, já que ele é o seu Mentor e o de todos naquela Escola. Ele não diz que se pode chegar à Magia através da Arte? O que são as sagas senão um caminho para isso?

Olhei-o, sobressaltada com aquelas palavras, mas a confusão durou apenas o momento do choque. Uma imagem vinda de muito longe me preencheu a mente – uma aranha em sua teia, lançando novos fios, tecendo e trançando e avançando até as estrelas – e de repente compreendi melhor as razões para eu estar ali. Não na Torre de Ferro, mas em Scyllix, para falar pelas águias, para propor um uso mais digno da fonte âmbar, para fazer com que uma irmã perdoasse seu irmão. E talvez para ajudar a proteger a cidade na ausência de Kieran e Vergena... Se eu encontrasse em mim as forças necessárias.

– Que lindo sorriso – a voz de Hillias me despertou do devaneio. – Bem, não sei se entendeu o que eu quis dizer. Você não é uma maga. Não tem treinamento, nem conhecimento suficiente para isso. Mas adquiriu o Dom, há Magia ao seu redor, em sua aura. Os desmortos devem ter notado isso e foram atrás, como depois foram atrás dos dois únicos jovens, num grupo de cinco ou seis, que tinham as mesmas vibrações. Elas são como um ímã para esse tipo de criatura.

– Mas eles lutaram contra o cocheiro de Cormac – lembrei.

– Possivelmente ele tentou detê-los, proteger você. Só por isso lutaram com ele – respondeu Hillias, e fiquei em silêncio, pois fazia sentido. – Para sorte dele, saiu ileso, assim como você mesma e o seu antigo aprendiz. Já o rapaz que foi ferido vai precisar de ajuda: uma vez tocado pelos desmortos, o mestre deles pode atingi-lo com facilidade, seja através de pensamentos ou de sonhos.

– Porque Magia também vem pelos sonhos – franzi a testa: algo importante, e *alarmante*, acabara de me ocorrer. – E pode vir também do conhecimento, não é? Eu me lembro de Algias, o alquimista do Castelo, que dizia ter se tornado um mago através do estudo e da prática... que assim tinha despertado seu Dom, como os aprendizes o despertam através da Arte.

– É, suponho que sim – Hillias se retraiu, encostou-se à cadeira. – Mas isso não vem ao caso para o que estamos falando. Você quer ouvir mais sobre os desmortos, e eu admito que não sei quem está por trás deles, exceto que é alguém poderoso e possivelmente muito *antigo*. Mas tenho uma ideia de onde ele está e do que pode fazer em seguida. Isso vale algum empenho, da sua parte, para me tirar daqui?

– Vale alguma coisa – respondi, tocando o anel de serpente. – Mas minha oferta não será a que você espera. Não vou pedir por sua libertação, pois percebi que você pode voltar a ser uma ameaça. Se é que já não voltou – acrescentei, olhando-o nos olhos. – Porque o conhecimento pode despertar o Dom da Magia, e pode *reacendê-lo*, não é mesmo? Como uma brasa se reacende com o vento?

Hillias me olhou como se eu lhe houvesse cravado um punhal. Doron, que eu não sabia se havia entendido tudo, soltou um "ha!" diante da expressão do elfo, enquanto Harlan ficava mortalmente pálido.

– Eu não sabia – murmurou ele. – Eu achava que estar na prisão era um sofrimento desnecessário. Nunca pensei que ele pudesse ter recuperado seu poder.

– *Não recuperei*! – exclamou Hillias, uma nota de pânico em sua voz. – Eu me lembro dos meus estudos, por isso tenho uma ideia do que está acontecendo, mas isso *não é Magia*! Eu não conseguiria tecer um encanto, por mais simples que fosse!

– Talvez seja verdade – repliquei. – Talvez Kieran possa vir aqui e averiguar, quando voltar do campo de batalha. E talvez possa ouvir de mim, e de dois amigos em quem confia, que você disse tudo que sabia a respeito dos desmortos; que contribuiu tanto quanto pôde para a defesa de Scyllix, que nunca mais vai trair a cidade e que talvez – *talvez* – seja seguro permitir que fique com seus parentes, não mais na Torre de Ferro, embora ainda sob vigilância. É minha oferta – concluí, cruzando os braços. – E ainda depende de você fornecer informações úteis.

Um brilho rancoroso, mas também dolorido, passou pelos olhos de Hillias. Ele devia estar sofrendo de verdade, trancafiado ali, e sofria ainda mais por ter perdido aquela batalha, mas eu não tinha escolha. Precisava saber o que ele sabia. E Kieran não estava ali para ser duro e frio em meu lugar.

– Então? – Doron quebrou o silêncio. – Vai desembuchar ou não vai?

– Dê tempo a ele – pediu Harlan.

– Não preciso de tempo – murmurou Hillias, sem me encarar. – Vou dizer o que sei e esperar que você cumpra sua palavra. Pois me pergunto se devo confiar em você, tendo em vista o quanto mudou desde que a conheci no Castelo das Águias.

– Tive que mudar, ou as pessoas como você já teriam acabado comigo – repliquei.

Hillias ergueu os olhos, surpreso, mas só por um momento. Depois, encolheu os ombros.

– Você tem toda razão – disse ele.

23
Kieran

— E agora, Comandante? Os batedores ainda não voltaram. Vamos atrás deles? Ou deixamos que morram dentro desse maldito pântano?

Declan falava comigo do alto da sela, mal disfarçando a raiva que vinha crescendo ao longo daqueles dias de marcha. Os soldados que tinham nos acompanhado demonstravam a mesma impaciência, mas conseguiam manter a boca fechada, o que o Mão de Ferro fazia cada vez menos. Eu tinha certeza de que aquilo acabaria muito mal.

Nossa conversa, após eu ter falado com Vergena, tinha sido breve. Eu queria ir ao encontro do mago inimigo, mas também queria tentar resgatar os prisioneiros, e sabíamos que havia tropas do Oeste na península. Seria bom levar soldados, mas não uma Companhia inteira, e o próprio Declan sugeriu deixar metade dos homens no acampamento de Seamus. Também se incluiu no grupo dos que iriam, sem explicações. Estava carrancudo como sempre, com aquela aura acastanhada e manchada de verde, e esta ficou ainda mais pesada quando, após três dias cavalgando por um território frio e árido, chegamos ao local em que o grupo de Vergena fora surpreendido pela névoa. Ali nos deparamos com os vestígios da batalha, inclusive alguns corpos, já meio decompostos, dos soldados que a Mestra das Águias deixara para trás. Estavam todos desarmados, sem botas, cintos ou qualquer coisa de valor, mas não havia como saber quem tinha sido o responsável pelo saque. Não que isso importasse muito agora.

Eu não conhecia nenhum daqueles soldados, mas Declan e seus homens sim, e permiti que os sepultassem enquanto eu me concentrava em busca de vestígios de Magia. Encontrei-os, mas eram tão sutis quanto os que ficavam no Castelo das Águias após um dos fiascos de Lear. Quanto às cabanas, que lembravam as da Aldeia dos Juncos, pareciam arruinadas demais para ter sido habitadas nos últimos anos. Aquele era um lugar de ninguém.

– E agora? – Declan perguntou, quando acabavam de fechar a cova.

– Batedores – respondi. – Quero seis, bem armados, para procurar sinais do inimigo ou de algum acampamento. Se tiver quem indicar, ótimo, senão pediremos voluntários.

– É perigoso – resmungou ele. – Nenhum dos homens já andou por aqui. Não pode usar sua... hã... *Magia* para localizar o inimigo?

– Vou usar Magia – respondi, ignorando o tom da pergunta. – Vou usá-la para nos manter a salvo se formos envolvidos por aquela névoa enquanto esperamos. Tem os batedores?

Bufando, ele reuniu seus homens e, depois de uma rápida troca de frases, designou três para servir como batedores. Vários outros se apresentaram como voluntários, e o Mão de Ferro escolheu mais três. Eles partiram a pé, carregando suas espadas, e nós continuamos ali, numa espera que se prolongou bem mais do que eu previa.

Declan foi ficando cada vez mais irritado. Não parava de andar de um lado para o outro, às vezes se detendo para falar com alguém, mas quase sempre resmungando consigo mesmo sob os bigodes. Para tirá-lo das minhas vistas, deixei que desse uma volta a cavalo pelos arredores, sem entrar no pântano e com ordem de voltar se percebesse qualquer movimento. Ele regressou pouco antes do crepúsculo, dizendo não ter visto nada e ainda mais furioso que antes. Sem desmontar, insistia para que fôssemos à procura dos batedores, e eu estava a ponto de começar uma discussão quando, por entre as árvores mirradas que cercavam o terreno, vimos surgir o veterano que servira como líder do grupo.

– Tudo bem, somos nós! – exclamou ele, de longe. Estava tenso, excitado, e mal conseguiu esperar pelos companheiros antes de despejar de uma vez tudo que tinha para nos contar.

– Nós encontramos o acampamento de uma tropa inimiga. Não

são mais que trinta homens, e parecem bem verdes – riu, quase um rosnado pelo canto da boca. – Na verdade nem devem ser soldados, e sim um bando de camponeses que mal sabem segurar uma arma. Eles estão a mais ou menos uma hora e meia de marcha, na direção noroeste. Dá para andar até lá sem entrar na lama. Bom, sem afundar, pelo menos.

– Ótimo. E quanto a prisioneiros?

– Nenhum à vista – disse o homem, coçando o queixo barbado. – Mas têm uma ou duas tendas e fizeram umas cabanas de turfa, pode ser que mantenham alguém dentro delas. Talvez até mais soldados. Mas, se forem iguais aos que vimos, vai ser fácil acabar com a raça deles.

– Hum. Bom, seja como for, estão a serviço de Pengell – falei. – Vamos averiguar.

Com a ponta da minha espada, desenhei um retângulo no chão e marquei dois pontos, um para nós e outro para a tropa inimiga, de acordo com a posição informada pelos batedores. Tracei, então, algumas linhas dentro do mapa improvisado, usando-as para mostrar aos soldados como deviam se dividir e cercar o acampamento. Ao meu sinal, atacariam todos juntos, fazendo o necessário para vencer, mas poupando os adversários que se entregassem sem resistência. Se fossem mesmo camponeses, nossa incursão resultaria em muitos prisioneiros.

Os cavalos ficaram para trás, cuidados por um punhado de homens, enquanto sessenta de nós penetravam no pântano. O terreno era firme o bastante para avançarmos a pé, mas isso não nos livrou de afundar as botas e salpicar as roupas de lama. Também de ser picados por mosquitos, uma verdadeira praga, como eu – e Mestre Mael antes de mim – tínhamos tido ocasião de comprovar em jornadas anteriores. Ainda assim, fomos em frente, com o máximo de silêncio, ajudados pela escuridão que nos encontrou no meio da trilha.

– Aqui nos separamos – disse eu a Declan. Ele assentiu, gesticulando para que trinta homens o acompanhassem por outro caminho. Segui com os demais, espadas e escudos em punho, corações inquietos, acelerados pela proximidade da batalha.

E, não muito depois, ali estava o acampamento. Fora montado

numa área um pouco mais seca, cercada por arbustos raquíticos que eles tinham usado como lenha e como material para construir dois ou três abrigos. Havia também quatro tendas, dispostas em redor de um círculo demarcado por pedras. Era o lugar que usavam para fazer fogo, e provavelmente conservava algum calor, pois, mesmo a distância e no escuro, pudemos ver vários homens agachados à sua volta. Outro grupo, de quatro ou cinco pessoas, se sentava diante de uma tenda, trocando ideias sobre a melhor forma de consertar uma espada quebrada, enquanto um rapazinho lustrava um grande escudo de bronze. Ostentava a figura de um urso erguido sobre as patas traseiras, e ao vê-lo eu soube imediatamente quem iríamos combater.

Vannovich!

– Senhor? – fez o soldado mais próximo. Só então percebi que tinha falado em voz alta.

– Aquele escudo tem o brasão dos Vannovich. É o clã que governa a cidade e as terras de Brandannen, no Oeste – expliquei, e com isso ele se satisfez. Havia muito mais, é claro, por trás daquelas palavras – toda uma saga, aliás já escrita por Anna, que registrara em pormenores minha visita ao castelo Vannovich –, mas eu não tinha tempo para pensar nisso. Talvez nem mesmo tivesse motivo, já que o clã era apenas um dentre muitos envolvidos na guerra. Eles não eram piores que os demais.

O pio distante de um pássaro atravessou a clareira. Era o aviso combinado com Declan: o grupo comandado por ele se achava pronto para atacar. Relanceei os olhos pelos homens à minha retaguarda e, vendo-os a postos, inspirei o ar frio da noite e o soltei com um brado de guerra.

– *Por Scyllix!*

– Por Scyllix! – repetiram os soldados, saltando para a clareira.

Pegos de surpresa, os do Oeste pouco puderam fazer a não ser gritar. Alguns nem mesmo se defenderam, suas mãos vazias erguidas num apavorado pedido de piedade. Um sujeito robusto saltou de uma tenda empunhando um machado, só para largá-lo e cair de joelhos diante das lâminas apontadas em sua direção. A única reação digna desse nome proveio de dois homens, um jovem e um mais velho, que chegaram a cruzar lâminas com os nossos antes de perceber que a luta estava perdida; ambos foram mortos, mais para servir de exemplo do que por terem resistido, enquanto os outros se viram rapidamente desarmados. Suas espadas eram a coisa mais patética do mundo, com duas ou três exceções, mas mesmo as poucas armas decentes eram velhas e muito consertadas. Mãos amarradas junto ao círculo de pedras, eles ficaram de cabeça baixa, quietos e humildes, e foi melhor assim. Eu não queria ser obrigado a matar aqueles pobres-diabos.

– Nunca vi uma batalha acabar tão rápido – rosnou Declan, correndo o olhar pelos prisioneiros. – Muito bem, bando de bastardos, vamos conversar. Quem estava no comando por aqui?

Trinta rostos abatidos e assustados se voltaram para um sujeito ainda moço, que usava um peitoral de cota de malha. De má vontade, ele admitiu ser Arpad Vannovich, senhor da aldeia de Etskaia – algumas milhas ao norte de Brandannen – e líder daquela tropa formada pelos aldeões, a quem se referia como seus *servos*. Perguntei se ocupava algum posto no exército de Pengell e por que seu grupo estava tão avançado, mas dessa vez a resposta não veio rápido, pelo que Declan lhe deu uma pancada com o cabo da lança. Ele abafou um gemido e olhou com raiva, porém não para o homem que lhe batera. Olhava para mim.

– Você. Eu o conheço – murmurou, por entre dentes. – Há dois verões, no castelo de meu parente, Pan Mircea Vannovich. Você tocou harpa no jantar. E foi preso. E no outro dia você tinha sumido, ao mesmo tempo que...

– Já chega. Você fala demais – disse eu, tocando sua garganta.

No mesmo instante, a voz que me acusava diminuiu, convertendo-se num chiado mal percebido entre as contorções que Arpad, desesperado, fazia para recuperar a fala. Os servos acompanhavam seus esforços, presos entre o medo e o fascínio, e aproveitei para avisá-los de que o mesmo aconteceria àqueles que se recusassem a responder a nossas perguntas.

– Quero saber sobre as tropas na península, as dos arredores, e sobre o mago que trabalha para o Tirano – exigi. – E quero saber onde está um dos Comandantes capturados numa batalha anterior, Teig de Scyllix. Fui informado de que ele é seu prisioneiro.

– Teig. – A voz de um camponês saiu como um sopro, como se

houvesse algo que não se permitisse revelar; ele se voltou para um rapaz de uns vinte anos, magro, barbado e de expressão solene. – Tibor, aquele prisioneiro não seria...?

– Sim, é ele mesmo. Teig. O que deixaram para trás – disse o jovem, sacudindo a cabeça. – Eu bem que disse ao Arpad...

– *Gaaaagggbhh*! – exclamou o Vannovich, segurando a garganta, os olhos quase saltando das órbitas.

– Eu disse que viriam buscá-lo – tornou o rapaz, dirigindo-se a mim. – Ele está no último abrigo. O mais perto do alagado – acrescentou, quando alguns dos nossos já corriam na direção indicada.

– Mestre Kieran! Senhor! – A voz emocionada de um soldado, apenas uns momentos depois. – Eu o achei! Pelo Esquerdo, eu encontrei o Comandante!

Ouvindo aquilo, deixei Tibor falando sozinho e corri para ver Teig. Declan me seguiu, e atrás dele vieram outros homens, seus corações batendo forte com a expectativa. Eu também estava contente, mas acima de tudo inquieto pelo que íamos encontrar. Teig estava vivo, eu mantinha essa convicção desde Scyllix. Mas ao mesmo tempo sabia que ele não estava nada bem.

O lugar onde o haviam trancafiado ficava a vinte passos do círculo de pedras, junto a um lamaçal. Era um abrigo feito de galhos e turfa – pouco mais que uma cova – e a seu lado podiam-se ver os vestígios de uma fogueira recente. Um cheiro penetrante, que lembrava o de carne queimada, pairava no ar à volta do abrigo, e minhas piores suspeitas se confirmaram quando vi o homem que dera o alarme.

Um soldado experiente. A nata do exército de Scyllix. E chorava como uma criança.

– Ah, Mestre Kieran. O que fizeram! – soluçou ele. – Esses porcos, esses malditos... O que fizeram com o Comandante!

– Saia da frente. Vamos ver – disse Declan, e o afastou, rastejando para dentro do abrigo. Abaixei-me o mais que pude e entrei também – e o que vi me atingiu em cheio, como se houvessem me dado um soco na boca do estômago.

Teig jazia sobre o chão de terra, os farrapos do que tinham sido suas roupas confundindo-se com a carne torturada por horríveis queimaduras. No peito e nos braços elas não eram tão más – pelo menos não estavam infeccionadas –, mas da cintura para baixo o corpo se resumia a uma única chaga, cujo aspecto e cheiro deixavam pouca margem para dúvidas.

Nós tínhamos chegado tarde demais.

– Ainda está vivo – disse Declan, esperançoso diante do peito que subia e descia em arquejos. – Pode ouvir, Teig? Somos nós! Seus companheiros de armas!

– Deixe-o. Assim é melhor para ele – falei. – Se recobrar a consciência ele vai sentir mais dor. Chame dois homens, vamos tirá-lo desta cova imunda e levá-lo para uma tenda.

– Sim... Sim, é claro. Aí você vai poder curá-lo – disse Declan, mas um olhar em minha direção o fez recuar. – O que foi? Você *pode* tratar dele, não pode? Com Magia?

– Tratar, sim, ao menos para que fique mais confortável. Curar... – murmurei, deixando a frase em aberto. Declan me encarou com incredulidade, depois com raiva, e esta aumentou ainda mais quando ele compreendeu que eu tinha as mãos atadas. Teig chegara além do ponto onde a Magia poderia alcançá-lo. Nem um mestre de Artes da Cura teria sido capaz de salvar sua vida.

Nós o instalamos na maior das tendas do acampamento, sobre as cobertas e a pele macia que deviam ser de Arpad Vannovich. Este continuava sem voz, mas vários de seus homens estavam dispostos a falar. Declan tratou de interrogá-los enquanto eu me ocupava de Teig. A primeira providência foi fazê-lo engolir um elixir à base de papoula, que eu já trouxera prevendo que pudesse encontrá-lo. Além de controlar a dor, aquilo garantiu a inconsciência por mais algumas horas, e assim foi possível livrar Teig da sujeira e passar um bálsamo refrescante em suas queimaduras. Então dispensei os soldados que haviam me ajudado e comecei a trabalhar com cristais, que distribuí sobre o corpo de Teig, nos pontos de maior concentração de energia. A cura estava além do meu alcance, mas eu queria ao menos garantir que meu antigo companheiro partisse em paz. Em paz e com a maior brevidade possível. Isso seria o melhor para todos nós.

A noite ia alta quando deixei a tenda. Os prisioneiros continuavam no mesmo lugar, olhando tristemente para a fogueira em torno da qual os soldados comiam. Um sargento veio me perguntar se íamos alimentá-los e eu disse que esta noite não, mas que lhes dessem água. Isso deixou alguns homens contrariados – era muita generosidade, achavam, para com os carrascos de Teig –, mas ninguém teria coragem de questionar minhas ordens, a não ser Declan. E Declan estava ocupado com assuntos mais importantes.

– Tenho novidades para você. É sobre o seu amigo, o garoto bruxo – disse ele, em tom maldoso. – E também sobre outro dos seus companheiros de ofício. Está preparado para uma surpresa?

– Quase. Preciso comer primeiro – respondi, e me adiantei para receber o prato das mãos de um soldado. Carne curada, sopa e um pão que conhecera melhores dias. Declan foi até o grupo de prisioneiros, fez um sinal para o jovem barbado que havia nos falado sobre Teig e voltou acompanhado por ele, que parecia acabrunhado e assustado. Nós três nos sentamos no chão, perto o bastante da fogueira para ter luz, mas o mais longe possível dos prisioneiros.

– Bom, o nosso amigo aqui resolveu colaborar, e contou muita coisa que você vai achar interessante – disse o Mão de Ferro. – Vamos começar pelo nome dele: Tibor Vannovich. Ele também é da tal Etskaia, e é uma espécie de parente pobre do Arpad e do Pan de Brandannen.

– Entendo. Também estava no castelo de Mircea, há dois verões, Tibor?

– Eu, senhor? De jeito nenhum – o rapaz estava com medo, mas era bem esperto. – Eu já fui até lá, mas não há dois verões. Nem sei por que está perguntando.

– Bom. E o que tem para me contar de tão interessante?

– Fale sobre o mago, Lasarr – disse Declan. – Conte o que me contou sobre a ida dele a Brandannen.

– Ah, sim. Ele esteve lá, faz mais ou menos um ano – informou Tibor. – Eu não o vi, nem qualquer outro dos homens que estão aqui, pois estávamos em Etskaia; mas soubemos que o mago procurou nosso primo, Pan Mircea, pedindo para ver uma criatura... um animal, não sei... Enfim, alguma coisa que vivia trancada na cripta do castelo. Não tínhamos certeza, mas meu pai, o velho Yago, aposta que era algum tipo de bicho mágico.

– Eu sei o que era – falei. – Continue.

– Bom, fosse o que fosse, o primo Mircea não tinha mais a

criatura, e além disso havia uma peste horrível em Brandannen. Deixava a cara cheia de bolhas, dava febre, chegou a aparecer em algumas aldeias, mas felizmente não em Etskaia. Mircea estava doente, e o irmão dele também, o Preste Radu. Lasarr disse que isso era uma antiga maldição, que aconteceu porque não tinham mais o bicho, e garantiu que a peste ficaria ainda pior se Brandannen não entrasse na guerra ao lado de Pengell e dos seus aliados. Claro que Mircea concordou com tudo.

– Sim, é compreensível. E então a praga se foi, ele armou seu exército e eles estão no pântano. É isso?

– Eles marcharam – confirmou Tibor, passando a mão pelos cabelos crespos. – Não sei onde estão agora, sei que Lasarr partiu junto com eles e com o meio-elfo que o acompanhava e que estava com a gente na batalha da névoa. Não sei o nome dele, mas é chamado de Andorinha, porque dizem...

– Um momento – interrompi. – Lasarr estava *acompanhado* por um meio-elfo? Ele não *é* o meio-elfo que comanda a névoa?

– Não, senhor. Lasarr é gordo, mais para velho, e tem uma cara esquisita – disse Tibor. – Acho que não deve ter nada de elfo, se bem que nunca vi nenhum descendente além do Andorinha.

– Então... Todo esse tempo, estivemos falando de duas pessoas diferentes – murmurei, atônito. – Um mago humano, adepto das Artes Escuras ao que parece, e um jovem meio-elfo.

– É isso mesmo. Sua Magia não tinha lhe mostrado, não é? – falou Declan, não sem zombaria. – São dois bruxos, e o mais novo tem fama de saber fazer chuva e se transformar em pássaro. Se bem que eu duvido que algum mago consiga fazer isso de verdade.

– Conheço um que consegue, mas isso é mais dos xamãs. Mas não importa. Agora preciso me preocupar com esses dois, Lasarr e o Andorinha – resmunguei, odiando-me por ter me deixado enganar. – Tibor, você conhece o paradeiro deles?

– Não sei onde Lasarr se meteu, juro pelo escudo do urso – disse o rapaz. – O Andorinha apareceu em Etskaia há coisa de uma lua, acompanhado por um grupo de guerreiros do Norte. Disse que estávamos destinados a uma missão importante e que Arpad seria recompensado caso nos saíssemos bem. Ele e o grupo dele nos trouxeram para cá, nós lutamos na batalha de névoa e eles partiram, levando os outros prisioneiros. Só Teig ficou com a gente. Eu ouvi o Andorinha dizer a Arpad que ele era uma isca, mas não sei o que tinha de atrair.

– Já atraiu. E o que mais?

– Bom... Não sei se tem mais – Tibor apertou o próprio corpo com os braços; devia sentir frio em suas roupas finas e muito remendadas. – Sei que o Andorinha fez muitas perguntas a Teig, mas não o maltratou. Quando ele foi embora, Arpad começou a interrogá-lo, e... bom... foi aquilo que viu – baixou a cabeça, sem conseguir me encarar. – Eu juro que pedi a Arpad que não o machucasse daquele jeito.

Assenti, sem me importar se era verdade ou não, porque não fazia diferença. Teig estava perto da morte; eu não tinha apenas um, mas dois magos com que me preocupar, e tudo levava a crer que Lasarr era o mais perigoso. Pior: eu não fazia ideia de onde ele podia estar. No pântano, esperando para ajudar o Andorinha a acabar comigo? Na península, com as tropas de Brandannen ou algum outro aliado de Pengell? Ou em algum outro lugar... onde podia causar ainda mais estrago?

– Preciso partir – fiz um sinal, dispensando Tibor, e esperei que se afastasse, depois continuei a falar com Declan. – Já era urgente encontrar o Andorinha, e agora tenho que me apressar ainda mais por causa desse Lasarr. É bem verdade que não sei onde ele está, mas o garoto provavelmente não foi para longe. Então, vou prosseguir na busca por ele, e pode ser que isso me leve até o outro.

– E quanto a Teig? – inquiriu o Mão de Ferro. – Quem vai cuidar dele?

– Vocês vão. Até quando for possível, para lhe dar algum conforto. – Sem querer, senti minha boca se curvar num sorriso amargo. – Ele até parecia estar prevendo... que não viríamos para salvá-lo, mas sim para resgatar seus despojos.

– É. E não achamos nada dele, nem o cavalo nem as armas. Só o que resta do próprio Teig. – Declan era tão duro quanto eu, ou até mais. – E aquele Arpad...! Ainda hoje ele vai ter o que merece.

– Não tão rápido. Preciso de um tempo com ele – falei, e me levantei, deixando no chão o prato intocado. – Talvez saiba mais do que o primo sobre o paradeiro de Lasarr.

– *Você* vai interrogá-lo? Eu esperava ter esse prazer.

– Não é prazer nenhum – repliquei, apertando os lábios. – Vou tentar conseguir respostas, isso é tudo.

– Como fazia na Torre de Ferro? – tornou Declan, insidioso. – Nos seus últimos tempos antes de ir para Riverast... quando deixou seu velho mestre de lado para trabalhar com Hillias?

– Isso ficou no passado – encarei-o, esperando que desviasse os olhos, mas ele não o fez. – Eu não nego que cometi muitos erros, Declan, mas preferia não ser lembrado deles, assim como prefiro não lembrar que você me emboscou e quebrou minhas costelas com a manopla de ferro.

– Ah, isso eu nunca vou esquecer – disse ele, com uma risada curta. – É o que me conforta, quando, por minha vez, *eu* me lembro de como você enfeitiçou Alix e a tirou de mim. E para quê? Para dá-la ao seu amigo, aquele tonto que vivia com a cabeça nas nuvens. Olhe só o que ele arranjou bancando o herói!

– Teig era um sujeito decente – repliquei, sentindo a raiva me subir aos olhos. – Ele gostava de Alix, não das terras que ela ia herdar. E nem que seja por respeito a ela, Declan, cale essa maldita boca e vamos até o Vannovich. Vamos ver o que ele pode nos dizer sobre Lasarr e o que faremos depois disso. E, até que esta guerra termine, não se esqueça: você me deve obediência como soldado. Nada mais, nada menos.

As manchas ao redor da aura de Declan ficaram ainda mais turvas, mas ele não retrucou. Naquele momento, compreendi que não podíamos mais seguir juntos e fiz meus planos de acordo, o que, aliás, se afigurou como o mais sensato. Porque, mesmo após eu haver mergulhado em sua mente e a revirado como a um monte de turfa no pântano, Arpad Vannovich não me levou nem uma polegada mais para perto de Lasarr.

– Então? – Declan indagou, assim que dei o interrogatório por encerrado. – Falar ele não falou, mas você *viu* alguma coisa?

– Nada. Ele está como o primo e os outros homens da aldeia. Foi deixado aqui porque o Andorinha precisava que alguém ficasse com Teig, mas não sabe nem do paradeiro de Lasarr, nem das tropas que podem estar nos arredores. Vou ter que ir em frente, mesmo sem saber as respostas.

– Bom, sendo assim, imagino que precisaremos abrir mão de alguns homens. Eles vão ter que esperar pelo fim de Teig e depois levar os camponeses para junto dos outros prisioneiros, no acampamento de Seamus. Menos esse bastardo do Arpad.

– Eu o pouparia, mas isso fica a seu critério – encolhi os ombros. – Quanto aos nossos, regressam todos com você para o acampamento. É menos arriscado do que andar pela península cheia de tropas de Pengell.

– O quê? *Todos nós*? – Ele me olhou indignado, como eu achava que faria. – Está dizendo que vamos ficar para trás?

– Isso mesmo. É mais fácil eu achar o Andorinha se estiver sozinho. Também tenho meios de voltar bem rápido à fronteira, ou até mesmo a Scyllix, se precisar. E, se o inimigo atacar o acampamento, como é bem provável que aconteça, vocês serão um reforço valioso para os homens de Seamus.

– Que seja, mas... Mas os que estão aqui não vieram apenas resgatar um Comandante. Eles vieram porque queriam *lutar*! – protestou Declan. – Como pode mandar que recuem agora? Além disso, lembre-se, há outros prisioneiros nas garras do Andorinha!

– Eu sei. Farei o que puder por eles se os encontrar. Se não, teremos de esperar pelo fim da guerra. Por ora, vocês são mais úteis na fronteira, e vão voltar para lá, enquanto eu sigo atrás do garoto. É a minha última palavra a esse respeito.

Declan me olhou com o rosto vermelho de raiva. Eu sabia o que ele estava pensando – que poderiam ser de fato minhas *últimas palavras*; que eu era um imbecil arrogante, desprezando a ajuda dos soldados –, mas não o interpelei, nem me dei ao trabalho de prolongar o assunto. Era verdade, os homens tinham sido úteis no resgate de Teig, mas o grupo do Andorinha não devia ser nem tão pequeno, nem tão pouco treinado para a guerra como o de Etskaia. Seria melhor que eu fosse sozinho, que o encontrasse e desafiasse para um duelo, xamã contra mago; e se Declan não entendia isso, bom, azar o dele. Eu é que não ia ficar ali para explicar.

– Chame os homens que ajudaram a cuidar de Teig – falei, sem ligar aos seus punhos e dentes cerrados. – Vou dar a eles o elixir e o unguento que me restam e dizer o que pode ser feito. Na minha opinião, ele não deve ser removido, pois as coisas vão se resolver dentro de pouco tempo, mas isso é decisão sua. Eu passo a você o comando e a responsabilidade sobre esse grupo.

– É – disse Declan, com espuma nos cantos dos lábios. – E aí você pode dar as costas, como... Como um...

– Um o quê? Covarde? – sugeri, olhando dentro dos seus olhos.

O rosto do Mão de Ferro se contraiu, mais rubro do que nunca, e ficou imóvel. Por um momento pensei que o ódio o faria explodir, mas logo depois ele soltou o ar preso nos pulmões e recobrou a cor normal. E, com ela, o tom rancoroso com o qual sempre se dirigia a mim.

– Covarde você não é – admitiu, por fim. – E também não é estúpido: você faz o que acha que vai dar certo. Mas não se importa com a honra dos guerreiros de Scyllix.

– Eu me importo com as *vidas* dos homens e mulheres que estão em Scyllix – repliquei, mas ele negou com a cabeça.

– Pensei que poderia lutar ao seu lado, como sempre lutei ao lado de Teig, apesar de tudo, porque ao menos você era um dos nossos – murmurou, após alguns momentos. – Mas vejo que se tornou apenas mais um sujeito que mandaram de fora. É difícil seguir alguém assim.

– Ótimo. Então não me siga – repliquei. – Apenas regresse à fronteira.

As manchas se alastraram pela aura de Declan enquanto eu me afastava. Sentia os olhos dele como punhais em minhas costas, mas não me virei. Depois daquilo, não poderia voltar atrás. Em vez disso, apenas entrei na tenda onde Teig jazia inerte, ajoelhei-me ao seu lado e peguei sua mão.

Pensando se os remédios que eu ainda tinha chegariam para aliviar sua dor até o fim.

Lembrando, de uma forma estranhamente vívida, o nosso forte construído com torrões de terra, à margem do Rio das Flechas, onde um menino chamado Teig ap Donnell jurou um dia viver ou morrer como herói.

24
Teig

Não, por favor. Eu não posso. Eu não aguento passar por aquilo de novo. O que eu sabia, e não era muito, já lhes contei na terceira e na quarta vezes; não há mais nada que possam arrancar de mim a não ser gritos. Está ouvindo, Arpad? Não sei dizer onde Kieran está agora. E pela vida de meus filhos juro que se eu tivesse um sinal, uma intuição, por menor que fosse, de que ele está por perto, o trairia gritando seu nome aos quatro ventos, para que as águias pudessem lhe contar sobre o meu paradeiro.

Ainda assim – não quero iludir você, Arpad –, devo dizer que o mago talvez não venha, com ou sem sinal, com ou sem o meu pedido de socorro. Ele me protegeu muitas vezes e lutou por mim, mas isso foi há tanto tempo que às vezes me parece um sonho. É essa a explicação. Sonhei que era um menino na margem direita do rio, sonhei que faziam de mim um Comandante, e se você me deixar dormir, Arpad, então talvez eu sonhe que Kieran não se esqueceu do velho amigo Teig. O que acha? Eu sonho que ele vem e você sonha que o enfrenta, pela honra dos Vannovich. Mas é melhor tomarmos cuidado, pois alguns sonhos são armadilhas, como aquele que eu tive de ser um guerreiro e um herói.

E até pode ser que você também se enrede na teia de seus sonhos de poder, e não perceba que os guerreiros de verdade o deixaram para trás. Você e seu bando de camponeses, que morrerão pelas espadas de Scyllix, tal como eu mesmo acabarei sendo morto pelas suas mãos. Talvez até nos enterrem lado a lado, na mesma cova. E, se Kieran não tiver vindo, nem despojos restarão para contar a história destes dois sonhadores.

25
Anna

Ele é antigo, mas pode parecer jovem. Deve haver algo estranho em sua aparência, algo que vai repelir você sem que saiba exatamente a razão. Como todo adepto dessas Artes, ele terá de trabalhar em segredo, e escolherá um disfarce que lhe permita estar isolado com frequência. É mais provável um fazendeiro do que um artesão, um mercador ambulante do que um soldado. No entanto, no contato com as pessoas, ele poderá se mostrar hábil, até mesmo gentil, tentando disfarçar suas intenções e não querendo levantar suspeitas.

Ele usa, e é provável que acumule objetos de poder. Tem fascínio por eles, principalmente os que se constituem em relíquias antes pertencentes a magos, xamãs, sacerdotes de crenças fervorosas, porque dali pode extrair os restos da energia dos antigos possuidores. Não importa se eles foram bons ou maus, se eram ou não seguidores das regras; ele poderia usar seus resquícios nos propósitos mais escusos. É desses resquícios, aliás, que ele vive: a forma como usa a energia mágica é semelhante à de um animal que come carniça.

As criaturas que ele conjurou foram feitas a partir de mortos recentes, mas ele poderia animar outros bem mais antigos, e é provável que o faça em breve. Preferirá ocasiões de escuridão, as tardes sombrias, as noites de lua nova. O desenho da lua escura encontrado sobre um túmulo ou corpo insepulto é um sinal quase seguro de que o mago pretende reanimá-lo. Procure por esse símbolo – mas tenha cuidado, muito cuidado! Nada pode prever o que ele fará se for surpreendido em meio a um encanto...

– Anna? Está ouvindo? Pode largar um pouco a leitura e prestar atenção?

A voz de Seril me trouxe de volta ao momento presente. Fechei o caderno, onde anotara tudo que podia me lembrar da conversa com Hillias, e olhei para ela, que estava de pé, embrulhada num xale de lã e com a cara mal-humorada de sempre.

– Bom, eu recebi Athala, porque você insistiu – disse, fungando e coçando o nariz um pouco avermelhado. – Admito que errei a respeito dela; acho que tem mesmo boas intenções, e estou me acostumando à ideia de ter pessoas perto da fonte, se a proposta de vocês for aceita no Conselho. Mas até que isso aconteça, quem disse que eu quero esses soldados indo e vindo nas minhas terras?

– Sei que não quer, mas é necessário para a defesa. As tropas inimigas estão marchando para cá – argumentei. – O Comandante Mark disse que...

– O que interessa o que ele disse? – interrompeu Seril, exasperada. – E por que resolveu isso agora, de repente? Aposto que não foram ordens de Kieran!

– Talvez não, mas Kieran o deixou encarregado da defesa quando partiu. As coisas mudaram desde então – repliquei, com o máximo de cautela.

Seril franziu de novo as sobrancelhas e foi até a porta. No momento não se via ninguém, mas pelo menos duas Companhias tinham atravessado as terras da fazenda no dia anterior e acampado pouco além dos limites da propriedade, onde poderiam fazer frente às tropas inimigas antes que estas chegassem à fonte reivindicada por Greimolt. O Comandante Mark os acompanhava, embora depois tivesse que regressar ao interior das muralhas, e foi à casa de Seril para explicar as razões daquela medida. E, por sorte, ela não desconfiou de que houvesse algo mais.

– Depois de tanto tempo, eles resolveram marchar para cima de nós – dissera ele, um homem grande, de modos um tanto lentos. – Vêm da península, têm estandartes de Malkin, Brandannen e Pengell, além de algumas cidades menores. Acreditamos que a maior parte deles irá se dirigir a Scyllix, mas, a julgar pelas demandas do Tirano e de seu mago, também achamos provável que uma parte das tropas ataque diretamente aqui. Não temos como calcular números, porque os caminhos se bifurcam muito perto da aldeia; eles vão marchar todos juntos até o fim, ou até bem perto do fim, essa é a verdade. Mas temos que estar preparados para um ataque.

– Em quanto tempo? – perguntou minha cunhada. A resposta não foi precisa – três dias, quatro –, mas fosse como fosse ela não teria conseguido que ele se retirasse com suas tropas. Eram ordens superiores, que nenhum cidadão de Scyllix podia contestar, principalmente em tempos de guerra. Só podiam resmungar, o que Seril sabia fazer tão bem quanto seu irmão.

Os outros visitantes haviam merecido um pouco mais de cortesia. Dois dias antes da passagem das tropas, eu tinha ido à fazenda com Athala e Tam, e explicamos a Seril os planos para a fonte âmbar. Ela fora muito seca no início, mas, ao ouvir o que tínhamos em mente, demonstrara um pouco mais de boa vontade em relação aos primos. Não chegou a abraçá-los em despedida, mas pelo menos concordou quando disseram que voltariam para outra visita. Já era alguma coisa.

Eu via aquilo como uma vitória, mas não comemorei tanto quanto gostaria. Um grande peso parecia ter se assentado em meus ombros desde a conversa com Hillias, e ele aumentara ainda mais ao juntar suas informações com o que eu vira e ouvira em Glen Thar. A visita ao templo, as palavras de Medrawt, as impressões que Maeve compartilhara a respeito do novo Preste – aquilo tudo convergia para o mesmo cenário, e nele se afigurava uma cena inquietante, pintada em cores turvas e traços distorcidos. Eu dizia a mim mesma para ter calma, lembrava-me de que já havia me enganado com algumas suspeitas, mas aquilo não me saía da cabeça. Não me perdoaria se minha omissão viesse a prejudicar alguém ou causasse danos à fonte âmbar.

Assim, mesmo sem ter certeza, eu decidira ir em frente com o plano. Sabia que não podia contar com o regresso de Kieran, mas consegui bons aliados, que estariam a postos se eu precisasse de ajuda. Além disso, instalei-me na casa de Seril, para acompanhar de perto o desenrolar dos fatos e agir quando chegasse a hora. *É uma visita, só por uns dias*, aleguei, com medo de que ela me mandasse embora, mas a verdade é que não fez objeções. Pelo contrário, mostrou-se até contente, preparou um novo travesseiro, arriscou-se a limpar o forno e assou um bolo de erva-doce. Ficou queimado nas bordas, mas deu para comer. Ainda sobravam alguns pedaços, um dos quais ela pegou quando se cansou de olhar pela porta.

– Maeve é capaz de aparecer mais tarde – comentou, com a boca cheia. – Sempre aparece, quando tem algum tempo livre, e com você aqui virá ainda mais vezes. Ela adorou você. Ainda mais porque encontrou apoio para essa... *coisa* que existe entre ela e Doron.

– Qual o problema, se os dois estão de acordo e se gostam? – Olhei-a, sem resistir a implicar um pouquinho. – Do jeito como você fala, vou acabar achando que está com ciúmes.

– Eu? Daquele bobo alegre? Nem por um instante – resmungou Seril. – Eu teria me casado com ele se quisesse, mas sempre tive horror à ideia. Jamais iria querer um homem para me dar ordens, para bufar se a comida não estivesse a seu gosto, para roncar que nem um porco na minha cama. Não, obrigada! Prefiro ficar só!

– Nesse caso, eu também preferiria. Mas seu irmão não é assim. E talvez Doron também não seja; você mesma concorda que ele é um bom homem.

– Tem bom coração, é verdade – admitiu minha cunhada. – Mas isso não iria impedi-lo de entrar em casa com as botas sujas e esperar que eu limpasse, e vir para cima de mim quando estivesse cheio de vinho, e querer que eu achasse graça nas asneiras que ele fala. Isso não é para mim, Anna, seja com Doron ou com outro qualquer. Do mesmo jeito, não nasci para ter filhos – sorriu. – Mas, como tia, talvez não me saia mal. Você tem que trazer o menino para passar uns tempos comigo, de vez em quando.

– Trarei, sim. Está combinado.

– Tenho coisas aqui para ele – apontou para a pele de carneiro que cobria a entrada do porão. – Quer dizer, na verdade não são coisas minhas. Antes de... Bom, quando ainda nos falávamos... Kay guardou no porão uns livros e papéis e disse que eram para seu filho. Ele sempre teve muita certeza de que seria pai.

– Mesmo? Ele nunca me falou sobre esses papéis – respondi, intrigada. – Será que são apontamentos sobre Magia?

– Um ou dois livros, pelo menos, sim, porque já os vi nas mãos de Mestre Mael. Aquele também era um homem bom – disse Seril. – Fiquei triste quando ele morreu. Até chorei um pouco quando o enterraram, lá perto da fonte. Sabe que ele está ao lado da minha mãe? Isto é, das cinzas dela, porque preferimos que o corpo fosse queimado, segundo a tradição dos elfos.

– Isso eu sabia, Kieran me contou. E quanto a seu pai?

– Ah, ele não está aqui. Foi sepultado na colina, em Glen Thar, junto com o pessoal da aldeia e a maioria dos fazendeiros da região. Na época parecia errado ele ficar separado da esposa, mas Kieran exigiu que fosse assim, e acabei concordando porque meus avós também estão enterrados lá. Por que você fez essa cara?

– Eu? Por nada. Acho que estou começando a sentir frio – respondi; e não era de todo mentira. Um calafrio me percorrera a espinha, de cima a baixo, quando a ouvira mencionar a colina, que não era outra senão a do templo de Thýrr. Todos os mortos de Glen Thar estavam lá – mortos antigos, como os pais de Fergus, e recentes, como os que tinham sido atingidos pela febre misteriosa. Por tudo que eu ouvira de Hillias, aquilo era uma mina de ouro para um adepto das Artes Escuras.

Eu não podia continuar adiando minha visita.

– Eu gostaria de ver as coisas que Kieran guardou para o filho. Mas acho que é melhor em outra hora – falei, porque estava agitada e ansiosa demais para isso. – O porão deve estar ainda mais gelado do que aqui em cima, e não quero me resfriar. Acho que vou dar uma volta, aproveitar que ainda tem um resto de sol. Quer vir comigo?

– E dar de cara com mais soldados atravessando minhas terras? Não, obrigada. Aliás, parece que eu nem poderia – acrescentou Seril, lançando o olhar pela porta aberta. – Colm está vindo aí com cara de quem arranjou encrenca. Vamos lá ver o que ele quer.

Engoliu o último pedaço de bolo e saímos, nossas sombras se alongando no chão à luz do fim da tarde. Lá fora, um velho rijo, usando um capuz e botas reforçadas, estava esperando por nós: Colm, o pastor, que trabalhava para Seril desde que esta comprara as ovelhas.

– Patroa, voltei agora de levar os queijos à aldeia, e três pessoas mandaram perguntar se pode lhes vender um animal – disse ele. – Qualquer animal, mesmo velho, desde que não tenha defeitos. É para o sacrifício que o Preste quer fazer amanhã à noite.

– Já é amanhã – murmurei, sentindo outro calafrio.

– Não sei, não, Colm – Seril franziu a testa com desagrado. – Que comprem as ovelhas para comer, com uma lã como aquela, já parece um desperdício. Mas para sacrificar? Eu nunca entendi por que os Heróis iriam querer que matássemos animais em sua homenagem.

– É, patroa, mas o dinheiro é bom. O ferreiro ruivo ofereceu três peças de prata por uma ovelha, cinco por um carneiro; a Dama Alix quer o maior animal que tivermos e disse que o preço não é problema; o Conor do moinho só tem duas peças de prata, se contenta com qualquer coisa, mas mesmo isso já é o bastante por um dos animais mais velhos, não é? Eu acho que você devia vender, pelo menos para ele. O homem está muito assustado. Perdeu os dois irmãos para a febre, ficou sozinho para cuidar do moinho e da família.

– A febre – ergui a cabeça. – Morreram mais pessoas, Colm? Mais alguém, depois do oleiro?

– Que eu saiba, depois dele não, mas hoje comentaram que havia um sujeito muito doente. Um fazendeiro da outra margem, chamado Dylan. Um físico veio de Scyllix para vê-lo, mas ele não sabe tratar essa febre, e ela já matou umas dez pessoas aqui na região. É por isso que eu acho que o Preste pode estar certo – opinou o velho Colm. – Em coisas assim, é melhor confiar em Deus e nos Heróis.

– Hum – fez Seril, não muito convencida.

– De qualquer jeito, patroa, eles pediram para levar os animais até o templo amanhã, no fim da tarde. Eu disse que sim, porque achei que você concordaria em vender, mas se não concordar vou ter que voltar a Glen Thar para falar com o Ronan, o ferreiro, e depois passar no moinho e na fazenda da Dama Alix. Dizer a eles para dar outro jeito. O que eu faço?

– Bom, já que você se comprometeu, acho que tem que ser – resmungou minha cunhada. – Separe as que estão dando menos leite, inclusive para a Alix. Se ela achar a ovelha pequena, paciência. Cobre duas moedas por cada, o mesmo preço para todos. E, Colm, não venda mais nenhuma, entendeu? Não concordo com esses sacrifícios, o Preste Daffyd nunca matou mais que uma pomba em raras ocasiões.

– Eu sei, mas o Preste Medrawt insiste que isso vai nos ajudar, e o povo da aldeia quase todo concorda. Vão estar todos lá amanhã à noite. E muita gente das fazendas também.

– E com toda essa multidão, e o sacrifício de tantos animais, o culto vai ser no templo mesmo? – indaguei, como quem não quer nada.

– Eu acho que não tem como ser lá dentro. Devem fazer na colina – o pastor confirmou o que eu havia imaginado. – Ou então na praça da aldeia ou algum campo nos arredores.

– Entendo. Bom, eu não faço questão de assistir – comentei, alisando as pregas da minha saia. – Mas gostaria de ir a Glen Thar, talvez falar com Alix, saber se ela recebeu notícias de Teig. Podemos ir juntos, Colm? Amanhã, quando você for entregar as ovelhas?

Surpreso, o pastor concordou, depois olhou para Seril, que tornara a franzir a testa. Devia estar começando a desconfiar. No entanto, o que sabia não era suficiente para que tirasse conclusões, por isso se limitou a me observar com aqueles olhos estreitos, tão parecidos com os de Kieran.

E, ao menos uma vez naquela noite, precisei lembrar a mim mesma que *ela* não tinha como ler meus pensamentos.

Na tarde seguinte, sob um céu cor de chumbo e um vento frio que doía nos ossos, acompanhei o velho Colm da Fonte Âmbar até Glen Thar. Íamos em silêncio, o meu ditado pelo nervosismo, o dele pela atenção às ovelhas, que volta e meia empacavam ou tentavam se desviar do caminho. Talvez fosse verdade que pressentiam o momento do abate.

A atmosfera que encontramos na aldeia também não era das melhores. Abalados com as mortes recentes e a perspectiva do ataque do Tirano, muitos moradores haviam se trancado em casa, dando ao lugar um aspecto de abandono. Ronan, porém, estava em sua oficina, e se mostrou contente ao ver a ovelha mandada por Seril.

– Ela também deveria vir à aldeia, participar do culto – disse ele, enquanto revirava um pequeno baú em busca das moedas para o pagamento. – Já chegou gente das fazendas próximas. Ouvi dizer que a família de Dylan vai trazê-lo, apesar de ele estar tão mal.

– Mas e o contágio? – perguntei.

– É, algumas pessoas estão com medo, mas o Preste Medrawt disse para todos ficarem tranquilos. Vamos rezar, fazer sacrifícios, e Deus cuidará de nós.

– A Dama Alix já veio? Tenho uma ovelha para ela também – disse Colm.

– Veio. Eu a vi passar em direção ao templo. Parecia muito triste – Ronan balançou a cabeça, consternado. – Deve ser por causa do marido, que foi para a fronteira. Mas isso é a guerra – prosseguiu, num tom mais alto, como se a ideia o animasse. – A guerra é assim mesmo, é isso que se pode esperar. Já essa febre que mata os homens mais fortes é muito estranha. É um claro sinal de que as coisas estão fora de ordem.

Assenti, lembrando-me de que ouvira quase as mesmas palavras de Medrawt e não querendo prosseguir naquele assunto. Meu propósito, naquela tarde, era apenas investigar; se minhas suspeitas se mostrassem verdadeiras, avisaria àqueles que de fato podiam agir, e para isso dar certo precisava ser o mais discreta possível. Assim, troquei mais umas poucas frases neutras com o ferreiro e rumei em direção ao templo, onde, segundo ele, os animais estavam sendo reunidos para o culto da lua nova.

– É aquilo, está vendo? – Colm, que caminhava à frente, apontou para a base da colina, à esquerda da trilha. Ali fora construído um cercado onde uma dúzia de cabras, outra de ovelhas e dois ou três bois aguardavam seu destino. Mais adiante, dois homens montavam uma estrutura de madeira que à primeira vista fez pensar num palco, mas que, olhando melhor, se revelou como um altar improvisado ao ar livre. A mesa do sacrifício.

O pastor se aproximou, incitando as ovelhas à sua frente com uma varinha. Os homens olharam, e um deles fez um gesto indicando o cercado, mas continuaram a trabalhar. Talvez quisessem terminar enquanto havia luz.

– Preciso receber por dois animais – disse Colm. – A Dama Alix está por aqui, ou o Conor do moinho?

– Ele eu não vi. Ela está lá em cima com o Preste – um dos homens apontou para o templo. – Pode deixar as ovelhas aqui e subir, se quiser.

– Não é preciso, Colm. Espere aqui embaixo com os animais – falei, pensando rápido. – Eu vou dar uma volta por trás da colina e depois subir. Se encontrar Alix, tentarei receber o dinheiro.

– Por que contornar a colina? Lá atrás não tem nada a não ser o cemitério – disse o pastor.

– Isso mesmo. Quero... quero ver a sepultura do meu sogro – respondi, tentando soar convincente. – Seril me disse que ele foi enterrado aqui, e eu quero saber se o túmulo dele está bem cuidado.

– Do Fergus? Ha! Vai ter sorte se conseguir achar no meio do mato – afirmou um dos homens que montavam o altar. – Perdoe a franqueza, mas ninguém se importou muito quando ele morreu.

– Eu sei, mas mesmo assim era o pai do meu marido. É uma questão de respeito – falei, e ninguém contestou. Deixei Colm guardando as ovelhas e pus-me a contornar a colina, logo descobrindo outra trilha, mais tortuosa, mas que ascendia de maneira bem mais suave ao longo da encosta.

A primeira sepultura não tardou a surgir. Era muito antiga, ou pelo menos parecia, marcada apenas por uma pedra em que haviam gravado um nome e uma data. Outras se sucediam ao longo da trilha, até chegar a um trecho nivelado da encosta. Ali já se viam lápides de verdade, pedras bem cortadas e trabalhadas em que os nomes dos mortos eram acompanhados por dísticos, poemas e dedicatórias de seus entes queridos.

As datas foram ficando mais próximas à medida que eu subia, tanto nas sepulturas que pareciam ser de gente abastada quanto nas mais modestas. Dentre as últimas, inesperadamente, achei a dos avós de Kieran – um fazendeiro e a esposa, mortos com um intervalo de três anos e cuja lápide mencionava um único filho saudoso, Fergus –, mas não me detive procurando o lugar negligenciado, coberto de mato, em que o próprio Fergus jazia sem uma palavra inscrita em sua memória. Em vez disso, continuei a subir, passando por sepulturas cada vez mais recentes até chegar às das últimas luas.

Os mortos da febre misteriosa.

Uma calma estranha, vinda do fato de eu saber que não podia perder o controle, tomou conta de mim ao me aproximar dos túmulos. Estavam todos bem fechados, é claro – não esperava encontrar sepulturas abertas –, e a grama pisada ao redor não significava muita coisa, porque o cemitério devia ser visitado o tempo todo pelos parentes dos mortos. As inscrições estavam como deviam estar, com os nomes, as datas e as costumeiras invocações a Deus e aos Heróis. Eu poderia ter me detido em cada detalhe sem ver nada que confirmasse minhas suspeitas... se não soubesse exatamente o que procurar.

Meus olhos percorreram lentamente cada polegada da primeira lápide. Pertencia a um homem ainda jovem, pois a incrição fora encomendada por seus pais. A família era devota de Thýrr, as runas e invocações estavam por todo lado – e em meio a elas, tão discreto que poderia passar por uma simples mancha de sujeira, não demorei a encontrar um círculo preenchido a carvão. Nada dos símbolos complicados que Finn e Kieran traçavam nos rituais do Castelo: apenas a lua escura, marcando aquele túmulo como um lugar onde o conjurador exerceria sua arte. Ou talvez já o tivesse feito, pensei. Os desmortos que haviam me atacado e atacado o grupo de Orm tinham saído daqueles túmulos, eu tinha certeza, e nenhum deles parecia ter sido aberto. Isso tornava possível que outras vítimas da febre já houvessem sido despertadas.

Uma a uma, examinei as lápides e encontrei o símbolo em todas elas. Achei-o até mesmo em sepulturas datadas de antes da febre, todas pertencentes a homens mortos nos últimos três anos. Lasarr tinha escolhido os melhores para compor um exército. Provavelmente iria convocá-lo na hora mais propícia, a hora da escuridão, com a morte de dezenas de animais adicionando novas e poderosas energias ao ritual. Isso me deixava pouco tempo para agir.

Respirei fundo, tentando recobrar um ar natural enquanto contornava a colina. Tinha que procurar Alix, como dissera que faria: era o melhor para não levantar suspeitas. Poderíamos descer juntas e conversar um pouco antes que eu arranjasse uma desculpa e corresse de volta para a Fonte Âmbar.

Como da outra vez, o interior do templo estava abafado, porém o senti bem mais frio, cheio de umidade que cheirava a bolor e um pouco a terra. Duas compridas velas de sebo estavam acesas sobre o altar, e diante deste havia uma cadeira de braços, ocupada por um homem de manto cinzento. Senti minha pele arrepiar quando o vi, pois achei que se tratasse de Medrawt. Ele era a última pessoa que eu gostaria de encontrar naquele momento.

– Preste – obriguei-me a chamá-lo, dizendo a mim mesma que devia representar meu papel até o fim. – Sou eu, Anna de Bryke. Boa tarde. O senhor não estava com a Dama Alix?

– A... Alix? – repetiu ele, e em sua hesitação reconheci a voz do Preste Daffyd. Na mesma hora, meus ombros e músculos relaxaram; eu me aproximei e me agachei diante de sua cadeira para que ele pudesse ver meu rosto.

– Pensei que fosse o Preste Medrawt – expliquei. – Como vai o senhor? Lembra-se de mim, não é?

– Claro. A mulher de Kieran – encarou-me, o cenho franzido. – Eu não achei que você fosse vir para os sacrifícios.

– E não vou. Quero apenas falar com Alix antes de voltar para casa. Quer dizer, para a casa da minha cunhada, onde estou passando alguns dias.

– Sorte a sua. Também não queria assistir a esse culto – disse ele, estremecendo num rápido calafrio. – Medrawt é um bom sacerdote, um homem de muita fé. Mas me parece estar indo longe demais, se é que me entende.

– Entendo – respondi, sentindo uma ponta de remorso: eu não pensara no que poderia acontecer a ele. – Mas o senhor não precisa assistir, não é? Pode ficar nos seus aposentos, aqui no templo.

– Oh, não, eu não posso. Medrawt iria ficar magoado com minha ausência. – Baixou a voz, que assumiu um tom sombrio, cheio de significado. – Ele garante que as coisas vão mudar a partir desta noite. Faz questão da presença de todos em seu ritual. E, quando lhe digo que talvez as coisas não sejam assim tão simples, me olha com uns olhos muito estranhos e insinua que estou perdendo a fé. Sei que parece tolice, as caraminholas de um velho...

– Preste Daffyd...

– Sim, sei que é isso que parece, e não posso negar que sou de fato um homem velho e fraco, mas Medrawt... Ele, às vezes, me assusta. Não foi assim desde o início, mas agora me sinto amedrontado sempre que o vejo. Se eu tivesse uma defesa, algo que me fizesse sentir seguro...

Olhou-me com os olhos verdes cheios de súplica. Uma onda cresceu dentro de mim, trazendo à tona pena e apreensão, mas também outros sentimentos que eu ainda não entendia. O Preste estendeu as mãos trêmulas e pegou as minhas, e me deixei estar assim por uns momentos, pois não sabia o que dizer. Como ajudá-lo, quando eu não podia me arriscar a ser descoberta?

– Venha comigo para a Fonte Âmbar – falei por fim, a única coisa em que pude pensar. – Deve ser fácil conseguir um carro emprestado para levá-lo, e com certeza Seril vai adorar sua visita.

– Não! Já não lhe disse? Medrawt quer que eu assista ao ritual. – A voz de repente mais firme, quase ríspida. – Você também percebeu, também suspeita... mas ele não sabe, por isso você tem como escapar. E se quiser ainda assim me proteger, tem um jeito, que é deixar comigo o anel de Kieran. Só até amanhã, quando terminam os efeitos da lua nova. Pode fazer isso?

– O anel? – levei um instante para entender o que ele pedia. – Ah, Preste, sinto muito, mas...

– Por favor – apertou minhas mãos, os olhos brilhando estranhamente à luz das velas. – Kieran gostará de saber que você me protegeu contra a magia negra. Fui bom para ele, quando era criança, não fui? Ele tem muita consideração por mim.

– Sim, e por mim também, e pelo nosso filho. Não posso lhe dar... Preste, o que está fazendo?

Em resposta, ele simplesmente me encarou com os olhos vidrados, os dedos se fechando em torno do polegar onde eu usava o anel de serpente. Cerrei a mão para impedir que o tirasse, com isso prendendo a dele, muito mais forte e vigorosa do que se esperaria de um velho. O Preste se levantou e me puxou junto, cerrando os dentes – e foi então que vi uma coisa de arrepiar.

Por trás daqueles olhos acesos e das faces encovadas, como alguém que se esconde sob uma máscara, havia um segundo rosto. Era o de um homem sem idade, nem jovem nem velho, sem traços marcantes a não ser pelos olhos, que não tinham a parte branca ao redor das pupilas e refletiam um enorme vazio. A visão não durou mais que um instante, depois foi como se esse rosto se ajustasse ou se deixasse absorver pelo que estava na superfície: o do Preste Daffyd, que eu não sabia se estava vivo ou morto. Tudo que sabia é que seu corpo estava servindo como hospedeiro para o mago das trevas.

O corpo de Daffyd, não o de Medrawt. Todo aquele tempo ele me enganara.

E, o pior de tudo, conseguira que Kieran se afastasse de Scyllix.

– Lasarr – murmurei, quase sem fôlego. – Então você não estava no pântano.

– Não. Meu aprendiz vai resolver as coisas por lá – rosnou ele, com uma voz que não pertencia ao Preste. – E esse idiota do Medrawt vai fazer tudo que sugeri, pensando ser ideia dele. Será tão lindo... quando as crianças entregues à terra despertarem do seu sono, quando marcharem para a fonte âmbar, para encontrar os guerreiros do Norte que estão vindo tomar conta destas terras...

– *Não*! – Com um arranco violento, tentei me soltar das mãos dele, mas não consegui. – Eu não vou deixar! Vou dizer a todos quem você é!

– E quem vai acreditar? Essa vila *ama* o velho Preste Daffyd! – gargalhou ele, por sua vez tentando arrancar o anel do meu dedo. Resisti, sabendo que era isso que o impedia de me dominar através do pensamento, e por alguns instantes estivemos como num cabo de guerra, presos pelas mãos e cada um puxando para um lado. Lasarr torceu o corpo na tentativa de me desequilibrar, e eu lhe dei um safanão, fazendo-o esbarrar em uma das velas. Ela caiu do altar junto com o castiçal de bronze, que fez um ruído alto ao bater no chão, e eu escutei a exclamação de alguém na sala contígua, o que me distraiu no momento crucial da luta.

E, no instante seguinte, os dedos do mago se fecharam como uma garra sobre minha garganta.

– Vadia...! Vou ensiná-la a não ficar no meu caminho – grunhiu ele, tão perto que sua saliva respingou em minha face. Encolhi os ombros, tentando impedir que o aperto fosse muito forte, e também levei a mão livre ao seu pescoço, meus dedos calejados pelo arco afundando na pele solta e encarquilhada do Preste Daffyd. Nossos olhares se encontraram cheios de fogo e desafio, duas mãos ainda lutando pelo anel, as outras duas na garganta do rival, tentando cortar o ar, o sopro de vida, apertando... Apertando...

E de repente aqueles olhos verdes se arregalaram, e um estertor escapou dos lábios finos do velho, terminando com o que era claramente uma espécie de risada. Num átimo, percebi o que estava acontecendo e larguei seu pescoço, ao passo que ele abria as mãos e cambaleava para trás. A porta nos fundos do cômodo se abriu, revelando o rosto preocupado de Medrawt – uma expressão que se transformou em pânico, e este numa revolta instantânea, quando ele viu o Preste Daffyd arquejar encurvado sobre si mesmo.

– Em nome de Deus! – exclamou, e vi que se controlava para não avançar sobre mim. – O que significa isso?

– Posso explicar – respondi, mas a nuvem em seus olhos calou as palavras seguintes. Eu podia dizer a verdade, podia inventar uma história, podia ficar em silêncio. Pouco importava: ele iria acreditar na versão de Lasarr, e o mesmo fariam todas as pessoas lá fora.

E o brilho nas pupilas do mago, e o sorriso no canto de sua boca ao tocar o pescoço marcado por meus dedos me fizeram saber que estava prestes a mergulhar num pesadelo.

26
Kieran

Aquele deve ter sido o dia mais longo da minha vida.

Eu cavalgara durante horas, buscando sinais da presença do Andorinha. O céu estava cinzento, mas sem sinais de névoa, e a paisagem nas trilhas lamacentas era quase invariável. Tudo que havia era água, terra e arbustos retorcidos.

Por volta de meio-dia, cheguei a um lugar onde o solo era um pouco mais firme, e ali aproveitei para fazer uma pausa. Um pouco de relva crescia às margens de um rio, e, depois de bebermos um pouco d´água, deixei o cavalo pastar enquanto eu tirava da mochila uns nacos de pão e queijo endurecidos. Sentei-me numa pedra e ia começar a comer quando senti, bem nítida, a presença de pessoas a curta distância.

E, com o choque, tive uma visão.

Soldados. Vinte ou mais, a cavalo, e um prisioneiro também montado, com as mãos amarradas e um ar infeliz. Sua cara não me era estranha, assim como as dos outros homens, mas o mais familiar de todos era o que cavalgava à frente, com um bigode de pontas caídas e olhar alerta. Calçava a manopla de ferro que me quebrara as costelas vinte e cinco anos antes, e no outro braço levava um escudo de bronze, decorado com a figura de um urso: o escudo dos Vannovich, provavelmente o que o captor de Teig possuía de mais valioso, e que Declan tinha tomado como presa de guerra. Isso ao menos era justo.

– Comandante! – gritou, pouco depois, o primeiro homem a me

avistar; mas não era a mim que se dirigia. – Meu Comandante, o mago está sentado bem ali. O que faremos?

– Qual mago? Ah, sim... O lobo solitário – falou Declan, erguendo o lábio superior. – Bom, espero que ele não se importe com um pouco de companhia. Nossos cavalos precisam descansar antes de seguir em frente.

– Sim, senhor – disse o outro, e acenou para o resto do grupo, sinalizando que fariam uma parada. Os soldados desmontaram, esticando-se para alongar as costas, e um deles puxou o prisioneiro da sela, de tão mau jeito que o rapaz quase se estatelou no chão pedregoso.

– Cuidado com esse aí! É para deixá-lo vivo – disse Declan, sem grande ênfase. – Quem sabe ainda pode nos render algum resgate. O que acha, mago?

– Suponho que não – respondi, fitando Tibor, que estava francamente assustado. – Ele é um Vannovich, mas creio que pertence ao ramo pobre da família.

– Tem razão, mas ele disse que era o herdeiro de Arpad. Se isso for verdade, estamos diante do novo senhor de Etskaia.

– Ah. Então você foi em frente com Arpad.

– Sim, mas a coisa foi rápida e limpa. Um golpe de espada e estava acabado. Ele teve mais misericórdia do que merecia.

– Hum. E o que aconteceu a Teig? Você mandou que o levassem até a fronteira, junto com os outros prisioneiros, ou...?

– Não. Ele ficou lá mesmo. Durou poucas horas depois que você nos deu as costas. Então deixei que os homens escolhessem – disse Declan, com uma espécie de orgulho. – A maior parte preferiu voltar ao acampamento de Seamus, mas os vinte e seis que estão comigo são os melhores. Eles bastarão para dar cabo do Andorinha, das tropas de Brandannen e de quem mais estiver escondido nesse maldito pântano.

– Bom, suponho que você saiba que isso os torna desertores – comentei, mas Declan deu de ombros. Estava convencido de que sua insubordinação às minhas ordens seria perdoada; ele se tornaria o novo herói de guerra se levasse o Andorinha para Scyllix, ou apenas sua cabeça espetada na ponta da lança. Reuni os farrapos da minha paciência e, mais uma vez, tentei argumentar – eles eram muito poucos, não tinham como enfrentar um mago tão poderoso quanto parecia ser o garoto –, mas Declan não quis me ouvir, e por lealdade ou estupidez os homens ficaram ao lado dele.

– Você pode seguir seu caminho. Nós temos o nosso – afirmou o Mão de Ferro. – O primo Tibor disse que seu grupo passou por aqui a caminho da fronteira, e que a mesma trilha deve ser usada por quaisquer tropas que estejam indo ou vindo das Terras Férteis. Ele vai nos mostrar onde fica essa trilha.

– Vai mesmo? Eu não teria tanta certeza – repliquei. – Ele pode atrair vocês para uma emboscada, ou pelo menos desviá-los do caminho certo e fazê-los andar em círculos. Quem pode saber?

– Eu vou saber, se ele tentar alguma coisa assim. E o farei sofrer as consequências.

– Sim... Se estiver vivo até lá. Mas você é que sabe – concluí, dando à minha voz um tom neutro. – Você é que está no comando agora.

– Isso mesmo. E não quero você por perto enquanto marcharmos – rosnou ele.

– Pode deixar. Terei prazer em manter distância. Mas preciso ir onde minha percepção disser que está o Andorinha, quer vocês estejam lá, quer não – respondi.

Minhas palavras deixaram Declan tão irritado que ele se levantou e foi apressar os soldados para que seguissem viagem. A maioria obedeceu, mas dois ou três lembraram que os cavalos não tinham tido pasto nem descanso suficiente, e desse jeito não chegariam muito longe. O Mão de Ferro berrou com eles e ameaçou puni-los se não se mexessem de uma vez – e assim, apesar das caras amarradas, o grupo logo estava pronto para a marcha. Isso incluía o prisioneiro, que tinha o rosto esverdeado de medo. *Ou talvez de fome*, pensei, vendo como ele olhava para o resto de pão e queijo que eu deixara sobre uma pedra.

– Tome, pegue isso aqui – falei, estendendo-lhe os bocados meio duros. Ele ergueu as mãos amarradas e deu um passo em minha direção – e foi quando recuei, tomado por uma estranha e fortíssima vertigem. O pão e o queijo caíram de minha mão, meus joelhos se dobrando contra a vontade enquanto um vento úmido e frio eriçava meus cabelos. Com muito esforço, venci a confusão que se apossava de minha mente e me concentrei, tentando ao menos compreender o que era aquilo.

Um encanto era tecido perto de nós. E um encanto mau, que distorcia a energia presente em todas as coisas para corrompê-la. Era Magia usada da pior forma, e era forte, bem mais do que eu esperaria de um jovem como o Andorinha. Isso me fez pensar que ele não estava sozinho por trás daquilo.

– Mestre Kieran? O que há com o senhor? – Era um dos soldados, seus olhos verdes cheios de expectativa enquanto me ajudava a levantar. – Está sentindo alguma coisa? Devo chamar o Comandante Declan?

– Chame! Tenho que falar com ele – respondi, lutando para me endireitar antes que o Mão de Ferro chegasse. Felizmente, a náusea e a vertigem passaram rápido, restando apenas o frio, além da consciência do Mal que apertava o cerco à nossa volta.

De um jeito ou de outro, todos teríamos que combatê-lo.

– E então, mago? O que foi agora? – indagou Declan, postando-se à minha frente. – Está com medo de ficar sozinho? Ou acha que posso curar sua dor de barriga?

– Não é hora de bancar o imbecil, Declan. Isso é sério – repliquei. – O inimigo está perto de nós, acabo de sentir, e vamos precisar de...

– *Inimigo*! – interrompeu ele, em tom feroz. – São os guerreiros de Pengell?

– Não sei. Eles podem estar vindo também, e é provável que estejam, mas o que estou sentindo é a Magia. E é uma forma bem ruim de Magia, Declan. Ruim e poderosa.

– Ah! – fez ele, relaxando os ombros, como se estivesse decepcionado. – Então você vai ter um bocado de trabalho, não é? Que pena não ficarmos aqui para ver.

– O quê? Não, Declan, você não entendeu. *Vocês* devem ficar aqui – falei, e na minha urgência cheguei a pousar a mão em seu braço. – Eu vou enfrentar o mago, é claro, quer se trate do Andorinha ou do próprio Lasarr, mas por enquanto não sabemos onde ele está. Se nos separarmos, ele pode atingir vocês, de um jeito que eu...

– *Nos* atingir? Pelo punho de Thýrr, essa é muito boa! – exclamou Declan, em tom de zombaria. – É *você* que está aí se contorcendo de dor, não a gente; e é *você* que está apavorado. Mas, se quer saber... Estou pouco me importando.

Dizendo isso, ele se voltou, dando-me as costas. Puxei-o pelo braço, tentando fazer com que me ouvisse, e de fato ele se virou, mas ao fazê-lo me atingiu com um violento soco no estômago. Não chegou a me machucar de verdade – ele havia tirado a manopla de ferro –, mas *doeu*, e o reflexo fez com que de novo eu me encolhesse sobre mim mesmo. Foi só por alguns momentos, mas quando me endireitei Declan já estava longe, e, embora eu o chamasse, não se dignou a olhar para trás. Ali fiquei eu, sem fôlego, dolorido, mais uma vez o garoto magricela espancado pelo valentão da aldeia; e as manchas do passado eram tão sinistras na aura em torno de Declan que me repeliram, levando-me a cometer um erro.

Eu poderia ter detido o Mão de Ferro com uma palavra. Mas o deixei partir.

Só esperava que o Herói que ele cultuava fosse clemente.

Impaciente, meu cavalo se pôs a soltar pequenos relinchos, batendo com as patas nas pedras até chegar a desprender faíscas. Afaguei-o, tentando acalmá-lo, mas nem eu mesmo conseguia conter minha inquietude ao pensar no que tinha pela frente. Ou melhor, no que deixara para trás: não Declan e seus homens, mas Anna, e nosso filho, e a vida que tínhamos em Vrindavahn. Não sou de me lamentar, como todos sabem, e jamais me arrependo de minhas escolhas. Mas nunca, como nesse dia, senti tanta vontade de rever o Castelo das Águias.

Orientado por Tibor, o Mão de Ferro seguira em direção ao Norte, por uma trilha que saía do terreno pantanoso. Da minha parte, achei melhor penetrar nele ainda mais. A intuição me dizia que o Andorinha ia estar lá, e Vergena sugerira a mesma coisa durante aquele estranho sonho. Assim, viajei durante uma ou duas horas por um terreno enlameado, cruzando pequenos córregos e avistando bosques de arbustos, até chegar a um ponto em que não arriscaria entrar com o cavalo.

– Bem que Yegor podia aparecer com aquele seu barco – resmunguei, lembrando-me do rapaz que me conduzira numa viagem pelas águas do pântano. Esperava que ele e seu pai estivessem a salvo na Aldeia dos Juncos, pois eram boa gente, mas não havia nada que pudesse fazer por eles. Também não havia muito que fazer por mim mesmo além de dar meia-volta. Respirei fundo e já me preparava para escolher outro caminho quando, num canto isolado da minha mente, surgiu a imagem inesperada de um pássaro negro.

O Andorinha. A imagem saltou dos pensamentos para diante dos meus olhos. Retesei-me, apertando as rédeas, e ajustei minha visão, mirando os galhos mais altos de uma árvore a pouca distância. Por um momento houve apenas escuridão, mas logo divisei os contornos de uma asa e o brilho de um minúsculo par de olhos que refletiam os meus.

– Veja – sussurrou alguém cuja voz parecia muito jovem. – Olhe para trás e *veja*, Mestre das Águias.

– O quê...? – murmurei. Sentia-me confuso, embora aquilo não se comparasse à vertigem que me acometera mais cedo. A andorinha bateu as asas, impaciente, e saltou para um galho mais baixo, deixando-me distinguir com clareza as imagens no fundo de seus olhos.

No início eram sombras, e se moviam numa paisagem de neve, por isso eu sabia que a cena se passava longe de Scyllix. O Norte, provavelmente. Vultos se esgueiravam por trás de cabanas feitas de troncos, seus contornos deixando ver que empunhavam espadas e machados. Eles sumiram no piscar de olhos seguinte, dando lugar a três pessoas no interior de uma cabana. Estavam todas mortas, cobertas com o sangue que jorrara de suas feridas, e em toda parte havia pegadas impressas em vermelho. A maioria era de botas pesadas, mas algumas eram menores e conduziam a uma trilha que serpenteava pela encosta de uma colina.

Num salto vertiginoso, a visão subiu até o alto da trilha, contornou a colina e desembocou no coração de uma floresta, onde os galhos das árvores cresciam e se entrelaçavam formando pontes entre as copas. Era o mesmo que acontecia na Floresta dos Teixos, e compreendi que estava diante do lar de alguma tribo. Talvez a do xamã que fora o mestre do Andorinha. De fato, pouco depois pude ver o meio-elfo, ainda muito menino, seus cabelos e pele clara fazendo com que se destacasse dos companheiros morenos e alegres. Ele, ao contrário, parecia ser sério, quase sombrio, e isso se tornou mais evidente quando minha visão avançou alguns anos.

Nesse ponto as imagens se embaralharam, e de repente era a

mim mesmo que eu enxergava, imóvel sobre o dorso do cavalo, fitando o rosto do rapaz que adivinhei ser o Andorinha. Quis erguer meu bastão de poder e desafiá-lo, mas ele permaneceu onde estava, observando-me com olhos semelhantes aos do pássaro. As imagens dentro das pupilas, porém, continuavam a se mover, e foi então que eu soube o que acontecia a poucas milhas de distância.

Uma tropa do Norte, carregando o estandarte de Pengell, o dragão negro e longilíneo de asas abertas. Armados com espadas largas, eles seguiam, trinta ou quarenta a pé e uns dez a cavalo, por uma trilha enlameada do pântano. Atrás desse grupo vinha ainda meia dúzia de mercenários vestidos de peles, carregando bestas e lanças rústicas. Todos eram altos, com cabelos louros emaranhados e olhos faiscantes, e meu sangue gelou ao perceber de quem se tratava.

Ursos Negros. A mais estranha das tribos élficas, o povo mais sanguinário de Athelgard. Sozinhos, os guerreiros de Pengell podiam dar trabalho, mas uma tropa que agregasse aqueles elfos seria um verdadeiro flagelo – e era justamente uma tropa assim que eu via descendo a trilha.

E, se minha intuição não falhava, Declan marchava direto para as garras deles.

– Tenho que ir lá – murmurei, forçando-me a abandonar a visão. Eu precisava ajudá-los, e para isso devia partir sem perder um só instante. No entanto, embora alguma razão o tivesse feito partilhar o que sabia, o Andorinha ainda era meu inimigo, e antes de voltar as costas eu lhe disse:

– Não sei quem você é, mas temos que falar. Uma trégua? Até nosso próximo encontro?

– Feito – respondeu o rapaz. – Uma trégua até nos vermos de novo. Agora *voe*, Mestre das Águias.

Cruzou os braços, fitando-me com uma espécie de sorriso, e este persistiu enquanto eu me afastava a galope. Não era um voo, como o Andorinha insinuara, mas ao menos era rápido, e eu tinha esperança de alcançar os de Scyllix antes da tropa inimiga. Isto é, alguma esperança. Pouca. Mas não havia mais nada que pudesse fazer.

Declan... Declan! gritei, em pensamento, enquanto meu cavalo se esfalfava tentando chegar antes que fossem atacados. Inútil: eu estava longe demais, e o Mão de Ferro era imune a esse tipo de chamado. Além disso, me odiava e desprezava o bastante para rejeitar qualquer ajuda da minha parte, e deixara isso bem claro em nosso último encontro. Provavelmente o faria de novo se eu tentasse avisá-lo. No entanto, apesar de tudo, não pensei em desistir. Não quando a ameaça era real e estava tão próxima.

Próxima *demais*, na verdade.

Eles estavam escondidos entre as rochas, umas estúpidas rochas achatadas que não deviam estar no mapa. Subindo nelas, tinham um raio bem largo de visão, e foi assim que enxergaram os homens de Scyllix. Quanto a mim, avistei-os apenas alguns momentos antes do encontro, e minhas dúvidas sobre também ter sido visto se dissiparam ao ouvir o brado:

– Inimigo ao sul!

Isso vindo de um sentinela que, felizmente para mim, não dispunha de arco ou balestra. Do outro lado da parede formada pelas rochas vieram então os inconfundíveis sons de uma batalha, berros e relinchos e o choque de armas, enquanto três cavaleiros galopavam ao meu encontro. Dois deles carregavam lanças em riste, lanças que escaparam de suas mãos e tombaram ao solo assim que empreguei meu bastão de poder.

Sim: eu os liquidei a distância. E usei a Magia. O que teria funcionado melhor?

– Pela espada de Thýrr! É um bruxo! – exclamou, apavorado, o último cavaleiro. Tratei de liquidá-lo também e me concentrei no encanto seguinte: um escudo que me protegesse, e a meu cavalo, das setas que estavam prestes a chover sobre mim.

E elas logo vieram, as setas mal-acabadas, cheias de farpas, que os Ursos Negros mergulhavam em veneno. Uma delas teria me paralisado, com duas ou três eu morreria, mas consegui construir o escudo a tempo de aparar os primeiros disparos. No entanto, ainda era preciso percorrer uma boa distância até me achar fora da mira das bestas, e logo eu sentia o esforço de manter o encanto prolongado, ao mesmo tempo que desferia minhas próprias setas de energia mágica. Quatro vezes eu o fiz, em meio ao galope desenfreado; quatro elfos tombaram sob o olhar assustado dos companheiros, incapazes de enxergar em minha mão alguma coisa além de um bastão de aveleira. Restavam dois, mas eu não podia vê-los, talvez porque estivessem envolvidos na batalha contra os de Scyllix. Isso me permitiu vencer o trecho que faltava, embora pouco restasse das forças que eu podia dispender como mago – e assim o homem que emergiu do abrigo das rochas era apenas o guerreiro.

E suas espadas estavam morrendo de sede.

– Por Scyllix! – gritei, meu cavalo irrompendo com fúria no campo de batalha. Puxei as rédeas, fazendo-o empinar, e girei sobre mim mesmo para me inteirar da situação.

A maior parte dos soldados de Scyllix havia tombado, alguns atingidos por setas, outros atravessados pelas espadas dos guerreiros de Pengell. Vários destes haviam sido abatidos, mas ainda estavam em franca vantagem, e agora começavam a acossar contra as rochas os poucos adversários que restavam. Declan estava entre eles e brandia sua espada, o rosto desfigurado de ódio enquanto vomitava insultos. Corri em sua direção, mas meu caminho foi barrado por um cavaleiro de Pengell. Era o último, de ambos os lados, que permanecia sobre a sela, e lutava muito bem, de forma que tive algum trabalho para derrotá-lo. Seu grito, quando o atravessei com minha lâmina, ainda ecoava em meus ouvidos quando voltei à carga, disposto a tudo para salvar ao menos a vida de Declan – e a tempo de vê-lo estrebuchar, agarrando a haste da lança que lhe tinham cravado na barriga.

– F... filho... da... – articularam ainda seus lábios, cobertos de uma espuma rosada. Sangue escuro começou a escorrer quando seus joelhos se dobraram, mas mesmo assim ele demorou a tombar, bem mais que o companheiro a ser atingido por último. Era o soldado de olhos verdes que me amparara, chamando-me de Mestre Kieran, quando todos os outros me tratavam com desprezo, e minha fúria cresceu como uma onda ao vê-lo cair.

– Morram! Morram, malditos! – berrei, girando minha espada acima da cabeça e investindo sobre os dez ou doze inimigos restantes. De saída matei dois deles, e outro caiu sob os cascos do meu cavalo, mas um quarto se esgueirou por baixo do animal para cortar os tendões das patas; e, no momento em que me virei para impedi-lo, voltei a sentir a náusea e a tontura experimentadas mais cedo.

Cerrando os dentes, lutei com todas as minhas forças para reagir, mas a torrente do Mal era quase invencível, e por alguns instantes não apenas minha mente, mas o próprio mundo diante dos meus olhos pareceu borrado e sinistro. Por fim, deixei cair a espada inútil e agarrei o bastão, reunindo a energia mágica que me restava para sair do abismo. Consegui, mas a sensação de alívio veio misturada a uma súbita e dilacerante dor na perna. Uma seta!

– Peguei o desgraçado! – Uma voz grossa, quase gutural, acima da minha cabeça: a náusea me fizera escorregar para fora da sela. – Vamos tirar a pele dele, Nauk!

– Não! O mago é meu prisioneiro! – contestou outra voz, jovem e já conhecida, mais perto do que alguma vez chegara a estar. Tateei, com mão trêmula e incerta, a ferida deixada pela seta e olhei para cima – e no alto das rochas, ladeado pelos dois Ursos Negros remanescentes, vi a figura magra e esfarrapada do Andorinha.

– A trégua – lembrei, meus sentidos já toldados pelo veneno.

– Existiu, até este nosso reencontro, Mestre das Águias – disse o rapaz, solene.

Foi a última coisa que ouvi antes de mergulhar na escuridão.

27
Tibor

Desde o começo eu soube que ele era mau. Nem é preciso lembrar o que aconteceu no castelo de Brandannen, quando ele se apresentou como um bardo – um lobo em pele de cordeiro – para poder se esgueirar nas masmorras e destruir a criatura, Karel, o Insaciável, que Lasarr confiara à guarda de meu parente Mircea Vannovich. Foi assim que tudo começou a desandar.

A bem da verdade, nunca tínhamos tido uma vida boa, mas a vingança de Lasarr custou muito caro, em lágrimas e em pústulas da peste. Além disso, todos os homens válidos foram obrigados a marchar para as Terras Férteis, o que talvez tenha agradado a alguns, mas não à maioria. Quando a ordem foi dada, eu já cumprira meu tempo a serviço de Mircea, e, sendo pobre demais para ter boas armas e um cavalo, fora mandado de volta a Etskaia; mas nem uma lua tinha se passado quando o Andorinha apareceu para arregimentar o povo da aldeia. Ele era quase um garoto, mas falava em nome de Lasarr e poderia nos ameaçar com a mesma praga se não obedecêssemos. Em vez disso, prometeu riqueza e glória a Arpad, o senhor de Etskaia, que sempre foi ambicioso. E, adivinhem? Arpad se despediu de Elena, com quem se casara no ano anterior, pegou sua espada e seu escudo e mandou que todos os seguíssemos. Como seu primo e herdeiro, pedi que me deixasse ficar, e assim tomaria conta da aldeia e das terras; mas Arpad preferiu encarregar disso meu pai, o velho Yago, que já não tem forças para empunhar uma espada, mas ao menos tem boa cabeça. Junto com outros homens de idade, mais as mulheres e crianças de Etskaia, ele acompanhou nossa tropa até o limite da aldeia, e ao me abraçar pela última vez sussurrou em meu ouvido: "Haja o que houver, volte vivo, Tibor Vannovich..."

E eu não me saí nada mal até agora. É verdade que quase me borrei quando reconheci o feiticeiro, mas tive o bom senso de calar a boca, ao contrário de Arpad, que por isso teve a dele calada para sempre. Ainda posso ver seus olhos arregalados, as veias inchadas no pescoço, a cara branca de pavor ao perceber que o bruxo tinha roubado sua voz. Ele, enquanto isso, nem piscava, só ficava assistindo à agonia do meu primo, com aquela boca fina retorcida feito uma cobra. Era a maldade em forma de gente, o bruxo. Muito pior do que o Comandante que chegou com ele, mesmo que tenha nos interrogado e feito ameaças: esse era só um soldado, e eu sabia o que esperar dele, embora soubesse que não seria nada de bom. Não depois de ele ter encontrado o amigo que era nosso prisioneiro. O culpado de tudo tinha sido Arpad, e no final foi ele mesmo que pagou com a vida, mas nesse ponto minha alma está leve, porque eu tentei alertar meu primo. Eu disse que ele não devia torturar o prisioneiro. Ele foi morto até de um jeito limpo, e os outros foram mandados para a fronteira, e se os Heróis lhes sorrirem vão chegar lá e esperar pelo dia em que serão libertados.

Quanto a mim, no início pensei que a sorte havia me abandonado, porque o Comandante resolveu me arrastar pelas terras adentro, e eu tanto podia ser resgatado como morrer de mãos amarradas no meio de uma batalha. Além disso, me deixou com fome. O feiticeiro ainda teve tempo de fazer outra maldade, fingindo que ia me dar comida e depois a jogando fora bem diante dos meus olhos. Nesse momento sofri mais do que Arpad: um homem vive sem voz, mas não sem pão, como se aprende desde cedo em Etskaia. Mesmo eu, que tenho o sangue e o nome dos Vannovich, porque no fundo nunca fui mais que os outros homens na tropa. Um camponês sem armas e sem cavalo, um servo no final das contas, pouco melhor, aos olhos de Mircea, que os cães de caça que se deitam a seus pés.

Mas, depois desta batalha, minha sorte mudou. O Comandante e seus soldados estão mortos, o bruxo é prisioneiro do Andorinha e os Ursos Negros se preparam para tocar os tambores da morte. Eu, por outro lado, só precisei dizer quem era para que me dessem o escudo de Arpad, e o guerreiro de Pengell que comanda esta tropa disse que eu podia escolher entre juntar-me a eles ou partir. Com o escudo e um cavalo, em qualquer dos casos, e agora por direito o novo senhor de Etskaia. E o que há de fazer este senhor a não ser voltar para a aldeia e ajudar sua gente a atravessar o Inverno? O que *posso* eu fazer senão esperar que acabe a guerra e entrar em acordo com Mircea pelo resgate dos meus homens?

Esse é o meu dever, e vou cumpri-lo com orgulho. Etskaia não fica longe, e eu vou cavalgar dia e noite até alcançá-la. Vou convocar toda a gente da aldeia e fazê-la saber que sou seu novo senhor, e o mesmo direi à bela Elena, de forma que ela não lamente por muito tempo a perda do marido. Vou esquentar sua cama e ocupar o lugar de honra sob o Escudo do Urso, e ela me dará um filho robusto, que será chamado de Yago, mesmo que nasça antes do tempo e se pareça com Arpad. Pois tanto vale um como outro Vannovich. E o senhor de Etskaia é o primeiro a honrar o nome do seu clã.

28
Kieran

Não sou um homem fraco. Desde pequeno suportei muita dor, fui ferido no corpo e na mente, e isso serviu para me deixar cada vez mais duro. No entanto, nada do que eu tinha sentido até então chegava ao menos perto daquilo: a sensação do veneno se entranhando, corroendo cada fibra da minha carne e se espalhando pela perna de tal forma que eu a teria decepado pelo joelho se tivesse uma espada.

Esse tormento levou várias horas, e eu vivi cada momento dele, porque minha inconsciência só durou pelo tempo que o Andorinha levou para me aprisionar. Enfraquecido pelo veneno, preso à terra por algum infame encanto de xamã, eu jazia no interior de uma tenda de couro, vigiado por um soldado que parecia ansioso por me ouvir gritar e implorar por alívio. Claro que não lhe dei esse prazer.

– Pare de me encarar, bruxo maldito! Por mim, você já estaria nas mãos dos Ursos Negros! – rosnou ele, após um bom tempo de expectativas frustradas. Foi assim que eu soube que o Andorinha dera ordens para que ninguém me tocasse. Também deve ter dito para não me darem água ou comida, pois não tive nenhuma das duas até o meio da noite. Foi quando os laços mágicos ao meu redor se afrouxaram, ao mesmo tempo que eu sentia o lento retorno do meu próprio poder.

Era o momento de agir, e foi o que fiz: mesmo estremecendo de dor, apalpei o ferimento coberto de sangue empastado e me concentrei num encanto de cura. Não funcionou tão bem como eu gostaria, mas ajudou bastante. Estirei-me no solo, tentando relaxar, e me questionei a respeito do Andorinha. Por que ele não me matou quando pôde? E se me queria vivo, por que ao menos não se preveniu, drenando minha energia, como fizera com Vergena? O que ele podia estar querendo de mim?

Lá fora, os sons das vozes e dos passos dos soldados cresceram de repente, como se todos houvessem resolvido se aproximar da tenda. No instante seguinte, senti uma lufada de ar fresco de encontro à orelha, e me voltei a tempo de ver a cabeça do Andorinha passar por uma abertura no couro.

– Pode sair, soldado – disse ele ao vigia. – Quero falar a sós com o Mestre das Águias.

– Se fosse você, eu tomaria cuidado. Ele estava murmurando umas coisas. Sei lá se é algum feitiço, alguma praga que vai...

– Eu disse para *sair*! – exclamou o Andorinha. Aquilo intimidou o soldado, que se apressou a nos deixar sozinhos. O jovem xamã se esgueirou para dentro da tenda e fechou a abertura, mas agora eu podia vê-lo melhor que antes, graças à lamparina de barro que trazia na mão. Era quase um garoto, dezesseis anos no máximo, cabelos louros espetados, olhos de elfo. Parecia-se com Gwyll, nosso antigo aprendiz que agora estava em Riverast, mas os modos lembravam os de Razek, que crescera na Floresta do Sol. Ele pousou a lâmpada no chão e se sentou ao lado, de pernas cruzadas, como Anna costumava se sentar para contar histórias. Hábito das tribos. Era quase como se eu olhasse para um dos muitos parentes de minha mulher.

Exceto pelo fato de que eles nunca tinham estado prestes a me matar.

– O que está esperando, Andorinha? – perguntei, sem rodeios. Isso o pegou de surpresa, e ele hesitou antes de responder. Por fim, disse:

– Eu precisava falar com o Mestre das Águias. Não com a elfa – acrescentou, tirando as palavras da minha boca. – Ela pode comandar as águias guerreiras, mas não tem o espírito das aves. Eu já vinha chamando, fazia muito tempo, quando você ainda estava nas terras altas...

– O canto em espiral! Era você, então? – perguntei, surpreso. – Imaginava que eu pudesse ajudá-lo?

– Não preciso de ajuda – cerrou os lábios, mas vi que estremecia. – Lasarr vai me ajudar quando chegar a hora.

– Está bem. Então do que precisa? – repliquei, e mergulhei mais fundo nos seus olhos. – Por que me chamou de tão longe e me mostrou aquelas imagens da sua memória?

– Não *mostrei* – defendeu-se o Andorinha. – Você as viu quando olhou para mim, e eu deixei porque queria que soubesse de onde venho. Eu queria dizer... Porque você é como eu, em espírito...

– Sim? – encorajei-o. – Queria dizer o quê?

– Que tudo que estou fazendo tem um objetivo. Ou pelo menos *eu* tenho um, e não quero me desviar, mas nos últimos tempos...

Parou, o rosto de repente contraído, como se sentisse uma dor aguda. Numa espécie de reflexo, sua mão subiu até a gola da túnica, e com o médio e o indicador ele pescou uma pedra negra que pendia de um cordão. Estremeci vendo-o apertar aquilo de encontro à garganta. Ou eu estava enganado, ou ele estava fazendo mal a si mesmo. E um mago com a minha experiência raramente se engana.

– Sabe o que acaba de fazer? – perguntei, quando ele voltou a guardar a pedra. O Andorinha ergueu a cabeça e me encarou, com o mesmo olhar alerta de antes, embora os demais traços do rosto parecessem cansados. Cansados e gastos, de certo modo. Era como se de repente ele houvesse ficado mais velho.

– Sim, eu sei o que fiz – afirmou, mas as palavras seguintes demonstraram que não sabia. – Lasarr e eu estamos ligados por esta pedra. Ele perguntou, e eu acabei de responder que estava tudo sob controle.

– Pode ser, mas você mexeu com sua própria energia. E não da melhor maneira – falei, ao que ele me encarou com o cenho franzido. – A energia se concentra em alguns pontos espalhados pelo corpo, e um deles é justamente na garganta. Sua pedra está desequilibrando a energia que existe em você. É por isso que se sente cansado depois de usá-la.

– É mesmo – murmurou ele, perplexo. – Eu me sinto cansado, sim. Mas achei que fosse só pelo esforço. Desequilíbrio, você diz?

– Completo. Você tem uma aura muito estranha. Consegue vê-la?

– Aura? Quer dizer, as cores em volta das pessoas? Não. Eu vejo os espíritos. O seu tem a forma de uma águia de asas pretas e prateadas. O meu...

– Já sei. É uma andorinha – disse eu. – E também sei que você aprendeu isso com um xamã, embora não pareça ter sangue das tribos. De onde você vem?

– Do Norte, bem acima. Perto do Bosque dos Sons. Minha família vivia numa comunidade que seguia os princípios de Odravas. Ouviu falar?

– Ouvi, é claro. Continue.

– Bom, nós éramos trinta e poucas pessoas, elfos e meio-humanos. Nossos vizinhos mais próximos eram os membros da tribo do Bosque, a um dia de caminhada. Nós os visitávamos com frequência, trocávamos nossa cerâmica e queijo de cabra por peles, e com o tempo fomos ficando amigos. Vivemos assim durante muito tempo, sem que nada nos perturbasse, mas então... No inverno em que eu completei sete anos...

Mais uma vez seu rosto se contraiu, mas a dor não provinha de Lasarr e sim das lembranças. Mesmo assim, ele não demorou a ir em frente, suas palavras recriando a história que eu já conhecia das imagens. O inverno, a tarde escura, os bárbaros desgarrados de algum bando que partia ou retornava das Terras Geladas. Seria fácil obter comida e abrigo na comunidade – os discípulos de Odravas partilham tudo que possuem –, mas em vez disso decidiram destroçá-los a machadadas. Provavelmente acharam que seria mais divertido. Eles partiram na manhã seguinte, levando as cabras e uns poucos objetos de metal, sem perceber o pequeno par de olhos que os vigiava do alto de uma árvore. Era a primeira vez que o menino se transformava em pássaro.

– Foi de puro pavor, eu acho – disse ele, encolhendo os ombros. – Hoje em dia eu me transformo quando quero, mas daquela vez foi de repente. Num momento eu estava apavorado, vendo os homens entrarem na cabana, e no instante seguinte estava lá fora, pousado num galho de pinheiro, sem nem saber como tinha chegado ali. Só no outro dia, quando tudo estava acabado, consegui descer, e de repente estava de volta ao meu corpo; e aí fui entrando nas cabanas, e em todas elas encontrei a mesma coisa. Mortos. Meu pai, minha mãe, meus amigos e as famílias deles, não faltava ninguém. E o estranho é que, na hora, eu nem consegui chorar. Não consegui fazer nada a não ser correr. E eu corri o dia todo, quase sem parar, até encontrar pessoas da tribo do Bosque.

– Entendo. Deve ter sido difícil – comentei. O garoto concordou, fez uma pausa, depois prosseguiu, contando como a xamã da tribo fora até sua aldeia e fizera uma cerimônia para aplacar os espíritos dos mortos. Os corpos ficaram onde estavam – uma oferenda aos lobos e outros animais da floresta – e o menino se tornou um filho da tribo, vivendo na cabana do líder dos caçadores. As pessoas o tratavam com carinho, tentando livrá-lo dos pesadelos e dos pensamentos de ódio, mas, mesmo passado o choque, eles cresceram a ponto de se tornar uma obsessão. Por fim, o menino não falava de outra coisa a não ser vingança, e foi quando a xamã decidiu que o tomaria sob seus cuidados. Com ela, ele aprendeu a ler os sinais da floresta, a andar sobre as pegadas dos animais e a controlar os elementos, e após algum tempo sua mestra afirmou que ele poderia vir a sucedê-la – se em vez do caminho da vingança procurasse o da harmonia, honrando a memória dos pais, mas perdoando seus assassinos.

– Ela dizia que eu devia curar meu espírito – concluiu, com amargura. – Era assim que pensavam os da tribo, e os da comunidade Odravas teriam dito a mesma coisa, mas não era o que eu sentia. Eu só queria crescer depressa e aprender mais encantos, aprender toda a Magia que pudesse, para ir atrás dos malditos. Acha que eu estava errado?

– Não – a resposta saiu fácil: eu estava sendo sincero. – As tribos das florestas acreditam em perdão e piedade, mas eu só acredito em justiça. Eu iria atrás de vingança, como você. E eu também pensaria em usar meu Dom para a Magia, embora isso fosse requerer muito cuidado. Todo cuidado, aliás, seria pouco – acrescentei –, porque, se a harmonia nem sempre consiste em perdoar, por outro lado é verdade que a Magia demanda um equilíbrio de forças, e para mantê-lo precisamos trabalhar dentro das leis. Um erro, mesmo pequeno, pode trazer consequências sérias, e o primeiro a sofrê-las é sempre o próprio mago. Espero que você tenha sido avisado sobre isso.

De propósito, empreguei bastante ênfase nas minhas últimas frases. Àquela altura, eu já compreendera o dilema do Andorinha, as razões que o tinham levado a me procurar e contar sua história. Entre a xamã bondosa e ingênua e o conjurador de mortos, eu era o único que podia lhe dizer o que fazer com o seu Dom.

– Então? – insisti, após alguns momentos. Ele continuou em silêncio, refletindo sobre o que eu dissera e sobre o passado. Por fim, murmurou:

– Acho que não me avisaram nada. Isto é, Vivani, a xamã, me falou sobre equilíbrio, mas isso por causa dos encantos que aprendi com ela, para trazer a chuva ou a caça ou curar a doença de alguém. Mas Lasarr, depois disso...

– Não advertiu você sobre os riscos – falei, e ele concordou. - Como foi que você o conheceu?

– Foi em Pengell, depois que deixei a tribo. Eu estava com eles havia quatro anos e não parava de pensar em vingança. Por isso, Vivani se recusou a continuar meu treinamento como xamã, e eu decidi ir embora, mas não tinha ideia de como. Não passava ninguém pela floresta. Então, continuei vivendo lá, até que um dia um homem chegou todo esbaforido, avisando que a aldeia ia ser atacada por mercenários. Ele tinha ouvido a conversa deles por acaso, e estava viajando com o filho pequeno, mas mesmo assim correu riscos enormes, despistando os mercenários durante dias para chegar a tempo de nos prevenir. Eu nunca vou entender por que ele fez isso.

– Devia ter suas razões – repliquei. – Talvez gostasse de elfos ou odiasse mercenários. Ele era soldado?

– Não. Ele sabia lutar, como vimos depois, mas na verdade era um saltimbanco. Um homem do Leste, muito moreno, chamado Cyprien.

– Cyprien... Esse nome não me é estranho – murmurei, para em seguida me lembrar, num estalo, de onde e quando o ouvira. Cyprien de Pwilrie era amigo de Tomas, o mestre dos fantoches da Escola de Artes Mágicas, e seu nome era constantemente mencionado na Ala Violeta. Pelo que diziam, ele era uma espécie de líder dos pobres e injustiçados da sua cidade, e lutava ao lado dos fracos em todo lugar por onde viajava. Existem pessoas assim.

– Bom, Cyprien avisou vocês a respeito dos mercenários. E eles acabaram vindo mesmo? – perguntei. O garoto respondeu que sim. Era um grupo de apenas oito ou nove homens, e todos caíram nas armadilhas montadas pelos caçadores. Então, a surpresa: em vez de matá-los, como seria normal, a tribo decidiu deixá-los partir, sem armas nem provisões, mas ilesos e perfeitamente capazes de achar seu caminho para fora da floresta. O Andorinha protestou, é claro, e Cyprien argumentou que o bando podia voltar trazendo reforços, mas nada disso fez os elfos mudarem de ideia. Para eles, uma vez desarmados, aqueles homens estavam indefesos, e não se devia matar nada indefeso a não ser para comer. E a carne dos mercenários devia ser muito ruim.

– Assim, eu tive que ver os malditos serem libertados – concluiu o rapaz. – É claro que não me conformei, e briguei com todo mundo, e até a Vivani eu disse coisas duras. Ela me perdoou, mas disse que achava melhor eu procurar meu próprio caminho. Disse que Cyprien poderia me levar até a cidade mais próxima, e que um garoto forte como eu saberia se arranjar. E foi assim que acabei deixando o Bosque dos Sons.

– E o saltimbanco deixou você em Pengell? Ele não sabia que o lugar era um inferno?

– Sabia, mas ele não me levou para lá. Na verdade, ele achava que eu devia ir para as Terras Férteis, mas não tinha como me fazer chegar tão longe, e também não podia me levar para o Leste por causa da minha cara de elfo. A solução foi me deixar numa vila, na fazenda de um homem chamado Wendell, que também tinha sido saltimbanco. Ele me aceitou para ajudá-lo com suas ovelhas, e nós combinamos que eu ia trabalhar um ano em troca de uma passagem de barco para o Sul. Cyprien foi embora com o filho e eu fiquei lá. Algumas luas depois de ter chegado, Wendell e eu levamos animais para vender numa feira em Pengell, e foi então que Lasarr me viu e percebeu meu Dom para a Magia.

– Numa *feira*. – A imagem esdrúxula, o menino sendo medido e comprado, quase me fez sorrir. – Ele teve que pagar a Wendell para ficar com você?

– Não. Nós nem falamos com Wendell, para dizer a verdade. Lasarr me procurou quando eu estava sozinho e me mostrou umas coisas que sabia fazer... Transformações, na maior parte, e um pouco de jogo da mente... E disse que isso era só o princípio do que podia me ensinar, se eu quisesse. É claro que aceitei na hora.

– Compreensível. Eu também não pensei muito antes de me tornar o aprendiz do Mestre das Águias. Mas Lasarr, ao que parece, não foi honesto com você.

– Talvez não – admitiu ele. – Mas no começo eu nem tinha do que desconfiar. Assim que concordei em trabalhar para ele, Lasarr me levou até o castelo de Pengell e fez um acordo com o Tirano a respeito da guerra. O que me disseram, na época, é que era só uma disputa pelas terras da fronteira, mas mesmo assim precisaríamos de um grande exército para enfrentar o de Scyllix. A tarefa de Lasarr, e a minha, era arranjar mais tropas para o exército.

– E para isso você usou a habilidade de voar – disse eu, e ele moveu a cabeça em assentimento. – Enquanto os homens avançavam pelas estradas, você ia às aldeias mais distantes, e lá arregimentava seguidores que vinham se juntar às tropas. Foi só com ameaças e promessas? Ou você usou Magia para atrair os camponeses?

– Usei o jogo da mente algumas vezes.– Um termo desconhecido, mas eu sabia o que ele queria dizer. – Muitos homens se juntaram a nós, mas em alguns o encanto parecia provocar medo, e também na maioria das mulheres. Boa parte delas deixou as aldeias e foi para os campos de refugiados. Lasarr disse que era por serem pessoas de vontade fraca.

– Errado. Os mais sensíveis ao encanto é que são fracos. Ou então são pessoas de vontade forte, mas violentas, perversas ou muito gananciosas. Eles também têm esse tipo de vibração, por isso respondem a ela.

– Ah! Agora acho que entendo! – exclamou ele, feito um menino a quem se explica uma lição. – Nós chamávamos para a guerra; então, os que atenderam eram os que queriam e gostavam de lutar. É isso?

– De certa forma, sim. Só que esse seu encanto, ou jogo da mente, como você diz, não era uma simples convocação para a luta. Ele empregava uma energia muito escura, com a qual não se deve mexer a não ser em situações extremas. Você mesmo deve sentir os efeitos – acrescentei, vendo-o franzir o cenho. – Agora há pouco, ao tocar nessa sua pedra... Você diz que a usou para entrar em contato com Lasarr, mas isso o deixou cansado, e no início vi que chegou a sentir dor. Acha que isso é bom?

– Não, mas...

– E acha que ele está ensinando você a usar bem o Dom da Magia? – tornei, com veemência. – Você quer se vingar de quem matou seus pais, até aí está certo, mas como pretende chegar lá? Rogando pragas, como Lasarr fez em Brandannen?

– Eu não fiz isso! – reagiu ele, bem como eu esperava. – Eu só chamei pessoas para lutar, como disse antes, e usei o encanto da névoa durante algumas batalhas. Mas não matei nenhum inocente! Não matei nem mesmo a maga que veio atrás de mim!

– Eu sei. E é só por isso que estou aqui, tentando entender você e ajudá-lo. Ah, é verdade que estou sob o seu poder – acrescentei, pois ele não era tolo. – Mas, por outro lado, você precisa de mim, porque só eu tenho respostas para as suas dúvidas. E eu vou dar essas respostas, não se preocupe. Agora, pode me conseguir um pouco d´água?

– Água? Ah, sim! Espere – disse o Andorinha, e voltou a se eclipsar pela abertura da tenda. Pouco depois, regressou com um cantil, que me entregou junto com algumas tiras de carne grelhada.

– São de um dos cavalos mortos – avisou, mas comi assim mesmo. – Nós demos o cavalo do Comandante a Tibor Vannovich, junto com o escudo que era do primo dele. Eu soube que vocês o mataram, mas que as vidas dos outros homens de Etskaia foram poupadas. Isso é verdade?

– É. À exceção de dois, que resistiram à captura, só Arpad foi morto, por torturar ou ordenar a tortura de Teig.

– Ah, ele fez isso? Então teve o que merecia – resmungou o rapaz. – Eu tinha dito para tratarem seu amigo com decência. Os outros prisioneiros das Terras Férteis também foram bem tratados, até onde os vi.

– Até onde os viu? Não estão mais com vocês?

– Não, uma parte do nosso grupo marchou ao encontro das tropas que estão acampadas mais ao norte. Os prisioneiros foram com eles. Acho que serão levados a Malkin, e sua liberdade negociada depois que acabar a guerra.

– Bom, então não há o que fazer por eles agora – respirei fundo. – Vamos ao que pode ser feito. O que realmente importa nisso tudo, Andorinha... Hum, qual é o seu verdadeiro nome?

– Não vou dizer. – recuou, os olhos brilhando com a desconfiança. – Você pode usá-lo para me dominar.

– Não enquanto eu estiver preso. Mas você tem razão – falei, sorrindo, porque ele não conseguira ser tão rápido dessa vez. – Os nomes carregam muito poder. Faz tempo que você é chamado de Andorinha?

– Um pouco. A tribo quase sempre usava meu nome. Mas Cyprien e o filho acharam divertido me chamar assim – quase tão divertido como me *ver* transformado em pássaro – e todos que conheci a partir daí passaram a usar o apelido. Até Lasarr me chama de Andorinha, embora ele saiba qual é o meu nome de verdade.

– E há quanto tempo você está com ele?

– Sete estações – disse o garoto, contando o tempo à maneira das tribos. Isso causou um impacto imediato: eu tinha pensado em no mínimo quatro anos, com base na aparência do Andorinha. Mas se ele deixara a floresta aos onze, e não chegara a passar um ano na fazenda antes de se ligar a Lasarr...

– *Treze*!? É isso mesmo? – exclamei, incrédulo. – Fazendo o que você faz e com essa aura... Tem certeza de que só tem treze anos?

– Sim, por quê? – revidou ele, estufando o peito. – Acha impossível que alguém com a minha idade tenha poder para derrotar você?

– Não se trata de poder! Trata-se do que você tem feito a si mesmo – repliquei. – É claro, muitos garotos parecem ter mais idade, mas isso só se mostra no corpo deles. Em você aparece na *aura*! Olhe, Valan...

– Como descobriu meu nome? – gritou ele, erguendo-se de um salto. – Quando foi que eu...

– Shhh! Não atraia os soldados – falei, ríspido, e ele se calou na hora. – Agora, volte a sentar aí e me escute. Você não quis me dizer seu nome, mas o pronunciou para si mesmo, e eu o li da mesma maneira pela qual pude ver aquelas imagens no bosque. Você *abriu seus pensamentos* para mim, Valan. Além disso, me deixou recuperar boa parte das minhas forças, e elas só vão aumentar, agora que o veneno dos Ursos Negros se dissipou. De fato, neste exato momento eu poderia enfrentar você e obrigá-lo a me libertar de uma vez por todas. Sabe por que não faço isso?

– Porque vou derrotá-lo de novo – disse ele, sem muita convicção, mas cheio de coragem. – Você não está tão forte assim. Está blefando.

– Não, não estou, mas isso não tem importância. Não quero lutar com você. E não é por causa da sua idade – salientei, sabendo o que ele pensava. – Não quero lutar porque me parece que não devemos ser inimigos. Pelo contrário, nós dois temos o mesmo adversário, e este é Lasarr. Ou você ainda não percebeu, depois de tudo que dissemos, que ele está sugando sua energia como se fosse um vampiro?

Valan se encolheu como se eu houvesse lhe atirado uma pedra.

Sua expressão mostrava uma mistura de sentimentos – raiva, incredulidade –, mas a confusão do primeiro momento logo se dissipou, dando lugar a uma revolta amuada e quase sombria.

Sim, ele convivera desde cedo com a dor e o desejo de vingança. Mas era a primeira vez que se sentia traído.

– Agora estou entendendo... Lasarr me *usou* – disse, tão baixo que mal consegui ouvi-lo. – Ele prometeu me ajudar e em vez disso roubou meu poder. Eu tenho como recuperá-lo? – perguntou, erguendo a cabeça. – Existe um jeito de desfazer o que Lasarr fez comigo?

– De certa forma. Você pode tomar atitudes que compensem seus erros, e assim tornar ao equilíbrio. Mas, para ser honesto, devo avisar que seus feitos terão que ser mais modestos durante alguns anos. Não é que o Dom vá diminuir – expliquei, vendo a dúvida em seus olhos. – Mas o que você faz agora, o que chama de jogo da mente e tudo mais, é justamente o que esgota sua energia. Você vai ter que deixar de lado o que Lasarr ensinou e aprender a usar a Magia de outro jeito. Está disposto?

– Acho que sim... Se eu ainda puder vingar a morte dos meus pais – disse o garoto. – Eu vou poder? Se usar a Magia como você falou?

– Vai, se os culpados estiverem vivos até lá, e se esse ainda for o seu objetivo. Mas eu o aconselho a deixar isso de lado, durante algum tempo, até adquirir o conhecimento e o poder de que precisa.

– Sim, mas como é que eu vou fazer isso? – perguntou ele, franzindo a testa. – Com Vivani, ou outro xamã, já sei que não vai dar certo, e Lasarr me enganou. Então, se eu quiser aprender Magia...

– Vai ter que procurar um mestre – completei, e ele assentiu, olhando-me com expectativa. A essa altura, não me restava dizer mais nada a não ser o óbvio, mas demorei a fazê-lo, porque aquilo também estava mexendo comigo. Eu tinha sentido o poder e a vontade em muitos aprendizes, mas nunca tivera tanta certeza sobre um garoto.

Valan, o Andorinha, nascera para ser um mago. Mas se perdera no caminho.

E eu queria ser aquele que ia levá-lo de volta.

– Você quer ser meu aprendiz? – perguntei, por fim, olhando-o nos olhos. Ele não respondeu, mas fez que sim várias vezes, aliviado e feliz como uma criança. Expliquei, pois isso era a coisa certa a fazer, que não seria seu único mestre – com treze anos, ele ainda podia, e *devia,* entrar para a Escola de Artes Mágicas –, mas que lhe daria atenção especial até que se livrasse dos resquícios da influência de Lasarr. Enquanto não chegássemos a Vrindavahn, ele devia confiar em mim e fazer exatamente o que eu lhe dissesse. E, para começar, devia me contar tudo que soubesse sobre o conjurador de mortos.

– Bom, a essa altura não sei se ele mentiu ou não – Valan podia ser ingênuo, mas era realista. – A respeito do passado, ele disse que tinha nascido no Norte, há bem mais tempo do que eu podia imaginar, e que tinha sido escorraçado de sua aldeia feito um leproso por ter o dom de ver e falar com os espíritos.

– Isso provavelmente é verdade. E o que mais?

– Não muito mais. Ele disse que encontrou um elfo antigo nos Penhascos Gelados – ele falou desse jeito, um elfo antigo – e que aprendeu com ele a usar o dom, mas depois disso os dois tiveram uma briga. Lasarr derrotou o mestre e foi embora levando seu livro de encantamentos. Aí passou por várias terras, serviu como Conselheiro a muitos senhores... e, bom, não sei, mas tenho impressão de que alguns nomes que ele falou são de gente que morreu há muitos anos. Eu acho que Lasarr é capaz de viver muito mais tempo do que uma pessoa comum.

– Sim... porque ele se alimenta dessas pessoas – falei, e ele me olhou com olhos alarmados. – No seu caso é a energia mágica, que por sorte você possui, mas em outras deve ser mais que isso. É a própria energia da vida. E não tenho certeza, mas posso apostar que ele também se serve dos corpos de algumas dessas pessoas para continuar mantendo uma aparência normal ao longo dos anos.

– Ele... ele *entra* nos corpos? – Valan contraiu o rosto, como que enojado. – Será que pretendia usar o meu? Depois que eu o ajudasse a vencer a guerra?

– Talvez, mas não vai conseguir – respondi, com firmeza. – Agora, vamos ao que é urgente. Quais são os planos de Lasarr em relação às Terras Férteis?

– Domínio. Ele quer ser o senhor de toda Athelgard – o Andorinha não hesitou. – Greimolt de Pengell e seus aliados acreditam que Lasarr está agindo em troca de uma recompensa em terras, servos e ouro, além do controle de Scyllix, onde ele quer estabelecer uma fortaleza. Só que eles acham que Lasarr vai continuar trabalhando para eles, enquanto a mim ele disse que isso vai ser só por algum tempo; que depois das Terras Férteis passaremos a dominar todo o Oeste, depois o País do Norte e as Terras Geladas. O Leste, que ele acha insignificante, ficará para o fim. Tudo somado, isso ainda deve demorar alguns anos.

– Isso não vai acontecer – afirmei. – Ele não vai entrar em Scyllix, nem que eu tenha que morrer por isso.

– Bom, eu devia garantir que morresse – confessou o garoto, com um sorrisinho envergonhado. – Minha missão era atrair você para o pântano e destruí-lo. Assim Lasarr poderia levar a cabo seus planos para a lua nova, na aldeia onde ele disse que estaria. Como é o nome...? Ah, sim, lembrei. Uma aldeia perto de Scyllix chamada Glen Thar.

– O *quê*? – Meu corpo se retesou de tal forma que a dor voltou a se irradiar pela perna. – Você disse *Glen Thar*? Quer dizer que ele chegou lá nesse meio-tempo?

– Na verdade, já faz algum tempo – afirmou o garoto, alarmado com minha expressão. – Ele usa um disfarce, não sei do quê, e até agora conseguiu passar despercebido. Mas, através da pedra, me disse que não vai esperar mais. As tropas do Oeste estão marchando, devem chegar à aldeia na lua nova, e essa é a melhor hora para usar a energia da fonte âmbar.

– Maldição! – exclamei, e dei um soco tão forte em meu joelho bom que os ossos estalaram. – Isso quer dizer que o bastardo não se aproximou da fonte, onde eu poderia tê-lo descoberto. Ele está em Glen Thar... E vai agir na lua nova! Quanto tempo ainda temos?

– Muito pouco – respondeu o Andorinha. – Quer dizer, suficiente para mim, mas não sei se você poderia...

– Ah, eu posso. Fui atingido na perna e não nos braços – repliquei, e isso era tudo que precisava dizer. – De algum jeito preciso deter Lasarr antes que ele chegue à fonte âmbar. Você está comigo nisso, Valan? Para prosseguir seu aprendizado de forma limpa, e... Bom, não sei se isso lhe importa, mas para impedir que matem e escravizem centenas de pessoas?

– Claro que importa! - exclamou ele, com calor. – Eu estou do seu lado, Mestre das Águias!

– Ótimo. Então precisamos sair daqui o quanto antes – disse eu, passando em revista nossas poucas alternativas. – O que os soldados esperam que você faça comigo?

– Bom, todos acham que vou entregá-lo aos Ursos Negros, Kurok e Nauk. Eles querem matar você, *bem devagar*, segundo disseram. Os de Pengell se contentam em ficar olhando. Mas tanto uns quanto outros têm de esperar que eu acabe de interrogá-lo.

– Hum. Então, eles o obedecem.

– Nem tanto – replicou o Andorinha. – Eles aceitam minhas ordens, porque estou aqui em nome de Lasarr, mas só até certo ponto. Não me deixariam simplesmente libertar você. Mas, se nós fingíssemos um combate e eu o perdesse...

– Não. Isso é muito demorado, e os guerreiros poderiam reagir mal à sua derrota. Eu tenho uma ideia que me parece melhor, mas você deve se preparar para partir comigo, e ficar daí em diante nas Terras Férteis. E antes disso tem que recuperar meu bastão de poder. Sabe onde está?

– Junto com as minhas coisas. Suas espadas também. Eu posso trazer tudo agora mesmo.

– Ótimo. Faça isso. E das suas coisas pegue apenas o essencial. Não leve nada que não possa carregar preso ao seu corpo. Você já sabe como é.

– Sei, sim – disse ele, animado, mas também um pouco nervoso. – E para você sair da tenda, talvez eu possa criar um pouco de névoa, não é? Se confundir os soldados...

– Não é preciso. Tenho um jeito mais fácil – respondi, e minha boca se torceu, exibindo o que em breve ele aprenderia a chamar de Sorriso do Mal. – Afinal, não se esqueça... Você está falando com um mestre.

Momentos depois, um resoluto e calado Valan atravessava o acampamento, levando uma bolsa onde cabiam todos os seus pertences. Os soldados estavam dormindo, mas tinham deixado uma sentinela, que esticou o pescoço como um abutre à passagem do rapaz.

– Onde vai, Andorinha? – perguntou.

– Senti uma presença vindo pelo bosque. Vou averiguar, e

enquanto isso não quero que ninguém se aproxime da tenda do prisioneiro. Há um encanto muito forte agindo lá – acrescentou o garoto, em voz baixa. – Tive que usá-lo para garantir que ele ficasse sob controle.

– Podia ter deixado isso comigo – grunhiu um dos Ursos Negros. Ele estava acocorado perto do fogo, passando um pente de osso pelo cabelo louro e emaranhado; isso contaria pontos a seu favor, não fosse o fato de, a cada passada, retirar alguma coisa que ficara no pente e metê-la na boca. O outro elfo dormia ali perto, embrulhado numa pele suja, tendo sua besta e a bolsa de flechas ao alcance da mão. Talvez não tivesse tanta pressa de vingar a morte dos companheiros.

– Verdade, não precisava de encanto – insistiu o que havia falado. – Eu podia ter metido outra flecha nele. Pelo tempo desde a última, ele não ia morrer. Só ia ficar paralisado enquanto você sai.

– Mas ia demorar a se recuperar – retrucou o Andorinha. – Talvez ficasse assim até amanhã, e eu quero acabar logo meu assunto com ele e entregá-lo a você e a Kurok. Vocês não vão querer que ele esteja mudo e parado nessa hora, vão?

– Ah, não! Queremos ouvir os gritos – disse Nauk, com os olhos brilhando. – Queremos que ele sinta quando arrancarmos cada pedacinho de pele.

– Bom, então... Então deixem-no em paz, por enquanto – disse o Andorinha. Só eu percebi que tinha engolido em seco. O Urso Negro voltou a se ocupar dos piolhos e ele foi em frente, lançando olhares de esguelha para a sua direita.

– Espero que esteja aí – murmurou, nervoso. Toquei de leve em seu ombro para mostrar que estava. Ele pareceu um pouco mais calmo, mas apertou o passo, de forma a chegar o mais depressa possível a um bosque de arbustos.

– Pronto. Já não podem me ver – disse, depois de ter se embrenhado por uma boa distância entre as folhagens. – Agora, pode me deixar ver *você*? É estranho saber que está aqui desse jeito.

– Você também vai aprender a ficar invisível – disse eu, e desfiz o encanto, reaparecendo diante de Valan com meu bastão, espadas e bolsa a tiracolo. Ele soltou um suspiro de alívio.

– Bom, estamos aqui - disse. – E você disse que ia fazer um ritual rápido. Como vai ser?

– Vamos com calma – repliquei, e estendi a mão. – Antes de mais nada, me dê essa pedra que está no seu pescoço. Vamos acabar com o elo entre você e Lasarr.

Hesitante, mas disposto a confiar em mim, o Andorinha tirou o cordão pela cabeça e o entregou. De início, a sensação não foi ruim – foi como segurar uma pedra qualquer –, mas à medida que eu me concentrava, tentando fazer afluir a energia escura para neutralizá-la, aquilo começou a esquentar, a queimar a palma da minha mão como uma brasa viva. O Andorinha viu que eu tinha os dentes cerrados e tentou recuperar a pedra, mas fechei os dedos sobre ela e a apertei com toda a força da mão e do pensamento. E, embora isso exigisse de mim mais do que eu esperava, o encanto se desfez, e com ele a pedra negra, transformada num montinho de poeira que deixei escorregar entre os dedos.

– Você *esmagou* a pedra! – exclamou Valan, cheio de admiração e de susto. – E sua mão nem parece queimada! Como conseguiu?

– Com a minha vontade. A pedra, por si só, não tinha muito poder.

– E sem ela estou livre de Lasarr?

– Ainda não, mas um elo foi quebrado, e isso dificulta o acesso dele a você. Assim talvez ganhemos tempo, e... é o melhor que podemos fazer agora – admiti, com franqueza. – Você não sabe como fechar sua mente para Lasarr, sabe? Para que ele não possa descobrir o que aconteceu?

– Não sei. Nunca tentei fazer isso. Mas mesmo que ele descubra, prometo não deixar que me domine.

– Não, Valan. É bom acreditar em sua própria força, mas isso é algo que você não pode garantir – falei, pousando a mão em seu ombro. – Eu também não prometo que chegaremos a salvo em Glen Thar. Vou fazer o melhor possível, é claro, mas é uma viagem longa, e muita coisa pode acontecer conosco. Se nos perdermos um do outro e você não conseguir achar Glen Thar, procure um campo de refugiados e conte a quem estiver no comando que me ajudou a escapar dos soldados de Pengell. Melhor ainda, vou escrever um bilhete dizendo isso, se você tiver um pouco de tinta aí nessa sua bolsa de talismãs.

Não tinha – o aprendizado com Lasarr dispensava o uso da escrita –, mas a xamã também lhe ensinara alguns truques, e ele logo achou um arbusto em cuja casca se podia escrever razoavelmente à base de arranhões. Com um espinho afiado, rabisquei algumas palavras, dizendo apenas que o garoto devia ser levado até mim: um bilhete muito curto, que poderia confirmar sua história perante oficiais de Scyllix, mas que não o entregaria como traidor se ele caísse nas mãos do inimigo. Nesse caso, ele deveria alegar que eu o capturara e o entregara a soldados de quem, na minha ausência, tivera a sorte ou a audácia de fugir.

– Não perca isso – recomendei, vendo-o guardar o pedaço de casca em sua bolsa. – Agora, podemos tratar do ritual de que falei. Não sei se você precisa de um, creio que no seu caso basta se concentrar, mas eu aprendi há pouco tempo. Tenho que usar alguns objetos.

Lentamente, abri minha própria bolsa, na qual ele tivera a decência de não bisbilhotar, e tirei algumas penas de águia dourada. O Andorinha recuou alguns passos, olhando-me com atenção concentrada enquanto eu levava cada uma aos lábios, depois as erguia para o céu, saudando os espíritos que viviam nas quatro direções. Fora assim que eu aprendera com Zendak, o xamã da tribo da Floresta dos Teixos. Não tinha feito aquilo muitas vezes, nem revelara esse novo poder a meus aprendizes do Castelo das Águias, pois não saberia como ensiná-los a fazer o mesmo. Não era um encanto de Forma e Pensamento, e sim da Alma, um território onde jamais pisei com segurança.

Agora, no entanto, tinha que ser.

De muito longe, de lembranças anteriores às que eu guardava da Floresta dos Teixos, sons começaram a me brotar dos lábios, um canto apenas murmurado que eu era o único a ouvir. Prendi as hastes das penas em meu cabelo, os dedos trêmulos ao me lembrar de como previra que teria de fazer isso; de como trouxera para Scyllix um frasco de água da fonte azul, que auxiliava as águias de Vrindavahn em sua transformação, e a bebera no ritual do solstício, pouco antes que Anna me encontrasse e juntos fizéssemos nosso filho. Agora, a mesma água me ajudaria naquele ritual.

E se eu não chegasse a tempo, podiam ter certeza de que morrera tentando.

29
Anna

O templo da colina provavelmente abrigara muitas preces além das dirigidas a Thýrr. Devotos do Senhor do Raio tinham ido ali para consagrar martelos de pedra, bolos e flores haviam sido oferecidos à Senhora do Amor e do Casamento e muitos pedidos foram endereçados em silêncio ao Deus Único. No entanto, eu tinha certeza de que era a primeira entre aquelas paredes a alinhar os talismãs tirados de uma sacola de couro e a me dirigir aos Guardiões da minha tribo – o Lobo, a Lontra e o Corvo – e ainda ao Grande Espírito, cuja essência estava em todas as coisas, para que interferisse em meu favor e em favor de meu filho.

Não havia mais nada que eu pudesse fazer.

Fechei os olhos, ouvindo os sons do ritual que me chegavam como ecos abafados. Tentava não pensar no que estava acontecendo, embora fosse difícil, com todos aqueles brados de invocação misturados aos berros dos animais. Eu me recriminava por não ter conseguido escapar antes que começasse, e ao mesmo tempo reconhecia minha sorte: com o que achavam que eu tinha feito, eu poderia muito bem estar entre as vítimas do sacrifício.

A sorte fora ajudada por eu ter pensado rápido, pois Lasarr fizera o possível para me incriminar. Fingindo-se perplexo e assustado, ele afirmou que eu o atacara, que entrara sem dizer nada e lhe apertara o pescoço, e tanto Medrawt quanto as pessoas que chegaram em seguida se indignaram com aquilo. No entanto, o que o mago não tinha levado em conta era o fato de que eu também sabia mentir – e assim, compreendendo que não acreditariam se eu dissesse quem ele era, mostrei as marcas em minha própria garganta e aleguei que o pobre Preste Daffyd fora o primeiro a me atacar, em um delírio provocado pela idade ou por seu delicado estado de saúde.

– Da minha parte, já o perdoei – afirmei, levando a mão ao ventre. – E espero que o senhor faça o mesmo, pois eu não tinha a menor intenção de feri-lo, mas deve saber o que é uma mãe. Na verdade, vocês todos têm que entender – acrescentei, encarando as pessoas à minha volta. – O Preste é um homem idoso, mas ganhou forças durante o surto de delírio. Eu não podia deixar que ele ferisse meu bebê.

Diante desse apelo, várias cabeças se moveram em concordância. Alix, que entrara com Medrawt, segurou minha mão, e até o Preste mais novo relaxou sua postura agressiva, mas algumas expressões ao meu redor ainda pareciam acusadoras. Eu temia que Lasarr usasse seus poderes para manipular as mentes daquelas pessoas, levando-as a uma terrível represália, mas ao que parecia ele não era como Kieran. Precisava de algum tipo de ritual que não podia executar na pele do Preste Daffyd. Isso, aliás, também trabalhou a meu favor, pois todos sabiam que o velho Preste era bondoso e compassivo. Ele tinha que me perdoar se quisesse representar seu papel de forma convincente.

E, ainda assim, achou um jeito de atrapalhar meus planos.

– Oh, Dama Anna, que perturbação terrível! – exclamou, de olhos no céu. – Não posso lhe dizer o quanto lamento, e temo que o Mal que atingiu esta aldeia esteja encontrando outras formas de nos dominar. Talvez Medrawt esteja com a razão, talvez precisemos nos purificar por meio de sacrifícios – e por isso, eu lhe peço, junte-se a nós! Fique para o ritual da lua nova!

– Sim, Anna, fique conosco! – exclamou Alix, com os olhos brilhando.

– Não posso! Seril me espera, eu disse que voltaria! – repliquei, em pânico. As pessoas, no entanto, se puseram a insistir, e Lasarr teve lábia suficiente para convencê-las de que eu estava abalada e não devia caminhar até a Fonte Âmbar naquele momento. Rebati dizendo que a visão de todo aquele sangue seria ainda pior – e, para meu alívio, Medrawt concordou, afirmando que o ritual podia ser impressionante demais para uma mulher grávida.

– Mas já está quase na hora, já escureceu – disse ele, pois de fato o incidente me custara um longo e precioso tempo. – O pastor da Dama Seril não tem como acompanhá-la até em casa e ainda voltar para o ritual. Acho que sei o que podemos fazer: a Dama Anna fica aqui no templo enquanto estamos lá embaixo, aproveitando para orar e pedir proteção divina, e, quando terminar a cerimônia, farei um rito especial de purificação para ela e para o Preste Daffyd. Afinal, o que aconteceu aqui é um indício de que estão sofrendo perturbações.

– Como assim? Eu expliquei a vocês! – argumentei, com calor. – O Preste me atacou e eu me defendi, como faria qualquer um, especialmente uma mãe! Se alguém está perturbado, lamento, mas é *ele* e apenas ele!

– Oh, sim, reconheço que estou, mas o que há em *você* que me levou a atacá-la dessa forma? – rebateu Lasarr, hipócrita. – Não, querida Dama, é preciso aceitar os fatos. O Mal se alojou em nós, e temos que combatê-lo com todas as armas ao nosso alcance. As armas da fé – acrescentou, e todos ao redor concordaram de forma unânime e absoluta. Ainda tentei me esquivar, dizer que tudo aquilo era um erro, que fora apenas um delírio e não adiantaria rito nenhum, mas foi inútil. Ao contrário, minha relutância começou a irritar algumas pessoas, e logo compreendi que se voltariam contra mim, exigindo alguma medida mais drástica, se eu não concordasse com a proposta de Medrawt.

– Está bem, eu fico – murmurei, lutando contra minha frustração e a vontade de desmascarar o falso Preste Daffyd. Ele saiu amparado por dois fazendeiros, seu rosto se voltando para mim pelo tempo suficiente para que eu visse sua expressão de triunfo. Eu queria gritar, dizer a todos quem ele era, alertá-los, pelo menos, para que não levassem a cabo aquele sacrifício absurdo, mas sabia que não adiantaria. Como também não adiantou, algum tempo depois que eles desceram, tentar abrir a porta, que Medrawt fechara por fora, talvez já prevendo que eu tentasse me evadir. Eu era uma prisioneira deles, incapaz de levar a cabo os planos que tinha quando entrara no templo. E em breve, ao que tudo indicava, inteiramente à mercê de Lasarr.

Respirei fundo, lamentando por ter falhado em minha tarefa. Ao confirmar a intenção do conjurador de despertar os mortos da colina, eu deveria ter regressado à Fonte Âmbar e alertado Mark, que mandaria uma centena de seus homens a Glen Thar. Eles impediriam o ritual, ou pelo menos eu esperava que sim; Lasarr talvez conseguisse tecer algum encanto, e talvez até mesmo os desmortos se erguessem de suas sepulturas, mas já sabíamos que eles não eram imunes a espadas e flechas. Claro que os riscos eram imensos, sem falar na insanidade de enfrentar um mago apenas com a força das armas. No entanto, era tudo que tínhamos, e fosse como fosse eu tinha a esperança de causar ao menos um impacto sobre Lasarr. Tudo para impedir que ele chegasse até a fonte e se apossasse de sua Magia.

– Ao menos Mark e suas tropas estão lá – murmurei, tentando me consolar com a ideia. Não era muito fácil, visto que Lasarr chegaria fortalecido e que o exército inimigo era de fato esperado para muito breve. Se tomassem a fonte, a guerra estaria praticamente perdida para Scyllix.

Os berros dos animais tinham cessado, substituídos por uma espécie de murmúrio que parecia vir do interior da terra. Eram as vozes dos devotos, deduzi, ou pelo menos rezei para que fossem. Não queria nem pensar na outra possibilidade. Toquei pela última vez os talismãs dos Guardiões da tribo, pedindo que protegessem a todos nós, e os guardei na sacola, após o que fui até a porta e encostei meu ouvido na madeira. Estava vibrando, como o chão sob meus pés e o próprio ar no interior abafado do templo. Uma voz discursava lá embaixo sem que eu conseguisse entender as palavras, e vez por outra alguém respondia com uma exclamação, mas nada era tão forte quanto aquele tremor, aquele murmúrio, aquela sensação de que o mundo era revolvido de dentro para fora. Parecia querer explodir – e antes que o mesmo acontecesse comigo eu me afastei da porta, refugiando-me atrás do altar e cerrando os dentes ao ouvir os primeiros gritos de pavor dos aldeões.

– Não faça isso, Preste! Não! *Nããããão*! – gritou uma voz rouca, que talvez fosse a de Medrawt. Outras pessoas invocaram os nomes de Thýrr e de Thonarr, além de uma imprecação que mencionou o Esquerdo, mas a maioria dos gritos não continha palavras. Era apenas medo, medo e horror indistintos, e logo, para minha angústia, muitos começaram a se parecer com berros de dor.

São os desmortos. Agoniada, lembrei-me das palavras de Orm ao descrever o ataque – as criaturas caindo sobre eles, mordendo a carne de seu amigo como se quisessem devorá-lo – e não pude me impedir de pensar que estavam fazendo o mesmo com os aldeões lá fora. Em grande parte, aquilo era culpa minha, pois poderia ter dito a Mark que viesse de qualquer forma, que impedisse o ritual de acontecer, ainda que para isso precisasse prender Medrawt... Mas quem teria pensado em prender Daffyd?

E quem garantiria que Daffyd – ou melhor, Lasarr – não teria ainda assim alcançado seu intento, às escondidas e sem o sacrifício, apenas com a energia da lua nova?

O barulho de coisas pesadas se chocando me devolveu ao horror do presente. Até então, o que eu ouvira tinham sido ecos distantes, mas agora os ruídos estavam próximos, e eu soube que alguém estava subindo a colina. Podiam ser desmortos, assim como podiam ser aldeões em fuga; talvez fosse até mesmo o próprio Lasarr, que viera acabar comigo e tomar o anel de serpente antes de seguir para a Fonte Âmbar. Aquilo me paralisou por um momento, mas consegui vencer o pânico ao pensar em meu filho. Por ele, eu tinha que dar um jeito de ficar viva.

Olhei em torno, procurando alguma coisa que pudesse servir como arma. O melhor que encontrei foi o castiçal caído no chão, que era de bronze pesado e podia atordoar alguém, se eu batesse nele com força. Havia outro sobre o altar, com a vela acesa, e o deixei ficar assim, pois o fogo talvez pudesse ser útil. Seria, se eu estivesse enfrentando um urso. E os desmortos não eram nem tão fortes, nem tão inteligentes quanto aqueles animais.

Vou vencê-los, jurei, apertando o castiçal. Os ruídos lá fora se repetiram, dando a impressão de corpos se atracando e rolando pelo chão entre exclamações que eu não entendia. Pouco depois, ouvi uma espécie de urro, e então o som de alguém correndo em direção ao templo, arfando e invocando o nome do Senhor da Guerra.

E, em seguida, chamando pelo *meu*.

– Anna! Dama Anna! Sou eu, Ronan, o ferreiro! Pelo amor de Deus, abra a porta, há outros vindo atrás de mim!

– Estou trancada, Ronan! – gritei, agoniada; eu reconhecera sua voz, queria ajudá-lo, mas não podia. – Veja se consegue...

Sem que eu houvesse acabado de falar, alguma coisa bateu com força contra a porta, provavelmente quebrando um cadeado, pois o ferreiro entrou logo a seguir. Estava pálido e assustado, mas parecia ileso; carregava um machado de cabo curto, que soltou apenas por um momento para tornar a fechar a porta e passar uma tranca de madeira. Então, voltou a pegar a arma, cuja lâmina estava coberta de sangue viscoso, e olhou para mim, um olhar cheio do horror que ele presenciara nos últimos momentos.

– Que os Heróis tenham piedade – murmurou, abanando a cabeça. – Não sei o que está acontecendo.

– Magia, usada para o Mal – respondi, porque era o jeito mais rápido e simples de ele entender. Ronan me encarou por um momento, confuso, depois fez que sim e respirou fundo, várias vezes, tentando se acalmar.

– Aquilo foi... Nem sei explicar – disse, pouco depois. – Começou como um culto normal, invocações, bebidas, e logo o Preste Medrawt passou aos sacrifícios. Ele mesmo matou as pombas, depois chamou a mim e a mais dois homens para ajudar com os animais maiores, mas só chegamos a abater as cabras e duas ovelhas. Quando íamos para a terceira, o Preste Daffyd se levantou de repente e... e começou a falar umas coisas muito estranhas. Falou sobre um novo poder, disse que a febre tinha sido uma provação necessária e seríamos os primeiros a fazer parte de um tempo glorioso. Eu não estava entendendo nada, mas olhei para as outras pessoas, e muitas delas...

– Ronan...

– Muitas delas estavam de olhos vidrados, parecendo enfeitiçadas – ele completou, a voz embargada. – E algumas começaram a sair de onde estavam e ir até o altar para se sujar com o sangue do sacrifício. O Preste Medrawt pediu para não fazerem isso, mas o Preste Daffyd incentivou, e... e não sei como, ele não parecia mais um homem velho e fraco como antes. Estava com outro ânimo, outra voz, outra cara. Falava coisas sem sentido, depois começou a discursar numa língua que ninguém entendia. E aí Dylan, que estava muito doente com a febre, começou de repente a estrebuchar, e outros homens foram ficando esquisitos, e alguns subiram a colina e andaram em direção às sepulturas. E dali a pouco, Dama Anna... não sei se acredita, mas eu juro que vi...

– Os mortos – completei, e ele assentiu, com expressão vazia. – Homens de rostos acinzentados, descendo a colina.

– Sim, alguns acinzentados, mas vários outros meio decompostos, com as caras faltando pedaços – disse Ronan, e fechei os olhos: eu devia ter imaginado. – O Preste Daffyd disse que não devíamos ter medo, que eram nossos amigos e parentes e que iríamos todos juntos à fonte âmbar, pois lá ele faria com que eles voltassem de verdade à vida. Só que aí as pessoas estavam gritando, algumas tentando fugir, e outras pegaram em facas e machados que estavam ali para o sacrifício e atacaram os mortos. E então... Ah, Dama Anna. – Baixou a cabeça, controlando-se para apenas conseguir falar. – Será que somos tão maus? O que fizemos para merecer uma coisa dessas?

– Nada, Ronan, não fizeram nada. Preste Daffyd... Quer dizer, na verdade não é ele, e sim um mago, usando o corpo do Preste... Ele é o responsável. Fez isso porque quer tomar a fonte âmbar e fazer uso do seu poder.

– O mago que trabalha para Pengell? – perguntou o ferreiro. Fiz que sim, porém a verdade é que não tinha certeza. Eles eram aliados na guerra, mas algo me dizia que Lasarr agia antes de tudo em proveito próprio.

– O que aconteceu com as pessoas da aldeia? – indaguei. – Os desmor... essas pessoas que se ergueram dos túmulos reagiram ao ataque? Um deles, pelo menos, parece ter perseguido você...

– Sim, alguns lutaram, mas outros começaram a se afastar. Não sei para onde iam, mas muita gente que seguiu atrás deles e do Preste Daffyd. O Preste Medrawt tentou impedi-los, mas não conseguiu, e com isso as próprias pessoas de Glen Thar o atacaram. Havia um grupo em volta dele quando um daqueles mortos veio para cima de mim. Fugi para o templo, porque é um lugar sagrado, e eu não sabia se ele conseguiria entrar. Ainda não sei – acrescentou –, porque a criatura me alcançou um pouco antes que eu chegasse.

– E você usou o machado – deduzi. – Está pronto para usar de novo? Porque precisamos sair daqui. Para a Fonte Âmbar, ou... ou qualquer outro lugar – falei, sem saber o que seria pior. Ficar ali, esperando que o calor da luta fizesse Lasarr me esquecer, mas com a certeza quase absoluta de que as coisas acabariam mal? Ou descer e enfrentar o que estivesse lá fora?

– Acho que devíamos... – comecei, mas minha frase foi silenciada por um ruído súbito. Ronan se retesou na mesma hora, empunhando o machado, e eu também ergui o castiçal, meu coração batendo tão forte que quase se podia ouvi-lo.

– Vão embora! – gritou o ferreiro, a plenos pulmões. A resposta foi uma espécie de grunhido, como se a criatura se esforçasse para falar, e logo o som de punhos e de pés se abateu contra a porta.

– É mais de um! – exclamei, aflita. As batidas se repetiram, cada vez mais fortes, e, para minha agonia, me pareceu ouvir alguma coisa também nos fundos. Estávamos cercados!

– Há alguma entrada por trás? – indaguei. Ronan encolheu os ombros. Olhei para a porta que nos separava dos cômodos internos, pensando se também teria uma tranca – e mal o pensamento me ocorrera quando um golpe mais violento rachou a madeira na porta principal do templo. O rosto de um desmorto apareceu, amarelado à luz da única vela, e logo um braço se projetou pela abertura, a mão como uma garra pronta a se cravar no peito de Ronan.

– Cuidado! – gritei para ele. O ferreiro se esquivou, ergueu o machado e o abateu com força sobre o braço, decepando-o de um só golpe. A criatura soltou um uivo horrível e recuou, mas outros golpes abriram uma enorme brecha na porta, e logo um segundo desmorto se esgueirava para dentro. Ronan o atingiu nas costas, fazendo-o estrebuchar, e eu golpeei sua cabeça com o castiçal, chegando perto o suficiente para ver o que havia lá fora.

– Acho que eram os únicos – falei, ofegante. – Podemos...

Nesse momento, uma terceira criatura se materializou diante da porta, o rosto caindo aos pedaços, o cheiro de carne podre enchendo minhas narinas. Recuei, e o ferreiro também deve ter se assustado, com o que o desmorto conseguiu agarrar o braço que segurava o machado. A tranca cedeu e a porta se escancarou, deixando que ele entrasse e se atracasse com Ronan numa luta pela posse da arma.

– Fuja, Anna! – gritou o ferreiro, quando ambos caíram juntos no chão. Olhei para a porta aberta e vi o caminho livre, mas não podia simplesmente deixar Ronan para trás. Tinha que fazer alguma coisa por ele – e assim, lembrando-me do que pensara logo no início, peguei o castiçal com a vela e encostei a chama a uma toalha usada para cobrir o altar.

– Largue dele, Ronan! Largue! – exclamei, erguendo o pano. O ferreiro viu o que eu pretendia fazer e rolou para o lado, para longe do desmorto, deixando-o com o machado nas mãos.

Na mesma hora, atirei a grande peça de tecido incendiado sobre a criatura. Esta urrou e se debateu, tentando se libertar, mas o fogo passou para o que restava de suas roupas e cabelos e a consumiu muito mais rápido do que a uma pessoa comum. Logo não passava de um toco, retorcido e chamuscado. Ronan pegou de volta a arma que o desmorto havia largado e olhou para mim, ainda de posse do castiçal com a preciosa vela acesa.

– Vamos – comandei, e ele me seguiu sem objeções.

Lá fora, caído a poucos passos do templo, o desmorto que tivera o braço cortado ainda se contorcia. Ronan acabou com sua agonia e fomos adiante, andando devagar, atentos a qualquer ruído ou movimento nas imediações. De comum acordo, evitamos o lado da colina onde estavam as sepulturas e seguimos pela outra trilha, que estava escura e parecia deserta.

Pelo menos até chegarmos à metade.

– Pare um pouco, Dama Anna. Acho que algo se mexeu ali adiante – sussurrou o ferreiro, e o sangue gelou em minhas veias. – Está vendo alguém?

– Não, mas... creio que estou *sentindo*. Há movimento lá embaixo – respondi, pois a terra tremera levemente sob os meus pés. Fiquei imóvel por uns momentos, respirando o ar frio da noite e invocando o Lobo para que me desse coragem.

Então, de repente, ouvi o som. Era cadenciado, como o de uma marcha, mas não parecia produzido por pessoas. Era mais como o ruído da aproximação de um bando de cervos, numa trilha da floresta, quando eu os rastreava com outros membros da tribo. E, embora ele não conhecesse os sinais dos caçadores, pus a mão livre em torno da orelha e olhei para Ronan, numa pergunta muda.

– Sim, estou ouvindo – ele ergueu o machado, os olhos apertados para tentar ver ao longe. – Parecem animais, talvez as ovelhas que não chegaram a ser mortas. Mas para que eles subissem a colina, precisariam...

– Espere. O que é aquilo? – indaguei, erguendo o castiçal.

Na escuridão, um vulto começara a se destacar, seguido por

vários outros e acompanhado por um som cada vez mais nítido. Ainda era o de uma marcha, mas não fazia mais lembrar a dos cervos. Também não eram animais de fazenda, que teriam subido lentamente, entre balidos resignados. Não, aquela marcha era rápida e cheia de propósito, e à medida que as silhuetas se aproximavam pude ouvir um ruído inconfundível.

Ruído de metal – de espadas e ferraduras.

Guerreiros...!

– Anna! – Uma voz cortou a noite, seu timbre agudo e tão conhecido quase me fazendo dançar em gratidão aos espíritos. – Você está bem? Eles estão aí?

– Estamos bem! – respondi, acenando com a vela. Não que os recém-chegados precisassem: eles viam no escuro. Um cavalo se destacou dos demais e galopou em minha direção, montado por uma mulher de cabelos espetados e peitoral de aço reluzente.

– Que alívio encontrar você! – exclamou ela, ainda de longe.

– O alívio é todo meu – repliquei, o que era a pura verdade. – Quando você chegou a Scyllix?

– Três dias atrás, mas só ontem retornei à Cidadela, porque as águias estavam agitadas. – Vergena desmontou, apertou-me contra si num rápido abraço, depois voltou a falar com urgência. – Tropas inimigas estão marchando para cá. Talvez já tenham chegado. Eu já me preparava para vir quando Harlan me contou que um rapaz da Escola de Guerra estava tendo convulsões – um rapaz que tinha sido atacado por desmortos – e que, de acordo com o que Hillias dera a entender numa conversa, isso podia significar que o conjurador estava em ação. Ele também me contou sobre as suas suspeitas em relação ao Preste de Glen Thar. Fiquei sem entender, porque enfrentei o mago no pântano, e Mestre Kieran tinha certeza de que ele estava lá, mas, ainda assim...

– Ele mesmo não estava – expliquei, lembrando-me do que Daffyd dissera sobre um aprendiz. – Existe outro mago no pântano, ou talvez um xamã. Foi ele que enfrentou você, e talvez já tenha enfrentado Kieran. Mas o conjurador, esse que chamam de Lasarr, esteve o tempo todo perto de nós, à espera do momento propício para o seu encantamento.

– Então fomos enganados – Vergena franziu o cenho, balançou

a cabeça. – Eu não sabia, mas, de qualquer forma, tinha mesmo que vir para perto da fonte âmbar, por isso decidi passar pela aldeia antes. Sinto muito que tenha chegado tarde demais para ajudar aquela gente.

– E como eles estão? – indagou Ronan, com angústia. – Morreram todos... ou...

– Não, nada disso – respondeu a elfa. – Vimos apenas três ou quatro mortos. Por outro lado, não encontramos mais que vinte pessoas escondidas nas casas, muito abaladas e assustadas, mas não havia nenhum ferido. Elas disseram que quase todos os habitantes da aldeia foram atrás do Preste... Daffyd, é isso? Era esse o conjurador?

– Eu desconfiava do outro, mas sim, era esse – respondi. – Ele deve ter levado toda essa gente para a fonte âmbar. É para lá que precisamos ir, o quanto antes.

– Sim, eu sei. Você também vem ou prefere esperar em Glen Thar? Mandei que seis dos nossos ficassem lá, por garantia. – Gesticulou na direção dos outros cavaleiros, que eram cerca de quarenta, quase todos com arcos e aljavas. – Talvez seja mais seguro, por causa da criança.

– Não! Vou com você – declarei, sem me permitir um momento de hesitação. Ela também não pôs minha decisão em dúvida, apenas voltou a montar e estendeu a mão, ajudando-me a subir e me acomodar no dorso do cavalo. Ao fazê-lo, um volume pesado roçou em minha perna, e algo se aqueceu dentro de mim ao perceber que se tratava de uma aljava de flechas.

– E você? – perguntei a Ronan.

– Eu volto para a aldeia. Não sou um soldado treinado, mas posso ser útil se aquelas coisas voltarem. – Tentou sorrir, talvez para me animar, mas não conseguiu. – Tenha muito cuidado, Dama Anna, e que Deus a abençoe.

– Você também. Obrigada por tudo.

Ronan assentiu e se pôs a caminhar em direção à aldeia. Vergena incitou seu cavalo, passando pelo ferreiro e já ordenando que os arqueiros se pusessem a caminho. Alguns voltaram as montarias e galoparam à nossa frente, mas outros esperaram, e só então vi que Tammoren se encontrava entre eles.

– A seu serviço, prima – disse ele, os olhos como fogo violeta.

– Não. A serviço da fonte – respondi, cerrando os lábios.

E, apesar do medo e da angústia, não olhei para trás.

Não sei ao certo o que me passou pela cabeça durante o trajeto. Lembro-me apenas de me segurar à cintura de Vergena, de dizer a mim mesma que o bebê não corria perigo, do vento frio que batia em meu rosto e me fazia apertar os olhos. No início, o cavalo ia tão rápido que os cascos mal chegavam a tocar o chão, mas depois comecei a sentir um impacto maior, à medida que o ritmo da corrida ia diminuindo.

– O animal está cansado, ainda não se recuperou da viagem – explicou Vergena. Ato contínuo, mandou que os arqueiros fossem na frente, o que fizeram apesar de alguma relutância. Logo sumiram de nosso campo de visão. Nós duas prosseguimos a galope, com uma cautela que se tornou cada vez maior à medida que nos aproximávamos da Fonte Âmbar.

– As tropas de Mark não estão acampadas na fazenda, estão? – perguntou a elfa, e abanou a cabeça quando neguei. – Não faço ideia do que iremos encontrar, mas, seja como for, prepare-se para o pior. Eu farei o que puder para deter Lasarr, mas a verdade é que não consegui fazer frente nem mesmo ao seu aprendiz. E o inimigo pode já ter chegado, a fazenda pode estar cercada por soldados de Pengell...

– Não adianta pensar nisso agora – falei, apertando seu braço. Vergena se retesou na sela, soltou com força o ar dos pulmões, depois assentiu, sem olhar para mim. Com as rédeas na mão esquerda, empunhou seu bastão de poder, e a Magia guiou o cavalo por uma trilha que ambas desconhecíamos. Fomos assim por uma ou duas milhas. Então, pouco a pouco, o vento começou a nos trazer o cheiro da fonte, e logo pudemos ouvir os ecos de uma estranha discussão.

Os mortos...

Não podem impedir... questão de poucas horas.

E o seu amado Preste Daffyd...

Arqueiros -

Não atirem!

Cerrei os lábios, reconhecendo a voz de Mark. Um cenário se desenhou em minha mente a partir das palavras, um cenário sombrio e terrível, com os soldados e arqueiros de Scyllix cercados por uma legião de desmortos. À sua frente estaria Lasarr, coberto de terra e sangue e com olhos de louco, a mão estendida como uma garra em direção à fonte âmbar. Em questão de momentos, a batalha seria desencadeada – mas se isso não acontecera, se alguma coisa faltava ao mago para que se apossasse da fonte, o que estaria impedindo Mark de atacá-lo? Por que ordenara aos arqueiros que não atirassem?

Vergena soube a resposta antes de mim.

– Maldição! Veja só aquilo! – exclamou ela, apontando para frente. Apertei os olhos, mas tudo que percebi foi uma mancha indistinta. E só quando o cavalo se aproximou, conduzido com cautela por uma trilha que contornava a fonte, fui capaz de ver o que a elfa havia enxergado no escuro.

Dois grupos se encontravam frente a frente, como exércitos que se encarassem momentos antes do comando para o ataque. Um estava a postos diante da fonte, uma parede de homens armados com espadas e escudos, por trás da qual se alinhavam os arqueiros vindos com Vergena. O outro formava um semicírculo, com várias filas de pessoas apertadas umas às outras. Por um instante, pensei que fossem todos desmortos – podia ver alguns nas extremidades do grupo –, mas depois percebi que a maioria era de camponeses, vítimas do encanto da lua nova, que tinham vindo de Glen Thar para a fonte. O grupo era numeroso, mas se compunha em boa parte de mulheres e – meu sangue gelou ao vê-las – de crianças das mais variadas idades. Quase todas estavam na primeira fileira, de frente para os soldados de Scyllix, que justamente por isso se viam impedidos de atacar. Tudo que podiam fazer era empunhar as armas, ao passo que os camponeses avançavam, um lento passo por vez, segurando seus pequenos escudos vivos pelos ombros ou carregando-os nos braços.

– E Lasarr está com eles – falei, contendo-me para não uivar de raiva. – Aquele desgraçado, se escondendo atrás de crianças! Elas estão enfeitiçadas também?

– Creio que só amedrontadas, mas não têm como escapar dos

adultos – disse Vergena. – Mesmo que tivessem, talvez ficassem ali, pois aqueles são os pais e mães deles. Que criança quer ver os pais mortos, ainda que eles sejam vítimas de um encanto?

– E não existe um jeito de quebrar esse encanto? – perguntei, mas a elfa demorou a responder. Tinha puxado as rédeas e observava toda a cena, pensando bem antes de tomar uma decisão. Perguntei se não temia que Lasarr nos visse e Vergena admitiu que era possível, mas ele teria de usar a Magia para isso. No escuro, a mais de cinquenta passos, ninguém com sangue puramente humano conseguiria nos enxergar.

– Se bem que a aura dele mostra resquícios da energia de outros. Elfos e meio-humanos também – disse ela. – Mas creio que era um homem na origem, embora, talvez, de uma raça que já não existe em Athelgard.

– Bem antigo, não é? Hillias disse isso – murmurei, sentindo um calafrio. – Ele deve ter chegado aqui usando outro corpo, que descartou ao se apossar do Preste Daffyd.

– Acho que sim. E ele tem muito poder, mas também muitos limites, ou já teria passado pelos soldados. Talvez, se conseguirmos mantê-lo afastado da fonte, eu possa derrotá-lo. Ou talvez não – disse a elfa, respirando fundo. – Mas, seja como for, preciso tentar.

Dizendo isso, Vergena saltou da sela, depois deu alguns passos em direção à fonte. Vi a ponta de seu bastão cortar o ar quando ela se pôs a traçar um círculo. O ritual improvisado prosseguiu enquanto os exércitos continuavam a se encarar, os camponeses cada vez mais perto da fonte, os de Scyllix ainda imóveis sob o comando de Mark. Por quanto tempo se refreariam?

– Pela última vez, Preste. Dê meia-volta! – A voz do oficial, trazida até mim pelo vento. – Esta fonte está sob a guarda do exército de Scyllix. Ninguém tem permissão de tocar em suas águas!

– Ah, mas eu vou – retrucou Lasarr, com uma voz muito diferente da que eu conhecia. – Vou tomar o que preciso, e você não vai me impedir. A não ser que queira ver todos esses fedelhos mortos. E você se importa com eles, não é mesmo, soldadinho?

– Ele, sim – replicou alguém na fileira dos arqueiros. – Mas para nós o dever está acima da vida desses aldeões. Estou avisando, avance mais um passo que seja e vamos atirar.

– Isso mesmo! – gritou uma voz feminina. Outras se elevaram em aprovação. Provavelmente estavam blefando, mas meu coração se apertou, pois eu sabia que nem todos os elfos brilhantes eram como os de Bryke. Não duvidava de que alguns de fato atirassem contra as crianças humanas. Blefe ou não, porém, a ameaça surtiu efeito sobre alguns camponeses – e foi com alegria que os vi se deter, a despeito de ainda estar sob o efeito do encanto, e apertar os filhos contra si como se quisessem protegê-los.

– Seus tolos! Por que estão parados aí? – esbravejou Lasarr, com voz terrível. – O que importa se os pequenos bastardos forem mortos? Com essa água posso trazê-los todos de volta à vida; e ainda posso ressucitar seus entes queridos, como já lhes demonstrei. Olhem para eles, há tanto tempo em repouso sob o solo e agora novamente entre nós! Olhem para *mim*!

Com essas palavras, ele sacou um livro de dentro das vestes, ergueu-o alto no ar, ao mesmo tempo que soltava um brado ininteligível. Os camponeses se moveram em suas fileiras, murmurando entre si, e os desmortos caminharam lentamente pelos flancos, formando duas colunas aos lados do semicírculo.

– Está feito – disse Vergena, voltando para perto do cavalo. Eu deveria perguntar *o quê*, mas nem me ocorreu; minha atenção estava presa à cena que se desenrolava mais adiante. Lasarr continuava a brandir o livro no ar, gritando com os camponeses e os exortando a tomar posse da fonte, e, para meu sobressalto, alguns deles recomeçaram a avançar. O movimento foi mínimo, mas bastou para que os arqueiros fizessem pontaria. Desesperado, Mark repetia que se contivessem, enquanto os soldados humanos despejavam insultos e ameaças.

E, com todo aquele ruído, demorei a notar os novos sons que irrompiam dentro da noite. Vinham do céu, e não levaram mais que um instante a crescer em fúria e intensidade, de forma que eu mal acabara de percebê-los quando as primeiras formas escuras desceram num voo rasante sobre os camponeses.

Águias guerreiras!

– Você... – murmurei, e comecei a me voltar para Vergena, mas nem cheguei a completar o gesto. Ligado por algum tipo de elo mágico à sua mestra, ou talvez às aves que ela comandava, o cavalo que eu montava relinchou e se lançou à frente, um salto tão inesperado que me arrancou um grito de pavor.

– *Vergena*! – chamei, em pânico, agarrando-me às rédeas e tentando deter o cavalo. A elfa se voltou, a mão estendida, mas não houve nada que pudesse fazer. Foi tudo muito rápido – o grito, o pulo, o galope desenfreado –, e em menos de um piscar de olhos lá estava eu, surgindo da escuridão em meio ao caos provocado pelo ataque das águias. Gritei, dizendo aos soldados quem eu era, e tive muita sorte, porque o cavalo se dirigiu justamente para o lado do exército. Nem quero pensar no que teria acontecido se eu caísse em poder de Lasarr. Ele também me viu, mas estava ocupado demais tentando rechaçar as águias – e o resultado é que eu já estava sã e salva ao lado de Mark, com a aljava de Vergena a tiracolo e um arco na mão, quando o falso Preste se pôs a gritar por mim.

– Anna de Bryke! Onde quer que você esteja, venha até aqui! E venha rápido, se não quer que eu corte o pescoço de todos esses vermes!

– Não dê ouvidos, Dama Anna. As crianças que estavam em volta dele escaparam – garantiu Mark. Acreditei, pois confiava no Comandante, mas a verdade é que não tinha escolha: cercada pelos soldados, não tinha como ver o mago inimigo, ainda que ficasse na ponta dos pés. Ele começou a berrar, chamando-me de nomes indizíveis e me ameaçando com as piores maldições, mas sua voz não tardou a ser abafada pelos gritos das águias e dos camponeses.

O povo de Glen Thar havia resistido às primeiras investidas, mas agora sua formação começava a se esfacelar, e o mesmo acontecera, literalmente, com alguns dos desmortos. Eles eram o alvo principal das águias, que também não atacavam mulheres e crianças, nem as perseguiram quando várias delas começaram a correr para longe. Os homens que ficaram, no entanto, passaram a ser ainda mais duramente atingidos pelos bicos e garras, criando um caos em meio ao qual o Comandante Mark julgou ter visto sua oportunidade.

– Arqueiros, posição de alerta, guardar a fonte âmbar! Infantaria, avancem e acabem com o Preste maldito! – gritou ele, e ato contínuo se lançou em direção à massa dos adversários. Seus soldados o seguiram, dezenas de espadas reluzindo em busca do mesmo homem, que, no entanto, parecia ter dado um jeito de se eclipsar em meio às sombras.

E, quando menos esperava, tornei a vê-lo. Ele estava à direita, a uma distância de vinte ou trinta passos da fonte, segurando o livro aberto diante dos olhos. Sua voz era um sussurro inaudível, mas eu podia perceber que ele falava, ou melhor, que recitava as palavras de um encantamento. Com que finalidade, isso eu ainda não sabia; mas sabia que devia detê-lo, e assim me voltei com urgência para os elfos brilhantes.

– O Preste está à direita! Peguem-no! – gritei, ao mesmo tempo que armava o arco. Flechas voaram no instante seguinte, mas, apesar da perícia dos arqueiros, nenhuma delas atingiu Lasarr. Tornamos a atirar, uma, duas, três vezes, tudo em vão. Os elfos soltaram exclamações de raiva, e eu me perguntava se conseguiríamos vencer o encantamento quando vi, por trás das costas do mago, aqueles que eram seu verdadeiro alvo.

Três homens grandes, com rostos acinzentados e vestes rotas. Três desmortos – mas que, desta vez, continuavam a avançar, sem tombar sob as dezenas de flechas que se cravavam em sua carne.

E – o que era pior – avançavam em minha direção.

– Peguem a mulher! Não a deixem escapar! – gritou Lasarr, e a ordem os fez acelerar o passo. Cerrei fileiras com os arqueiros, e Tam avançou, protegendo-me com seu corpo enquanto disparava contra os atacantes. Nem o gesto de coragem, porém, nem sua destreza foi o bastante para contê-los – e eu já sentia aquele cheiro pestilento, já ouvia o ruído de ossos estalando sob os farrapos quando meu primo, compreendendo que o arco era inútil, se atirou com todo o seu peso contra uma das criaturas. Gritei de pavor, mas isso serviu de exemplo a outros arqueiros, que se livraram das armas e se lançaram à frente... para em seguida cair, o corpo estremecendo em contorções a um simples gesto do braço de Lasarr.

– Surpresa? – indagou, sarcástico, o falso Preste. Disparei minha última flecha e corri para junto dos arqueiros remanescentes, mas para meu horror um após outro foi caindo, atingido pelo novo e terrível encanto. Ou seria uma maldição?

Fosse como fosse, não tive tempo para pensar, apenas me virei e fugi antes que dois daqueles desmortos me alcançassem. O terceiro continuava a lutar com Tammoren, a quem a praga de Lasarr não tinha atingido. Ou pelo menos não até agora: mal eu voltara as costas, ouvi meu primo gritar de dor e de susto. Olhei para trás, sem me deter, e o vi no chão, mas não se contorcendo como os outros e sim apertando com as mãos um ferimento do lado do corpo. A criatura com quem ele se atracara também tinha caído, mas os outros ainda estavam em meu encalço, a distância entre nós diminuindo cada vez mais enquanto em mes ouvidos ecoava o riso de Lasarr.

Então, de repente, o riso deu lugar a uma blasfêmia, e esta ao som inconfundível das asas de águias guerreiras. Em poucos instantes, o céu sobre nossas cabeças ficou ainda mais negro; os desmortos cessaram a perseguição e ergueram os braços descarnados em defesa. Aproveitei a chegada dos aliados e corri para Tammoren, tentando ajudá-lo a levantar enquanto Lasarr gritava uma nova praga.

– Bestas malditas! Vou mandar vocês para o inferno! – afirmou, folheando seu grimório. Achou alguma coisa – ou assim me pareceu – mas nesse meio-tempo as águias haviam destroçado os dois desmortos, arrancando-lhes nacos de carne até reduzi-los a pouco mais que esqueletos. Outras tentavam atacar Lasarr, mas se chocavam contra algum tipo de proteção invisível. *Deve ser a mesma coisa que o livrou das flechas*, deduzi, e meu espírito quase esmoreceu ao pensar na quantidade de encantos que ele era capaz de sustentar. De onde vinham tanto poder e tanta energia?

– Anna, vá embora daqui – murmurou Tam, no momento em que o falso Preste começava a recitar para si mesmo. – Vá embora e se salve, pense no seu filho... porque eu estou morrendo, e a Casa Âmbar deve ter um...

– Shhh! Não diga bobagem, você vai viver – sussurrei, embora não tivesse certeza. Tam apertou minha mão e cerrou os dentes, fazendo um enorme esforço para ficar de pé. Segurei-o, respirando o cheiro de enxofre da fonte – e foi então que uma ideia surgiu em minha cabeça, devolvendo-me apesar de tudo um pouco de esperança.

Para os arqueiros que jaziam imóveis e os camponeses feridos. Para Tam. Havia um jeito de ajudá-los se Lasarr os deixasse em paz.

Só que essa parecia ser a última coisa que ele queria.

Os gritos e sons da batalha travada às minhas costas haviam amainado, mas nenhum soldado acorreu, nem ave guerreira alguma depois daquelas primeiras águias. Elas haviam conseguido destruir os desmortos, mas o último encanto de Lasarr as tinha liquidado, além de rechaçar as demais. Vergena não apareceu para resgatá-las. Os elfos brilhantes jaziam no mesmo lugar, e só nós três ainda estávamos de pé diante da fonte: eu, assustada, mas disposta a ir até as últimas consequências; Tammoren, tremendo de dor e frio em meus braços; e o conjurador, que sorria, segurando seu livro odioso.

– Vamos fazer uma troca – propôs ele, num tom quase gentil. – Livre-se desse anel, que me separa do que desejo, e eu poupo a vida do elfo. O que me diz?

– Nunca. Você está mentindo – disse eu, com calor. – Mentiu para a gente de Glen Thar, e agora mente para mim. Você não pretende poupar nenhum de nós em troca do anel.

– Ele talvez não, é verdade. Mas você eu não pretendo matar – replicou o sacerdote. – Pelo contrário, quero que viva, e que sua vida seja longa. O seu destino...

Nesse momento, um novo ruflar de asas soou em nossos ouvidos, fazendo-o interromper a frase e olhar para o céu. Olhei também, esperando ver uma águia guerreira – e então meu coração saltou dentro do peito, pois a sombra recortada na escuridão era maior do que qualquer ave que eu já tivesse visto. Seu voo era urgente e veloz, sua rota traçada com precisão; quando se aproximou o suficiente, vi que sua plumagem não era dourada, mas de um negro profundo, com toques de prata na cabeça e nas asas.

E agora ela acabava de pousar no espaço entre meus pés e os de Lasarr.

– Vai dar tudo certo – sussurrei para Tam. O falso Preste não me ouviu, ou se ouviu não replicou, ocupado em procurar no livro alguma coisa que, no entanto, estava demorando a encontrar. Mordi os lábios, fazendo votos para que nunca a achasse, e assisti emocionada à transformação.

De penas negras e prateadas para cabelo revolto. De bico para nariz aquilino. De asas para braços fortes, que terminavam nas mãos mais lindas do mundo. Com elas, Kieran puxou das costas uma espada e um bastão de aveleira, sua voz soando grave e segura ao anunciar o fim do caos.

– Cheguei, Lasarr.

30
O Conjurador de Mortos

Easarr. Você atravessou o inferno, mas não sabe meu verdadeiro nome. E pensa que vencerá esta batalha?

Ha!

Feche as asas, homem-águia, e pise sem medo a terra dos seus antepassados. E escute. Em meio à escuridão das raízes, eles chamam por você. Jamais alguém foi tão bem-vindo à sua própria morte.

31
Kieran

Quando eu era jovem, por várias vezes minha vida esteve pendente de um fio. Mãos se estenderam e o sustentaram, mãos amorosas como as de minha mãe ou generosas como as do General Gwil e Ceridwen, até que o Mestre das Águias finalmente me levasse a um lugar seguro. E entre essas mãos estavam as de um velho homem, frequentemente ocupadas a folhear um livro esfarrapado.

E agora era ele que eu via à minha frente. Empunhava um livro, como eu me lembrava, mas este não continha histórias sagradas nem contos de exemplo e sim os encantos mais sombrios. Seu rosto idoso e frágil não era mais do que uma máscara, por trás da qual se acumulavam os restos de outros corpos que ele havia roubado; seu poder fora obtido em grande parte da energia que sugara de suas vítimas, e as mais recentes haviam alegremente colaborado com isso. Pois como poderia aquela gente simples ter enxergado o Mal por trás das vestes e da aparência do Preste Daffyd?

– Vejo que já compreendeu – sua voz, uma lâmina em meio à escuridão. – Você não é tão estúpido quanto pensei. Embora, é claro, isso de nada vá lhe adiantar.

– Quem sabe? – retruquei, disposto a ganhar tempo. Eu tinha que achar o melhor jeito de atacá-lo. Ele avançou, diminuindo ainda mais a distância entre nós, e olhou para Anna, que eu tentara encobrir com minhas asas durante o pouso. Fora um momento rápido, mas ela teria podido se esquivar se não estivesse amparando o corpo inerte de Tammoren. Agora, os olhos de Lasarr tinham voltado a notá-la, e eu apertei o bastão e praguejei em silêncio, sabendo que meu próprio ponto fraco era evidente para qualquer um.

No entanto, Anna se mantinha firme.

– Não se preocupe comigo – ouvi-a dizer, como se pudesse ler meus pensamentos. – Ele não pode me ferir enquanto eu usar o anel de Mestre Mael.

– O que se recebe pode ser facilmente reclamado, pequena. Mas isso fica para depois – disse Lasarr, e se voltou para mim, encarando-me com olhos frios e sem brilho. Nesse momento, percebi que não pretendia usar minha mulher para me atingir, mas que a deixaria de lado, uma presa de guerra a ser arrebanhada depois que ele me destruísse. Tinha poder suficiente para fazê-lo. No entanto, eu estava certo de ser um oponente à altura no combate mágico – e, para começar, antecipei seu ataque, fechando todos os desvãos de minha mente a fim de repeli-lo.

Lasarr recuou, surpreso e furioso com minha resistência, e reuniu suas forças, a vibração se acumulando ao seu redor em ondas quase sólidas. Era quase como uma torre do Mal. Encastelado, fez novas investidas, tentando a todo custo me invadir, sugar minha energia vital, ao menos me enfraquecer como o Andorinha conseguira fazer no pântano; mas agora eu sabia o suficiente para impedi-lo, e após algumas tentativas ele desistiu, recuando pela segunda vez à posição do início. Eu poderia ter aproveitado para atacar, mas ainda não sabia como, por isso ri e provoquei:

– Não é tão fácil como parece, hem? Que tal usar suas criaturas? Eu poderia me divertir um pouco... recordando o meu encontro com Karel Vannovich.

– Foi o que me fez saber a seu respeito – replicou Lasarr por entre dentes. – E também foi o que me fez odiá-lo. Se não fosse você, eu teria podido usar o vampiro, e a esta hora meus servos já estariam se banhando na fonte âmbar.

– E com que finalidade? – indagou, com calor, a voz de Anna. – De que adianta reviver pessoas que já estão mortas?

– De que adianta? – surpreendeu-me que Lasarr respondesse. – De que adianta ser o rei de um reino dividido – ser o rei daquilo que é visível a olhos mortais, quando há tantas outras dimensões? Por que eu abriria mão de todo esse poder?

– Um poder maldito! – exclamei, cerrando os dentes. – Você já foi corrompido por ele, Lasarr, corrompido a tal ponto de que eu duvido que ainda tenha uma alma, mas não pense que vou deixá-lo avançar ainda mais. Não importa o que me custe – acrescentei, brandindo o bastão. – Eu, Kieran de Scyllix, vou acabar com você.

– Kieran de Scyllix? Por que não mais Kieran ap Fergus? Ou melhor, por que não o pequeno Kieran, de quem o Preste Daffyd tinha tanto orgulho? – retrucou Lasarr, em tom de zombaria. – Nós estamos sempre juntos, como sabe, e ele me disse que esperava muito mais de você. Um menino tão sério e honesto... Deveria ter se tornado um homem bom!

– Um *homem bom* tem o dever de livrar o mundo da escória – repliquei. Devia, então, ter partido para o ataque, mas cometi o erro de esperar o momento ideal – e a hesitação me custou caro, pois permitiu ao conjurador enfiar as garras em mais uma das minhas feridas.

– Sei o que gente como você chama de escória – cuspiu ele, como uma cobra que lançasse veneno. – Posso sentir o quanto ficou feliz ao mandar seu próprio pai para o inferno. Você tentou várias vezes, não foi, Kieran? E, quando conseguiu, sabia o que estava fazendo. Nem sua mulher, fraca e tola como é, acredita no contrário.

– Mentira! Ela continua a meu lado – rebati. Lutava para manter o controle, a ponto de sentir os ossos estalando em minha cabeça. O ataque era diferente, mais direto e muito mais brutal do que nos combates travados com Hillias; mas consegui me defender, e logo pude ouvir a longa exalação de Lasarr ao bater em retirada.

– Muito bem – murmurou ele, juntando as mãos. Sua voz era nítida, sobrepondo-se ao sopro do vento e ao murmúrio da fonte. Os outros sons tinham sido suprimidos, assim como toda a paisagem às costas de Lasarr: naquele momento, não existia uma guerra, mas apenas o nosso combate. E muito mais deixaria de existir se eu fosse vencido.

Eu não podia me permitir o direito de falhar.

O equilíbrio de forças entre nós durou apenas um instante, o tempo de que Lasarr precisou para dar início a um novo ataque. Este foi mais sutil – não houve novas tentativas de invadir meu corpo ou minha mente –, mas em compensação foi mais perverso, e eu me dei conta disso tão logo o novo som chegou a meus ouvidos.

Era um ruído arrastado, como o de pedras ou terra em um deslizamento; sua origem estava próxima à fonte, mas, de tão abafado, não podia ser proveniente da superfície. Ao mesmo tempo, um tremor muito leve fez vibrar o chão sob os meus pés, enquanto o ar se agitava ao som da proclamação de Lasarr.

– Você tinha razão! Seu pai não passava de escória, tão inútil quanto qualquer outro camponês. Mas e quanto a seu *mestre*? O que você faria se eu me apossasse da essência de Mael?

Encarei-o, sem conseguir reagir a uma ideia tão hedionda. Ele segurou o livro aberto com uma das mãos e ergueu o braço livre, bradando algumas palavras que não pude entender, mas que, pelo som, pareciam vir de uma antiga língua élfica. O encantamento se espalhou pelo ar, tornando-o tão espesso e vicioso que era difícil respirá-lo. Era quase como estar no interior de um túmulo. A intenção de Lasarr, porém, era o oposto disso – era abrir a sepultura de Mael – e para impedi-lo eu teria que lançar mão de encantos que preferia jamais ter conhecido. O que mais podia fazer?

– Saudades do seu mestre? Não se preocupe! Logo ele estará aqui – garantiu Lasarr. Felizmente, ele não notou o movimento dos meus lábios, nem os gestos que eu traçava com o mínimo de movimento possível, a ponta do bastão voltada para o leste, onde estava o corpo de Mael.

Alma e espírito, não carne e ossos. Luz e não sombra. Eu murmurava para que meu mestre ficasse onde devia ficar.

– Sua infeliz! O que pensa que está fazendo? – De repente vi para onde se voltava a atenção de Lasarr. – Acha que a fonte pode ajudá-la? Ao contrário! Ela vai fortalecer meu novo servo!

– Mestre Mael não vai servir a alguém como você! – exclamou Anna, em tom de desafio. Às minhas costas, ouvi o som de pés chapinhando na água, depois um gemido de dor que percebi ser de Tammoren. Foi quando eu soube que ele ainda estava vivo. Lasarr arreganhou os dentes e apontou na direção dos dois, e eu interrompi o encanto a meio e me voltei para minha mulher. Lá estava ela, metida até a cintura na fonte, os braços em volta do arqueiro, o rosto duro, mais belo do que nunca, olhando não para Lasarr mas para a sepultura de Mael.

As pedras tinham começado a tremer, como se o solo entrasse em ebulição. Sobre o túmulo de meu mestre vi então surgir uma luz azulada, com o tamanho e as formas semelhantes às de um homem, mas cujas feições eram impossíveis de distinguir. Pouco importava: eu sabia que era Mael, e que meu encanto lhe permitira regressar em espírito, não como o monte de ossos conjurado por meu oponente. E ainda assim eu não tinha certeza de que ele estava completamente livre do domínio de Lasarr.

Só me restava esperar pelo próximo movimento.

– Mael de Scyllix! – sibilou o conjurador, entre dentes. – Pelo poder contido neste livro, eu ordeno: retome o anel que você confiou a seu aprendiz! Retire-o daquela mulher e o entregue a mim!

– Não obedeça, mestre! – bradei, e corri para me interpor entre ele e a fonte âmbar. Esperava que Mael tentasse ir até Anna, e queria protegê-la o melhor que pudesse. No entanto, em vez de avançar, o espírito se esvaneceu, ressurgindo no instante seguinte sobre as rochas que cercavam a fonte. Precipitei-me, tentando alcançá-lo antes que tocasse minha mulher, mas mal chegara a dar um passo quando a vi erguer a mão. O anel de prata reluziu, refletindo a luz azulada que emanava de Mael, enquanto Lasarr soltava um grito agudo às minhas costas.

– Mestre Mael, Kieran pode devolver o anel ao senhor, mas também pode guardá-lo para nosso filho. Isso mesmo! – A voz de Anna ganhou firmeza diante do brilho do espírito. – Kieran e eu esperamos um filho, e os mestres do Castelo das Águias dizem que ele será um grande mago. E vai ter seu nome! Ele será chamado Maeloc de Vrindavahn!

Nesse momento, Tammoren, cuja ferida deixara de sangrar ao ser banhada na fonte âmbar, se soltou dos braços de Anna e cambaleou até a margem. Minha mulher não tentou impedi-lo. Mergulhada até acima da cintura, olhava para Mael, cuja aura azul-fosforescente se expandiu até tocar a aura dourada e violeta da Mestra de Sagas. Ela espalmou a mão sobre o ventre e inclinou a cabeça, e o espírito de meu mestre se voltou para Lasarr, cujo rosto fora tomado por horríveis contorções.

– Pegue o anel, Mael! – gritou ele, mesmo assim, com uma voz que não era a sua. Estava perturbado, acuado, e a máscara com as feições do Preste Daffyd ameaçava se desprender. Pois como poderia Lasarr, esforçando-se para me destruir e dominar o espírito de Mael, reter toda a energia que roubara a vivos e mortos?

– Veja, Kieran! Ele está ficando mais fraco! – exultou Anna. Lasarr esboçou um gesto em sua direção, depois desistiu, preferindo concentrar suas forças num ataque a Mael. Por duas vezes ele o atingiu com seu raio negro, ao mesmo tempo berrando o encanto que parecia uma praga; por duas vezes meu mestre absorveu o impacto, sem devolver os golpes que, no entanto, exigiam um grande esforço do conjurador. Ele me olhou, após a segunda descarga, com um rosto que agora mal lembrava o do Preste Daffyd, e pude ver pequenos grãos luminosos se desprendendo do vácuo que era a sua aura.

– Seus servos estão debandando, Lasarr – observei. – Todos os mortos e vivos que dominou, toda a energia que roubou deles, tudo está indo embora. Você vai ter que lutar sozinho. Será que consegue?

– Sim, e você? – devolveu ele, com um resto de força. – Também pode lutar sozinho? Quantos de vocês, malditos, têm que se unir para me derrotar?

Com esforço – ou assim me pareceu – ele ergueu o braço na direção de Mael. Pensei que meu mestre fosse atacá-lo, mas, para minha surpresa, ele recuou, mostrando que se retirava do combate. Agora, cabia a mim acabar de vez com o conjurador – o que, devo dizer, me deixava muito satisfeito. Mais do que isso, eu estava *feliz*, bem mais do que ao derrotar Hillias, embora nossa rixa houvesse durado vários anos. Feliz com a ideia de destruir Lasarr. Fazia muito tempo que eu não antecipava uma morte com tanto prazer.

O sangue pulsava forte em minhas têmporas quando empunhei o bastão. Lasarr caíra de joelhos, o livro aberto nas mãos, os olhos como brasas vivas que procuravam os meus. Seus lábios estavam imóveis, mas eu sabia: em sua mente ele tentava recitar um encanto, um que julgava ser tão poderoso a ponto de me derrotar. Como se ele pudesse, o pobre-diabo. A essa altura, os erros que ele cometera já o haviam condenado.

– Vou acabar com você. Vou reduzi-lo a pó – falei, entre dentes.

– Kieran, *não*! Lembre-se, vocês estão num combate mágico! – exclamou Anna, às minhas costas.

Um lampejo de consciência me passou pela mente – eu sabia muito bem as consequências – e então se apagou, ofuscado pelo desejo de livrar as Terras Férteis da ameaça daquele maldito. Eu me tornaria um herói, e todos, onde quer que eu fosse, me prestariam homenagem. Mais que isso: fariam de mim um rei. E a meu filho, o príncipe dos magos, eu transmitiria meu conhecimento e meu poder, um poder incontestável e infinito, cuja fonte se encontrava agora diante dos meus olhos. Bastava estender a mão, pegar o livro...

– *Kieran*! – tornou, com urgência, a voz de Anna. Olhei-a, confuso e um pouco irritado, e foi então que me dei conta de que ela ainda estava usando meu anel. O que justificava isso, se agora eu estava ali e podia protegê-la?

– Venha aqui – falei, estendendo a mão para ela. – Devolva-me o anel de serpente. Com ele será mais fácil acabar com Lasarr.

– O que precisa acabar é o combate mágico – disse Anna, firme.

– Vai acabar – garanti. Ela me encarou, e mesmo no escuro percebi que tinha dúvidas, como se não confiasse em mim. Fiz um gesto em sua direção, mas antes que chegasse a avançar ouvi uma voz chamar meu nome, e isso me atingiu como uma flecha no meio do peito.

Kay. Era a voz de minha mãe; eu sabia e olhei em torno, mas não a vi. O chamado se repetiu, mais fraco desta vez, como se ela houvesse gastado todas as suas forças naquele alerta. Fiquei parado um momento, depois sacudi a cabeça para limpá-la da confusão e me aproximei do conjurador. Ele permanecia de joelhos, parecendo muito fraco, e não achei que aquilo fosse uma armadilha. Sua energia continuava a se desprender dele em grãos cada vez maiores, alguns se dissipando no ar, outros se condensando ao redor da sua aura em manchas de todas as cores. Seria bom saber do que eram feitos, porque alguns poderiam ser úteis, para vencer a guerra ou depois disso.

E, de qualquer forma, todos passariam a ser meus.

Respirei fundo, a energia fazendo vibrar cada polegada da minha pele à medida que eu a absorvia. Lasarr deixara a cabeça pender e estava trêmulo, sem reagir, a menos que mantivesse muito bem protegido algum recanto de sua mente. Eu não achava que pudesse, pois conseguia ver quase tudo, havia me apossado da sua história como se lesse um livro. Lá estavam os Pans e senhores do Norte com quem ele fizara aliança, lá estava o Andorinha; a visão de Karel Vannovich me fez estremecer, mas o que mais me impressionou foi o rosto daquele que Lasarr considerava seu mestre. Era um elfo, mas muito diferente de qualquer outro que eu já tivesse visto, inclusive os Ursos Negros. Seu rosto era pontudo, com olhos incrivelmente grandes e cabelos eriçados, lembrando alguns desenhos que faziam de Loki. Ou dos demônios temidos pelos devotos do Deus Único. Ou ainda – lembrei-me – a descrição que Mael fizera do elfo que encontrara no pântano, antes de se tornar o Mestre das Águias, e que lhe dera o anel de escorpião, depois transformado em serpente pela energia do fogo.

Meu anel.

Por que eu recuara ao invés de retomá-lo?

– Devolva o anel de serpente – disse eu a Anna, e minha voz soou como se vinda de um sonho. – Tenho que me proteger antes de pegar o grimório.

– Não, Kieran. Escute, por favor – pediu ela. – Você pensa que está vencendo, mas não está. Eu posso ver. Posso *sentir*. Você está sob o encanto do conjurador, dominado por ele...

– Claro que não! O que você entende de Magia do Pensamento?

– Ouça-a, primo – disse Tammoren, com esforço. Eu tinha me esquecido de que ele estava à margem da fonte. Ele começou a dizer mais alguma coisa, mas antes que continuasse eu me voltei e o fiz calar com um gesto. O elfo soltou uma exclamação, estendeu os braços para mim como se suplicasse, mas não se atreveu a avançar e reagir. Covarde.

– O que você fez? – perguntou Anna, com alarme. – Ele está bem?

– Está ótimo – repliquei. – Agora, devolva meu anel. Você está segura. Não precisa mais dele.

– Kieran... – disse ela, mas seu tom mudou após uma breve pausa. – Ah, está bem. Quer o anel de serpente, não é? Venha buscar!

Olhei-a, sem entender por que me provocava daquele jeito. Ela estendeu a mão, exibindo o anel, enquanto estranhas formas luminosas surgiam em volta de sua aura. Quase por instinto, ergui o bastão de poder – e então minha mente foi atravessada pelo grito lancinante de uma águia, fazendo com que me dobrasse sobre mim mesmo.

– O que... – murmurei, atordoado por um breve momento antes de voltar a sentir a energia enchendo meu plexo solar. Deliciosa energia escura, como a que eu tinha experimentado brevemente, muitos anos antes, ao trabalhar com Hillias na Torre de Ferro. Revigorado, levantei-me e dei alguns passos à frente, minhas mãos crispadas, meus olhos fixos no rosto moreno e apreensivo de Anna.

Kay, repetiu a voz de minha mãe, quando comecei a entrar na fonte âmbar. O espírito de Mael surgiu a meu lado, mas o repeli com um pensamento cheio de raiva. Se não fosse ele, eu teria seguido minha verdadeira natureza. Não teria perdido tantos anos estudando coisas inúteis, ensinando a garotos estúpidos, lutando por guerras e causas que não eram minhas.

E, para o meu próprio bem, iria me impedir de amar aquela mulher.

– Venha, Kieran – ela murmurou. Estava com medo, mas este era suplantado por algo muito mais forte. Isso me atraía para ela.

– Devolva o anel – falei, minha pele formigando ao contato da água. – Entregue, ou vou tomá-lo de você.

– Você não quer fazer isso – disse ela, olhando-me nos olhos. – Nem quer esse poder horrível, maligno, que vem de Lasarr.

– Poder é poder – respondi, no mesmo tom. – Eu saberei o que fazer com ele.

– Não, Kieran. Neste momento, você não sabe – replicou Anna, e aquela certeza alimentou o fogo que me queimava o estômago. Ela juntou as mãos como uma taça e as ergueu até meus lábios, o brilho do anel cintilando em pontos móveis através da água.

– Beba – disse, em tom de desafio.

Olhei para ela, uma onda rubra se erguendo dentro de mim ao me lembrar de suas mentiras e subterfúgios. Anna queria me enganar: eu tinha certeza, conhecia-a bem o bastante para saber. Ela zombava de mim, agia pelas minhas costas, me abandonava e me obrigava a ir atrás dela quando as coisas fugiam ao seu controle. Ela me provocava, e eu não era capaz nem mesmo de lhe impor a minha vontade.

Ou, pelo menos, não até agora.

Apertei o bastão de poder em minha mão direita. Estava prestes a quebrar um juramento, mas isso pouco importava: o poder que obteria dentro de instantes me deixaria além de todas as leis da Magia. Respirei fundo, buscando as palavras certas, as palavras que poriam Anna sob o meu domínio sem destruir o que eu amava...

E então, subitamente, ela jogou contra o meu rosto a água que tinha nas mãos.

– *Acorde*! – exclamou, furiosa. – O que está fazendo? Se Lasarr morrer agora, ou se ele entrar de vez em sua mente...

– De uma vez por todas, ele *não está* na minha mente! – gritei, e avancei sobre ela, os olhos ardendo ao toque da água que tantas vezes fechara minhas feridas. Ia pegar meu anel de volta, resolver o que estava errado com a fonte e também com Anna. Ela sentiu minha determinação e recuou, mas tropeçou nas pedras do fundo, e eu a alcancei e a puxei para mim antes que perdesse o equilíbrio. Nossas mãos se entrelaçaram, meus dedos se fechando sobre o anel de serpente – e ao tocá-lo, molhado pela água da fonte, eu tive a súbita sensação de ser engolfado por uma chama viva.

O tempo parou, minha mente explodindo em pedaços que giraram loucamente antes de se recompor, camada por camada, e me trazer a consciência do que estava acontecendo. Um medo horrível me invadiu, medo de mim mesmo e do Mal que eu era capaz de fazer, e tentei fugir, mas Anna me reteve. Olhei-a, sem conseguir sequer pronunciar seu nome, mas ela não esperou que eu falasse. Apenas pegou minha mão e a guiou até o ventre onde estava nosso filho.

E nesse gesto, e nos seus olhos, reencontrei todas as histórias de que quase me esquecera.

Era uma vez um mago a quem ofereceram honra e prestígio, mas que os recusou por acreditar em suas visões, ainda que improváveis.

Era uma vez um soldado que se cansou da guerra, um aprendiz que contestou o mestre, um filho que não chorou a morte de seu pai.

Era uma vez um menino que se encolheu num porão à espera da morte, mas foi trazido de volta à superfície por sua irmã e seu melhor amigo.

Era uma vez um homem de tanta sorte que, por várias vezes à beira do abismo, sempre conseguia recuar e reencontrar seu caminho.

E era uma vez a mulher que – agora e para sempre – o iluminava.

– *Anna.* – Minha voz soou áspera, estranha aos ouvidos; eu me sentia nascer de novo. – E-eu... não sei bem o que houve, mas... agora...

– *Eu* sei – disse ela, apertando minha mão. Doía como se tocada por um ferro em brasa, e só quando a olhei percebi que o anel estava de novo em meu indicador. A serpente faiscava, seus contornos parecendo mais sinuosos, mas, o que quer que isso significasse, teria que esperar.

Eu ainda tinha uma batalha para vencer.

Devagar, saí da fonte e caminhei em direção a Lasarr. A dor irradiava da mão e se espalhava por todo o meu corpo, uma dor bem-vinda, pois com ela eu podia sentir que me livrava dos resquícios da energia escura. O conjurador ergueu a cabeça e me encarou, seus olhos como poças negras, cheios de um ódio que ele não conseguia transformar em vontade.

Tomar meu corpo, ou mais provavelmente o de meu filho, razão pela qual ele havia poupado Anna – aquela fora sua última aposta.

Ele não tinha mais como lutar.

– Seu tolo – a voz arquejante, parecendo vir do fundo da terra. – Não percebe o que poderia ter obtido de mim? Não percebe o que teria... o conhecimento, o poder... se ao menos aprendesse a usar o livro?

– Percebo – respondi. – E, nesse caso, prefiro a ignorância.

Ato contínuo, ergui meu bastão e ataquei. Não Lasarr, que estava fora de combate, mas seu grimório. Não foi o bastante para acabar com ele – a coisa era mesmo maldita –, mas suas páginas se encresparam, e um som lúgubre, semelhante a um gemido, ressoou à nossa volta. O conjurador gemeu também, e eu concentrei toda a minha energia e tornei a atingir o livro, dessa vez conseguindo fazê-lo em pedaços. Alguns foram atirados a distância, mas Lasarr continuou a segurar os demais, embora os fragmentos calcinados lhe queimassem as mãos. Não havia mais nada neste mundo a que ele pudesse se agarrar.

– Kieran... – murmurou, contemplando as cinzas do livro. Por um instante, pensei que imploraria por piedade, mas o único som que deixou escapar foi o de um suspiro, o sopro da vida que se esvaía pelos lábios. Ou melhor: o sopro de *muitas* vidas. Pois cada uma das pessoas que ele destituíra devia partir antes que Lasarr morresse.

E um a um, diante dos meus olhos, eles se libertaram. Velhos e jovens, homens e mulheres, pouco a pouco foram se desprendendo da aura agonizante de Lasarr, sua essência revelada sob a forma de luzes e clarões de todas as cores. Nos mais brilhantes, olhando com atenção, podiam-se distinguir os contornos de um rosto, e este flutuava à minha frente por um momento antes que a energia se dispersasse. O último foi o do Preste Daffyd, e o seu sorriso cheio de calma e de bondade ainda pairava no ar quando o conjurador enfim fechou os olhos. Virei-o com um chute da minha bota – e então ele se partiu em dois.

Não: isso não é apenas um jeito de falar. Lasarr, no fim, não passava de uma casca vazia, e ela se rachou ao meio como um vaso de barro, espalhando a poeira negra em que se haviam transformado suas entranhas. O rosto não era mais do que uma caveira, coberta por uma pele apergaminhada e com as órbitas vazias. Era uma visão horrível, e eu acabava de pensar que Anna devia ser poupada daquilo quando senti as mãos dela em meus ombros.

– Acabou? – perguntou, apreensiva, mas principalmente esperançosa. Assenti e me virei para abraçá-la, e foi quando me dei conta de que me sentia muito fraco. A energia escura se fora, mas também a minha, usada no combate e na destruição do grimório. A mão já não queimava, mas a perna atingida pela seta voltara a doer; eu estava faminto, molhado e sujo como um Urso Negro. Tudo somado, meu tempo naquela guerra tinha chegado ao fim, embora ela fosse continuar, talvez por muitas luas, trazendo as perdas e as dores inevitáveis.

Um coro de murmúrios, misturados a gemidos, se ergueu nas proximidades da fonte. Eram os arqueiros elfos, despertando da suspensão em que tinham sido deixados por algum encanto de Lasarr. Ele criara um escudo ao redor da fonte, isolando-a de tudo o mais, mas eu sabia que Vergena não tardaria a chegar, e que em breve viriam soldados trazendo notícias do esperado ataque na fronteira. E talvez meu novo aprendiz também chegasse – Valan, de quem eu havia me perdido durante a viagem, porque uma andorinha é mais rápida que uma águia, mas também está sujeita a mais percalços. Talvez eu tivesse que procurá-lo... mas não o faria agora, nem no dia seguinte. Não antes de encher a barriga com guisado ou sopa de lentilhas e dormir o longo sono dos justos.

– Vamos para casa – eu disse a minha mulher.

– Temos que ajudar Tammoren e os outros – respondeu ela, e então me lembrei: o garoto devia estar apavorado, sem conseguir falar. Só por isso concordei em ir até ele. No entanto, não tinha andado mais do que alguns passos quando Anna parou, olhando com estranheza para a mão que eu pousara em seu ombro.

– O que aconteceu com seu anel? – perguntou. Ergui a mão, sem grande surpresa, porque já tinha visto o brilho nas curvas da serpente – e o instante seguinte me encontrou sem ação, fascinado com a Magia em seu estado mais puro.

Pois eu fora posto à prova, assim como Mael tantos anos antes, e sobrevivera a meu próprio veneno.

E em lugar da serpente, que chegara como um escorpião às mãos de meu mestre, agora eu tinha em meu anel uma águia de asas abertas.

32
Anna

Em tempos difíceis, Zendak costumava repetir um ditado: para as feridas, nada como a neve. Uma estação após a outra cura todos os males. Eu tinha esperança de que as coisas se dessem assim, e talvez tenha acontecido, tanto quanto é possível num lugar como Scyllix. Eles já estavam habituados a invernos sem neve e primaveras sem flores.

A vitória de Kieran sobre o conjurador foi decisiva para traçar os rumos da guerra, mas não a impediu de continuar. Na noite de lua nova, enquanto os magos combatiam junto à fonte, tropas inimigas tentaram uma invasão, e teriam tido sucesso se não fossem as Companhias acampadas no limite da propriedade de Seril. Mark, que se demorara fazendo frente aos desmortos e aos camponeses enfeitiçados, chegou para vencer uma batalha já iniciada, que deixou um saldo considerável de mortos e feridos. Outras se seguiriam, em vários pontos da fronteira, mas a fonte âmbar não tornou a ser ameaçada. E, apesar das notícias que nos deixavam com o ânimo sombrio, Kieran, Seril e eu logo retomamos nossos planos e afazeres.

Uma das primeiras coisas que fiz foi uma visita a Glen Thar, para onde os aldeões tinham voltado ao se verem livres do encantamento. As mortes haviam sido poucas – uma delas fora a do Preste Medrawt, quando tentava deter a multidão que se sujava com o sangue do sacrifício –, mas havia vários feridos, as pessoas estavam abaladas e muito assustadas. Distribuí entre elas alguns frascos de água da fonte, pois isso as ajudaria, embora não na mesma medida em que ajudara Tammoren. Este havia voltado para casa no dia seguinte ao combate, ao mesmo tempo em que Colm regressava da aldeia. Teimoso e rijo como era, o pastor não fora atingido pela Magia de Lasarr; assim que começou a loucura, correu para se esconder numa oficina, onde os arqueiros de Vergena o encontraram ileso e só um pouco amedrontado.

Alix tinha chegado a estar sob o poder do encanto, mas seus filhos a detiveram antes que pudesse ir atrás de Lasarr, e de alguma forma conseguiram trazê-la de volta à razão. Os três vieram nos visitar na tarde seguinte, e Kieran não teve escolha a não ser lhe contar sobre a morte de Teig. Alix chorou, abraçada a sua filha Aileen; o jovem Doron se juntou a elas após haver tentado de tudo para segurar as lágrimas. Foi o momento mais triste que vivemos em toda aquela guerra.

– Sei que Teig sofreu muito – comentou Seril, depois de eles terem partido. – Mas acho que vai ser pior ainda para a família.

– Bom, não são os únicos. Muitos homens morreram. Mulheres e crianças também, por onde passaram as tropas inimigas – resmungou Kieran. Ele não havia chorado, mas eu sabia que a morte do amigo o tocara mais do que gostaria de admitir. Também sabia o quanto estava indócil, querendo voltar à guerra ou pelo menos ao comando da defesa, o que não poderia fazer enquanto sua perna não sarasse. Felizmente, a água da fonte apressou a cura; ele usou bandagens durante um quarto de lua, mas parou de mancar em dois dias, e no terceiro montou a cavalo e partiu em busca do Andorinha. Seril e eu ficamos preocupadas, mas Kieran afirmou que tivera uma visão e que não precisaria ir muito longe.

De fato, após uns poucos dias ele estava de volta com o rapaz, que encontrara em meio a um grupo de refugiados. Era mais novo do que eu imaginava, quase um menino de modos retraídos, e Kieran o abraçava pelos ombros, como costumava fazer com Razek. Ainda estava abalado e cheio de culpa, mas melhorou com a boa acolhida que lhe demos. Logo estava pronto para começar os estudos. Isso passou a ocupar quase todo o seu tempo, e também boa parte do meu, porque antes de mais nada Valan precisava recordar a leitura e a escrita de sua infância. Ele não tocava num livro desde que perdera os pais.

Por sugestão de Vergena, Orm veio passar dois dias na Fonte Âmbar, nos quais conversou com Valan sobre Vrindavahn e a Escola de Artes Mágicas. Foi quando inventamos um passado para o novo aprendiz de Kieran: ao deixar o fazendeiro Wendell, ele não teria se juntado a Lasarr, e sim passado a viajar com um velho mago do Norte, que lhe falara sobre o Castelo das Águias. Com a morte do mestre, Valan decidira tentar a sorte naquele lugar distante, mas a guerra o surpreendera em meio à jornada. Seu desejo de chegar a Vrindavahn fora forte o bastante para atrair os pensamentos de Kieran, e agora o menino se tornara sua responsabilidade. Ninguém precisava saber que ele era o famoso Andorinha, que fazia chuva e névoa e estava em todos os lugares. Em breve aquele nome cairia no esquecimento... a não ser, talvez, pela memória de algum bardo ou Mestre de Sagas.

E com a ausência dele e de seu jogo da mente, e de Lasarr com as pragas e ameaças, Greimolt de Pengell começou a perder aliados. Primeiro foram as pessoas aliciadas nas aldeias, que caíram em si e voltaram para casa, e em seguida os pequenos senhores que haviam marchado a contragosto, temendo ser vítimas de uma maldição. Isso não chegou a ser um grande desfalque, pois as grandes cidades continuavam na aliança e tinham tropas de verdade. No entanto, ainda que juntassem todas as suas forças, não tinham como sustentar aquela guerra a longo prazo – e assim, após algumas batalhas em que foram derrotados de forma estrondosa, após ter tentado e jamais conseguido chegar aos portões de Scyllix, os senhores de Brandannen e de Golrod romperam a aliança com Pengell. Ambos mandaram emissários para negociar os termos da rendição, e houve brigas terríveis entre esses homens e o embaixador de Malkin, Stanislas Klíma, cuja cidade seria a última a retirar seu apoio a Greimolt.

Por essa época, as águias guerreiras começaram a dar sinais de que sofriam com a transformação, e Vergena obteve permissão para enviá-las de volta a Vrindavahn. A convenção não voltou à pauta de discussões, mas o Conselho tinha recomeçado a debater outras questões alheias à guerra, e eu voltei a me reunir com Athala e Seril para concluir o projeto da fonte âmbar. Estávamos otimistas, pois Fahel concordara em nos apoiar, mesmo sem vantagens para sua Casa, depois de compreender que a água da fonte havia salvado a vida de Tammoren. Ele marcou uma audiência para nós, garantindo que a maioria dos Conselheiros estaria presente, e a véspera nos encontrou a todos na casa de Harlan, debruçados sobre a versão final da proposta.

– Vamos tirar a menção às mães de soldados. Todas as mães de Scyllix têm filhos soldados – disse Fahel, sublinhando o trecho com o dedo.

– Não, algumas mães só têm filhas, e por isso mesmo concordo com você. São tão mães quanto as outras – replicou Seril. – Pouco importa se essas mulheres vão à guerra ou se ficam sofrendo em casa, dando conta de todo o trabalho enquanto esperam pelos filhos e maridos.

– E os soldados, quando não estão em campanha, mas apenas de prontidão na Cidadela? É preciso pensar nisso – disse Harlan. – E eu mudaria algumas coisas onde se trata dos estrangeiros.

– Eu mudaria toda essa parte. Quem procurar a fonte, com boas intenções, é claro, que tenha acesso à fonte. Não importa quem é e de onde vem – falei, com veemência.

– Mas concordamos que isso iria enfraquecer a proposta perante o Conselho. Não vamos mudar agora – insistiu o elfo.

Nesse momento, ouvimos o barulho do portão, e em seguida Razion entrou correndo no jardim. Estava esbaforido, cheio de pressa para se juntar a nós, mas notei algo diferente em sua agitação. Ele não parecia apenas curioso, como de costume. Parecia radiante.

– Em que ponto estão? – O menino se meteu no espaço existente entre Harlan e eu, inclinou-se sobre a mesa. – Discutindo a questão dos estrangeiros?

– Sim, por quê? Agora quer ser diplomata? – brincou o elfo.

Razion deu uma risada que soou meio nervosa e coçou o lóbulo da orelha. Eu tinha muito em que pensar, mas mesmo assim o gesto atraiu o canto dos meus olhos.

Foi esse acaso que me mostrou o que não estava ali no nosso último encontro.

– Ora, ora... Razion – respirei fundo, sem saber o que esperar. – Estou vendo que furou sua orelha. Ganhou um brinco?

– Eu... O quê? – Na mesma hora, o garoto ficou pálido, realçando a cor cinzenta dos olhos. – Não sei do que está...

– Será que é um brinco da *Casa Safira*? – tornei, encarando-o. Era um blefe, mas o rosto dele se contraiu como se fosse chorar. Isso me deu a certeza de que eu precisava – e fez crescer dentro de mim uma profunda raiva dirigida a Harlan.

– Era isso, então? Esse era o seu jogo? – perguntei, levantando-me da mesa. O elfo também se levantou, erguendo as mãos abertas, ao passo que os demais se entreolhavam, ainda tentando compreender.

– Por favor, me deixe falar – pediu Harlan, e prosseguiu sem esperar resposta. – Sei o que está pensando, tem razão em desconfiar de mim, mas, eu juro, não estou por trás disso. Eu não traí vocês.

– Não? Quer dizer que não escondeu de todos nós que seu amigo morto, o pai de Razion, pertencia à Casa Safira?

– *Como é?* – rugiu Fahel, do outro lado da mesa.

– É isso mesmo – confirmei, ainda encarando Harlan. – Desde que vi Razion, achei-o parecido com alguém, e agora percebi de quem se trata. Hillias, Telion... Será que a mentira foi ainda maior do que penso, e o garoto é filho de um deles?

– Claro que não – disse, com veemência, o Mestre de Estratégia. – O pai de Razion era meio-irmão de Telion. Um elfo, mas também bastardo. A família o reconhecia, mas sempre ignorou o filho que ele teve com Brigid.

– Isso até pouco tempo atrás – apontei para o pequeno furo na orelha de Razion, que estava em silêncio, de braços cruzados e cabeça baixa. – Só os jovens das Casas Nobres costumam fazer isso, e ele chegou aqui tão feliz... Será que estava com o tio Telion, com o tio-avô Hillias? E será que o brinco foi uma recompensa pelo que ele lhe contou dos nossos encontros?

– Você fez isso? – Harlan interpelou o menino, em tom duro. – Falou sobre o projeto da fonte a alguém da Casa Safira?

– Fa... falei, mestre. Me perdoe – lágrimas pingaram dos olhos de Razion, caíram na mesa. – Pouco tempo depois da primeira reunião, eu encontrei um dos meus primos na rua... e comentei... e meu tio mandou me chamar, prometeu que eu teria o brinco, que seria reconhecido, se lhe contasse o que vocês...

– Chega! Já ouvi o suficiente – disse Fahel, por entre os dentes cerrados. – Aqui estamos, discutindo uma proposta que deveria ficar em segredo até que a apresentássemos ao Conselho, enquanto Telion já movimenta seus aliados para que o ajudem a nos derrotar.

E isso é culpa sua, Harlan! – prosseguiu, o dedo em riste. – Você sabia *quem era* esse menino! Por que deixou que ele estivesse presente aos encontros?

– Porque ele é curioso e sempre assiste a minhas reuniões – replicou Harlan, na defensiva. – Por minha honra, eu juro que não o mandei contar a Telion sobre o projeto!

– Mas não o impediu – rebati. – Não o proibiu, nem mesmo o *alertou*, e não ignorava que ele tinha contato com pessoas da Casa Safira. E você é um Mestre de Estratégia... Não posso acreditar que tenha sido ingênuo a esse ponto!

– Mas fui! Eu me descuidei! – exclamou o elfo. – Estava acostumado à presença de Razion e não pensei que isso poderia trazer problemas! Seja como for, o importante é que acreditem que não agi pelas suas costas. Se quiserem, podem até pedir ao Kieran que vasculhe meus pensamentos.

– Não será necessário – Athala se apressou a dizer. – Sabemos que você não nos trairia. Afinal, sempre nos ajudou em tudo. Não é mesmo, Fahel?

– Sempre pareceu ajudar – replicou o marido, cruzando os braços. – Mas não sei se posso confiar em alguém que tem como protegido um bastardo da Casa Safira.

– Um momento – pediu o Mestre de Estratégia. – Razion, vá para junto da sua mãe e não apareça aqui até eu chamar. Vamos ter uma conversa muito séria mais tarde.

– Mestre, por favor...

– *Agora* – disse Harlan, com um jeito ríspido que só durou até o garoto deixar o jardim. Então, soltou um profundo suspiro e se voltou para nós.

– Ouçam, o pai desse menino era meu amigo, mas nunca fez nada por ele nem por Brigid. Se eu não os acolhesse, ela não teria para onde ir. Quanto a Razion, ele errou, é claro, mas não o julguem tão rápido. Ele passou a vida inteira sonhando em ser reconhecido pela família. Vocês, mais que ninguém, sabem o quanto isso é valioso.

– Não vale uma moeda furada – resmungou Seril.

– Para você talvez não. No caso de Razion, eu entendo – disse Athala, olhando para mim. Suspirei, mas tive que assentir, porque também entendia. Junto com o brinco, aquele menino ganhara a promessa de uma vida melhor, um bom futuro para si e para sua mãe. Não havia como recusar essa oferta, ainda que pusesse em jogo a sua lealdade.

E agora era a nossa vez de pensar em ofertas e barganhas.

– Bom, o que está feito está feito – falei, controlando minha vontade de socar o nariz de Harlan. – Telion sabe do projeto, mas isso não é razão para desistirmos. Vamos nos acalmar e pensar na melhor saída.

– Que saída? Ele vai estar preparado para refutar tudo que dissermos – afirmou Fahel. – Ou talvez se antecipe, apresentando uma proposta diferente e aliados suficientes para aprová-la.

– Ou então vai apresentar *nossa* proposta, com modificações que o favoreçam, e dizer que é dele – sugeri. – Telion eu não sei, mas Kieran me contou que Hillias fazia esse tipo de coisa.

– Hillias... – disse Harlan, pensativo. – Anna, você se lembra da conversa que teve com ele? Lembra-se de ter dito que, se ele fizesse o possível para ajudar na defesa de Scyllix, você talvez apoiasse a sua libertação da Torre de Ferro?

– Lembro. O que tem isso?

– Bom, eu acho que as informações que ele lhe deu foram preciosas, porque sem elas você não teria pedido a Mark que levasse tropas para Glen Thar e não saberia reconhecer a marca do conjurador nas sepulturas. Lasarr agiria sem impedimento, e com quase toda certeza teria se apossado da fonte âmbar antes da chegada de Kieran. Ou seja, Hillias ajudou muito, mas se você e seu marido não disserem nada a favor dele diante do Conselho...

– Ele continua na Torre – um calafrio me subiu pelas costas; eu entendera, e não tinha gostado. – Você está propondo que eu...

– Negocie com Telion. Sim. Você tem algo que ele quer – disse Harlan.

Do outro lado da mesa, Fahel arregalou os olhos, indignado demais para dizer alguma coisa. Seril tinha uma expressão parecida, assim como Tammoren, mas Athala estava apenas surpresa, e os cantos de seus lábios começavam a se erguer num pequeno sorriso. *Por que não?*, parecia me perguntar.

Suspirei, prevendo a discussão que estava prestes a se erguer ali e a guerra particular que teria de travar mais tarde com Kieran. Talvez não valesse a pena. No entanto, mal tinha começado a refletir quando surgiram novas ideias, e elas voavam tão alto quanto as águias de Vrindavahn.

Sim, eu podia ajudar Telion a obter o que queria. E ele também podia me ajudar em outros assuntos além da fonte âmbar, assim como Fahel, ainda que os dois pertencessem a Casas rivais. Era para isso, afinal, que eu estava em Scyllix.

E, apesar dos riscos que correria, compreendi que iria me arrepender se partisse sem ao menos tentar.

No dia seguinte, pouco antes da hora marcada para a audiência, a Sala do Conselho se encontrava lotada. Civis e militares, homens, meio-humanos e elfos, todos os Conselheiros fizeram questão de estar presentes, além de meia centena de cidadãos interessados no debate. Estavam muito agitados, o ar saturado com o som de suas vozes, mas as conversas diminuíram quando entramos, substituídas por aplausos e brados de vitória destinados a Kieran.

Enquanto as pessoas se lembrassem, ele seria um herói.

Apertei sua mão com força antes de rumarmos para o centro da sala. Ele me olhou com o cenho franzido, ainda zangado pela nossa briga da tarde anterior – inevitável, como eu soubera desde o início –, mas também preocupado com o rumo que as coisas iriam tomar. Tínhamos um acordo, é verdade, mas seria respeitado? O que diriam os Conselheiros que estavam de fora? Como encarariam o súbito entendimento entre as Casas Âmbar e Safira?

– Ainda não sei se foi uma boa ideia – resmungou Seril. – De qualquer jeito, já que chegamos até aqui, espero que a proposta seja aprovada.

– Faremos o melhor possível – respondi. Ela assentiu e se afastou, indo se sentar com Athala. Vergena estava de pé, cercada por três ou quatro arqueiros, e Harlan conversava com Naldar, a quem, mais cedo, já tinha explicado nosso projeto. Os Conselheiros se espalhavam pela bancada, alguns falando entre si, outros apenas exibindo tédio e impaciência em graus variados enquanto esperavam o início dos trabalhos. Lá estavam Cormac, trocando impressões com outros Conselheiros civis, Ralston, o veterano mal-humorado, e a elfa que pusera em dúvida a competência de Vergena. Lá estava Telion com seu olhar cinzento. Ele viu que eu o observava e sorriu, um sorriso que tanto podia ser o de um cúmplice quanto o de um rival malicioso e traiçoeiro. Talvez fosse as duas coisas.

– Sua atenção para a proposta apresentada por Anna de Bryke, Mestra de Sagas na Escola de Artes Mágicas de Vrindavahn! – A voz de Naldar me surpreendeu; eu não vira Harlan se afastar. – Ela se refere à fonte âmbar, situada na fazenda do mesmo nome, na localidade de Glen Thar. A fazenda pertence por direito de herança ao marido de Anna, Kieran, o antigo Mestre das Águias...

– Viva o nosso defensor! – gritou alguém, causando uma breve agitação.

– ...e a sua irmã, Seril – prosseguiu Naldar, quando as vozes se calaram. – A propriedade já foi usada para criar os cavalos do exército e para experiências com as águias guerreiras, mas o contrato terminou há vários anos. E, desde que a fonte se mostrou um objeto de cobiça por parte dos inimigos das Terras Férteis, alguns Conselheiros defendem que ela passe a pertencer à cidade, e que o Conselho decida o melhor uso de seu poder. Está correto até aqui, Mestra Anna?

– Sim – respondi, com segurança. – E, diante disso, minha família e eu decidimos acabar com as disputas, fazendo com que a fonte passe a ser um bem de todos.

– Sua *família*? – indagou Telion, com um breve sorriso. Senti um dedo gelado percorrer minhas costas, mas fiquei firme. Ele também tinha muito a perder se atrapalhasse meus planos.

– Isso mesmo, Conselheiro. Minha família – respondi, buscando a mão de Kieran, que permanecia ao meu lado em silêncio. – A fonte está nas terras de minha cunhada e meu marido, e eles concordam em ceder seus direitos sobre ela se a proposta for aprovada.

– Eles concordam, é? Isso é novidade – comentou o velho Ralston, olhando-nos de esguelha. – Eu sempre ouvi dizer que não queriam mais o exército naquelas terras.

– Justamente. *Não será* o exército – disse Naldar.

Um murmúrio de surpresa encheu a sala. O Primeiro Conselheiro ficou em silêncio por um momento, saboreando o efeito de suas palavras. Depois, voltou-se para mim, os olhos cheios de um brilho indecifrável.

– Boa sorte – sussurrou, e então fez um sinal para que eu começasse. Respirei fundo, invocando a ajuda dos Guardiões, e comecei a ler o projeto em voz alta – uma voz que se ergueria cada vez mais, tentando ser ouvida, à medida que o murmúrio desse lugar a reações mais exaltadas.

Para meu alívio, a proposta em si não foi mal recebida, embora muitos a vissem com estranheza. Scyllix vivia em função da guerra, e era na guerra que eles estavam acostumados a pensar. Jamais teria lhes passado pela cabeça fazer o que eu sugeria, criando, nas terras próximas à fonte âmbar, um grande centro de cura que atenderia a doentes e feridos. Ficaria sob a jurisdição do Conselho, mas o tratamento seria orientado e conduzido por mestres formados na Escola de Artes da Cura de Riverast.

Foi nesse ponto que começaram a surgir as objeções.

– Não é má ideia uma Casa de Cura, como as que existem noutras cidades. A cura é mesmo o poder principal da fonte, e as experiências com as águias não foram proveitosas – disse uma Conselheira. – Mas não sei se deveríamos permitir a vinda de estrangeiros. Somos nós, afinal, que mais sofremos com a proximidade dos inimigos; somos nós que lutamos nas batalhas, e as últimas deixaram centenas de feridos. A fonte âmbar deve ser reservada para o nosso uso.

– Mas Scyllix faz parte da Liga – replicou um meio-humano. – Pelo menos nas Onze Cidades...

– A proposta fala sobre isso, mais adiante – cortou Naldar. – Prossiga, Mestra Anna.

Esforçando-me para ignorar o burburinho crescente, li então a parte em que nos propúnhamos a estender o uso da fonte a todos os cidadãos das Terras Férteis, mas estabelecíamos limites e condições para a vinda de estrangeiros. Isso contentou a maior parte da audiência e me permitiu ir em frente, mas logo fui interrompida, desta vez pelo velho Conselheiro Ralston.

– O que estão dizendo aqui é muito bonito – afirmou ele, mas o jeito como falou dava a entender o contrário. – Usar a fonte para a cura, muito bem. Mas ouvi falarem da Liga das Terras Férteis, por isso pergunto a vocês: qual o papel de Scyllix na Liga? Não temos que manter o exército, a Escola de Guerra, cuidar da defesa da região? E para tal não temos que usar a maior parte dos nossos recursos? Quanto é que vai *custar* um centro como esse, com mestres vindos de Riverast e tudo mais?

– E aí reside outro ponto – disse um militar mais novo e enérgico. – Não vejo como essa proposta beneficia o exército. Por mim, as experiências dos magos devem ser retomadas, e, se a água for usada para a cura, que seja a dos feridos em batalha. Não a de criancinhas ranhentas ou de velhas com a doença das juntas.

– E se for a sua mãe? – perguntou, alto e bom som, o Conselheiro Cormac. Foi tão inesperado que muitos na audiência se calaram, ao passo que outros explodiram em risadas, obrigando um exasperado Naldar a bradar exigindo silêncio.

– Em nome da ordem, deixem que a leitura seja concluída antes de protestar! – exclamou ele, com as faces vermelhas. – Continue, por favor, Mestra Anna!

– Obrigada, Conselheiro. Ouçam isso! – tornei, com a entonação de quem narra uma saga. – *Cláusula 13: do uso da fonte âmbar por militares em tempos de guerra. Em caso de marcha que os afaste de Scyllix, os soldados levarão em seu equipamento um frasco de água da fonte, e os curandeiros que acompanharem as tropas terão alguns barris à disposição. Os soldados que estiverem na cidade também serão os primeiros a se beneficiar da fonte, observados os casos de exceção: mulheres grávidas, mulheres que tenham acabado de dar à luz...*

– Mulheres grávidas, pois sim! – exclamou um Conselheiro, soprando com desdém pelas bochechas... e logo se encolhendo em seu assento, ao se ver fixamente encarado por ninguém menos que o antigo Mestre das Águias.

– *Minha mulher* está grávida – rosnou Kieran, em meio a um súbito e assustado silêncio. – Mesmo assim ela me ajudou a derrotar o mago inimigo. Onde *você* estava nessa hora?

– Com certeza não estava estudando a legislação da Liga das Terras Férteis – disse Seril, pondo-se de pé. – Se a consultasse, saberia que mulheres grávidas são as primeiras a ser socorridas em caso de guerra, fome ou qualquer outra adversidade. Essa é a lei, e assim também será no que se refere à fonte.

– Muito bem! – aplaudiram várias mulheres, e mesmo alguns dos homens na audiência. Talvez houvessem perdido mães ou esposas em partos infelizes.

– Não vou contestar isso – disse Ralston, quando Seril tinha voltado a se sentar. – Nem o uso da fonte âmbar para a cura, embora eu ache que ela pode servir também para as experiências com as águias. Eu só me oponho aos gastos. Que as pessoas mergulhem na fonte, que bebam aquela água malcheirosa se quiserem, mas nada de Casa de Cura. E nada de físicos vindos de fora às custas de Scyllix.

– Mas esses físicos também são magos – argumentei. – E farão experiências, que certamente vão ter mais sucesso do que as anteriores. A água da fonte, por si só, tem um grande poder, mas eles podem descobrir como usá-la em remédios e poções. Isso vai ser benéfico para todos.

– Não sei não – resmungou Ralston. – O exército já tem físicos que cheguem, não precisa desses elfos de Riverast para lhes dizer o que fazer. E, na verdade, acho que nem precisa dessa fonte, porque nos arranjamos sem ela durante anos.

– E nesse tempo muitos morreram, quando poderiam ter sido salvos! Quer uma prova? – perguntei, fazendo um sinal para Tammoren.

Conforme havíamos combinado, o arqueiro se levantou e avançou entre os presentes, já se livrando do manto e da túnica. Ao chegar diante dos Conselheiros ele vestia apenas as calças e a camisa, e esta logo foi arrancada por cima da cabeça, expondo o flanco marcado por uma feia cicatriz.

– Isto é um ferimento de guerra, mas não foi feito com uma arma e sim pelas garras de um desmorto – declarou ele; uma comoção passou pela assembleia, mas o deixaram continuar. – Não sei quanto sangue perdi, mas quase cheguei ao outro lado, e metade de mim se esvaiu antes que Anna de Bryke me arrastasse para o interior da fonte. E, uma vez lá, eu pude sentir a Magia me devolver à vida. Remédio algum, dos que temos hoje, poderia ter feito isso! – exclamou, mais alto do que os protestos e murmúrios. – Eu, Tammoren da Casa Âmbar, afirmo que existe um grande poder naquela fonte!

– E ele *tem que ser* usado para a cura! – exclamei, com o máximo de ênfase que podia. – O que é mais importante para Scyllix? Realizar experiências sem fim, inúteis e dolorosas, na esperança de criar animais estranhos à própria natureza? Ou salvar a vida de seus cidadãos, inclusive soldados como Tammoren?

Diante disso, a audiência veio abaixo, e por mais que tentasse Naldar não conseguiu restabelecer a ordem. Todos falavam ao mesmo tempo, contra e a favor da proposta; a única voz que eu conseguia distinguir era a de Ralston, bradando a plenos pulmões que aquilo era uma vergonha e que estrangeiros como eu não deviam se pronunciar no Conselho. Fahel foi deixado em seu canto – talvez todos houvessem compreendido que ficaria ao lado do filho –, mas vários Conselheiros correram para falar com Telion, de quem não se esperava nada menos que uma violenta oposição às minhas palavras. Ele, porém, se limitou a algumas frases em voz baixa, frases que surpreenderam e pareceram decepcionar seus partidários, ao mesmo tempo que me fitava com um olhar cheio de significado. *Não estou em seu caminho*, parecia dizer. *Não se iluda esperando que eu faça alguma coisa mais.*

Fosse como fosse, o silêncio por parte dos líderes das Casas Nobres enfraqueceu os que se opunham à proposta, e não duvido que tivéssemos conseguido aprová-la em seguida. A confusão, porém, era grande demais para que o Conselho pudesse votar, e Naldar foi obrigado a adiar a decisão para dali a três dias, com o que Ralston e os outros inconformados poderiam ter tempo de organizar uma reação.

Era o momento de buscar mais aliados, não apenas entre os Conselheiros ainda indecisos, mas junto ao povo de Scyllix. Naqueles três dias, ajudados por nossos amigos, falamos em praça pública e na Escola de Guerra, visitamos fazendas e oficinas e, em certas partes da cidade, chegamos a bater de porta em porta para explicar o projeto e pedir apoio. Nem todos aderiram, mas minha retórica e o prestígio de Kieran tinham seu valor – e assim, no dia da votação, milhares de pessoas se reuniram diante do Conselho, gritando, cantando, batendo com espadas em escudos e em panelas com pedaços de madeira.

E em meio às suas vozes, que bradavam exigindo a criação da Casa de Cura, quarenta e dois Conselheiros responderam que *sim.*

A partir daí, as coisas pareceram se resolver de um jeito quase mágico. Malkin se retirou da guerra, abrindo caminho para que o mesmo acontecesse com Pengell pouco tempo depois; as negociações para a troca de reféns e o pagamento de tributos foram iniciadas; o projeto da Casa de Cura seguiu adiante, com um construtor da cidade planejando as instalações e cartas começando a ser trocadas entre físicos de Scyllix e mestres de Riverast. Glen Thar ganhou um novo Preste e ficou livre da febre misteriosa. E, como parte adicional do nosso acordo, Telion mais uma vez ficou em silêncio enquanto eu discursava para o Conselho, defendendo o fim da convenção das águias guerreiras.

E – lamento ter que dizer – ainda não foi dessa vez que consegui. Havia muitos argumentos em contrário. Aquilo dependia das outras cidades da Liga, não podia ser resolvido pelo Conselho de Scyllix; as águias eram de fato muito úteis, como havíamos comprovado com os desmortos e camponeses de Lasarr; além disso, não havia uma contrapartida que pudéssemos oferecer em troca de sua liberdade. No entanto, a proposta que havia sido aprovada impedia o uso da fonte âmbar em experiências de transformação, e conquistei alguns Conselheiros para a causa, de forma que a semente não caiu em solo tão árido. Eu ia continuar a cultivá-la quando retornasse a Vrindavahn.

Na quinta lua do ano, em plena primavera – que, em Scyllix, não trazia flores, mas sim febre do feno e espirros –, Hillias voltou para a companhia da família. Isso só aconteceu graças à intervenção de meu marido; depois da nossa discussão, e antes que eu e Harlan houvéssemos procurado Telion, ele fora à Torre de Ferro, e lá constatara por seus próprios meios que o prisioneiro se tornara inofensivo. Só por isso concordou em falar a seu favor.

– Ainda acho que vou me arrepender – comentou, quando Vergena nos deu a notícia da libertação. – Não sei o que ele vai fazer a partir de agora, mas sei que não vai ser nada de bom.

Assenti, mas não falei nada, esperando que o assunto morresse e pudéssemos aproveitar a noite. Era a última antes do nosso regresso a Vrindavahn, e o General Gwil nos oferecera uma festa de despedida em sua fazenda. Toda a gente de Glen Thar e dos arredores estava lá, assim como convidados de Scyllix; havia muita carne girando no espeto, bebida à vontade e uma bela mesa de doces. Também não faltava música, tocada por um grupo vindo da cidade. Kieran dançou comigo duas vezes, depois não pude mais persuadi-lo, mas ele continuou de bom humor, conversando com os aldeões, sorrindo para mim de longe enquanto eu dançava e erguendo a taça sempre que alguém brindava à honra de Scyllix. Isso antes de saber que Hillias estava em casa.

– O poder ele já não tem, mas continua a mesma raposa pérfida – resmungou, entre dois goles de vinho. – E Harlan me disse que o tal de Razion também se mudou para o palácio. Deixou a mãe para trás e atendeu ao convite deles, sem pensar duas vezes. E assim a Casa Safira tem de volta dois ilustres membros: o tio-avô e o sobrinho bastardo, um tão traidor quanto o outro. É uma família adorável.

– Nem todas são como a nossa – repliquei; ele me olhou com o cenho franzido, mas prossegui, falando sério. – Meus parentes são ótimos, Seril também, e do lado da Casa Âmbar só Elora continua a não gostar de nós. Até Fahel está se esforçando para se aproximar. Vi isso quando ele ofereceu a você a Garra de Águia.

– Sim. E eu confesso que fiquei tentado a aceitar – admitiu ele. – É uma bela espada, do mais puro aço élfico. Mas pertenceu a Palias, o Perverso, aquele que arrancava as tripas do inimigo ainda vivo e chamava isso de diversão. Não sou a melhor pessoa para usar uma arma com esse tipo de energia.

Sorri, feliz por ver que ele tomava esse cuidado, e o abracei, encostando a cabeça ao seu peito. Ele pousou a mão na minha barriga, tentando sentir os movimentos, mas por enquanto eu era a única a percebê-los. Ainda faltavam várias luas para a chegada do bebê.

– Seril devia ter vindo – comentei. – Sei que ela não gosta de festas, mas é nossa última noite juntos, sabe-se lá até quando. Você precisa me ajudar a convencê-la a nos visitar em Vrindavahn.

– Estou tentando. Mas ela não vai querer deixar a fazenda, ainda mais com toda a confusão em torno da Casa de Cura.

– Há muita gente para cuidar disso. Athala está sempre por lá, o físico-mestre de Scyllix também, o construtor é de confiança. Quanto à fazenda, além de Colm, há os vizinhos, como Doron e Maeve. Quer dizer, quando pararem de dançar – brinquei, porque os dois não tinham feito outra coisa a noite inteira, rodopiando e rindo um para o outro sob os olhos atentos e satisfeitos do General.

– E, por falar nisso, veja quem está de volta – disse Kieran, momentos depois. Olhei para onde ele apontava e vi Tammoren, com quem eu dançara mais cedo, passando entre as longas tochas que iluminavam o local da festa para vir em nossa direção.

– Acho que preciso ir – disse ele, e me fitou intensamente com seus olhos cor de violeta. – Não sei se poderei ir ao porto, então creio que é adeus, mas vou escrever para vocês. E espero que nos vejamos em breve, porque já estou sentindo sua falta.

– Venha nos visitar – convidei.

– No Castelo? Ah, claro! Irei assim que puder. No fim do ano, talvez – fez uma pausa, parecendo tomar coragem, e prosseguiu. – Anna, quero lhe agradecer por ter salvado a minha vida...

– Você também salvou a minha, duas vezes!

– ... E dizer que seus discursos foram maravilhosos, tanto o da fonte quanto o das águias. Uma injustiça que não tenha conseguido derrubar a convenção. Mas eu e meus pais vamos trabalhar pela causa, então, quem sabe...

– Sim! Um dia vamos conseguir – afirmei. Ele sorriu e continuou onde estava, em silêncio, olhando-me com um ar distante e embevecido. Só despertou quando Kieran pousou a mão em seu ombro.

– Acho que já estava de saída, não? – perguntou o mago, em tom neutro. – Sua mãe está esperando por você em Scyllix.

– Ah, sim, eu... Eu vou buscar meu cavalo. Adeus, e obrigado por tudo – disse o rapaz, atrapalhado.

Tocou rapidamente nossas mãos, num cumprimento formal, e se afastou, com o que me voltei para Kieran em busca de uma explicação.

– Isso me irrita, quando passa de um certo ponto – disse ele, e soltou um leve suspiro. – Mas acho que é melhor me acostumar. Enquanto vivermos numa escola, sempre vai haver algum garoto apaixonado por minha mulher.

– Apaixonado? Tammoren? – Franzi a testa, cética. – Ele sempre me olhava muito, mas não parecia ser por causa disso.

– Mas era. E já houve a mesma coisa por parte de outros, só que você não notou.

– Se houve, nunca demonstraram. Talvez tivessem medo de você – provoquei; ele sorriu de leve, mas seus olhos estavam muito sérios.

– E você? – perguntou, a voz rouca. – Também sentiu medo de mim?

– Na fonte, naquela noite... Sim, eu estava com medo – respondi o que ele já sabia. – Mas aquele não era você. Você estava sob o efeito do combate mágico. Estava sendo controlado por alguma coisa muito ruim.

– Algo me dominou, é verdade – Kieran apertou os lábios. – Mas o que você viu, o que a ameaçou, aquele *era* eu. Era eu que estava ali, prestes a destruir você e a mim mesmo. E foi você que me impediu, com a ajuda da fonte.

– Não. *Você* caiu em si e conseguiu voltar a tempo. Ou talvez tenhamos sido nós dois. De qualquer forma, passamos por aquilo e estamos juntos de novo. – Sorri, querendo que ele fizesse o mesmo. – Somos uma boa dupla; e sabe o que é o melhor? Agora, na verdade, somos um *trio*! O que acha disso?

– Ah, eu acho ótimo – replicou o mago, voltando um pouco ao seu jeito habitual. – Não faço ideia de como ele vai ser, com quem vai se parecer, mas... Seja lá o que for, mal posso esperar pela chegada desse menino.

– Ele também está querendo conhecer o pai – repliquei, sentindo algo se mover dentro de mim. Kieran percebeu o que acontecera e se abaixou para encostar uma das faces ao meu ventre. Dessa vez, o bebê chutou forte o bastante para que ele sentisse, e isso o fez erguer os olhos, que brilhavam como duas estrelas. Pousei a mão em seu cabelo e ia dizer alguma coisa quando ouvi uma voz forte brindar à nossa saúde.

– A Anna e Kieran, que vivam muitos anos! – Era Doron, de mãos dadas com Maeve e cercado por quatro ou cinco homens da sua idade. – Vocês se lembram de quando entramos para a Escola de Guerra? Estávamos sempre atrás das garotas e fazíamos troça de Kieran por viver sonhando com a mulher morena. Pois bem, amigos, essa mulher existe, e vale ouro! Ouviu, Kieran? Você é um rato de sorte!

– Ah, sim. Ela não me deixa esquecer – retrucou meu marido. Isso provocou algumas risadas, que redobraram quando Doron lamentou que eu não pudesse dizer o mesmo. Aileen, filha de Teig, e um sobrinho de Declan trouxeram novas jarras de vinho e suco de framboesa, e os brindes se multiplicaram noite adentro, até que o Sol viesse anunciar o momento da despedida.

Magos da Alma e xamãs afirmam que o Bem e o Mal se

completam; que tudo aquilo que nasce deve morrer, e que não há virtude maior do que o equilíbrio. Eu sei que eles estão certos, mas mesmo assim vou usar meu privilégio de Mestra de Sagas e concluir esta quando todos estão contentes. Gosto de finais felizes. No entanto, aprendi o suficiente para saber que a vida é uma sucessão de ciclos, e que este não é realmente o fim, mas apenas uma pausa em nossa história.

Assim, quando houver de novo dor e sombras, a memória de momentos como este nos fará lutar por tempos melhores.

Epílogo (e Prelúdio)
Lara

Três noites após o equinócio, todos os magos da Escola despertam do mesmo sonho. Metade do Castelo está imersa em sombras, a outra iluminada; fadas e gênios sussurram nas salas escuras, mas as demais estão em festa, e o anfitrião é Theoddor, o antigo senhor de Vrindavahn. Alguns de nós acreditam ter entendido a mensagem do sonho, outros a põem em dúvida, e a discussão já se inicia quando uma notícia nos faz rapidamente esquecê-la.

Enquanto sonhávamos, Maeloc havia chegado.

As aulas e demais atividades são suspensas, mestres e aprendizes acorrendo sem demora à Ala Azul. A maioria fica do lado de fora da torre, mas os mais próximos de Anna e Kieran sobem liderados por Sophia, que leva cristais de cura e um cesto com ervas medicinais. Estou com eles, é a primeira vez em muitos anos que entro nos aposentos de Kieran, que continuam tão sóbrios quanto no tempo em que pertenciam a Theoddor e seus ancestrais.

Anna nos recebe com um sorriso cansado, mas triunfante. Ela segura o bebê, do qual a princípio vejo apenas um pouco de cabelo preto e uma mão muito pequena pousada no seio da mãe. Kieran está sentado na cama junto à mulher, e do outro lado está a avó de Anna, Kyara, que fez uma longa viagem desde a floresta para assistir ao nascimento. Seus olhos e os do mago têm o mesmo brilho, cheio de amor por Anna e pela criança, mas também da determinação de protegê-los. E não podia ser diferente, pois Kyara é o feminino de Kieran, sílabas secas como o estalar do fogo que se suavizam nas primeiras letras do nome de Anna. Não há nada que a Magia não possa explicar.

Seril também está em Vrindavahn, onde desembarcou há um quarto de lua. Passou quase o tempo todo na torre, não foi à festa do equinócio, veio apenas por causa do sobrinho. Quando Sophia pergunta por que não a chamaram mais cedo, Seril lhe diz que conhece bastante sobre partos, e que este correu muito bem, sem precisar de encantos nem de cristais. Anna acrescenta que foi tudo muito rápido. Olho para Kieran, que tem o rosto pálido e cansado, e desconfio que ele tomou para si uma parte da dor. Mas não cabe a mim fazer perguntas.

Os visitantes formam um círculo ao redor da cama para admirar o bebê. Fico para trás, vendo Finn se desmanchar em brincadeiras tolas e ternas, esperando que Sophia dê conselhos, que se escoem todas as exclamações. Tomas, o mestre dos fantoches, vem até a porta e fala com Seril, prometendo trazer sua nora e seu neto Aidan, que nasceu na primavera, para conhecer o pequeno Maeloc. Sinto uma vibração diferente no ar sempre que escuto esse nome; ainda não sei se os pais fizeram bem em escolhê-lo, pois carrega coisas demais, nem todas boas. No entanto, a criança foi concebida e esperada com amor, e isso ao menos é um bom começo. Melhor que o da maioria de nós.

Quando as pessoas se afastam, continuo no mesmo lugar. Anna me chama, sorrindo, e Kieran me olha com um jeito intenso, como se tivesse algo a dizer e não soubesse como. Dou alguns passos e me sento na beirada da cama, de onde posso finalmente ver o bebê: uma criaturinha doce, de olhos oblíquos como os de Anna e uma boca rosada que se abre em pequenos bocejos. Afago sua face, tentando não pensar na outra criança, a que eu sonhava ter com Hillias quando ainda éramos felizes. O bebê percebe o toque e abre os olhos, profundos e curiosos demais para um recém-nascido – e é quando vejo, refletida neles, a imagem de Camdell, que acaba de chegar.

O quarto se enche de uma nova e suave energia. Ele cumprimenta Kyara e Seril, troca uma ou duas palavras com as pessoas de pé ali nos cantos, encaminha-se para a cama e aperta a mão de Kieran entre as suas. Então, estende o braço e afaga os cabelos de Anna, longamente, um gesto que parece o de um pai.

– Deu tudo certo – murmura. – Theoddor... tenho certeza... ficaria muito feliz.

– Você também sonhou com ele? – pergunto, embora já conheça a resposta. Anna e Kieran talvez nunca venham a saber, mas Camdell esperou tanto quanto eles, ansiou talvez mais que eles por esse menino que não tem seu sangue, mas a quem está ligado pelos intrincados laços da Magia. Maeloc tem toda a vida pela frente, e nela irá fazer muitas escolhas, que poderão ser sua vitória ou sua ruína. Mas nunca estará sozinho.

A promessa que o Mentor fez em silêncio se repete muitas vezes. Eu a vejo nos gestos de Rydel, que, na tradição dos Odravas, traz de presente uma flor e uma fruta; eu a escuto no alaúde de Urien e em sua canção de ninar; eu a sinto nos lábios de Gurion, o intendente, que beija a mão do bebê como se fosse a do seu novo senhor. Por fim, eu a escuto na voz de Padraig, que entra acompanhado pelo sério e resoluto Valan. Em nome de todos os aprendizes, os dois asseguram a Anna e Kieran que seu filho será para eles como um irmão mais novo, e isso é a gota d´água para que Anna se desfaça em lágrimas. Kieran volta ao seu personagem habitual e manda a todos nós para fora da torre, pois já ouviu asneiras suficientes por um dia, e sua mulher e filho precisam descansar.

Quando saio, é quase meio-dia, e águias voam ao redor da Torre dos Ventos. Ergo meus olhos, protegendo-os do sol, e me surpreendo ao ver Thalia numa das enormes janelas. Não creio que deseje companhia, mas mesmo assim subo à torre e me debruço no parapeito a seu lado. Ela segura um livro – não o grimório, mas um diário em que escreve seus sonhos – e tem os olhos fixos nos telheiros que se veem lá embaixo. Penso em perguntar se não irá conhecer Maeloc, mas não o faço, porque logo a resposta se afigura clara. Ela foi uma das que tiveram dúvidas, talvez ainda as tenha, mas sabe que as coisas irão mudar a partir de agora. Para o Bem ou para o Mal.

Pego a mão de minha amiga, que a aperta em silêncio, e torno a pensar em Hillias. Ele continua a me escrever, pedindo que eu o ajude a encontrar um mestre para seu sobrinho-neto – pois Kieran se recusou a aceitar o menino no Castelo das Águias, e Camdell acatou suas razões – e fazendo promessas, nas quais não acredito nem por um instante. No entanto, acreditei quando ele disse que gostaria de ver o filho de Anna. Concebido na fonte âmbar após seu pai ter bebido a água da azul, carregando o nome de um mago e de um Herói trapaceiro, essa criança será lembrada pelos bardos ao longo de muitas gerações.

E, se formos merecedores, talvez também se lembrem de nós, aqui no alto da torre, com o sol nos olhos e o vento nos cabelos, no dia em que começa a ser contada uma nova saga.

AGRADECIMENTOS

Agradeço de coração a todos aqueles que, direta ou indiretamente, colaboraram para que este livro viesse à luz. Ao meu editor, Erick Sama, por acreditar em mim e em Athelgard; à minha parceira literária e leitora crítica, Allana Dilene; ao meu dublê de guru e consultor de temas medievais, Eduardo Massami Kasse; a Gabriel Ferrera, Júlio Soares e Luiz Felipe Vasques, bem como aos escritores do Clube de Autores de Fantasia, por me acompanharem nessa jornada; aos leitores, amigos e divulgadores de Athelgard, por todo o carinho e suporte.

E a João e Luciana, sempre, por isso e muito mais.

Outras histórias no mundo de Athelgard

O Castelo das Águias (*livro 1 da série*)
A Ilha dos Ossos (*livro 2 da série*)
A Fonte Âmbar (*livro 3 da série*)

Contos

A encruzilhada
A voz do sangue
Em nome de Thonarr
Fogo interior
O anel do escorpião
O Jogo do Equilíbrio
Saga de Thorold
Um estranho equinócio

http://editoradraco.com/category/contos-do-dragao/

Este livro foi impresso em papel pólen bold na
Renovagraf em junho de 2016.